MICH VRAA

DIE HOFFNUNG

Roman

Aus dem Dänischen von
Ulrich Sonnenberg

HOFFMANN UND CAMPE

Die Originalausgabe erschien 2016 unter dem Titel *Haabet* bei Lindhardt og Ringhof, Kopenhagen.

Der Verlag dankt der Danish Arts Foundation, Statens Kunstfond, Kopenhagen, für die Förderung der Übersetzung.

DANISH ARTS FOUNDATION

1. Auflage 2017

Published by agreement with Copenhagen Literary Agency ApS, Kopenhagen.
Für die deutschsprachige Ausgabe

www.hoca.de
Satz: Dörlemann Satz, Lemförde
Gesetzt aus der Albertina MT
Druck und Bindung: Friedrich Pustet, Regensburg
Printed in Germany
ISBN 978-3-455-00155-6

HOFFMANN UND CAMPE

Ein Unternehmen der
GANSKE VERLAGSGRUPPE

Sie alle sind von Natur aus böse, und von Gott wohnt auch nicht viel in ihnen. Ja, wenn ich das sagen darf, glaube ich wirklich, dass ihre schwarze Haut ein Zeugnis ihrer Boshaftigkeit ist, sie sind für die Sklaverei bestimmt und sollten keinerlei Freiheit haben.

PFLANZER J. R. HAAGENSEN, SANKT CROIX

Man kann Menschen vieles nehmen, aber nicht alles, auch dem Neger nicht. Wie bescheiden sie auch sein mag, so muss doch immer ein bisschen Hoffnung bleiben, dass das Leben besser werden kann. Also gebe ich sie ihnen. Ich gebe ihnen Hoffnung.

PFLANZER JAN MARCUSSEN, PLANTAGE SOLITUDE,
SANKT THOMAS

NOTIZ IN KAPITÄN FREDERIKSENS LOGBUCH, 21. SEPTEMBER 1788

Es ist jetzt Herbst, und ich führe mein Schiff Hoffnung von Sankt Thomas zurück nach Dänemark. Heute Nacht jedoch wurde ich wieder an unsere Abreise im vergangenen Jahr erinnert. Als wir eine Stunde nach Mitternacht den 54. kreuzten, legte sich der Wind. Ich stand am Ruder und war ganz allein auf dem Achterdeck. Es war so still an Bord, dass ich die Wellen gegen den Rumpf schlagen hörte; ein Mann drehte sich in seiner Koje unter Deck, ein anderer schnarchte wie ein blasender Wal, meine kleine, erst zwei Monate alte Tochter erwachte und weinte unten in der Koje, bis meine Frau sie trösten konnte.

Wenn Schiffe von den portugiesischen Inseln vor der afrikanischen Küste in Richtung Westen segeln, treffen sie zu Beginn der Atlantiküberquerung auf den Kalmengürtel. Die Stille, die dort herrscht, ist erschreckender als die meisten Unwetter. Das Schiff schwimmt mit der Äquatorialströmung, und doch sieht und spürt man keine Bewegung; Schiff und Strömung sind gleich schnell, die Segel hängen schlaff herab, die Sonne brennt, Durst und Wahnsinn breiten sich unter der Mannschaft aus. Man sehnt sich danach, aber man weiß nie, wann der Nordostpassat kommt.

Ich musste heute Nacht an den Kalmengürtel denken, und plötzlich wusste ich mit absoluter Sicherheit, dass ich die Stille dort nie wieder erleben werde. Genauso wie ich nie wieder sehen werde, wie Afrikas Küste sich aus dem Meer erhebt – oder die von Westindien. Denn als ich in der Stille der Nacht unter Deck meine Familie und meine Mannschaft hörte, begriff ich mit einem Mal, dass die Geräusche, die ich damals in der Nacht im Kalmengürtel gehört hatte – ein leises Murmeln aus dem Zwischendeck der Hoffnung, ein Wimmern, Jammern und Weinen –, auch von Menschen stammten. Unserer Ladung. Es *waren* Menschen, mit denen wir gesegelt sind.

BRIEF: MARIA AN IHRE MUTTER ANE FREDERIKSEN, 20. NOVEMBER 1802

Liebe Mutter,

ich werde mit der Hoffnung in See stechen!

Ich kann mich nicht erinnern, jemals einen Satz geschrieben zu haben, der mich mit größerer Freude erfüllte: Ich werde mit der Hoffnung in See stechen! Zusammen mit Vater, der, seitdem ich auf der Welt bin, nie mehr gesegelt ist. Schon bald werden wir beide an Bord der Fregatte gehen und Kopenhagen verlassen. Wie Du weißt, habe ich Vater immer wieder bestürmt, mich mitzunehmen. Und sollte ich nun endlich die erste Frau – oder das erste Mädchen – sein, die zur See fährt, wem würde es schaden? Ich könnte nach und nach Vaters Geschäfte übernehmen und die Reederei weiterführen. Das habe ich ihm auch erklärt und ihn im selben Atemzug daran erinnert, dass er keinen Sohn hat. Er hat ein wenig betrübt und ernst gelächelt, aber ich weiß, dass er durchaus über meine Worte nachdenkt.

Wie ich Dir so oft geschrieben habe, hatte ich schon immer das Gefühl, nicht richtig hierher zu gehören. Ich sehe nicht aus wie die anderen Kinder, und ich habe mich ihnen auch nie zugehörig gefühlt. Und ich weiß, dass es mir als Erwachsene nicht besser ergehen wird. Meine Haare und meine Haut sind so anders, dass jeder, der mir begegnet, mich eigenartig findet. Auf dem Meer jedoch kann man sein, wer man will.

Kürzlich bekam Vater einen Brief aus Rotterdam in Holland. Die Fregatte ist nach einer weiteren Atlantiküberquerung nach Europa zurückgekehrt. Beladen mit Tabak, Gewürzen und Zucker von den westindischen Plantagen! Und eben da fragte Vater, ob ich mitfahren wolle, wenn sie im Frühjahr wieder in See sticht. Nur nach Jütland zunächst – Frederikshavn oder Skagen –, aber mein Herz beginnt schon bei dem Gedanken daran heftig zu schlagen. Es kommt mir vor, als hätte ich mein ganzes Leben darauf gewartet, ihn diese Worte sagen zu hören.

Ich weiß, dass Du diese Reise kaum befürworten wirst, Mutter, doch ich bitte Dich sehr, Dich für mich zu freuen. Und bestimmt werden wir uns im Frühjahr sehen – die Hoffnung läuft den Asiatisk Kompagnis Plads an, und das ist ja fast um die Ecke von Tante Inges Haus!

Liebe Grüße
Maria

BRIEF: ANE FREDERIKSEN AN MARIAS VATER, NOVEMBER 1802

Overgaden Oven Vandet, Christianshavn

Lieber Anton,

ich muss Dir sagen, dass ich tief erschüttert und unendlich traurig bin über das, was ich just habe erfahren müssen: Dass Du unserer Tochter, meinem Kind, erlauben willst, ihre unschuldigen Füße auf das Deck dieses hässlichen Schiffs zu setzen und sie sogar mit dieser verfluchten Fregatte bis an den fernsten Rand unseres Reiches reisen lassen willst. Hältst Du das für eine gute Idee, Anton? Willst Du unsere Tochter, die gerade einmal vierzehn Jahre alt ist, wirklich dieses unglückseligen Schiffs betreten lassen?

Maria hat mir geschrieben, dass sie mit der verbrecherischen Fregatte bis in den Norden Jütlands reisen wird. Aber Du kennst ihre kindlichen Träume, Du weißt, wohin es führen wird: zu weiterer Quengelei, zu weiterem Gerede über die unseligen Weltmeere (ist Wasser denn nicht bloß Wasser, und sind die Weltmeere nicht bloß umso mehr aus diesem Element, in dem jedwede Menschlichkeit ertrinkt? So kommt es mir jedenfalls in meinen Erinnerungen vor). Hier in Christianshavn begegnen mir immer wieder diese Träume, jede Woche laufen Schiffe vom Asiatisk Kompagnis Plads aus. Und die jungen Menschen drängen sich um den Teergestank der Schiffe und das Geräusch der schlagenden Taue, die Prahlereien der Seeleute und ihre gottlosen Flüche. Aber was wissen denn diese jungen Träumer, die sich so gern verlocken lassen, schon darüber, was dort draußen auf den Meeren zu finden ist? Ebenso wenig wie unsere Tochter, fürchte ich, und das heißt: nichts!

Ich weiß, ich selbst trage einen großen, vielleicht sogar den größten Teil der Schuld, weil ich die letzten Jahre nicht mit Dir und unserer Tochter geteilt habe, und ich bin Dir dankbar, dass Du Dich gut um sie gekümmert hast, das weißt Du. Und doch belasten mich diese verfluchte Fregatte und die Zeit vor der unglücklichen Trennung unserer Familie noch immer – wie oft hatte ich nicht das Gefühl, allmählich den Verstand zu verlieren? Ja, so ist es, Anton Frederiksen, ich hätte im Irrenhaus enden können, wenn ich mich nicht jeden Tag gezwungen hätte, stark zu sein und zu kämpfen, um zu vergessen.

Ich weiß, die Zeiten haben sich geändert, und die Fregatte transportiert Waren nach Westindien; und doch stellt sich mir die Frage, ob nicht Dinge – und Menschen – so von Boshaftigkeit durchdrungen sein können, dass man sie ihnen nie mehr austreiben kann. In meinen düsteren Stunden fürchte ich, dass es sich so verhält. Dieses Schiff und mit ihm viele andere Schiffe, die Inseln und die Orte in Afrika, und ja, auch die Menschen, werden für immer böse sein. Ich kann all das Unheil, das ich gesehen habe, nicht vergessen. Mehr Unglück, als irgendein Mensch ertragen könnte, ohne seine Menschlichkeit zu verlieren. Ich beweine es noch immer, und ich bitte Dich inständig, Maria nicht an Bord dieses teuflischen Schiffs zu lassen!

Deine Ehefrau
Ane Frederiksen

BRIEF: WILFRED BERNT, ANGEMUSTERTER SKIPPER DER FREGATTE HOFFNUNG, AN DEN REEDER ANTON FREDERIKSEN, OKTOBER 1802

Hochverehrter Schiffsreeder Anton Frederiksen,

es ist mir eine Freude, Ihnen mitteilen zu können, dass Ihr Schiff Hoffnung Kopenhagen mit Mannschaft und Ladung in ungefähr zwei Wochen anlaufen wird. Die Seereise von Westindien ist ohne Kalamitäten verlaufen, und unsere Ladung aus Rohzucker, Kaffee, Tabak und diversen anderen Gütern sowie Rum befindet sich wohlbehalten an Bord.

Ihr ergebener
Wilfred Bernt

BRIEF: ANTON FREDERIKSEN AN WILFRED BERNT, ASIATISK PLADS, CHRISTIANSHAVN, NOVEMBER 1802

Mein braver Kapitän Bernt,

indem ich Ihnen für Ihren Brief aus Rotterdam danke und hoffe, dass Sie mein Schreiben wohlbehalten entgegennehmen können und dass Sie bei Ihrer Ankunft in unserer Hauptstadt guten Mutes sind, muss ich Ihnen hiermit eine Nachricht von gewisser Bedeutung zukommen lassen: Ich gedenke, an der ersten Etappe der nächsten Reise der Hoffnung teilzunehmen, das heißt von der Hauptstadt nach Frederikshavn oder Skagen, je nachdem, welchen Hafen wir vor der Umrundung von Skagens Riff anlaufen werden.

Wie Sie wissen, bin ich seit dem Jahre des Herrn 1788 nicht mehr auf See gewesen, nun aber hat mich meine Tochter Maria, die, wie Sie sich sicher erinnern werden, als Säugling von Westindien nach Dänemark kam, so lange Zeit bedrängt, auf einer Reise der Fregatte mitfahren zu dürfen, dass ich es ihr schließlich versprochen habe. Sie ist in ihrem fünfzehnten Lebensjahr und eine vernünftige junge Frau.

Ich erwarte Sie und die Hoffnung am Asiatisk Plads und werde mich sehr bald aus diesem Grund in die Hauptstadt begeben.

Mit großer Hochachtung
Anton Frederiksen
Schiffsreeder

BRIEF: PROFESSOR MIKKEL EIDE AN DEN VERLAGSREDAKTEUR THOMAS DE SOUZA, DEZEMBER 1823

Charlotte Amalie, Sankt Thomas, Dezember 1823

Mein lieber Herr Redakteur de Souza,

nur eine kurze Notiz, dass ich auf den Westindischen Inseln angekommen bin, genauer gesagt auf der Plantage Solitude nordwestlich von Charlotte Amalie, Sankt Thomas. Die Insel, oder das Wenige, was ich bisher von ihr sehen konnte, wirkt auf mich wie ein sehr schöner Ort; es ist angenehm, hier zu sein, das Klima ist außerordentlich behaglich, und ich wurde überaus freundlich empfangen.

Es war eine Erleichterung, nach einer Seereise an Land zu kommen, die bestenfalls mit der Fahrt eines Dichters in die innersten Kreise der Hölle verglichen werden kann. Ich werde sehr bald schon versuchen, ausführlicher über die Reise von Guinea zu diesen paradiesischen Inseln zu schreiben, es muss indes warten, bis ich meine Gedanken geordnet habe; im Übrigen bin ich sicher, auch der Dichter Dante musste erfahren, dass es nicht so einfach ist, über das Leben in der Hölle zu berichten! Lassen Sie mich nur erwähnen, dass für einen Mann, der beabsichtigt, die Wahrheit über das Leben der Sklaven zu schreiben, allein die Seereise über den Atlantik eine Bestätigung meiner schlimmsten Ahnungen war.

Und dabei trat ich diese Reise im Jahre des Herrn 1823 an, mehr als zwanzig Jahre also, nachdem die Sklaventransporte per Verordnung abgeschafft wurden; können Sie sich vorstellen, wie schockiert ich war, als unser Schiff, das Paketschiff Kong Frederik, mehr als einhundert schwarze Sklaven an Bord nahm? Wir legten irgendwo an der Küste Guineas an, der Name des Orts ist mir unbekannt, und kauften Sklaven von einem der dort ansässigen Häuptlinge. Aber, und das schockierte mich am meisten, gut zwanzig Schwarze kamen aus dem dänischen Fort Christiansborg, wo derartige Gepflogenheiten laut dem Gesetz längst hätten unterbunden werden müssen.

Wenn man ihre grausame und verbrecherische Geschichte nicht kennt, sehen die Westindischen Inseln oberflächlich betrachtet aus, als wären sie ein heiterer und durchaus zivilisierter Ort. Ich habe mich in einer einfachen, aber komfortablen Hütte eingerichtet, die auf dem Grund der Plantage Solitude steht, direkt an der nördlichen Küste der Insel. Der Pflanzer ist ein guter Freund von Gouverneur Bardenfleth, der ihn mir empfahl. Er hat mir zugesagt, dass ich die Hütte als Wohnstatt nutzen darf, solange ich möchte.

Hier ist es in der Tat sehr schön. Diese Inseln ähneln wahrlich dem Paradies, es ist so, wie sie daheim beschrieben werden. Am Vormittag weht ein sanfter, ein wenig kühler Wind vom aquamarinblauen Meer her, eine regelmäßige Brise, die bewirkt, dass die Luft über den Bergmassiven der Insel in der Wärme aufsteigt und durch die weitaus angenehmere Seeluft ersetzt wird. Am Abend geschieht das genaue Gegenteil, wenn es nach dem plötzlichen Sonnenuntergang abkühlt und Dunkelheit sich über die Insel legt, als hätte jemand die Lampe des Karibischen Meers ausgeblasen. Die Luft wird nun von dem noch lauen Meer angesogen, vom dunklen Spiegel der Lagune, die so hübsch im Mondlicht glänzt. Die Neger und auch einige Weiße nennen diesen Wind den Totengräberwind, weil sie meinen, dass er alles Tote und Schlechte von der Insel bläst. Vermutlich gibt es auch für den Wind, der zu Beginn des Tages die Insel mit salziger, balsamischer Meeresluft erfüllt, einen Namen, der mir noch nicht bekannt ist. Wie Sie aus diesen Zeilen lesen können, bin ich in gewisser Hinsicht hingerissen von diesem Ort! Nach Monaten auf See – der grausame Ozean hat während der Überfahrt so viele Menschenleben gefordert – erheben sich diese

Inseln aus dem leuchtenden Meer, und wäre man nicht ein verknöcherter und gottloser Skribent, würde man bei diesem wunderbaren Anblick die Hand eines göttlichen Geistes spüren, denn es ist kaum zu beschreiben, welch herrlichen Anblick diese Inseln bieten. Plötzlich tauchen sie auf, wie eine Flottille von Schiffen mit Schaum vor dem nach Osten weisenden Bug; schmale leuchtende Streifen mit dem weißesten Sand zwischen dem Blau des Meeres und den üppigen, grünen Bergmassiven. Und dazu der Himmel mit seinen weißen und bisweilen aschgrauen Haufenwolken, die schwer über den Gipfeln der Berge hängen. Nach Monaten auf dem düsteren, bleigrauen Meer … ich sage Ihnen, es ist ein Anblick, der sich nicht beschreiben lässt.

Ich stelle mir vor, dass all die armen Teufel, die Tausende und Abertausende von Mitmenschen, die von zynischen Kapitänen seit mehr als hundertfünfzig Jahren hierher transportiert wurden, gedacht haben müssen, nun seien sie endlich im Paradies angekommen, in einem Garten Eden in der Fremde. Vielleicht haben sie für einen kurzen Moment ein wenig Hoffnung empfunden bei der Aussicht auf das Leben, das sie hier auf den Inseln erwartet. Ich glaube es, und alles in mir zieht sich zusammen, wenn ich an die Enttäuschung denke, die sie erleben mussten. Denn dies ist keineswegs der Garten Eden, wie Sie sicher wissen. Mein ganzes Leben als erwachsener Mann habe ich mich danach gesehnt, der Welt erzählen zu können, was hier seit über einhundertfünfzig Jahren vor sich geht, auf diesen dänischen (sic) Inseln. Die Geschichte, deren Veröffentlichung Sie mir so großzügig ermöglichen, wird Ihre Leserschaft erschüttern. All diese Schicksale! All diese Menschen! All dieser Tod und all dieses Unheil! Und begonnen hat das Ganze mit dem Glauben frommer Männer, mit dem christlichen Glauben und Gottesfurcht. Nichts könnte fataler sein. Gottesfurcht? Ja, ich glaube gern, dass man diese Furcht tatsächlich spürt, wenn man auf einem Sklavenschiff festgebunden am Besanmast hängt und die blutige Peitsche in der Hand eines frommen Nächsten einem die Haut vom Rücken reißt!

Seit Jahrhunderten leiden die Menschen und werden grausam ausgenutzt, mal im Namen des einen, mal des anderen Gottes. Aber was ist mit der Nächstenliebe, die diese frommen Männer stets predigen und in deren Namen sie ihre Wechsel ziehen? Wenn es darauf ankommt, regiert das Geld. Hier auf den Inseln ist der weiße Mann wegen des Zuckers, und wegen des Zuckers mussten auch die Schwarzen kommen. Doch während die ersten Siedler als Abenteurer und Auswanderer hier landeten, um den Reichtum der Inseln zu ernten, kamen die anderen gegen ihren Willen hierher, als die erbärmlichsten aller Wesen, kaum noch als Menschen, schufteten sich zu Tode und mussten zusehen, wie ihre Kinder und Liebsten für die goldenen Kragenknöpfe der Weißen gezwungen wurden, dasselbe zu tun.

Ich schaue in den Spiegel und sehe einen weißen Mann. Und es widert mich an.

Hochachtungsvoll
Mikkel Eide

BRIEF: THOMAS DE SOUZA AN MIKKEL EIDE, AUGUST 1822

Kopenhagen, 7. August 1822

Mein lieber Professor Eide,

ich schreibe, um Ihnen mitzuteilen, dass ich mit dem allergrößten Interesse Ihre kürzlich verschickte Streitschrift über die Sklaverei in den Kolonien gelesen habe. Wie scharfsinnig und kühn formuliert, und wie wahrhaftig! Es ist eine eigentümliche Geschichte, dass Dänemarks König bereits vor dreißig Jahren den Handel mit Menschen verboten hat, während wir noch immer, so viele Jahre danach, in unseren Kolonien Sklaven halten. Unter allerlei Vorwänden hat man nun mehrere hundert Jahre mit schwarzen Menschen gehandelt, sie ausgenutzt und sich dazu berechtigt gefühlt, nur weil ihre Erscheinung den Augen weißer Europäer primitiv vorkommt. Sind sie nicht auch Menschen? Wenn man sie peitscht, bluten sie dann nicht? Wenn man sie erschießt, sterben sie dann nicht?

Ich bin ganz sicher, dass diese schändliche Praxis schon bald ein Ende haben wird. Einflussreiche Kräfte in mehreren europäischen Ländern sind hinsichtlich dieser Forderungen aktiv, England wird die Sklaverei vermutlich in wenigen Jahren verbieten. Möglicherweise müssen die reichen Pflanzer Westindiens ein wenig von ihrem Reichtum lassen, wenn sie bei ihren Geschäften nicht länger von unentgeltlicher Arbeitskraft profitieren, aber ich weiß, dass diese Menschen zu den wohlhabendsten Dänen überhaupt gehören. Die Plantagen werden nicht unrentabel, selbst wenn ihre Besitzer für die Arbeit auf den Zuckerrohrfeldern und in den Zuckermühlen bezahlen müssen. Sind die Zeitungen der Hauptstadt etwa eingegangen, nur weil die Lohnschreiber und Drucker für ihre Arbeit bezahlt werden wollten? Ist es unrentabel für freie dänische Bauern, ihre Ernten einzubringen, nur weil Knechte und Tagelöhner einen anständigen Lohn für ihre Arbeit bekommen? Nein, es wird weiterhin profitabel sein, Zucker auf den dänischen Inseln unter dem Wind anzubauen; die anhaltende Sklavenarbeit lässt sich nur durch Gier und Trägheit erklären.

Ich las Ihre Schrift und musste leider von den vielen Drohungen gegen Ihre Person hören, die der Veröffentlichung folgten, doch sehe ich all dies als ein Signal, dass der Wind sich allmählich zu drehen beginnt: Immer mehr verantwortungsbewusste Landsleute haben einen bitteren Geschmack im Mund, wenn ihnen die Verhältnisse zu Ohren kommen, die wir unseren schwarzen Mitmenschen noch immer zumuten. Und doch scheint mir, dass die wenigsten – und dazu gehören auch diejenigen, die sich so lebhaft an der Debatte beteiligen – eine genauere Kenntnis der Verhältnisse auf den karibischen Inseln haben. Ja, ich selbst weiß kaum etwas darüber, allerdings bin ich auch niemals dort gewesen. Und Sie vermutlich auch nicht!

Damit komme ich zu meinem eigentlichen Anliegen, mein lieber Herr Professor Eide. Wäre es denkbar, dass Sie die Zeit fänden, eine Reise zu diesen Inseln zu unternehmen? Gern über die alte Route von einem dänischen Hafen nach Guinea und von dort mit einem passenden Schiff nach Westindien. Ich weiß, dass die weitaus meisten Schiffe heute die schnellere Passage westlich der Kanarischen Inseln bevorzugen, und vielleicht wird man auch irgendwann in der Zukunft vom Englischen Kanal direkt in die Neue Welt segeln, aber ich denke, dass es für einen Kritiker der Sklaverei nützlich sein könnte, dem alten Sklavenweg von der afrikanischen Goldküste zu folgen.

Ich möchte Sie bitten, ein Buch über Westindien und die tatsächlichen Verhältnisse dort zu schreiben. Ein Werk über die Schande der Sklaverei, über die Grausamkeiten, über den Strom des Zuckers und den unmäßigen Reichtum der Pflanzer. Ein gefährliches und schwieriges Stück Arbeit, das ist mir klar, die Pressefreiheit hat bekanntlich enge Grenzen, und Sie müssen behutsam vorgehen, nicht zuletzt, während Sie sich in den Kolonien aufhalten. Aber ich sehe in Ihnen einen Mann, der dennoch ein Auge wagt, wenn es der richtigen Sache dient.

Würde es Ihr Interesse erregen, Herr Professor Eide? Fänden Sie die Möglichkeit, sich ein oder zwei Jahre für ein derartiges Unterfangen zur Verfügung zu stellen? Wollen Sie dafür arbeiten, den schwarzen Mann zu befreien?

Meine ehrerbietigsten Grüße
Thomas de Souza
Redakteur

VERBOT DES SKLAVENHANDELS VON 1792
Königliche Verordnung über den Handel mit Negern

Wir, Christian VII., von Gottes Gnaden König von Dänemark und Norwegen, machen hiermit geltend: Wir haben mit Hinsicht auf den Sklavenhandel an Guineas Küste und den Transport der dort gekauften Sklaven zu den dänischen Westindischen Inseln untersuchen lassen, ob auf die Zuführung neuer Neger aus Guinea mit der Zeit verzichtet und der Anbau auf den Westindischen Inseln danach von Arbeitern wahrgenommen werden kann, die auf den Inseln geboren und aufgewachsen und seit ihrer Jugend die Arbeit und das Klima gewohnt sind. Diese Untersuchung hat gezeigt, und dies ist über jeden Zweifel erhaben, dass es möglich und vorteilhaft ist, den Ankauf von neuen Negern zu vermeiden, wenn die Plantagen einmal mit einer angemessenen Anzahl von Negern und Negerinnen für die notwendige Negerzucht versorgt sind.

Um also die Plantagenbesitzer auf den Westindischen Besitztümern von der Abhängigkeit der Negerzuführungen zu befreien und schließlich die Zuführung von Negern nicht mehr notwendig werden zu lassen, tun wir hiermit Folgendes kund:

1. Mit Beginn des Jahres 1803 bestimmen wir, dass jedweder dänischer Negerhandel an den afrikanischen Küsten aufzuhören hat – und wo er sonst noch stattfindet außerhalb Unserer Besitztümer in Westindien. Nach Ablauf dieses Zeitraums darf kein Neger und keine

Negerin, weder an der Küste noch an anderen fremden Orten von Unseren Untertanen gekauft, in Schiffen Unserer Untertanen transportiert oder auf den Westindischen Inseln zum Verkauf eingeführt werden. Jede gegen dieses Verbot verstoßende Handlung wird nach Ablauf dieser Zeit als rechtswidrig angesehen.

2. Unterdessen muss es von nun an und bis zum Ausgang des Jahres 1802 allen Nationen ohne Unterschied und unter allen Flaggen erlaubt sein, Neger und Negerinnen von der Küste in Unsere Westindischen Inseln einzuführen.

Unter Unserer Königlichen Hand und Unserem Siegel
Christian VII.
16. März 1792

MIKKEL EIDES TAGEBUCH VON DER ÜBERFAHRT MIT DEM PAKETSCHIFF KONG FREDERIK, SEPTEMBER BIS NOVEMBER 1823

2. Oktober

Alle, die mit Sklaven zu tun haben – das heißt, mit ihrem Fang, dem Transport, dem Handel und der Ausnutzung auf dem Feld und im Haus –, halten es für normal, die Schwarzen nicht als Menschen anzusehen. Ich habe heimgekehrte Pflanzer sagen hören, Neger hätten durchaus eine menschliche Gestalt, jedoch keine Seele, keine Intelligenz und keine anderen Gefühle als die, die sich auch bei jeder anderen Kreatur finden lassen, etwa einer Ziege oder einem Huhn.

Allerdings wird behauptet, es gäbe durchaus gerechte und sogar humane Pflanzer und Sklavenschiffer; Männer, die ihre Macht und Gewalt nur einsetzen, wenn es unbedingt notwendig ist, einem anderen Menschen den eigenen Willen aufzuzwingen. Ich wollte es gern glauben, denn Menschen sind sicher nicht boshaft um der Boshaftigkeit willen. Davon war ich zumindest überzeugt, als ich an Bord der Kong Frederik ging.

Der Kapitän heißt Barnes, und obwohl der Name englisch klingt, bin ich sicher, dass er kein Engländer ist. Seine Syntax und Grammatik sind eigentümlich, im Englischen und Dänischen ebenso wie bei dem bisschen Französisch, das er spricht. Je länger wir auf See sind, je mehr Zeit ich in Gesellschaft von ihm und seinen Männern verbringe, desto häufiger drängt sich mir der Gedanke auf, dass sie in ihren Herzen bloß einfache Piraten sind; Männer, die zu anderen Zeiten als im zivilisierten Jahr des Herrn 1823 nach stattlichen Handelsschiffen auf der Lauer gelegen hätten, um sie zu kapern, die Ladung zu erbeuten und Mann und Maus zu töten.

Ihr Verhalten gegenüber den armen schwarzen Menschen, die wir illegal im stinkenden Bug der Fregatte mit uns führen, ist grauenerregend. Ich sehe keine andere Möglichkeit, als mich abzuwenden und in meine Kajüte zu gehen, wenn sich eine üble Episode nach der anderen an Bord ereignet. Wie gestern – einer der schlimmsten Zwischenfälle bisher.

Der Erste Steuermann, ein wahrer Satan von einem Mann, der häufiger als der Kapitän das Kommando innehat und sich der Abstrafungen an Bord annimmt, hatte einige schwarze Männer an Deck befohlen. Das Wetter war ruhig, wie so oft zu Beginn der Reise – den größten Teil der Zeit schien es, als flögen wir auf einem glasklaren, beinahe stillstehenden Strom dahin –, und die Schwarzen kamen in einer Gruppe aus dem Laderaum und wurden gezwungen, zu tanzen und sich zu bewegen. Hin und wieder goss einer der ewig betrunkenen Seeleute kaltes Meerwasser über sie, um den grauenhaften Gestank wenigstens ein bisschen zu vertreiben – diese Menschen liegen Wochen und Monate in ihrem eigenen Dreck. Wenn sie ans Licht und an die Luft kommen, haben sie mittschiffs in einer breiten Vertiefung zu bleiben, wo ein Teil des Hauptdecks entfernt wurde. Diese Vertiefung wird als »Kuhl« bezeichnet. Auf diese Weise lassen sich die männlichen Neger leichter kontrollieren, das Risiko ist deutlich geringer. Mehrere kleine Handkanonen, sogenannte Drehbassen, sind geladen aufs Sklavendeck gerichtet, falls es zu Aufruhr oder Unruhen kommen sollte.

Die Furcht vor einem Aufstand ist deutlich spürbar. Nur ein Fünftel der schwarzen Männer dürfen gleichzeitig in die Kuhl.

Anders verhält es sich mit den Frauen und Kindern, die sich häufig auf dem Achterdeck aufhalten dürfen, dem Teil des Schiffs, der von der Mannschaft Schanze genannt wird. Alle Schwarzen sind nackt, wie Gott sie schuf, und es gibt viele junge Frauen an Bord. Das hält die Seeleute nicht davon ab, sie täglich auf übelste Weise zu demütigen oder sich geradezu an ihnen zu vergehen.

Auch der Vorfall gestern hatte mit dieser Unsitte zu tun. Ungefähr zwanzig Männer saßen geduldig in der Kuhl und warteten darauf, dass ihnen befohlen würde, zu tanzen oder umherzugehen. Auf der Schanze, deren Deck ein wenig über dem schwarz gekräuselten Haar der Männer liegt, hielten sich wie gewöhnlich einige Frauen und junge Mädchen in der Sonne auf. Ich stand am Fockmast auf dem Vordeck des Schiffs und rauchte meine Tonpfeife, als eine der Frauen, eine große, vollkommen ebenholzschwarze Statue einer Negerin, plötzlich so verzweifelt schrie, als hätte sie jemand mit einer Ahle gestochen. Mit einer eigentümlichen Mischung aus Weinen und Wonne erhob sie ihre Stimme und übertönte mit ihren verzweifelten Schreien sämtliche anderen Geräusche auf dem Schiff.

Ich kniff in dem scharfen Licht über dem Meer die Augen zusammen, schaute hinüber und sah, wie die Frau sich an das niedrige Geländer presste, das die Schanze von der Kuhl trennt, und eine Hand in Richtung der Männer unter ihr ausstreckte. Und ich sah einen der Männer einen Arm in die Luft recken, um ihre Hand zu erreichen. Ich sah die glänzende schwarze Haut seines Rückens in der Sonne schimmern, und seinen muskulösen und verblüffend langen Arm, der sich der jungen Frau entgegenstreckte. Und ich sah, wie hübsch sie war. Ja, und er ebenfalls!

In der nächsten Sekunde hob einer der Seeleute einen langen Stock und schwang ihn über den Mann in der Kuhl, sodass er von einem heftigen Schlag am Hals und am Kopf zu Boden geworfen wurde. Er fiel zwischen die anderen Neger und blieb benommen auf den Planken des abgesenkten Decks sitzen. Blut rann ihm über die Schulter.

Der Mann, der mit dem Stock zugeschlagen hatte, drehte sich eben zu der Frau um, als sie versuchte, über das Geländer in die Kuhl zu springen. Im letzten Moment packte er sie und schleuderte sie in Richtung des Besanmasts. Sofort wurde sie von zwei seiner Kameraden ergriffen und festgehalten. Der Mann warf den Stock beiseite und griff laut lachend an seinen Hosenlatz, und einen Augenblick später drängte er sich der Frau auf, die seine Kameraden am Besan festhielten. Sie schrie ein paar Mal und versuchte, sich loszureißen, doch die Männer schlugen sie, bis sie still war.

Ich konnte es nicht mitansehen, die Szene zerriss mir das Herz. Ich war an Bord der Kong Frederik gegangen, ohne zu ahnen, was dort auf mich zukommen würde, und nun … nun überkamen mich Ekel, Angst und noch etwas anderes – eine seltsame Erregung, die ich weder wahrhaben noch näher untersuchen wollte. Ich schlug den Blick nieder, hörte aber noch immer das lüsterne Grunzen des Mannes und das leise Jammern der Frau, bis ich schließlich die Hände auf meine Ohren presste und unter Deck Zuflucht suchte.

Und doch kann ich den Anblick nicht vergessen, als ich mich ein letztes Mal umwandte: Der junge Mann in der Kuhl saß, noch immer benommen von dem Schlag mit dem Stock, auf den verdreckten Planken und schaute hinauf zu seiner Liebsten in den groben Händen der weißen Männer. Er saß vollkommen reglos da, als würde er erst in diesem Moment jegliche Hoffnung fahren lassen.

PERSÖNLICHER, VERTRAULICHER BRIEF: CHRISTIAN VII. AN SEINEN BERATER IN WESTINDIEN-FRAGEN JOHAN CARSTENS, JANUAR 1741

Schloss Christiansborg, Januar 1741

Mein braver Herr Carstens!

Es sollte Uns freuen, wenn Wir so rasch als möglich eine kleine Unterhaltung über Ihre Erfahrungen auf den Westindischen Inseln führen könnten. Wir haben Uns mit Interesse über Ihre langjährige Tätigkeit als Pflanzer auf Sankt Thomas unterrichten lassen, und Wir wissen, dass Sie, obwohl Sie nun heimgekehrt sind und sich in Kopenhagen niedergelassen haben, noch wichtige Interessen auf Sankt Thomas haben und als Reeder im Dreieckshandel tätig sind.

Wie Ihnen bekannt ist, haben Wir vor gut einem Jahrzehnt von der französischen Krone eine dritte Insel im Archipel erworben, die etwas weiter entfernt liegende Insel Sankt Croix. Somit gehören Uns, der dänischen Krone, ausgedehnte Zuckerrohrplantagen, und in diesem Zusammenhang ergeben sich einige Fragen: Sind Unsere Sklaven auf Sankt Thomas nach Ihrer erfahrenen Meinung gut genug und geeignet für diese harte Arbeit? Oder sind weitere Sklaven vonnöten, und würde man diese problemlos in ausreichender Menge beschaffen können, ohne sie den weiten Weg von Afrika transportieren zu müssen? Hiermit meinen Wir eigentlich, dass die Schwarzen gezüchtet werden sollten, wie man hierzulande Haustiere züchtet, Schweine und Vieh.

Christian R.

BRIEF: MARIA AN IHRE MUTTER, APRIL 1803

Thurø im April

Liebe Mutter,

wie schwer fällt es mir doch zu verstehen, warum Du es vorziehst, in Kopenhagen zu wohnen, statt bei Deiner eigenen Familie. Sicherlich ist Tante Inge verwitwet, aber es muss doch nicht Deine Aufgabe sein, ihr Gesellschaft zu leisten. Du sollst wissen, dass ich niemals die Hoffnung aufgegeben habe, dass Du eines Tages zurückkehrst und wieder meine Mutter wirst.

Als kleines Mädchen kämpfte ich damit zu verstehen, warum Du uns überhaupt verlassen hast. Ich bildete mir ein, es sei nötig gewesen und Du hättest es am besten gewusst, weil Du erwachsen warst und ich eine kleine dumme Gans. Ich betete sogar zu Gott, um es zu verstehen. Ich betete nicht nur darum, dass Du heimkommst, weil ich Dich so vermisste, dass es mir das Herz brach, sondern auch darum, Dich verstehen zu können. Ist Dir bewusst, was das bedeutet – ein kleines Mädchen vermisst seine Mutter so herzzerreißend und sehnt sich gleichzeitig danach, sie zu verstehen? Jetzt bin ich so gut wie erwachsen und weiß, was ich erwarten kann. Ja, in der Schule hat Lehrer Martens eines Tages gesagt, dass er mich »fast zu erwachsen« fände – das waren seine Worte – und es gern sähe, wenn ich etwas mehr mit den anderen Kindern spielte. Jetzt ist es jedoch zu spät, um zu spielen, und ohnehin bin ich nicht wie die anderen Kinder. Außerdem habe ich die Schule beendet.

Aber ich liebe Thurø, die Insel, auf der ich aufgewachsen bin, und bin sehr glücklich zusammen mit Vater. Bald stechen wir mit der Hoffnung in See, und obwohl es nur eine kurze Reise wird, weiß ich, dass ich mein Zuhause vermissen werde.

Der Frühling ist in diesem Jahr früh gekommen. Die Vögel singen, alles ist bereits grün. Auf ganz Thurø duftet es nach Frühjahr, die Erde dampft in der Sonne, alle sind beschäftigt. Es ist so offensichtlich, dass wir eine Insel von Seeleuten sind; überall herrscht Betriebsamkeit, auf der Werft sind neue Spanten aufgelegt, die aussehen wie ein ausgekochtes Walskelett, überall riecht es nach Teer und Hobelspänen. Vor den kleinen schwarzen Häusern sitzen die Fischer und flicken ihre Netze in der Frühlingssonne. Ernste Männer, die ausnahmsweise bei der Arbeit lächeln.

Im Thurøbund machen die Schonerkapitäne ihre Schiffe für die Sommerreisen klar. Könnte man unsere Insel von oben sehen, hätte sie die Form eines Hufeisens: An der nördlichsten äußeren Spitze des Hufeisens liegt Vaters Haus. Die Fenster im ersten Stock sehen aus wie Augen, die über dem Sund nach den vielen Schiffen Ausschau halten, die auf dem Weg nach Svendborg sind oder in die weite Welt hinausfahren. An der anderen Spitze des Hufeisens gelangt man nach Grasten, wohin wir manchmal mit Vaters Jolle segeln. Dort liegen im Winter die großen Schiffe, die nicht auf Langfahrt sind, im Windschatten, ganz innen im Bogen des Hufeisens.

Vater hat mir einmal von seinem Besuch auf einer französischen Insel in der Karibik erzählt, die die Form eines Schmetterlings hat – so als hätte Gott ein von der Sonne beschienenes Insekt aufs blaue Meer gelegt, um die Seeleute aufzumuntern! Aber die Insel, auf der ich geboren wurde, wo Du mich geboren hast, Mutter, hat die Form eines Schiffs, das in östlicher Richtung fährt; der ewige Wind, den sie Passat nennen, wirbelt weißen Schaum vor ihrem Bug auf und zieht einen Kielwasserstreifen hinter ihrem Achterspiegel her. Diese Insel würde ich so gern einmal sehen! Ich erinnere mich ja nicht an sie. Aber Du müsstest Dich doch noch erinnern können, Mutter, nicht wahr? Erzählst Du mir davon? Erzähl mir von Sankt Thomas! Ich bitte Dich, ich würde so gern mehr wissen. Vielleicht würde ich dann besser verstehen.

Ich weiß, dass Neger auf Sankt Thomas leben, schwarze Menschen mit dichtgekräuselten Haaren, fast so wie meine. Ich habe in der Schule von Negern gehört, aber nie jemanden mit schwarzer Haut gesehen. Vater, mit dem ich sonst eigentlich über alles reden kann, erzählt gern von den fremden Ländern, die er gesehen hat, von Pflanzen und merkwürdigen Tieren, aber über die Menschen, die er dort gekannt hat, über die Neger, spricht er nur sehr ungern. Du hast doch auch eine Weile auf Sankt Thomas gelebt, Mutter. Du hast doch sicher auch Neger getroffen, oder?

Liebe Grüße
Maria

BERICHT DES HAFENKAPITÄNS VON SANKT THOMAS AN DEN GENERALGOUVERNEUR DER WESTINDISCHEN INSELN HEINRICH LUDWIG ERNST VON SCHIMMELMANN, DEZEMBER 1787

Bericht über die gestrige Ankunft der in Not geratenen Sklavenfregatte Hoffnung in Charlotte Amalie

Eure Exzellenz,

die Fregatte Hoffnung aus Kopenhagen unter Kapitän Anton Frederiksen aus Thurø ist am 4. Dezember in Charlotte Amalie mit einer Ladung von achtundachtzig Negern angekommen, viele davon nach mehreren unglückseligen Ereignissen während der Überfahrt aus Accra in elender Verfassung. Die Fregatte ist schwer beschädigt, an mehreren Stellen sind Löcher in die Schanzverkleidung gesprengt worden, auf der Steuerbordseite des Fockmasts wurde die Bordwand ebenso wie das Deck zerstört und mehrere andere Stellen wurden mit Äxten und anderen Werkzeugen beschädigt. Das Rigg wurde von Schusssalven und Feuer an Bord in Mitleidenschaft gezogen.

Der Kapitän gibt an, dass die Fregatte Hoffnung in Accra am 12. September den Anker lichtete, an Bord befanden sich zweihundertachtzehn Neger und sechsundzwanzig weiße Besatzungsmitglieder und Passagiere. Nach ungefähr sechswöchiger Reise, die durch eine langanhaltende Flaute im Kalmengürtel erschwert wurde, gelang es einer Gruppe Neger, aus dem Laderaum zu entkommen und den Rudergänger und mehrere weiße Besatzungsmitglieder zu überwältigen. Kapitän Frederiksen gewann rasch die Kontrolle über die Fregatte zurück und tötete viele der Neger, die sich zu diesem Zeitpunkt an Deck befanden.

Leider hatten andere Schwarze die Gelegenheit genutzt, um sich im Laderaum mit einer Partie Flinten zu verschanzen, die fahrlässigerweise in einem der vorderen Stauräume gelagert waren. Die aufrührerischen Neger verschafften sich zudem Zugang zur Pulverkammer des Schiffes.

Vier Besatzungsmitglieder kamen um, weitere vier wurden verletzt. Es waren zwei Frauen an Bord der Fregatte Hoffnung – die Ehefrauen von Kapitän Frederiksen und des Schiffsarztes. Beide Frauen befanden sich in Kajüten im Achterschiff und fielen den Aufrührern in die Hände.

Nach einem Tag gelang es der Besatzung, wieder die Kontrolle über das Schiff zu gewinnen. Viele Neger waren tot oder so schwer verletzt, dass sie unverzüglich getötet werden mussten. Die Leiche der Ehefrau des Schiffsarztes wurde im hintersten Laderaum gefunden, Kapitän Frederiksens Ehefrau entkam hingegen nach vielen Stunden in der Gewalt der Neger unverletzt.

Die Schiffswerft in Charlotte Amalie geht davon aus, dass es einige Wochen, vielleicht sogar Monate dauern wird, die Fregatte Hoffnung wieder instand zu setzen.

Hochachtungsvoll
Jan Meyer

KAPITÄN ANTON FREDERIKSENS LOGBUCH, FREGATTE HOFFNUNG, NOVEMBER 1787

1. November 1787
2° 31'N
32° 14'W

Wir haben einen schicksalsschweren Fehler begangen!

Die Flinten, die wir als Bezahlung für einen Teil der Schwarzen aus Accra mitgenommen hatten, waren von so geringer Qualität, dass nicht einmal die Häuptlinge sie akzeptieren wollten. Wir verstauten den Plunder daher in dem kleinen Laderaum vor der Verankerung des Fockmasts und vergaßen das Ganze.

Heute Nacht, vier Glasen während der Hundewache, gelang es einigen Negern, sich aus ihren Fußfesseln zu befreien, kurz darauf ertönte der erste Schuss. Glücklicherweise hatten die Schwarzen nicht die Geduld, einen Angriff aus dem Hinterhalt zu planen; ein eifriger Neger betätigte den Abzug, sobald die erste Muskete mit Schießpulver geladen war, und das ganze Schiff war alarmiert.

Einige Neger drängten auf Deck und übernahmen kurzzeitig die Kontrolle über das Schiff, das sie offensichtlich zu wenden versuchten, mitten im Passatgürtel natürlich ein unmögliches Unterfangen. Mehrere Männer, darunter ich selbst, erreichten das Achterdeck, von dort aus gelang es uns, die meisten Neger zu erschießen, die das Ruder umstanden. Ein paar flohen unter Deck, worauf wir die Luken verschlossen. Danach stand mir eine erschreckende Entdeckung bevor. Meine Ehefrau, Ane, befindet sich noch unter Deck, ich vermute sie in der Gewalt der Neger. Der Gedanke ist unerträglich. Es ist jetzt die Zeit der Vormittagswache, ich muss die Situation lösen, kann aber an nichts anderes denken als an sie …

MARIAS TAGEBUCH, MONTAG, 9. MAI 1803

Heute habe ich die Fregatte Hoffnung zum ersten Mal gesehen, seit ich ein kleines Mädchen war. Sie liegt am Asiatisk Plads in Kopenhagen, wo sie ungefähr zehn Monate auf ihre nächste Reise gewartet hat. Und auf mich.

Vater und ich kamen vor vier Tagen mit einer Galeasse aus Svendborg in der Hauptstadt an. Er wohnt in einer Seemannspension in der Bådsmandsstræde und ist sehr mit den Vorbereitungen beschäftigt. Ich habe ihn seit unserer Ankunft kaum gesehen. Erst heute fand er die Zeit, mich bei Mutter und Tante Inge in Christianshavn abzuholen und mich mit auf die Hoffnung zu nehmen.

Ich würde lügen, wenn ich nicht zugeben würde, dass ich es kaum abwarten konnte, bis er mich holte! Die Zeit in Tante Inges Haus war schwierig. Sie ist eine strenge Frau, die ihrer jüngeren Schwester überhaupt nicht ähnlich ist. Oder vielleicht sollte ich sagen, dass Mutter ihr nicht ähnlich ist, aber ich spüre etwas an meiner Mutter, das mich durchaus an Tante Inges Bitterkeit erinnert. Eine gewisse Verschlossenheit, eine Unfreundlichkeit. Als ob wir uns überhaupt nicht kennen und es möglicherweise nie getan haben. Es tut mir unsagbar weh.

Wenn Tante Inge spricht, und das passiert nicht sehr häufig, redet sie so gut wie immer über Gott. Sie ist die Witwe eines Seemanns und tief gläubig, und doch würde ich mir ein wenig mehr Freude in ihrem

Leben wünschen. Und ich fürchte, dass ihr düsteres Gemüt Mutter ansteckt.

Vater hat mich zu Tante Inges vornehmem kleinen Haus am Kanal gebracht und geklopft. Noch bevor die Tür geöffnet wurde, hob er die Hand und zog seinen Hut. Er hielt ihn in den Händen und sah mit einem Mal recht verlegen aus.

Allerdings wurde uns nicht von Tante Inge, sondern von ihrem Hausmädchen geöffnet. Sie lächelte mich an, hatte uns offensichtlich erwartet und trat zur Seite, um uns einzulassen. Ich sah zu Vater auf, der seinen Hut wieder aufsetzte und nickte.

»Geh ruhig hinein, Maria«, sagte er. »Es ist besser, wenn ich jetzt zur Fregatte gehe.«

Ich sah seinem Gesicht an, wie erleichtert er war.

Das Mädchen führte mich in ein Vorzimmer, wo ich meine Reisetasche abstellte. Meinen Mantel hängte ich an einen Bügel, danach ging ich eine Treppe hinauf in die gute Stube in der ersten Etage. Das Licht fiel durch mehrere Fenster, die zum Kanal hinausführten, und im Zimmer saßen zwei Personen an einem kleinen Tisch, auf dem eine Teekanne und zwei Tassen standen. Meine Mutter wandte mir ihr Gesicht zu, obwohl es im Schatten lag, sah ich die tiefen Furchen auf ihrer Stirn. Ihr Haar war grauer geworden, seit ich sie zuletzt gesehen hatte, doch ihr Gesicht war noch immer fein und schön, mit so großen Augen, dass sie beinahe erstaunt – oder ängstlich – aussah.

»Mutter!« Ich lief zu ihr und streckte die Arme aus. Sie zögerte und griff dann nach meiner Hand. Ihre Hand fühlte sich schwach an, und als ich sie drückte, verzog sie ihr Gesicht und zog die Hand zurück.

»Maria«, sagte sie. »Du kommst so früh.«

Tante Inge räusperte sich, und ich sah zu ihr hinüber. Das magere, blasse Gesicht, die schwarzen Kleider, das nahezu weiße Haar. Sie sah genau so aus, wie ich sie in Erinnerung hatte. Ein Wort geht mir immer durch den Kopf, wenn ich sie vor mir sehe. Nicht Tante oder Inge. Sondern Witwe.

Sie trug dem Mädchen auf, mir eine Tasse zu bringen. Ich mag keinen Tee.

Ich versuchte, ihnen von der bevorstehenden Schiffsreise zu erzählen, und wie sehr ich mich darauf freue, an Bord der Hoffnung zu gehen. Aber meine Mutter sah aus, als würde sie jeden Moment in Tränen ausbrechen. Ich verstand es nicht, und ich verstehe es noch immer nicht.

Ich fragte sie, ob sie sich nicht vorstellen könnte, mich zur Fregatte zu begleiten, wenn wir auslaufen, und sie schaute auf ihre Hände.

»Wann ist es so weit?«, wollte sie wissen.

»In knapp einer Woche, glaube ich.« Plötzlich schien mir das noch sehr lange hin zu sein.

Mutter schüttelte den Kopf. »Das glaube ich kaum«, sagte sie dann. »Aber wir werden sehen. Am liebsten wäre mir, du würdest an Land bleiben. Ich bin absolut nicht der Meinung, dass die Fregatte ein angemessener Aufenthaltsort für eine junge Frau ist.«

Im Laufe der vier Tage, die ich nun schon in Tante Inges Haus wohne, haben wir nicht ein einziges Mal die Fregatte oder Vater oder überhaupt irgendetwas, das mit dem Meer zu tun hat, erwähnt. Niemand von uns hat über etwas anderes als alltägliche Banalitäten gesprochen. Und ich weiß, dass ich allein zum Kai gehen werde, wo die Hoffnung vertäut liegt, wenn wir in ein paar Tagen aufbrechen. Meine Mutter würde lieber im Kanal ertrinken, als dieses Schiff noch einmal sehen zu müssen!

Mit der Hoffnung verhält es sich schon ein wenig merkwürdig. Als ich sie heute hier in Dänemarks größter Stadt liegen sah, inmitten all der vornehmen Speicher, von denen jedoch keiner höher ist als der Großmast der Fregatte, dachte ich, es ist doch eigenartig, dass ein Mann, der von einer kleinen Insel südlich von Fünen stammt, es zu solchem Reichtum gebracht hat. Die Hoffnung ist ein sehr teures, unvergleichliches Schiff, bestimmt hat es viele tausend Reichstaler gekostet; wenn Vater es verkaufte, könnte er sicherlich bis ans Ende seiner Tage bequem von dem Erlös leben.

Es ist ein seltsamer Gedanke, aber unsere Familie ist recht wohlhabend. Das wird mir erst jetzt bewusst, hier in dieser hauptstädtischen Pracht. Es gibt Damen und Herren, die aussehen, als wären sie ständig auf dem Weg ins Theater oder zu einer Audienz bei Hof. Zylinder, Jackett und die feinsten Roben für die Frauen. Vater ist immer wie ein Seemann gekleidet, nur sehr selten habe ich ihn ähnlich herausgeputzt gesehen. Dabei ist er sogar dem König begegnet.

Als ich die Hoffnung das letzte Mal sah, war ich ein kleines Mädchen, ungefähr fünf Jahre alt. Vater hatte die Fregatte nach Thurøbund gebracht und sie dort von August bis zum nächsten Frühjahr liegen lassen, um an ihr zu arbeiten. Das Schiff ist zu groß, um dort auf die Werft zu kommen, aber alles, was über der Wasserlinie und unter Deck repariert werden konnte, erledigten die Schiffszimmerleute im Laufe des Winters. Ich bin ein einziges Mal an Bord gewesen, und obwohl ich noch so klein war, erinnere ich mich deutlich daran. Das Gefühl der kräftigen Decksplanken unter den Füßen, die Geräusche der Takelage und der tausend Taue, der besondere Geruch an Bord: das von der Sonne verbrannte und vom Meer gebeizte Holz, Teer, Pech und Leinöl, Tauwerk, Segeltuch und Ölzeug. Und weiter unten der strenge Geruch nach Männern, die während der Atlantiküberquerung in engen Kajüten hausen, Körper, die monatelang kein Süßwasser auf der Haut spüren, Latrinen, Salzheringe und Schiffszwieback so hart wie Holzstücke, Tonnen mit fauligem Süßwasser. Aber auch ein Hauch von Gewürzen aus heißen Ländern, Spanischer Pfeffer, Kardamom und Zimt. Und Fässer aus dunklem Holz, die in der Dunkelheit schwitzen: Sirup, Muskovado-Rohrzucker und starker Rum von den Inseln.

Ich habe das Gefühl, die Hoffnung gut zu kennen, obwohl ich sie tatsächlich kaum kenne. Als würde man jemandem begegnen, dem man bereits einmal begegnet ist, ohne seinen Namen zu kennen. Genauso, wie man weiß, was eine Schlange ist, weil man es in der Schule gelernt hat – die Schlange im Paradies, Schlangen in Afrika –, aber noch nie ein derartiges Reptil gesehen hat. Und doch weiß man, wie es ist, wenn man darauf tritt: dieses Gefühl eines lebendigen Körpers, der sich unter dem nackten Fuß windet, dieses plötzliche Zucken, wenn sie ihre Muskeln anspannt und zubeißt.

Aber die Worte gehen mit mir durch. Als ich die Hoffnung heute wiedersah – sie lag am Kai des Asiatisk Plads in der Sonne, und ihre drei Masten ragten in einer komplizierten Pyramide aus straff gespannten Tauen empor –, hatte ich das Gefühl heimzukehren.

Ich habe die Hoffnung nur ein einziges Mal gesehen, als sie im Thurøbund lag. Aber in all den Jahren seit damals war sie ein regelmäßiger Gast in meinen Träumen. Einige Dinge, die man sieht – Häuser, Inseln, Landschaften, Schiffe –, werden zu einem Teil dessen, was die Träume erfüllt. Aber auf eine geradezu unwirklich überhöhte Weise, denn wenn ich von der Hoffnung träumte, waren sämtliche Regeln aufgehoben, sie segelte ebenso selbstverständlich über den Himmel wie durch das sich kräuselnde Wasser meines heimatlichen Sunds. Und die Abenteuer, die ich erlebte, fanden kaum ein Ende, während ich in meinem Bett in unserem Haus auf Mårodden lag und im Traum wie ein Affe ins Rigg der Fregatte kletterte.

Jetzt liegt sie am Asiatisk Plads, einen Steinwurf vom Haus der Tante in Overgaden entfernt, und die Falle und das Holz leuchten golden in der Sonne. Die Hoffnung hat drei Masten und einen gewaltigen Bugspriet, der aus dem niedrigen Steven herausragt wie der aufgerichtete Stoßzahn eines Narwals. Ihr tief im Wasser liegender Rumpf ist schlank und gleichzeitig wohlbeleibt, und aus zwölf Stückpforten kann sie Feuer und Eisen auf jeden speien, der versucht, sie zu kapern. Für eine Fregatte ist sie klein, ungefähr einhundert Kommerzlasten, von der Galionsfigur bis zu den weißlackierten Fenstersprossen des Achterspiegels ist sie gut neunzig Fuß lang. Aber die drei Masten tragen elf Rahen und unter Volltuch nahezu zwanzig Segel. Ich weiß, dass sie ein schnelles Schiff ist. Mit dem richtigen Wind schafft sie mindestens zwölf Knoten.

Mein Vater und ich gingen von Tante Inges Haus am Kanal entlang, dann die Sankt Annæ Gade hinauf und zwischen zwei großen Speicherhäusern hindurch auf den Asiatisk Plads. Dann standen wir vor dem langen Hafenbecken und sahen die Schiffe. Nur ein einziges Schiff, eine Bark mit vier Masten, die aussah, als könnte sie beinahe den ganzen südlichen Kai belegen, war größer als die Hoffnung. Sie war gegenüber vertäut, am nördlichen Kai, flankiert von ein paar kleineren Schiffen und einem Prahm, der so tief im Wasser lag, dass ich sicher war, er würde bald untergehen. Trotzdem belud eine Gruppe Schauerleute ihn mit Säcken von einem Wagen.

Vater versetzte mir einen leichten Stoß in den Rücken, damit ich mich wieder in Bewegung setzte, Seite an Seite gingen wir zu seinem Schiff. Ich glaubte zu spüren, wie sein Gang sich veränderte; er schien den Rücken durchzudrücken und länger auszuschreiten, aber vielleicht lag es auch nur daran, dass er den Kopf ein wenig zurücklegte, um bis zur Spitze der Masten zu schauen. Das Geräusch der ledernen Absätze seiner Stiefel wurde von den hohen Fassaden der Speicherhäuser zurückgeworfen.

Zwei Mann standen an der Gangway, die vom Pflaster hinüber zum Schiff führte – von der festen Welt, auf der ich immer gelebt hatte, zu all dem Fremden, das ich immer hatte sehen wollen. Einer der Männer hatte uns den Rücken zugedreht, der andere war ein Matrose im dunkelblauen Pullover mit einer Strickmütze auf dem Kopf. Er nickte Vater zu, als er uns kommen sah, und der andere Mann drehte sich um.

»Kapitän«, grüßte er und hob eine Hand an seine Mütze. Dann sah er auf mich herab und lächelte breit. Das Lächeln zauberte einen Fächer von Lachfältchen an beide Seiten seiner Augen, er wiederholte seine Handbewegung, diesmal beschrieb die Hand jedoch einen Schnörkel in der Luft, was mir durchaus charmant, aber auch ein wenig erschreckend vorkam.

»Guten Tag, Wilfred«, sagte mein Vater.

Es war der Kapitän. Der angeheuerte Skipper der Hoffnung, Wilfred Bernt. Vater hatte seinen Namen schon oft erwähnt. Ich hatte ihn mir immer im Alter meines Vaters vorgestellt. Nur Leichtmatrosen und Schiffsjungen waren jung, kaum erwachsene Burschen, die gerade mal zur See fahren durften. Kapitäne waren alte Männer mit grauen, kurzgeschnittenen Bärten und einem Bauch, so wie mein Vater. Aber Wilfred Bernt sah aus wie ein junger Mann. Sicher, es gab die Lachfältchen, und seine Haut war wettergegerbt, aber ich sah es trotzdem: Er war weitaus jünger als mein Vater.

»Und das ist sicher die entzückende Tochter des Kapitäns?«, fragte er, obwohl er vermutlich ganz genau wusste, wer ich war. »Die mit uns die sieben Meere befahren und sämtliche Weltwunder sehen will.«

Vater brummte und schüttelte den Kopf.

»Das ist nun nicht gerade der Fall«, erklärte er reserviert. »Eine Reise nach Jütland muss reichen.«

»Frederikshavn«, sagte Bernt, wandte den Blick von mir ab und sah Vater an. »Ich warte nur noch auf die Tuchballen, die wir mitnehmen sollen. Der Rest der Ladung ist verstaut, ganz unten Eisen und Kupfer zusammen mit den Weinfässern für Westindien. Und noch weitere Tuchballen im Zwischendeck.« Er nickte vor sich hin und ließ den Blick über die Fassaden hinter uns schweifen. »Keine Ladung, von der wir viel hören werden«, fügte er lächelnd hinzu. Vater stieß ein kurzes Brummen aus, entgegnete aber nichts.

»Dann können wir übermorgen aufbrechen?«, erkundigte er sich.

»Oder auch schon morgen, wenn Sie wollen. Das Wetter sieht gut aus, der Wind kommt aus Südost. Das hat man nicht alle Tage, vielleicht sollten wir uns aufmachen, solange es so günstig ist.«

»Nein«, erwiderte Vater. »Ich habe meiner Frau versprochen, dass Maria in jedem Fall bis Mittwoch bleibt. Sie sehen sich nicht so häufig …«

»Oh ja, das ist wahr«, lenkte Bernt ein.

»Und ich hätte auch nichts dagegen, wenn wir ein bisschen Westwind bekämen. Maria freut sich auf die Reise, es wäre also ärgerlich, wenn sie nur einen Tag dauern würde. Stimmt's, Maria?«

Ich wusste nicht, was ich antworten sollte. Die Wahrheit war ja, dass es mir nie lang genug sein würde, ob die Reise nun fünf Tage oder einen Monat dauerte. Ich freute mich auf die Fahrt, ja, aber ich hätte mich noch mehr gefreut, wenn ich auf der Hoffnung weiter hätte mitfahren dürfen, rund um Skagens Riff und weiter nach Süden in die warmen Meere.

»Wohin segelt die Hoffnung hinterher?«, wollte ich wissen.

»Hinterher?«, wiederholte Bernt. Sein Ton war wachsam, als hätte ihn die Frage überrascht.

»Ja, wenn wir in Frederikshavn von Bord gegangen sind«, sagte ich. »Fährt sie dann nach Afrika?«

Der Kapitän lächelte, und das Netz feiner Fältchen legte sich wieder um seine Augen. Sie kamen und verschwanden wie das Licht einer Lampe, die angezündet und wieder gelöscht wird.

»Erst nach Frankreich«, gab er zur Antwort. »Wir segeln nach Calais. Danach nach Süden und mit dem Passat westlich bis Westindien. Die Neue Welt, mein Fräulein, wo das ganze Jahr Sommer ist und Bananen und Kokosnüsse wachsen.«

Ich spürte Vaters Hand auf meiner Schulter. »Sei froh, dass du nicht ins schwarze Afrika musst. Es klingt vielleicht exotisch, aber es ist auch ein teuflisches Land.«

»Das ist wahrlich nicht gelogen«, bestätigte Bernt. Etwas in seinem Tonfall ließ mich aufblicken. Ein Schatten glitt über sein Gesicht, und mit einem Mal sah ich, dass er doch nicht so jung war, wie ich zunächst angenommen hatte.

»Komm«, sagte mein Vater und ging am Kapitän der Hoffnung vorbei über die Gangway. Wilfred Bernt nickte, als gäbe er mir seine Erlaubnis, und ich folgte meinem Vater auf das Deck des Schiffs. Als ich meinen Fuß daraufsetzte, war ich einen Moment erstaunt und enttäuscht, weil das Schiff sich nicht bewegte; es war zu groß und zu schwer, es spürte mein Gewicht ebenso wenig wie ein im Wasser schwimmender Baumstamm, auf den sich eine Fliege setzt. Zum ersten Mal seit zehn Jahren stand ich an Deck der Hoffnung, und dann bemerkte sie nicht einmal, dass ich zurückgekehrt war.

NOTIZ IN WILFRED BERNTS PRIVATEM LOGBUCH, HOFFNUNG, DONNERSTAG, 28. APRIL 1803

Habe der Besatzung eingeschärft, die Klappe zu halten, wenn unser Reeder und seine junge Tochter nächste Woche an Bord kommen.

Unsere offizielle Route ist bekannt und steht im Logbuch: Wir segeln über die Kapverdischen Inseln und den Atlantik nach Westindien. Wer etwas anderes behauptet, wird kielgeholt.

Gott bewahre die Hoffnung!

LADUNG UND PROVIANT DER HOFFNUNG, MAI 1803

Proviant und Vorrat für die Reise:

210 Pfund geräucherter Speck
850 Pfund eingesalzenes Fleisch
620 Pfund getrockneter Fisch
420 Pfund Butter
200 Pfund Zucker
400 Pfund Weizenmehl
25 Pfund Kaffee
200 Flaschen Wein
1700 Pfund Schiffszwieback
2500 Pfund Brot
2 Fass Branntwein
1 Fass Rum
25 Fass Bier
50 Tonnen Wasser
3 lebende Schweine
26 lebende Hühner
8 lebende Gänse
120 Fass Schwarzpulver
300 Kanonenkugeln
2 Tonnen Pech

6 Tonnen Teer
1 Tonne Leinöl
4 Raummeter Hölzer, Eiche und Kiefer
15 000 Nägel und Nieten

Ladung für fremde Häfen:

6000 Pfund Kupfer
8000 Pfund Eisen
45 Silberbarren
180 Rollen ostindisches Baumwolltuch
110 gegerbte Rinderhäute
100 gegerbte Ziegenhäute
700 Flaschen französischer Wein
200 Flaschen Lagerwein
1 Kiste Bibeln
diverse Chemikalien und Medikamente
8 Kisten Gewehre
2 Kisten Pistolen
1 Fass Feuersteine
14 Fass Schießpulver

Außerdem ein Vorrat an Taurollen verschiedenster Stärken, Segelleinwand, Segelgarn, diverse Werkzeuge, Angelleinen und Haken, Harpunen und Messer.

BRIEF: GENERALGOUVERNEUR BARDENFLETHS SEKRETÄR AN MIKKEL EIDE, MÄRZ 1823

Christianssted, März 1823

Lieber Professor Eide,

der Herr Generalgouverneur sendet Ihnen seine herzlichsten Grüße. Der Herr Generalgouverneur arbeitet seit einiger Zeit intensiv an einem wissenschaftlichen Werk über Orkane. Er interessiert sich seit einigen Jahren für bestimmte Wetterphänomene, denn, das kann man getrost sagen, Orkane – also tropische Stürme von zerstörerischer Gewalt – spielen eine gewisse Rolle für diese Inseln, auf denen wir leben und – wie vielleicht bald auch Sie – unsere Häuser haben.

Erst im Dezember des vergangenen Jahres ereignete sich der seltene Vorfall, dass wir von einem Orkan visitiert wurden, der mit großer Gewalt auf unser karibisches Archipel traf. Zahlreiche Häuser wurden in einem Maße zerstört, das umfassende Reparaturarbeiten notwendig werden ließ.

Doch der Herr Generalgouverneur freut sich auf Ihren bevorstehenden Besuch. Er – und der Unterzeichnende – ist nicht unvertraut mit Ihren früheren Arbeiten, und wir sind gespannt, was für Sie auf unseren Westindischen Inseln von Interesse sein wird. Es gibt hier sehr viel Schönes zu entdecken, wie Sie bald sehen werden, und der Wohlstand der Inselbevölkerung steht hinter dem Europas wahrlich nicht zurück.

Wenn ich so frei sein darf, so würde ich sagen, dass es sich bei denjenigen, die sich kritisch zu Westindien äußern, in erster Linie um Personen handelt, die unsere Inseln nie besucht haben.

Jan Marcussen, ein guter Freund des Generalgouverneurs und Besitzer und Betreiber der Plantage Solitude einige Meilen außerhalb von Charlotte Amalie, hat seine freudige Erwartung über Ihren bevorstehenden Besuch ausgedrückt und versprochen, Ihnen Logis in Form eines kleinen Hauses auf seinem Anwesen zur Verfügung zu stellen. Er hat den Herrn Generalgouverneur wissen lassen, dass Sie so lange bleiben können, wie Sie es für notwendig halten, und im Übrigen solange Sie Lust dazu haben.

Mit den freundlichsten Grüßen
Erik Wolf
Sekretär
Generalgouverneur Johan Frederik Bardenfleths Kontor
Christianssted
Sankt Croix

MIKKEL EIDES TAGEBUCH AUF SOLITUDE, JANUAR 1824

Die Grundfläche der Plantage beträgt ungefähr eine Viertelmeile an jeder Seite. Das klingt vielleicht nicht sehr groß – es sind nur rund sechshundert Morgen Land –, aber Sankt Thomas ist eine kleine Insel, von einem Ende zum anderen nicht einmal drei dänische Meilen lang, und Solitude ist eine Plantage von durchaus ansehnlicher Größe. Die Fläche, die überwiegend mit Zuckerrohr bepflanzt ist, erstreckt sich von der nördlichen Küste der Insel bis zur Mitte eines Höhenzuges, dessen Rücken in nordwest-südöstlicher Richtung liegt und direkt auf Charlotte Amalie zeigt, die größte Stadt der Insel – und ja, die zweitgrößte Stadt des dänischen Reiches. Von dieser breiten Fläche aus schaut man auf hübsche Meeresbuchten, auf die Santa Maria Bucht und die Hendriks Bucht mit ihrem beinahe unnatürlich blauen Wasser. Und überall arbeiten schwarze Menschen. Tag für Tag schuften sie in der brennenden Sonne mit Hacken, Jäteisen oder Zuckerrohrmessern mit breiten Klingen, den sogenannten Kappmessern.

Ich war wirklich unentschlossen, ob ich meinen Wohnsitz auf Solitude nehmen sollte, doch wenn man sich auf einer Sklaveninsel befindet, kann man sich ohnehin nicht dem Anblick dieser armen Menschen entziehen. Ich hätte mir durchaus ein Zimmer oder vielleicht ein kleines Haus in Charlotte Amalie mieten können, aber ich muss mit den Menschen reden, um die Verhältnisse hier auf die richtige Weise untersuchen zu können.

Es ist sehr eigenartig, in einer Umgebung zu leben, die in beinahe jeder Hinsicht ebenso zivilisiert erscheint wie eine dänische Kleinstadt oder gar die Hauptstadt selbst, und die auch nicht weniger reich ist. Tatsächlich habe ich nie zuvor vergleichbaren Wohlstand gesehen. Der Reichtum dieser Insel übertrifft alles, was man aus Dänemark gewohnt ist; ja, sogar der dänische Adel würde kaum behaupten können, vornehmer zu leben als die westindischen Pflanzer.

Es gibt hier noble Häuser mit breiten Veranden und ausgesuchten architektonischen Details, und die Weißen sind bestimmt ebenso adrett gekleidet wie daheim. Nur ist ihre Kleidung selbstverständlich luftiger und häufig in sehr hellen Farben gehalten: Die Sonne ist hier allesbeherrschend, und ein Frauenzimmer in einem schwarzen Wollkleid würde in diesem Klima bald umkommen vor Hitze.

Doch trotz des kultivierten Lebens, das sich auf Sankt Thomas entfaltet, herrscht direkt unter der Oberfläche größte Brutalität. Oft genug sind die Neger ganz nackt, und es hat den Anschein, dass ein Gefühl von Scham, das die übrige zivilisierte christliche Welt kennzeichnet, vollkommen außer Kraft gesetzt ist. Junge wie alte Sklavinnen tragen bei der Arbeit häufig nur einen kleinen Fetzen Stoff, der ihre intimsten Körperteile bedeckt. Trotz ihrer Hautfarbe erregen diese Frauen die Leidenschaft aber ebenso wie weiße Frauen. Und würden die ihren Busen mitten in Kopenhagen unbedeckt präsentieren?

Viele dieser Frauen haben bereits bei ihrer Ankunft in Westindien ein Kind, wohlgemerkt ein Kind von einem weißen Vater. Während die Sklavenhändler und die Seeleute in Guinea es tunlichst vermeiden, Kleinkinder mit auf die Reise zu nehmen, sind die anderen Kinder – die ein halbes Jahr, nachdem die Frauen in Westindien angekommen sind, geboren werden – ausgesprochen gefragt. Ein Sklavenhalter, der eine Schwangere kauft, bekommt praktisch das Doppelte für sein Geld!

Mir war nicht klar, dass sowohl die Seeleute wie auch andere weiße Männer, die mit den schwarzen Frauen zu tun haben, ermuntert werden, sie zu schwängern. Der Gedanke ist pervers, aber je mehr schwangere Frauen zum Verkauf angeboten werden können, umso größer ist der Wert einer Schiffsladung mit Schwarzen. Dass viele der Frauen bereits Kinder und einen Ehemann in Afrika haben – hatten –, lässt das Ausmaß dieser Tragödie nur noch größer werden.

In Charlotte Amalie und auf der Plantage, wo ich wohne, gibt es viele schwarze Kinder, und darüber hinaus viele schwangere Negerinnen. Es leben viele Mulatten in den Hütten, die einen weiten Steinwurf von der Santa-Maria-Bucht entfernt stehen. Ihre Hautfarbe variiert, ebenso wie ihre Gesichter mehr oder weniger negroid sein können, doch die meisten sind offensichtlich Kinder von den weißen Männern der Plantage. Und ich sehe diese Männer – den Pflanzer Jan Marcussen und seine Leute: den Aufseher Ivar Just und weitere drei, deren Namen ich nicht kenne, also insgesamt vermutlich fünf Weiße – und wundere mich. Wie können diese Männer nur zusehen, wie ihre eigenen Nachkommen mit einer schwarzen Mutter als einzigem Elternteil aufwachsen? Können sie, ohne auch nur eine Miene zu verziehen, mit ansehen, wie ihre Söhne und Töchter – denn das sind diese Kinder schließlich – sich unter der brennenden Sonne halb zu Tode schuften? Kann Ivar Just, der einem jungen Mulatten die Haut vom Leibe peitscht, nur um sich an einem ereignislosen Tag zu zerstreuen, dabei völlig vergessen, dass dieser blutende, schreiende Mitmensch möglicherweise sein eigen Fleisch und Blut ist?

Diese Fragen und viele weitere gehen einem durch den Kopf, sobald man sich als denkender Mensch auf dieser Insel bewegt, und es ist meine Absicht, darauf eine Antwort zu finden. Aber unter den gegebenen Umständen muss ich selbstverständlich vorsichtig vorgehen.

Solitudes Pflanzer ist ein komplizierter Mensch. Jan Marcussen behauptet, die Plantage zu besitzen, seit er ein junger Mann war. Nach eigener Aussage ist er »eher siebzig als fünfzig«, aber er wirkt bedeutend jünger als ein Mann in den Sechzigern, wenn er das damit meint. In gewisser Weise ist er ein Abenteurer und sieht auch so aus. Ich lernte ihn am Tag meiner Ankunft in Sankt Thomas kennen. Das Paketschiff Kong Frederik musste an einen anderen Bestimmungsort weiterfahren, daher wurden wir ein paar Kabellängen vor dem Hafen von einer großen Schaluppe aus der kleinen Flotte des Hafenmeisters abgeholt. Die Zeit verging mit allerlei Verrichtungen, und es war schon recht spät, als ein zweirädriger Karren, vor den ein schmächtiges, ergrautes Pferd gespannt war, mich und mein bescheidenes Gepäck – eine einzige Kiste – vor dem vornehmen Hauptgebäude von Solitude absetzte, einem großzügigen, weißgetünchten Holzgebäude auf einem Fundament aus schweren, hellen Steinen. Am bemerkenswertesten an dem Haus war im ersten Moment, dass es weit größer aussah, als es tatsächlich ist. Es war stockfinster – wenn hier die Sonne untergeht, ist es, als würde wie bei einer Lampe plötzlich die Flamme ausgeblasen –, aber mitten auf der breiten Veranda brannten zwei klare Lichter und zeichneten die tatsächliche Form des Hauses für mich als scharfe Schatten. Ganz offensichtlich bildete die Veranda, die, wie ich sah, das Haus auf drei Seiten einfasste, einen ansehnlichen Teil der Wohnfläche. Die Veranda war der Welt zugewandt, und mir war sofort klar, dass sie aufgrund des Klimas vermutlich zu den angenehmsten Aufenthaltsorten gehörte.

Der Neger, der mich mit dem Karren abgeholt hatte, hob meine Schiffskiste vom Bock, wo sie zwischen uns gestanden hatte, und nickte mir ehrerbietig zu. Er hatte während der ganzen Fahrt nicht ein Wort gesagt, und mein Versuch, mit ihm zu konversieren, hatte daran nichts geändert. Schließlich hatte ich es aufgegeben, mit ihm in Kontakt zu treten. Nun glitten seine Augen über die Fassade des Hauses, und als ich seinem Blick folgte, sah ich eine kräftige Gestalt, die ungefähr in der Mitte zwischen den Lampen auf einem Stuhl saß. In dem Moment, als ich den Mann bemerkte, hob er eine Hand, die sich deutlich von den hellen Brettern abzeichnete, und rief dem Schwarzen einen Befehl zu. Es klang wie ein einziges langgezogenes Wort, ich verstand es nicht. Der Neger hingegen schon, er hob die Schiffskiste wieder auf den Karren. Dann nickte er noch einmal, richtete den Blick auf den Boden, um mich nicht allzu lange anzusehen, und ging auf die Veranda zu. Ich folgte ihm. Der Mann erhob sich im Lampenschein und trat auf die breite, dreistufige Treppe, die von dem erleuchteten Bereich vor dem Haus auf den festgestampften Hofplatz führte.

»Das muss der berühmte Herr Eide sein«, sagte er und streckte eine Hand aus. Seine Stimme dröhnte wie ein Fass, das über eine gepflasterte Straße gerollt wird. Ich bestätigte es und warf dem Neger, der neben mir stehengeblieben war, aus den Augenwinkeln einen Blick zu. Wieder erteilte ihm der Pflanzer einen barschen Befehl, und der Schwarze drehte sich hastig um und lief beinahe geräuschlos zum Wagen zurück. Einen Augenblick später fuhr er mit meiner Kiste auf dem Bock in die Dunkelheit davon.

Ich ergriff die Hand des Mannes. Sie war ebenso groß wie der Rest von ihm und hart wie ein Stück Holz. Er drückte meine Hand kurz und fest. »Marcussen. Ich habe viel von Ihnen gehört, Eide.«

Innerhalb von zwei Minuten hatte er zwei Mal auf meine »Berühmtheit« angespielt. Es war mir unangenehm.

»Hoffentlich nichts allzu Schlechtes«, entgegnete ich und versuchte, seinen Händedruck zu erwidern. Er hielt meine Hand länger fest als üblich. Ich blickte auf, doch obwohl der Schein der Lampen von schräg hinten auf ihn fiel, konnte ich kaum seine Gesichtszüge erkennen.

»Hahaha«, polterte er los. »Natürlich nicht. Man kennt Sie als den großen Humanisten aus der Metropole. Sie sind sicher hierher auf die Inseln gekommen, um mal ein wenig von der wirklichen Welt zu erleben.«

»Humanist ist ganz richtig«, antwortete ich. »Aber ich würde meinen, dass ich die reale Welt ganz gut kenne.«

»Ja, ja. Natürlich, bester Eide. Nur ein Scherz. Aber wissen Sie was? Ich bin tatsächlich ein großer Bewunderer von Ihnen. Ich habe Ihre Abhandlung über diesen deutschen Arzt und die sogenannte Erbuntertänigkeit gelesen. Den größten Teil jedenfalls.«

»Man kann nicht einfach einen Bauer öffnen und Vögel, die es gewohnt sind, in Gefangenschaft zu leben und sich dabei wohlfühlen, aus ihrer geborgenen Umgebung verscheuchen. Es würde sie nur verwirren und allen möglichen Gefahren aussetzen.«

»Genau, bester Eide. Besser hätte ich es nicht ausdrücken können.«

»Es waren nun nicht gerade meine Worte. Auch nicht die Struensees.«

Der Pflanzer hielt noch immer meine Hand fest, als wäre sie ein Vogel, den er nur ungern freigab, aus Furcht vor den Unglücksfallen, die ihm zustoßen könnten.

Endlich lockerte er seinen Griff. Einen Moment ließ er seine langen Arme herabhängen und sah mich an. Er strahlte eine große Ruhe aus, wie sie mir nur selten untergekommen ist. Er hatte sein Gesicht jetzt zur Lampe gewandt, und ich sah, dass seine Haut von der Sonne dunkel gebräunt war; hätte man ihn allein aufgrund seiner Hautfarbe beurteilen müssen, hätte der Mann leicht selbst als Neger durchgehen können.

»Treten Sie näher, mein lieber Eide«, forderte er mich auf. »Sie müssen wahrlich müde sein nach der langen Reise.«

Ich seufzte und stieg die Treppe hinauf. »Müde ist das falsche Wort«, erwiderte ich. »Ich bin vollkommen erschöpft. Allein, nach den Monaten auf See wieder festen Grund unter den Füßen zu haben … ich habe das Gefühl, als rolle die Erde unter mir. Aber das kennen Sie natürlich …«

»Nun ja, ein wenig bin ich auch zur See gefahren.«

Er bot mir einen Stuhl gegenüber von seinem an. Zwischen uns stand ein kleiner Tisch aus einer Holzsorte, die wie polierter Nussbaum aussah. Die Stühle waren eigenartig, ich hatte zwar von ihnen gehört, sie aber noch nie gesehen: Die Armlehnen ließen sich nach vorn ausschwingen, um nach einem langen Arbeitstag die Beine hochzulegen.

Marcussen setzte sich und legte ein Bein auf die Lehne. Ich folgte seinem Beispiel. Einen Augenblick war es still auf der Veranda. Das heißt, wir sagten nichts und bewegten uns nicht. Aber die Nacht war voller Geräusche, Insekten oder größere und vermutlich unheimlichere Wesen erfüllten die Dunkelheit mit etwas, das wie monotoner Vogelgesang klang.

»Was ist das?«, fragte ich und hob die Hand außerhalb des Lichtkreises der Lampe gegen die Dunkelheit.

»Was denn?« Er sah mich an und zog die Brauen zusammen.

»Dieses Geräusch … sind das Zikaden?«

Marcussen lächelte breit. Das braungebrannte Gesicht glänzte im Lampenlicht. Er griff nach einer feinen, geschliffenen Karaffe auf dem Tisch.

»Das sind Frösche«, sagte er. »Erstaunlicherweise höre ich sie schon gar nicht mehr. Sie wissen, wie das ist … in ein paar Tagen werden Sie sie auch nicht mehr hören.«

Er nahm zwei kleine einfache Gläser ohne Stiel und Fuß, die kopfüber auf einem viereckigen Silbertablett standen. Dann goss er eine dunkelbraune Flüssigkeit ein und reichte mir ein Glas.

»Willkommen auf Sankt Thomas, Herr Eide!«

Ich nahm das Glas, bedankte mich und trank einen vorsichtigen Schluck. Es schmeckte phantastisch, süß und ein wenig nach Gewürzen, nach Nelken und Vanille, nach etwas erdig Staubigem wie altes Holz, Lakritz vielleicht. Ich trank noch einen Schluck, diesmal einen größeren, und spürte, wie sich im ganzen Körper Wärme ausbreitete.

»Rum?«, fragte ich.

Marcussen nickte. Er stellte sein Glas auf die rotgoldene Oberfläche des Tisches. Und schenkte nach.

»Ein zehn Jahre alter Rum aus meinen besten Fässern. Das ist weiß Gott etwas anderes als dieser Teufelsmörder der Schwarzen.«

»Das ist vermutlich richtig«, erwiderte ich zurückhaltend und nippte erneut an dem dunklen Getränk. Es war kräftig und zwickte auf der Zunge, aber auf eine ausgesprochen angenehme Weise. »Was ist ein Teufelsmörder?«

Marcussen leerte sein zweites Glas. Dann schauderte er, als sei es auf der Veranda plötzlich kalt geworden. Doch obwohl die Sonne schon vor einigen Stunden untergegangen war, entsprach die Temperatur einem sehr warmen dänischen Sommertag.

»Kildevil.« Er sprach es übertrieben langsam aus. »Töte den Teufel.«

»Ah ja«, sagte ich. »Und weshalb heißt es so?«

Der Pflanzer zuckte die Achseln und unterdrückte ein Gähnen. »Entschuldigen Sie«, begann er. »Tja, eigentlich weiß ich das auch nicht so genau. Vielleicht glauben die Neger, dass es den Teufel umbringt. Obwohl ich vermute, dass es mehr Menschenleben auf dem Gewissen hat als der Teufel. Kildevil ist Schnaps direkt aus dem Kupferkessel. Schmeckt wie Affenpisse.«

Ich ließ den Blick über die Veranda schweifen. Die Tür nach drinnen schien sich nur mit einem Perlenvorhang schließen zu lassen, der die Insekten aus dem Haus hielt.

»Dieser Tag hat uns beide ermüdet«, sagte Marcussen schließlich. »Es ist zu spät, Ihnen noch Ihre Unterkunft zu zeigen – die Hütte liegt ganz unten an der Santa-Maria-Bucht. Sie übernachten hier, und morgen fahre ich Sie hinunter.«

Ich hatte das Gefühl, protestieren zu müssen. »Aber was ist mit meinem Gepäck, meiner Seemannskiste«, wandte ich ein.

»Hier gibt es alles, was Sie brauchen. Vertrauen Sie mir.«

Ich atmete tief durch und war eigentlich erleichtert; ich hätte nicht mehr die Courage für eine längere Tour auf dem Karren durch die lärmerfüllte Dunkelheit gehabt. Die pechschwarze westindische Nacht, in der Tausende unsichtbare Frösche ihren eigentümlichen Chorgesang zelebrierten, hatte etwas Unheimliches.

Marcussen erhob sich und gähnte. Dann ging er durch den Perlenvorhang ins Haus. Noch bevor die Perlen wieder zur Ruhe gekommen waren, tauchte drinnen ein neues Licht auf, als hätte jemand in der Dunkelheit auf den Pflanzer gewartet und den Docht der Lampe hochgedreht.

Ich folgte ihm ins Hauptgebäude von Solitude. Der Schein einer einzigen Lampe spiegelte sich in dem glänzenden, dunklen Holzfußboden; auf einem großen, orientalischen Teppich in rotbraunen Nuancen standen sorgfältig gearbeitete Möbel: vier Schaukelstühle mit leicht gebogenen Kufen um einen runden Tisch aus einem mahagoniähnlichen Holz. Die hohe, helle Decke war vermutlich weiß gestrichen. Auch die

Wände waren hell, aber sie sahen aus, als wären sie von Tapeten mit einem Muster bedeckt, das beinahe ebenso hell wie der Hintergrund war. Nun wurde eine weitere Lampe angezündet, und ich konnte eine Treppe mit einem filigranen, dunklen Geländer ausmachen, die in die erste Etage führte, und eine junge, schlanke Frau in einem einfachen dunklen Kleid mit weißer Schürze und Augen, die schneeweiß in ihrem pechschwarzen Gesicht leuchteten. Sie reckte sich auf den Zehenspitzen hinauf zu einer Lampe mit einem breiten Schirm. Das leise Klicken des Schließmechanismus war zu hören, als sie das Lampenglas aufsetzte. Dann drehte sie sich um, knickste und blieb mit gefalteten Händen und auf den Boden gerichtetem Blick neben der Treppe stehen.

»Danke, Afi«, sagte Marcussen. »Ist das Gästezimmer bereit?«

»Ja, Massa«, antwortete die Frau und hob einen kurzen Moment den Blick, bevor sie wieder zu Boden sah.

»Dann führe unseren Gast jetzt hinauf.« Er drehte sich zu mir um. »Afi zeigt Ihnen Ihr Zimmer. Ich werde mich jetzt zur Ruhe begeben.«

Er sah erst mich, dann die schwarze Frau einen Moment an, als wollte er noch etwas sagen. Doch er nickte nur kurz, drehte sich um und ging in den hinteren Teil des Hauses, der ganz im Dunkeln lag.

Es war ein großes Haus, und ich überlegte, ob er wohl ganz allein darin wohnte, nur umgeben von seinen schwarzen Haussklaven. Durch meinen Briefwechsel mit Gouverneur Bardenfleths Sekretär im vergangenen Frühjahr hatte ich den Eindruck, dass Marcussen Familie hatte oder zumindest verheiratet war. Aber wo war seine Ehefrau?

Ich blieb noch einen Moment stehen und blickte ins Halbdunkel des großen Hauses. Das Mädchen ging durch das Wohnzimmer und schloss eine Doppeltür mit schrägstehenden Holzlamellen. Sie schob einen schweren Eisenriegel vor und griff nach der Lampe neben der Tür, hob das Glas und blies die Flamme aus. Dann kam sie auf mich zu, blieb stehen und knickste erneut.

»Wenn der Herr mir folgen möchten, dann werde ich den Herrn ins Gästezimmer führen«, sagte sie. Ihre Stimme war leise und sehr melodisch, aber die Worte klangen mechanisch, als würde sie etwas Auswendiggelerntes herunterleiern. Ebenso ausdruckslos wie ihr Gesicht leer war.

»Ja, danke. Und mein Name ist Eide. Mikkel Eide.«

Wieder knickste sie, antwortete aber nicht. Als sie aufblickte, waren ihre Augen groß, als hätte ich sie überrascht oder erschreckt. Vielleicht war es ja auch so.

Sie ging die sanft geschwungene Treppe voraus. Die Treppe knarrte nicht ein einziges Mal, die Stufen gaben keinen Millimeter unter mir nach. In der ersten Etage folgte ich ihr zu einer weißen Tür, die sie öffnete, bevor sie zur Seite trat und knickste. Im Zimmer war das Licht bereits angezündet. Ein hauchdünnes Moskitonetz hing über einem breiten Bett. Weißes Waschgeschirr mit blauem Muster wartete auf der Marmorplatte eines niedrigen Tischs. Ich trat ein. Als ich mich umdrehte, um ihr zu danken und gute Nacht zu wünschen, hatte sie die Tür bereits hinter sich geschlossen.

Ich war in einer anderen Welt.

BRIEF: MIKKEL EIDE AN REDAKTEUR DE SOUZA, DEZEMBER 1823

Solitude, Dezember 1823

Lieber de Souza,

am Morgen nach meiner Ankunft in Westindien begleitete mich Pflanzer Jan Marcussen persönlich zu meiner Hütte. Wir fuhren in seinem Einspänner, nur er und ich, denn mein Gepäck war bereits am Vorabend in die Hütte gebracht worden. Diese Menschen sind sonst immer von ihren schwarzen Bediensteten umgeben. Bevor ich Marcussens hübsches Wohnhaus verließ, das auf dem höchsten Punkt der Plantage liegt, umgeben von großen Bäumen mit den schönsten roten Blüten, zählte ich elf oder zwölf Schwarze, die aussahen, als hätten sie verschiedene Pflichten im und um das Hauptgebäude.

Wir fuhren auf einem schmalen Schotterweg, der zu beiden Seiten von Zuckerrohrfeldern gesäumt wurde. Das Zuckerrohr steht haushoch und flüstert auf eine charakteristische Art und Weise im Wind, die hier aber niemand mehr hört, wie ich weiß. Es gibt hier so viele monotone und konstante Geräusche, dass man nach einer Weile gleichsam taub dafür wird. Seit meiner Ankunft sind nun gut zehn Tage vergangen, und doch fällt mir bereits auf, dass ich das ewige Flüstern des Zuckerrohrs nur noch höre, wenn ich mich darauf konzentriere. Es ist dasselbe wie mit diesem eigentümlichen Froschgesang, der beginnt, sobald abends die Sonne untergegangen ist: Ein Chor glucksender Stimmen von Tausenden kleinen, seltsam bleichen Lurchen, die überall in den Bäumen und an den Mauern der Häuser sitzen und sich gegenseitig ansingen. Sie sind kaum größer als eine Prise Tabak, aber sie haben Stimmen wie Nachtigallen. Aber wie gesagt, nach einigen Tagen hört man sie nicht mehr.

Ich frage mich, ob es so auch mit den anderen und ebenso zudringlichen Geräuschen sein wird: Mit dem eintönigen Gesang der Neger, wenn sie in langen Reihen mit ihren Kappmessern durchs Zuckerrohr gehen, früh am Tag im gesegneten Schatten, doch bereits am Vormittag tragen sie primitive Strohhüte als einzigen Schutz gegen die brennende Sonne. Die meisten Schwarzen arbeiten halbnackt; allerdings ist es wohl tatsächlich so, dass sie mit ihrer schwarzen Haut und dem dicht gekräuselten Haar für diese Art von Arbeit besser geeignet sind als wir Weißen.

Seit gut einer Woche wohne ich in der Hütte. Die erste Nacht schlief ich im Haus von Pflanzer Marcussen, wo ich ein eigentümliches Erlebnis hatte. Ich war sehr müde, als eine der Haussklavinnen, eine junge Frau namens Afi, mich in mein Zimmer in der ersten Etage des Hauses führte. Der Pflanzer selbst hatte sich kurz zuvor im unteren Stockwerk zurückgezogen, nachdem wir einige Gläser eines außerordentlich vortrefflichen Rums auf der Veranda getrunken hatten. Eine Weile hatte ich wirklich das Gefühl, in zivilisierter Gesellschaft zu sein; wir waren allein, er und ich, und er ist ein charmanter Zeitgenosse, das muss ich sagen. Dann begaben wir uns, wie gesagt, zur Ruhe, und gerade, als ich mich gewaschen und mir das frisch gebügelte, blaugestreifte Nachthemd angezogen hatte, das man mir hingelegt hatte – ein locker sitzendes Kleidungsstück aus dünnem Leinen oder einem ähnlichen Material –, klopfte es an der Tür. Ich sagte »herein«, die Tür ging auf, und wieder stand die Sklavin Afi vor mir, doch jetzt so nackt, wie die Natur sie geschaffen hatte. Ich schloss rasch die Augen und wandte mich ab, aber ich gebe zu, sie vorher noch gesehen zu haben – und es ist, als hätten meine Augenlider ein Bild ausgeschnitten und vor meinem inneren Blick bewahrt. Sie war unglaublich hübsch! Und machte ein so ernstes Gesicht. Ohne mich umzudrehen, gab ich ihr den Befehl, das Zimmer zu verlassen und sich anzuziehen. Als ich mich umdrehte, war sie verschwunden, die Tür schloss sich lautlos hinter ihr.

Jetzt konnte ich keine Ruhe finden. Ich zerbrach mir den Kopf, was dieses sonderbare Benehmen zu bedeuten hatte, und kam zu der Überzeugung, dass es auf Herrn Marcussens Befehl geschehen war. Schon als wir uns für die Nacht verabschiedeten, schien er irgendetwas über die schwarze Frau sagen zu wollen, hatte dann aber geschwiegen.

Ich war kurz davor, sie zurückzurufen, um sie um eine Erklärung zu bitten, war jedoch zu müde, ja, nachgerade erschöpft, und ging zu Bett. Und kurz darauf schlief ich, ohne die nächtliche Kakophonie der unsichtbaren Amphibien zu beachten.

Am nächsten Morgen wurde ich von einer Reihe Aktivitäten auf dem Hofplatz geweckt. Ich sah aus dem Fenster neben der Balkontür und stellte fest, dass eine ebenso tiefe Veranda, wie sie das Parterre des Hauses verzierte und dessen Grundfläche um beinahe ein Viertel vergrößerte, sich auch um die erste Etage zog. Ich war genötigt, auf die Veranda zu treten, um zu sehen, was dort unten vor sich ging. Es war schattig, denn die Vorderseite des Hauses zeigt nach Nordwesten, und noch so früh, dass der Schatten bis zur Mitte des großen Hofplatzes reichte. Ganz hinten im Hof spannte ein Neger, vielleicht derselbe, der mich am Vorabend gefahren hatte, ein weißes Pferd vor einen leichten, zweirädrigen Einspänner. Näher am Haus stand mein Gastgeber, eine kräftige Gestalt in einem schneeweißen Hemd und einem breitkrempigen Pflanzerhut. Der Hut war nur eine Spur dunkler als das Hemd, um die Hutschulter zog sich ein zollbreites schwarzes Band. Marcussens Beinkleider waren ebenso bauschig wie das Hemd und braun wie Kaffeebohnen.

Der Schwarze hob den Kopf und sah mich, ohne zu reagieren, aber Marcussen bemerkte es trotzdem und wandte sich dem Haus zu.

»Eide!«, brüllte er mit seiner Weinfass-Stimme. »Wir haben Sie doch nicht etwa geweckt?«

»Nein, nein«, erwiderte ich und hörte, dass meine Antwort auf dem großen Hofplatz klang wie das Knistern von Seidenpapier. Ich hob die Stimme und rief: »Nein, ich wollte bestimmt nicht länger schlafen. Fahren Sie weg?« Ich deutete auf die Kutsche.

»Ich bereite nur alles vor, um meinen Gast nach Santa Maria zu fahren«, brüllte er zurück. »Hier unten gibt's Frühstück. Kommen Sie, wenn Sie so weit sind.« Damit drehte er sich um und ging zu einem kleineren Gebäude nördlich des Haupthauses. Mein Blick folgte ihm, und ich sah einen ziemlich hohen viereckigen Schornstein, neben dem ein etwas kleinerer Schornstein stand. Ein paar Strich weiter nördlich konnte ich zwei Flügel einer Windmühle erkennen, die in der morgendlichen Brise aber stillstanden; es ist der Wind, der immer kurz nach Sonnenaufgang bis in den Vormittag hinein vom Meer her bläst. Oberhalb des Hauses verlief eine Mauer, die sich den Hofplatz entlang zog, dort sah ich weitere flache Gebäude sowie ein einzelnes Haus mit zweieinhalb Stockwerken. Als wir am Vorabend in der Dunkelheit angekommen waren, hatte ich nicht bemerkt, wie groß das Anwesen ist.

Weiter entfernt, in nordwestlicher Richtung, lag das Meer, leuchtend blau, mit einer leicht verschwommenen Horizontlinie. Ich sah, dass einige kleinere Bergausläufer oder Vorgebirge ihre Finger zur Küste hinausstrecken. Alles war in Blau- und Grüntöne getaucht. Und all das, was zwischen dem Hauptgebäude der Plantage und dem Meer grün leuchtete, musste Zuckerrohr sein.

Als ich meine Lungen mit der kühlen Morgenluft füllte, atmete ich eine Symphonie von Gerüchen und Düften ein: Blumen, Erde, feuchte Vegetation. Ich schloss die Augen und registrierte erst jetzt, dass der monotone Froschgesang verstummt war. Still war es indes nicht. Ich hörte die Vögel zwitschern, mit frischen Stimmen, die wie kleine Glöckchen klangen, den Wind in den Kronen einer Reihe hoher Palmen auf der linken Seite des Hofplatzes, das Pferd, das unten im Hof schwer schnaubte. Ich drehte mich um und ging in mein Zimmer, um mich zum Frühstück anzukleiden, plötzlich erfüllt von einer Erwartung an den Tag, die einem Glücksgefühl gleichkam.

Wenn ich mich in meiner Hütte eingerichtet habe, schreibe ich weiter. Ich spüre hin und wieder, dass ich vor Erzählfreude schier platze; das ist vielversprechend für das Buch, das Sie und ich veröffentlichen wollen.

Mit Hochachtung und Dankbarkeit
Mikkel Eide

BRIEF: MARIA AN IHRE MUTTER, MAI 1803 (NICHT ABGESCHICKT)

vor Helsingør, 12. Mai 1803

Liebe Mutter,

Backbord der Hoffnung liegt Kronborg, das alte Königsschloss, seine blauen Kupferspitzen ragen in einen noch blaueren Himmel. Steuerbord sehen wir die schwedische Küste, an dieser Stelle trennen nur eine halbe Meile Wasser Dänemark und Schweden. Fast genau zwei Jahre ist es her, dass die Kanonen im Schloss losdonnerten, um die englische Flotte auf ihrem Weg nach Kopenhagen aufzuhalten. Ich finde es eigentlich recht merkwürdig, hier an derselben Stelle auf einem Schiffsdeck zu stehen, wo Admiral Nelson damals stand. Es heißt, er wäre auf einem Auge blind gewesen und hätte eine Augenklappe wie ein Pirat getragen.

Vor dem Schloss haben wir Anker geworfen, und die Hoffnung schoss mit neun Schüssen Salut, aber es kam nur ein einziger Schuss als Antwort. Jeden Tag passieren hier viele Schiffe, alle schießen sie Salut, und wenn die Kanonen auf Schloss Kronborg jedes Mal mit ebenso vielen Schüssen antworten würden, wären die Pulverkammern bald leer! Viele Schiffe schicken Gesandte aufs Schloss, um sich die notwendigen Papiere zu besorgen, denn den Øresund kann man nicht einfach ohne die Genehmigung des Reiches befahren. Aber Bernt hat gewiss bereits vor unserer Abreise aus Kopenhagen dafür gesorgt, dass unsere Papiere in Ordnung sind. Wir können uns damit begnügen, den

Lotsen von Bord gehen zu lassen. Er nahm die letzten Briefe der Besatzung mit.

Nun steuert die Hoffnung ins Kattegat und geht ein paar Grad dichter an den Wind, der von Westen kommt. Ich merke, wie es an der Stelle auffrischt, wo der Sund sich weitet, im Westen erwartet uns nun das offene Wasser. Auf den Wellen kräuseln sich weiße Schaumkronen unter einem klaren blauen Himmel, und über mir blähen sich die Segel. Man denkt nicht darüber nach, wenn man an Land steht und weit draußen ein großes Schiff kreuzen sieht, aber auf einem Segelschiff ist es niemals still. Unablässig knirschen und knarren das Tauwerk und das Holz, und die ganze riesige Konstruktion, dieses schwimmende Haus, gibt der See nach. Man kann wirklich spüren, wie das Schiff im Wasser liegt, halb eingesunken mit seinem runden Rumpf und der singenden Takelage über dem Deck. Die Masten zeigen schräg nach Steuerbord, aber Vater und Kapitän Bernt sagen, bei dem Wind handele es sich eher um eine Brise. Ich wage nicht daran zu denken, wie es ist, bei einem richtigen Sturm an Deck der Hoffnung zu stehen! Die »Brise« ist schon heftig genug. Aber vermutlich gewöhnt man sich daran.

Hast du den Kapitän, Wilfred Bernt, mal getroffen? Er ist sehr nett, obwohl er eigentlich aussieht wie ein Pirat. Aber so sind Seeleute vermutlich; die Mannschaft besteht aus einigen barschen Burschen, von denen die meisten kein Wort sagen, aber Kapitän Bernt war so freundlich und hat mich auf dem ganzen Schiff herumgeführt. Er hat sogar gefragt, ob ich mir vorstellen könnte, in einen der Masten zu klettern und hoch oben über dem Deck auf der Mars zu stehen. Ich habe dankend abgelehnt, und er hat mich ausgelacht, aber bestimmt nicht unfreundlich.

»Das Fräulein ist im Übrigen ein komisches Mädchen, wenn ich so frei sein darf«, sagte er. »Den wenigsten Frauen gefällt es, zur See zu fahren, aber Sie genießen es offenbar in vollen Zügen!«

Und das stimmt. Es ist schwer zu erklären, aber es scheint, als wäre die Seefahrt mir schon immer vorbestimmt gewesen. Und es betrübt mich ein wenig, dass unsere Reise schon bald zu Ende sein wird. Der

Kapitän sagt, wenn wir mitten im Kattegat an Anholt vorbeikommen, haben wir genau die halbe Strecke nach Frederikshavn hinter uns. Aber vorläufig ist voraus offenes Wasser, und wir segeln mit allen gesetzten Segeln hart am Wind. Der Westwind kommt uns entgegen, aber die Hoffnung ist ein gutes Schiff, dessen Rumpf mit Kupferplatten geschützt ist, sodass sich Ungeziefer und Algen nicht festsetzen können. Sie neigt sich nach Steuerbord und schneidet durch den Wind wie ein heißes Messer durch Wachs.

Es ist jetzt Nachmittag, und seit Seelands Küste hinter uns verschwunden ist, haben wir kein Land mehr gesehen. Das Schiff segelt nahezu von allein, der Rudergänger döst und sieht aus, als sei er in einen tiefen Traum versunken. Nach langen Pausen richtet er sich auf, wirft einen Blick auf den großen Kompass in der glänzenden Messingtrommel und justiert den Kurs vielleicht um ein oder zwei Grad. Die Hoffnung reagiert mit einem ganz leisen Geräusch, man spürt eine geringfügige Veränderung in der Art und Weise, wie sie in der See nachgibt. Dann döst er wieder vor sich hin, eine Hand auf dem Pult vor sich, die andere an dem breiten Rad.

Wie die meisten anderen Besatzungsmitglieder ist er Däne, sieht aber nicht so aus. Er ist braungebrannter, härter und schweigsamer als die meisten Menschen, die ich kenne. Und ich denke manchmal, Däne oder etwas anderes zu sein – Niederländer, Spanier, Portugiese oder Afrikaner –, ergibt auf einem Schiff nicht sonderlich viel Sinn. Vielleicht ergibt es das, wenn man nur vom königlichen Kopenhagen zu einer der nördlichsten Städte des Reiches reist, aber dann – wenn man Skagens Riff umrundet hat und auf die Weltmeere hinausfährt, so wie es mein Vater und sicher auch der Mann am Ruder den größten Teil ihres Lebens getan haben – wird es bedeutungslos. Ein Schiff ist ein Reich für sich, und es hat seine eigenen Regeln und Gesetze. Der Kapitän ist der König, der Steuermann und die Offiziere sind seine Minister, die Matrosen, Jungmänner und Schiffsjungen in der Kombüse und an Deck seine Arbeiter. Und das Wort des Kapitäns ist Gesetz.

Das Meer um uns herum ist offen, der Rudergänger schläft, das uralte Holz der Fregatte knarrt, wenn die Wellen ihren Rumpf anheben, sie neigt sich leicht nach Steuerbord, damit der Wind sie sanft, aber bestimmt nach vorn schieben kann. Ich werde nicht müde, es mitanzusehen und -anzuhören; es kommt mir vor wie eine uralte Zusammenarbeit zwischen der Hoffnung und dem Meer, wie ein Pakt, den die beiden an dem Tag eingegangen sind, als das Schiff vom Stapel lief und den Kiel in das Wasser des Øresund tauchte: Die Wellen haben sie über die Weltmeere getragen, und die Hoffnung hat ihre Pflicht getan und Waren und Menschen von Kontinent zu Kontinent gebracht. Wie lange wird es diese Zusammenarbeit noch geben? Wie lange wird die Hoffnung noch segeln?

Ich kenne die Antwort genau! Ohne dass ich weiß, warum, kenne ich sie. Die Hoffnung wird immer segeln.

Immer.

Abend

Es dämmert. Der Wind hat abgeflaut, wir liegen beinahe still. Ein paar Grad nordöstlich des Fockmasts blinkt der Leuchtturm von Anholt, sein Licht legt sich wie eine Reihe von kurzen Leuchtstreifen auf die Dünung zwischen uns und der Insel. Vater und ich haben zusammen mit dem Kapitän und dem Steuermann gegessen, vom Rest der Besatzung sehen wir nicht viel. Mir ging der Gedanke durch den Kopf, dass sie uns regelrecht aus dem Weg gehen. Hier auf Deck, wo ich an der Reling stehe, als die Dunkelheit herabsinkt, ist alles still. Wie zu Hause am Sund, wenn der Wind sich vollkommen gelegt hat und das Wasser zwischen Blåby und Troense ganz still dahinfließt. Hier herrscht eine tiefe Ruhe, aber ich bin unruhig.

Wir saßen in der vornehmen Kapitänskajüte im Achterende des Schiffs, und Vater und Wilfred unterhielten sich beim Essen, während ich mich damit begnügte zuzuhören. Der Koch hatte einige frische Dorsche gebraten, die die Männer auf dem Weg durch den Øresund gefangen hatten, dazu gab es neue Kartoffeln aus einem Sack, den der

Kapitän auf der Heimreise der Hoffnung in Jütland gekauft hatte. Es war schmeckte alles sehr gut, und frischer Fisch gilt an Bord offenbar als Delikatesse. Zu Hause auf Thurø essen Vater und ich Fisch ja mehrmals in der Woche.

Sie redeten über alles Mögliche, was mit dem Schiff zu tun hatte, allerdings redete vor allem der Kapitän. Mein Vater kam mir seltsam wortkarg vor; beinahe so, als würde er sich über irgendetwas den Kopf zerbrechen. Plötzlich legte der Kapitän sein Besteck auf den Teller, lehnte sich zurück und fragte: »Haben Sie als Reeder nie überlegt, sich dort drüben Land zu kaufen?«

Ich wusste nicht, was er mit »dort drüben« meinte, aber Vater verstand den Kapitän ganz offensichtlich.

»Nein«, antwortete er kurz angebunden. »Ich bin sehr zufrieden dort, wo ich lebe.«

Der Kapitän hielt eine Hand vor den Mund und rülpste. »Ich meinte ja auch nicht, dass Sie dorthin ziehen sollen. Aber es ist eine gute Investition. Der Zucker ist noch immer recht profitabel.«

Mein Vater schob seinen Teller von sich und seufzte. »Tja«, sagte er. »Aber Sie kennen ja meine Haltung. Und das ist eine Frage, die ich nicht diskutieren will.« Etwas in seinem Ton machte mich stutzig. Zum einen klang es beinahe wütend, zum anderen schien es, als hätten er und Bernt über dieses Thema schon früher gesprochen.

»Nun ja, nichts für ungut«, murmelte der Kapitän. Er warf mir einen Blick zu und verzog das Gesicht wie so oft zu einem raschen Lächeln.

Dann schickte er den Schiffsjungen eine Kanne Kaffee holen, und Vater und er zündeten sich ihre Tonpfeifen an. Der Geruch von Tabak breitete sich in der niedrigen Kajüte aus.

»Vater?«

»Ja, mein Mädchen?«

»Hat gut geschmeckt.« Ich sah den Kapitän an und spürte plötzlich, dass meine Wangen rot wurden. »Danke, Herr Bernt.« Und er lächelte und sagte: »Wilfred, mein Fräulein. Auf See nehmen wir's mit den Formalitäten nicht so genau.«

Das war Unfug, so viel wusste ich. Aber er versuchte wohl nur, nett zu sein.

»Darf ich an Deck gehen, Vater?«

»Wenn du mir versprichst, nicht über Bord zu fallen«, erwiderte er lächelnd. Seine düstere Miene war verschwunden.

Ich verließ die Kajüte und schloss die Tür hinter mir. Ein Lichtstreifen am Boden zeigte, wie schlecht sie schloss, ich hörte deutlich die Stimmen meines Vaters und des Kapitäns.

»Die Inseln sind ihr Gewicht in Gold und grünen Wäldern wert, Frederiksen. Oder in Schwarzen. Es ist viel passiert, seit der Reeder das letzte Mal dort gewesen ist … wie lange ist das jetzt her, zwölf, dreizehn Jahre?«

»Fünfzehn.«

»So lange! Na ja, es gibt heute sicherlich zehntausend Schwarze mehr. Auf allen drei Inseln zusammen. Zehn Mal mehr als Weiße. Jedes Mal, wenn ich in Sankt Croix bin, wundere ich mich, dass es nicht schiefgeht.«

»Eines Tages wird es schiefgehen. Und wenn Sie meine aufrichtige Meinung in dieser Angelegenheit hören wollen, dann bitten diese Menschen doch geradezu darum.«

Es wurde still in der Kajüte. Plötzlich hatte ich Angst, dass sie mich atmen hörten.

»Na ja, ich weiß nicht recht.« Der Kapitän. »Dort leben schließlich auch Frauen und Kinder. Die haben es wohl kaum verdient, dass ihnen die Kehlen durchgeschnitten werden.«

»Haben die schwarzen Frauen und Kinder denn ein Dasein als Sklaven verdient?«

Wieder wurde es ruhig. Ich bereute, nicht sofort die Treppe hinaufgegangen zu sein, um an Deck zu kommen. Jetzt stand ich in dem engen, dunklen Raum vor der geschlossenen Tür und wagte nicht, mich zu rühren. Dann hörte ich wieder die Stimme des Kapitäns. Sein Tonfall war nüchtern, aber die Worte konnten schwerlich etwas anderes sein als eine Anklage.

»Sie haben es doch selbst einmal getan, Frederiksen. Wie vielen schwarzen Seelen haben Sie zu einem derartigen Dasein verholfen, bevor Sie an Land gingen?«

»Zu vielen«, antwortete mein Vater leise.

»Sie haben nichts anderes getan als viele andere auch. Und es hat Sie zu einem reichen Mann gemacht. Sie wissen doch, was ich immer sage, oder? Geld stinkt nicht.« Der Kapitän stieß ein kurzes Lachen aus.

»Sklavengeld schon«, erwiderte mein Vater. Plötzlich hob er die Stimme, ich hörte, dass er wirklich zornig war. »Das ist ein Gestank, der sich nie wieder abwaschen lässt!«

Grelles Licht fiel plötzlich auf mich, als hätte jemand eine Tür geöffnet und einen Eimer Sonnenstrahlen in den dunkeln Raum gegossen. Oben an der Treppe war die Luke angehoben worden, und der Schiffsjunge tauchte mit einem runden Tablett in der Hand auf. Rasch verließ ich die Tür und setzte einen Fuß auf die Treppe, um ihm entgegenzugehen. Es war die Gelegenheit, an Deck zu kommen, ohne beim Lauschen erwischt zu werden. Als der Schiffsjunge mich bemerkte, trat er einen Schritt zurück aufs Deck und hielt mir die Luke auf. Als ich an ihm vorbeiging, sah ich, dass sein Gesicht rot wie eine Backbordlaterne leuchtete. Er war nicht mit meiner dunklen Haut gesegnet, sondern hatte unter dem lockigen, blonden Haar eine sehr helle, beinahe durchsichtige Haut. Auf dem Tablett standen eine Kaffeekanne aus Emaille und drei grobgearbeitete Tassen.

»Entschuldigung«, sagte er. Ich sah ihn an und reckte die Nase in die Luft. Immerhin bin ich die Tochter des Reeders.

Jetzt stehe ich an der Reling und schreibe Dir. Es ist kurz nach halb neun, und vor einem Augenblick schlug die Schiffsglocke ein Glasen, die erste Wache hat also begonnen. Vater hat mir das System der Glasen und Wachen vor vielen Jahren beigebracht, ich kann es auswendig, wie es sich für einen Seemann gehört.

Ich bin ein wenig beunruhigt. Ich bin weder dumm oder naiv, sondern ganz sicher, dass Wilfred Bernt meinen Vater beschuldigt hat, Geld mit Sklavenhandel verdient zu haben.

Ich muss mit Vater darüber reden. Ich weiß, dass er versuchen wird, es mir zu erklären, so wie er mir so viele andere Dinge erklärt hat, die zur Seefahrt gehören. Wachen und Glasen. Bald schlägt die Uhr zwei Glasen. Dann ist die erste halbe Stunde der Abendwache vorbei. Noch bin ich nicht müde. Ich will auf Vater warten. Es wird allmählich kühl, und ich werde sehen, ob ich eine Decke finden kann, ich habe keine Lust, unter Deck zu gehen. Hier ist es so schön, die ersten Sterne sind zu sehen, ich bin viel zu aufgeregt, um ins Bett zu gehen. Ich schreibe morgen weiter.

KAPITÄN ANTON FREDERIKSENS SCHIFFSJOURNAL, 10. MAI 1803

Dieses alte Logbuch hat mich seit meiner ersten Reise als Kapitän begleitet; die letzten fünfzehn Jahre hat es in einer Schublade in meinem Sekretär in Thurø gelegen, beinahe ebenso lange habe ich es nicht geöffnet. Aber heute Abend, als wir an Bord der Hoffnung schlafen gingen, bevor wir morgen zum Kai der Asiatisk Kompagni verholt werden, las ich noch einmal meinen letzten Eintrag. Er ist auf Oktober 1788 datiert und steht auf der vorhergehenden Seite. Der Eintrag beschreibt die Ankunft der Hoffnung in Kopenhagen nach der letzten Reise aus Westindien. Maria, meine Tochter, die in einem Haus an der Kronprinsensgade in Charlotte Amalie zur Welt gekommen ist, war drei Monate alt, meine Ehefrau Ane sechsundzwanzig und ich selbst sechsunddreißig Jahre und bereits auf dem Weg, ein Kapitän im Ruhestand zu werden.

Als die Fregatte am Kastell vorbeisegelte, fing es an zu regnen, es war kalt, und ich erinnere mich, dass ich mit gemischten Gefühlen nach Hause zurückkehrte. Ich hatte so viel von der Welt gesehen und wusste, dass es Orte gab, an denen man ein sehr viel leichteres, unbekümmertes und komfortables Leben führen konnte. Aber ich wusste auch etwas anderes: Ich hatte überlebt, was bekanntlich keine Selbstverständlichkeit ist, wenn man die Dreiecksroute befährt, und ich hatte eine neue Verantwortung, die mir überraschend schwer vorkam. Nicht nur ein Schiff auf dem Meer, sondern ein Kind, einen kleinen Menschen. Ich wusste bereits damals, dass Maria schon bald der Dreh- und Angelpunkt meines Lebens werden würde. Und sie wurde es in noch größerem Maß, als ich es vorhersehen konnte.

Fünfzehn Jahre sind seither vergangen, und wenn wir morgen in entgegengesetzter Richtung aufbrechen, wird Maria mit an Bord sein.

BRIEF: KAPITÄN ANTON FREDERIKSEN AN SEINE EHEFRAU ANE FREDERIKSEN, 11. MAI 1803

Liebe Ane,

wir schwojen nun vor dem Kastell und warten auf den Prahm mit dem Schießpulver. Einhundertzwanzig Tonnen mit jeweils achtzig Pfund müssen von der Pulvermühle außerhalb der Wälle zu uns transportiert werden. Fast zehntausend Pfund. Aber ich hatte durchaus schon das Doppelte geladen; damals, als wir die arabischen Piraten fürchteten und um die Kanarischen Insel einen großen Bogen machten, um ihnen zu entgehen. Heutzutage wird das meiste Schießpulver für Salutschüsse verbraucht, für die es bei einer Reise über den Atlantik reichlich Anlässe gibt. Aber sollte es nötig sein, können unsere Geschütze durchaus scharf schießen.

Es fällt mir schwer zu beschreiben, mit welchen Gefühlen ich sah, wie die Mannschaft heute Morgen die Taue löste und das Schiff vom Kai verholte. Ich bin ein Passagier auf meinem eigenen Schiff, und das soll auch so bleiben, aber ich muss gestehen, dass es mich juckte, von Kapitän Bernt das Kommando zu übernehmen und die Hoffnung selbst aus dem Hafen zu steuern.

Die Mannschaft meisterte es jedoch mit Bravour, das muss ich schon sagen.

Aber eigentlich wollte ich über Maria schreiben. Ich kenne Deine Bedenken, Du hast Dich schließlich nicht zurückgehalten, sie mir mitzuteilen, aber ich wünschte, Du könntest Deine Tochter jetzt sehen. Sie strahlt wie eine kleine Sonne, ja, ich sehe sie so gut wie nie ohne ein breites Lächeln in ihrem hübschen Gesicht. Und jeder Zweifel, den ich hinsichtlich dieser kleinen Seereise hatte, ist bei diesem Anblick wie weggeblasen. Ich bin sicher, dass Du mir recht geben würdest, könntest Du sie jetzt sehen. Sie genießt jede Minute des Lebens auf See, und wir haben Kopenhagen noch nicht einmal verlassen.

Ich weiß, dass sie Dir momentan einen Brief schreibt, und sowohl ihr wie auch mein – bestimmt kürzeres und weniger anschauliches – Schreiben werden mit dem Lotsen an Land geschickt, wenn wir ihn bei Kronborg von Bord lassen. Dann kannst Du ihre eigenen Worte über unsere bisherige Reise lesen.

Mit herzlichsten Grüßen
Anton

KAPITÄN ANTON FREDERIKSENS SCHIFFSJOURNAL, 12. MAI 1803

Etwas von dem, was Wilfred Bernt heute Abend sagte, hat meinen Verdacht erregt. Nach dem Abendessen ging ich an Deck, offiziell, um mir ein wenig die Beine zu vertreten, aber nachdem ich ein paar Worte mit dem Rudergänger gewechselt hatte, ging ich zur mittleren Luke und stieg hinunter ins Schiff. Vom Oberdeck zum Zwischendeck und noch tiefer, in den feuchten Laderaum, wo wir damals, als wir nach Afrika segelten, den Ballast und die Weinfässer verstauten.

Hier fand ich eine Bestätigung meines Verdachts: Gerätschaften aus der Sklavenzeit, allerdings in einem Zustand, bei dem man nicht davon ausgehen kann, dass sie seit fünfzehn Jahren ungenutzt im Bug des Schiffes gelegen haben. Ich weiß jetzt mit Sicherheit, dass mein angeheuerter Skipper mich belogen hat. Er hat in den letzten Jahren Schwarze transportiert. Es könnte sich natürlich um Transporte von Insel zu Insel in der Karibik gehandelt haben, aber die Anzahl an Eisen zum Anketten von Sklaven scheint mir eher ein Hinweis auf Transporte quer über den Atlantik zu sein.

Gerade wurde fünf Glasen geschlagen, und ich habe mich entschlossen, Wilfred Bernt aufzusuchen und ihn direkt zu fragen. Dann werden wir sehen, ob das Schiff weiter als bis nach Frederikshavn fährt, und unter welchem Kommando es möglicherweise zurücksegeln wird!

WILFRED BERNTS PRIVATES LOGBUCH, FREGATTE HOFFNUNG, MAI 1803

13. Mai 1803
57° 27'N
10° 45'O

Wir haben Frederikshavn achteraus an Backbord hinter uns gelassen. Anton Frederiksen, unser Reeder, liegt in seiner Kajüte und ist momentan nicht bei Bewusstsein. Als er gestern Abend erfuhr, dass die Hoffnung Frederikshavn nicht anlaufen wird, erschien er mit einer Pistole auf der Brücke, um den Rudergänger zu zwingen, den Kurs zu ändern. Er feuerte einen Schuss ab, der den Rudergänger verletzte, dann bekam Frederiksen einen Schlag auf den Kopf und ist seither nicht wieder zu sich gekommen.

Frederiksens Tochter, das Mulattenmädchen, wurde in einer Kajüte neben meiner untergebracht. Sie ist hysterisch, wird sich aber sicher bald beruhigen.

Wir halten Kurs auf Skagens Riff, danach in die Nordsee, dann in Richtung Süden.

Gott bewahre die Hoffnung!

BRIEF: JAN MARCUSSEN AN GENERALGOUVERNEUR BARDENFLETH, DEZEMBER 1823

Solitude, Heiligabend 1823

Mein lieber Freund,

fröhliche Weihnachten! Die Sonne brennt wie immer und wärmt die Rücken der Schwarzen auf dem Feld.

Du erinnerst Dich sicher an das erste Weihnachtsfest, an dem ich das Vergnügen Deiner Gesellschaft hatte; es war das Jahr, in dem das Packeis unseren Ausflug in den Osten Grönlands verhinderte. Ich muss zugeben, dass das westindische Klima meinem alten Körper besser bekommt als diese eisige Faust, die sich vom Polarmeer herabwälzte. Allein bei dem Gedanken daran schaudert es mich noch immer. Und wie jung wir damals waren, als Du Kadett auf dem Schiff Deines Onkels Løvenørn wurdest. Ich war gerade mal vierzehn Jahre alt. Eine merkwürdige Freundschaft – aber umso kostbarer, das weißt Du – zwischen einem jungen Zivilisten und einem Kadetten, dem noch der goldene Löffel seiner Geburt im Mundwinkel steckte!

Ich hoffe wahrhaftig, dass wir uns bald einmal wiedersehen; so weit ist es doch nicht von Sankt Croix bis Sankt Thomas. Und hat man das halbe Jahrhundert erst einmal hinter sich, weiß man nie, wie viele Knoten die Logleine noch hat. Plötzlich steht einer von uns da und blickt in das Grab des anderen, und dann ist es zu spät, um gemeinsam Rum zu trinken. Die Götter wissen, dass ich schon allzu oft am Grab eines Freundes gestanden habe.

Doch Du bist mit Deinem Buch beschäftigt, heißt es in Charlotte Amalie. Geschrieben wird indes auch hier – und nun denke ich nicht an diesen Brief. Mein junger Gast ist wohlbehalten auf der Plantage angekommen und hat sich in einer Hütte in der Santa-Maria-Bucht eingerichtet. Er kam mit dem Paketschiff Kong Frederik, an das Du Dich aus der Zeit vor dem Verbot erinnern wirst, aber dieses prächtige Schiff legte natürlich nicht am Kai von Charlotte Amalie an, sondern setzte seine wenigen Passagiere eine Viertelmeile vor dem Hafen ab.

Gestatte mir ein paar Zeilen, um Dir diesen Mikkel Eide zu beschreiben.

Er ist eine Bohnenstange, natürlich, so sehen diese Bücherwürmer ja meist aus. Er ist ein wenig größer als ich, und hätte er meine Statur, würde er gewiss so viel wiegen wie ein junges Pferd. Er hat, Gott bewahre, einen hellen Filzhut mitgebracht, der sicherlich der Vorstellung eines Kopenhagener Stutzers von einem Tropenhut entspricht!

Und seine Kleidung! Er kam in einer Art maritimem Anzug, und doch es ist ganz offensichtlich, dass er noch nie in seinem Leben ein Tau in der Hand oder einen Kurs gehalten hat, abgesehen von dem Kurs, der ihn von der Bibliothek ins Gasthaus zum Mittagessen führt. Sein Gesicht hat auf See ein wenig Farbe bekommen, und wahrscheinlich ist er trotz allem jetzt zehn Mal mehr Seemann als bei seiner Abreise aus Kopenhagen!

Auf seine Weise ist er gewiss ein verträglicher Bursche. Ich weiß ein wenig darüber, was er getan hat, und das sagt ja durchaus etwas über den Mut dieses Burschen aus – berühmt geworden ist er mit einer langen Abhandlung über die Leibeigenschaft. Erstaunlicherweise scheint er davon überzeugt, dass ein Haufen Bauern in der Lage sein soll, ihr Leben selbst in die Hand zu nehmen, ohne von Menschen befehligt zu werden, die etwas mehr von der Welt gesehen haben als Kuhfladen und Stoppelfelder. Aber seine Haltung in dieser und in anderen Fragen, mit denen er sich befasst hat, nährt unweigerlich den Gedanken, dass er nicht auf unsere Inseln gekommen ist, um deren prächtige Natur zu preisen. Eher wird ihm daran gelegen sein, eine Auseinandersetzung über die Art und Weise anzustoßen, wie hier die Schwarzen eingesetzt werden. Mit anderen Worten, es wird auf eine Konfrontation mit den Pflanzern hinauslaufen und damit – ja, denn so ist es doch tatsächlich – mit der wichtigsten Einnahmequelle des dänischen Reiches.

Ich habe nicht mehr als sechzig Jahre auf der Welt verbracht, ohne das eine oder andere über Menschen gelernt zu haben, und ich sehe, dass sowohl Zweifel als auch Lust in dem jungen Professor Eide stecken. Offensichtlich hat er das noch nicht selbst erkannt, oder er versteckt sie so tief hinter den Schotten seiner Seele, dass er sie nicht sehen kann.

Aber genug jetzt von Eide. Er sitzt in seiner Strandhütte und schreibt. Und ich hoffe, bald von Dir zu hören. Ich brenne vor Neugierde, mehr *Über Orkane* kennenzulernen – und lieber in Schriftform als auf dem Meer!

Dein treuer Jugendfreund
Jan

MIKKEL EIDES TAGEBUCH AUF SOLITUDE, JANUAR 1824

Knapp drei Wochen wohne ich jetzt auf der Plantage. In dieser Zeit bin ich regelmäßig zu Gast in Marcussens Haus gewesen. Und ich muss sagen, der Mann erfüllt mich mit Erstaunen. Alles, was er repräsentiert, verachte ich, und ohne zu zögern würde ich große Opfer bringen, um es abzuschaffen. Aber dem Mann selbst bringe ich eine merkwürdige Sympathie entgegen, ich glaube, ich habe noch nie etwas Vergleichbares erlebt. In meinem bisherigen Leben haben Menschen, die in meinen Augen schlechte und egoistische Motive hatten, auch abscheuliche Charakterzüge gehabt, sodass es leicht war, sich von ihnen zu distanzieren und ihnen mit allen Kräften entgegenzuarbeiten. Ja, ich habe häufig gar in den Gesichtern dieser Menschen, in ihrer ganzen Physiognomie sehen können, wie niederträchtig ihre Gedanken waren. So, wie man einem pervertierten Verbrecher ansieht, dass er niemals ein anständiger Mensch wird.

Der Sklavenhalter Marcussen, und das ist über jeden Zweifel erhaben, ist indes einer der gastfreundlichsten und angenehmsten Menschen, die ich je kennengelernt habe, und darüber hinaus scheint er intelligent und einigermaßen belesen zu sein. Und gestern Abend gelang es ihm sogar, mich in einem Maße zu erschüttern, dass ich bald nicht mehr weiß, was ich denken soll.

Wir hatten einmal mehr eine vorzügliche Mahlzeit in seinem Haus genossen, und als wir hinterher mit Rum und Zigarre auf der Veranda saßen, klingelte der Pflanzer plötzlich mit einer Glocke, die immer in seiner Reichweite ist, und einen Augenblick später kam ein junger Neger über den dunklen Hofplatz und blieb vor uns stehen. Marcussen nickte ihm zu und befahl: »Hol den Wagen, Nicolas.«

Ich sah ihn an, offensichtlich stand mir das Erstaunen ins Gesicht geschrieben, denn gewöhnlich sitzen wir ein oder zwei Stunden auf der Veranda und plaudern über alles Erdenkliche, nun wollte Marcussen mich jedoch offenbar früher als üblich nach Hause schicken.

»Haben Sie noch etwas zu erledigen?«, erkundigte ich mich und versuchte, meine Enttäuschung zu verbergen.

Marcussen lächelte listig und prostete mir zu. Nachdem er getrunken hatte, schüttelte er den Kopf.

»Wir machen eine kleine Spritztour, Sie und ich«, erwiderte er. »Es ist an der Zeit, dass ich Ihnen etwas von der Stadt zeige.«

Wir fuhren die Berge hinunter. Die Straße von den Gebäuden der Plantage führt durch Zuckerrohrfelder und kleine Wälder mit Bäumen, deren Namen ich nicht kenne und deren Wipfel mit der Dunkelheit über uns verschmolzen. Ich wusste, dass sie über den Weg ragten, denn wenn ich nach oben blickte, wurde das Flimmern der Sterne von Zweigen und Laubwerk gefiltert. Der Mond zeigte sich als bleiche Sichel am nordwestlichen Himmel, der Bogen zeigte nach oben, die Spitzen nach unten – eine Erinnerung daran, dass wir uns nahe dem Äquator befanden.

Unterwegs redete Marcussen nicht viel. Er hielt die ledernen Zügel in seinen großen Händen, doch die Pferde kannten den Weg und brauchten keine Anweisungen, um den Berg hinunterzulaufen. Ein einziges Mal mussten wir halten, um einer größeren Kutsche Platz zu machen, die in entgegengesetzter Richtung unterwegs war, ansonsten begegneten wir niemandem auf dem Weg nach Charlotte Amalie.

Eine schmale, dunkle Straße mit zweistöckigen Häusern auf beiden Seiten führte hinunter zum Hafen, wo das Wasser im schwachen Mondlicht glitzerte. Charlotte Amalies Hafen liegt am Ende einer tiefen Bucht, beschützt von mehreren Inseln, deren Silhouetten ich in der Dunkelheit ahnen konnte. Am Kai lagen Schiffe in allen Größen, mit nackter Takelage und bei dem ruhigen Wetter nahezu reglos. Eine Gruppe Männer stand an Deck einer Brick, erleuchtet vom Schein einer Laterne in ihrer Mitte – kupferne, sonnengebräunte Gesichter unter schwarzen Haaren.

Marcussen bog links ab und fuhr mit dem Einspänner den Kai entlang. Er hielt vor einem größeren Gebäude, das von so vielen hängenden Öllampen erleuchtet wurde, dass es mir leichtfiel, das Schild an der Fassade zu entziffern: Emilys Hotel.

Marcussen ließ die Handbremse einrasten, sprang von der Kutsche und trat vor das Pferd. Er klopfte es am Hals und gab ihm irgendetwas aus seiner Hand zu fressen. Dann wandte er sich mir zu und nickte. »Kommen Sie«, forderte er mich auf, und ich folgte ihm durch die Doppeltür.

Eine Stunde später war unsere Unterhaltung in Gang gekommen. Der Pianist, der ein in der Ecke des großen Schankraums stehendes Klavier traktierte, hörte unvermittelt auf zu spielen, erhob sich und ging mit hastigen, allerdings etwas unsicheren Schritten an der Bar vorbei und verließ das Lokal. Eine Stille legte sich nun über den Raum, als hätte man den Kopf unter Wasser gesteckt. Marcussen sah mich über den Tisch hinweg an. Sein drittes Glas Punch – dunkler Rum mit Zitronensaft – stand vor ihm auf dem verschrammten Mahagonitisch. Seine Augen glänzten.

»Na, wie finden Sie unsere Insel, Professor … gefällt's Ihnen hier?«

»Ganz bestimmt«, antworte ich unverzüglich. »Ich glaube, ich habe mich noch nie an einem so schönen Ort aufgehalten.«

»Ha! Ja, so geht's den meisten, die zu uns kommen. Deshalb bleiben ja auch so viele hier. Es heißt, es sei leicht, hierherzukommen, aber schwer, wieder heim zu finden.«

»Sind damit die Weißen oder die Schwarzen gemeint?« Ich hörte den sarkastischen Klang in meiner Stimme.

Marcussen dachte einen Moment nach, bevor er antwortete.

»Tja, die Schwarzen kommen jedenfalls nicht wieder nach Hause. Es sei denn, sie hätten recht mit ihrem heidnischen Glauben.«

Er sah mich mit erhobenem Glas an. Das Glas und sein bernsteinfarbener Inhalt spiegelten den Schein einer in der Nähe hängenden Öllampe. Ich hob fragend die Augenbrauen.

»Die Schwarzen glauben, sie kämen zurück nach Afrika, wenn sie sterben«, erklärte er. »Einige von ihnen glauben sogar so fest daran, dass sie sich selbst die Kehle durchschneiden oder sich auf andere Weise umbringen.«

»Das unterscheidet sich doch nicht sonderlich von dem Glauben, dass man in den Himmel kommt, wenn man tot ist. Möglicherweise ist es sogar dasselbe.«

»Dann sind Sie nicht gläubig, Eide?«

Ich lachte. »Das kann ich wahrlich nicht behaupten.«

Er leerte sein Glas in einem Zug. »Ich auch nicht«, sagte er dann. »Nicht mehr. Man muss nicht viel von der Welt gesehen haben, um den Glauben an die christliche Barmherzigkeit zu verlieren. Dass Seeleute so gläubig sind, liegt wohl eher an ihrer Furcht davor, nicht lebend heimzukehren. Vermutlich ist es leichter, mit kaltem Salzwasser in den Lungen zu ertrinken, wenn man an ein himmlisches Leben glaubt.«

Ich schaute meinen Gastgeber an und lächelte über seinen atheistischen Scharfsinn; es ist selten, dass ich auf Menschen treffe, die in dieser Frage ebenso denken wie ich. Und doch hatte Marcussens Gesicht sich verdüstert. Oder war er betrübt? Er blickte mir über die Schulter, als stünde jemand hinter mir – ein Wiedersehen, das ihn an etwas Unangenehmes erinnerte. Dann schüttelte er den Kopf und wurde wieder munter.

»Trinken Sie«, forderte er mich auf und hob das Glas. Ich prostete ihm noch einmal zu. Überall im Lokal saßen Seeleute und sicher auch andere Pflanzer und tranken wie wir Rum mit Zitrone. In der Küche des Hotels hatten sie bestimmt Kisten mit eingesalzenem dänischen Fisch und Klippfisch. So werden die Traditionen des Meeres allmählich zu Bräuchen des Festlands und verlieren ihren ursprünglichen Sinn: Durch die Zitrone im Rum blieben die Seeleute während der Atlantiküberquerung gesund, und eingesalzener Fisch und Klippfisch hielten sich ewig. Bestimmt ist das Meer rund um Sankt Thomas reich an quicklebendigen Fischen, und doch essen die Einwohner der Insel lieber norwegischen Salzhering, der mehrere Monate alt ist, und trinken die Medizin der Seeleute.

Nach noch einem Glas kehrte der Pianist zurück und klimperte weiter. Ein magerer, bleicher Mann erhob sich und setzte seinen Zylinder auf. Seine Begleiterin – eine hübsche, kräftig geschminkte Mulattin in einem lavendelblauen Kleid – nahm seinen Arm, gemeinsam gingen sie an uns vorbei und verließen das Lokal.

Marcussen schaute auf den Pianisten und schüttelte den Kopf. Er zog ein Silberetui aus seiner Jacke, öffnete es und bot mir seine dünnen dunklen Zigarren an.

Wir rauchten, ohne dass einer von uns ein Wort gesagt hätte. Hin und wieder richtete Marcussen den Blick auf mich und zeigte sein fuchsartiges Lächeln – ich habe häufig das Gefühl, dass er sich über irgendein Geheimnis amüsiert, das er mir aber niemals anvertrauen würde.

Die Zigarre schmeckte eigenartig, sie verströmte einen süßlichen, würzigen Duft, vermischt mit etwas Bitterem, das ich mir nicht erklären konnte. Ich zog den kräftigen Rauch tiefer als gewöhnlich in die Lungen und verspürte eine Hitze, als würde die Glut der dünnen Zigarre direkt in meine Brust leuchten. Plötzlich hatte ich das seltsame Gefühl, dass die Sonne mein Gesicht erhitzte, und ich dachte: Was für ein Sommertag! Und dieser Satz schien sich in meinem Kopf einzubrennen. Was für ein Sommertag. Hier auf Sankt Thomas ergab der Satz keinen Sinn, schließlich besteht das ganze Jahr aus einer einzigen Abfolge von Sommertagen. Mit einem Mal kam ich auf den Geschmack der Zigarre, den ich vorher nicht hatte benennen können. Sie schmeckte nach gebratenem Geflügel. Huhn. Gänsebraten. Heiß aus dem Ofen, erhitzt von derselben Glut, die sich durch die Zigarre brannte und nun ihren orangeroten Schein auf die Wand neben mir warf – so kräftig, als würde hinter mir das Lokal brennen. Ich drehte mich um und sah den Mann am Klavier; seine Musik klang jetzt leise und verhalten, staccatoartig, als würde er jede Taste nach einem Muster anschlagen, das allein er kannte. Und so war es ja auch an diesem Sommertag in Emilys Hotel. Marcussens Gesicht loderte ebenso wie meins, eine ähnliche Glut, doch sein Lächeln war väterlich, seine Augen blitzten verständnisvoll. Ein sanfter Mann. Und er ist wirklich mein Freund, dachte ich. Marcussen war mein Freund! Er hob sein Glas und sagte irgendetwas, ich verstand die Worte nicht, wusste aber dennoch, was er gesagt hatte. Er sagte: Was für ein Sommertag.

Inzwischen weiß ich, dass es keine gewöhnliche Zigarre war, aus einem bestimmten Grund habe ich es Marcussen gegenüber jedoch mit keinem Wort erwähnt. Denn wenn ich es täte, müssten wir auch darüber sprechen, was anschließend passiert ist, und das möchte ich vermeiden. Aber ich will versuchen festzuhalten, wie ich den Rest des Abends und der Nacht erlebte.

Ich weiß, dass wir Emilys Hotel irgendwann vor Mitternacht verließen. Marcussen stützte sich einen Moment an die Seite des Wagens, bevor er auf den Bock kletterte. Ich saß bereits auf der Bank und hatte das merkwürdige Gefühl, dass Marcussens Brustkasten rund wie eine Tonne war, und seine muskulösen, schweren Arme ragten aus dieser Tonne wie ein paar kräftige Rundhölzer auf einem großen Segelschiff. Er lachte brummend und wendete den Wagen, dann fuhren wir die Straße zwischen dem Kai und den Hausfassaden entlang. Nach einem kurzen Augenblick bog Marcussen zwischen den dunklen Häusern in einen Weg nach rechts ab. Ich legte den Kopf in den Nacken und sah den Sternenhimmel wie ein vibrierendes Band aus Licht zwischen den Gebäuden, dann verlor ich vollkommen die Orientierung. Ich erinnere mich an eine finstere Straße mit großen Bäumen auf der einen und einer Handvoll kleiner, zweistöckiger Häuser auf der anderen Seite. Unter den Baumkronen war der Himmel beinahe verschwunden, aber vor einem der Häuser hing eine Öllampe unter dem Dach der Veranda. Ihr Licht changierte von gelb über rötlich bis blauviolett, als würde ein Regenbogen durch das Lampenglas hin und her gezogen. Marcussen hielt an und sprang auf die Erde.

Im nächsten Moment standen wir in einem Raum, der mir sehr eng und gleichzeitig unendlich groß vorkam. Die Umgebung war mir fremd, doch in Marcussens Gesellschaft fühlte ich mich vollkommen sicher. Um uns herum waren andere Menschen, die ich nie zuvor gesehen hatte; mehrere Frauen, eine von ihnen mit nacktem Oberkörper – nicht ungewöhnlich auf Sankt Thomas, nur schimmerten ihre Schultern und Brüste von etwas Glänzendem und Fettigem, und in der Nase trug sie einen Ring wie ein Stier. Ich hörte Marcussen laut und polternd lachen, wie gewöhnlich, nur noch lauter; ein anderer Mann lachte ebenfalls, aber sehr trocken und gekünstelt. Er war mager, hatte ein längliches Gesicht und schmale, misstrauische Augen – und wie eigenartig es mir auch vorkam, es klang, als würde Marcussen ihn *Massa* nennen. Mein Gastgeber verschwand mit einer Frau in einem mohnroten Kleid; sie hing an seinem Hals, und er trug sie wie ein Halstuch.

Dann wurde ich mit dem Mädchen mit den fettigen Brüsten und dem Nasenring in einen Raum geschoben, sie sagte etwas mit einer verblüffend tiefen Stimme, und plötzlich lag ich auf etwas Weichem, vermutlich einem Bett, allerdings fühlte es sich wie Gras an. Die Frau beugte sich über mich und blickte auf mich herab, und ich schaute über ihre braune Schulter an die Decke, doch es gab keine Decke, über uns sah ich blauen Himmel und feine weiße Wolken. Was für ein Sommertag! Ich murmelte die Worte, während ich an den Brüsten der Frau schnüffelte, die sie mir aufs Gesicht gelegt hatte; sie dufteten nach Kokos und hatten die Farbe und Größe von Kokosnüssen, nur waren sie sehr viel weicher und weitaus geschmeidiger. Ich spürte sie an meinem Gesicht, meinem Mund und meinen Händen.

Dort, unter den Schäfchenwolken, schien die Zeit sehr langsam zu vergehen. Die Frau – die man wohl kaum als Frau bezeichnen konnte, eher als Mädchen – war jetzt ganz nackt, und als ich meinen Blick von den schmalen Fesseln bis hinauf zu dem glänzenden Ring in der Nase wandern ließ, wurde mir klar, dass ich sie liebte, mehr, als ich jemals irgendjemanden geliebt hatte.

Sie setzte sich breitbeinig auf mich, als wäre ich ein Pferd oder ein Maultier, und platzierte meine Hände auf ihren Brüsten, die sich wie etwas vollkommen Neues anfühlten; wie etwas, das man sich durchaus vorstellen kann, das man aber erst begreift, wenn man es in den Händen hält. Der erste Fisch, den man als Junge fängt, ein Vogel, der gegen eine Fensterscheibe geflogen ist und in den Händen wieder wundersam zum Leben erwacht, die Haut einer Frau, so anders als die eigene …

Ich schloss die Augen und ließ alles in mir und um mich geschehen. Ich wunderte mich nicht: nicht über die Wolken am blauen Himmel über uns, nicht über den Ring in der Nase der Frau, nicht über die Stimmen draußen oder das ungeduldige Klopfen an der Tür …

Ich habe eine undeutliche Erinnerung, dass ich später in dieser Nacht – ich weiß nicht mehr, wie wir das Haus der Frau mit dem Nasenring verließen – Marcussen auf der Bettkante in einem anderen Zimmer sitzen sah – war ich hineingestürmt, begeistert über mein Zusammensein mit der Frau? –, mit hängenden Schultern, allein in dem dunklen Raum. Und als er beim Geräusch meiner Schritte zusammenzuckte und zu mir aufsah, war sein Gesicht nass, wie nach einem heftigen Weinkrampf. Aber das muss ein Traum gewesen sein. Männer wie Marcussen weinen nicht.

BRIEF: THOMAS DE SOUZA AN MIKKEL EIDE, FEBRUAR 1824

Mein lieber Eide,

ich weiß, dass die abschließende Bemerkung in Ihrem letzten Brief rhetorisch gemeint ist, dennoch muss ich sagen, dass Sie wahrlich keinen Grund haben, sich vor Ihrem Spiegelbild zu ekeln. Obwohl Sie selbst weiß sind, gehören Sie doch zu den wenigen Menschen, die ihre Zeit und ihre Fähigkeiten opfern, um für den schwarzen Mann zu kämpfen. Unter den Freigeistern der Hauptstadt begegne ich häufig dieser Einstellung, und ich muss Sie davor warnen: Man kann und soll nicht die Verantwortung für Fehler und vielleicht sogar Verbrechen übernehmen, die unsere Zeitgenossen begehen, mit denen wir eine Rasse, eine Nationalität oder die gesellschaftliche Klasse teilen. Es wäre falsch, wenn Männern wie Sie und ich uns das »dänische Verbrechen«, wie Sie es nennen, an die Brust heften würden. Wir hingegen haben die Verantwortung – oder soll ich sagen die Ehre –, an der Befreiung des schwarzen Mannes mitzuwirken. Ich bin ganz sicher, dass dies eines Tages geschehen wird!

Ich danke Ihnen für Ihren außerordentlich wohlformulierten und interessanten Brief. Ich habe ihn soeben empfangen und mehrfach gelesen, und wahrhaftig habe ich das Gefühl, die Atmosphäre auf dieser schönen Insel zu verspüren, auf der Sie sich nun befinden. Sie schreiben so lebendig! Und zu hören, dass Ihr Schiff so viele Jahre nach Inkrafttreten der Verordnung Neger transportierte, schmerzt mich mehr, als ich ausdrücken kann – als hätte sich seit dem vergangenen Jahrhundert nichts geändert. Diese Sklavenhändler müssen und sollen zur Verantwortung gezogen werden!

Es gibt einen Mann in Charlotte Amalie, auf den Sie sicher bereits gestoßen sind: Peter von Scholten, Kammerherr, Offizier, Zollintendant und nun auch leitender Kommandant oder Gouverneur auf Sankt Thomas, so ist wohl sein Titel. Eine flamboyante und mächtige Person, die Ihnen sicher von Nutzen sein kann, wie ich glaube. Ungeachtet dass Sie diesem Mann höchstwahrscheinlich schon begegnet sind und vermutlich mehr über ihn wissen als ich, möchte ich Ihnen doch nicht vorenthalten, was ich über ihn gehört habe.

In gewissen Kreisen hier in der Hauptstadt, in denen ich mich um meiner persönlichen Sicherheit willen ausgesprochen wachsam bewege, spricht man über von Scholten als einen Ehrenmann, der der Sache der Sklaven dienen und sie im Grunde seines Herzens vielleicht sogar befreien will. Eine solche Haltung ist in den Augen der westindischen Pflanzer vermutlich geradezu ketzerisch, doch nach dem, was ich höre, hat der gute von Scholten den Mut zur eigenen Meinung. Ein Mann im Übrigen, der laut meinen Informationen mit so vielen Goldtressen geschmückt ist, dass es einer königlichen Person würdig wäre.

Um die Person von Scholtens rankt sich eine Reihe von Mythen. Es heißt, er sei ein Freund der Damen, ein Bonvivant, ein kleiner, korrupter Dieb und ein Günstling des Königs. Alles Anschuldigungen, die sicher einen Funken Wahrheit enthalten; ein Günstling des Königs ist er ganz sicher, wurde er doch bereits als recht junger Mann Mitglied des königlichen Adjutantenstabs, der Roten Federn, die bekanntlich eine Zeitlang das dänische Reich regierten, da sie das Ohr des Kronprinzen hatten. Doch sein Glück machte er, als er aus dem Adjutantenkorps austrat und nach Westindien reiste.

Von Scholten, so heißt es, ist so sehr auf der Seite der Schwarzen, dass er sogar mit ihren Frauen verkehrt, wenn Sie verstehen, was ich sagen will. Dazu haben Sie sicher eine Meinung, da Sie doch jetzt täglich von Negerfrauenzimmern umgeben sind. Ist die Vermutung berechtigt, dass ein weißer Mann sich von einer schwarzen Frau angezogen fühlen kann?

Ich sehe ungeduldig dem Moment entgegen, an dem ich die ersten Kapitel Ihres Werks lesen kann. Jedwede andere Arbeit im Verlag oder im Buchhandel tritt in diesen Tagen in den Hintergrund. Denn unablässig denke ich an meinen professoralen Gesandten, der sich in exotischen Umgebungen auf der anderen Seite der Erdkugel aufhält, während ich in der Kälte des dänischen Winters schaudere.

Mit vorzüglicher Hochachtung
Ihr Thomas de Souza

MIKKEL EIDES TAGEBUCH, 9. JANUAR 1824

Marcussen besuchte mich am späten Vormittag. Ich saß in meiner Hütte und arbeitete an dem Text über den Ursprung der Sklaverei in der antiken Welt, als ich ihn kommen sah. Er setzte sich in einen der Schaukelstühle auf meiner kleinen Terrasse, stellte eine Flasche auf den Tisch, legte einen seiner blankgeputzten Stiefel aufs Geländer und verschränkte seine großen Hände im Nacken. Dann seufzte er laut und blickte aufs Meer.

Ich hatte ihn seit dem Abend nicht mehr gesehen, der auf seiner Veranda begann und im Haus mit den Schäfchenwolken an der Decke und der Frau mit dem Nasenring endete, und ich empfand ein Gefühl der Verlegenheit bei dem Gedanken daran; tatsächlich hatte ich keine sonderlich große Lust, ihn zu sehen.

»Ich komme gleich«, rief ich. »Ich bin mitten in einem Gedanken.«

»Ausgezeichnet, Eide«, antwortete er, ohne sich zu rühren.

Kaum fünf Minuten später saß ich auf dem zweiten Stuhl der Veranda und blickte ebenfalls aufs Meer.

»Haben Sie zwei Gläser?«, erkundigte er sich.

Ich holte zwei Gläser aus dem alten Büfett in der Hütte und stellte sie zwischen uns auf den Tisch. Marcussen goss dunklen Rum ein. Wortlos hob er sein Glas, sah mich an und nickte mit seinem großen, braungebrannten Kopf. Wir prosteten uns zu. Wieder einmal.

Einen Augenblick saßen wir da, ohne ein Wort zu sagen. Dann

nahm Marcussen das Bein vom Geländer und klatschte zweimal in die Hände, dass das scharfe Knallen bis zum Strand zu hören war. Meine Hütte liegt auf einer Lichtung in einem Gürtel von hohen Palmen, die die meisten Strände der Insel begrenzen. Zwischen der Veranda und dem Wasser liegt weißer Sand, und zu beiden Seiten der Hütte erstreckt sich der Palmengürtel bis zum westlichen und östlichen Ende der Bucht. Es ist eine sehr kleine, aber recht tiefe Bucht.

Aus dem Schatten der Palmen kam nun eine Gestalt auf uns zu: eine Frau, die sich sehr gerade hielt, groß und schlank mit breiten Hüften und einem Korb in den Händen. Das Licht der Sonne wurde von ihrer schwarzen Haut absorbiert. Ich erkannte sie sofort wieder. Mit langsamen, wiegenden Schritten ging sie den Strand entlang, und ich folgte ihr mit den Augen, bis sie vor uns an den Holzstufen stand, die von der Veranda in den leuchtend weißen Sand führten. Marcussen nickte ihr zu, nicht unfreundlich, und winkte sie näher heran.

»Afi«, sagte er. »Du hast Monsieur Eide ja schon kennengelernt. Er ist jetzt dein Herr.«

Dies ist mein Tagebuch, das ich nur für mich führe, um von persönlichen Ereignissen und Gedanken erzählen zu können, die nicht in das große Werk gehören, aus dem mit Redakteur de Souzas tüchtiger Mithilfe ein Buch mit dem Arbeitstitel »Das dänische Verbrechen« werden soll. Sollte mein Buch jedoch ein großer Erfolg werden und vielleicht sogar der Anstoß für Veränderungen sein, der Anstoß zu einer Debatte, oder vielleicht sogar zur Abschaffung der Sklaverei, wer weiß, dann wird vielleicht auch irgendwann der Tag kommen, an dem über die Herausgabe dieser Betrachtungen und Erinnerungen gesprochen werden könnte.

Ich glaube, Marcussen hat sehr früh beschlossen, mich auf die Probe zu stellen. Vielleicht trieb ihn dieser Gedanke bereits um, bevor ich auf der Insel eintraf. Er wusste ja, dass ich kommen würde – »der berühmte Humanist aus der Metropole«. Und pfiffig wie er ist, dachte er, er könne mich zum Narren halten. Indem er mich dazu bringt, Opium zu rauchen, ein Bordell zu besuchen, mich zu betrinken und mich nun der täglichen Versuchung auszusetzen, die von dieser jungen, attraktiven Frau ausgeht.

Ich wusste wirklich nicht, was ich tun sollte. Hier auf der Insel ist es normal, dass die weißen Herrschaften sich mit Dutzenden von dienstbaren Geistern umgeben; auf den großen Plantagen sind mehrere hundert Sklaven mit dem Anbau und der Ernte von Zuckerrohr und der Produktion von Zucker für den Export beschäftigt. So gesehen war es im Grunde nicht ungewöhnlich, dass Marcussen mir eine Haushaltshilfe anbot. Aber ich kenne ihn, ich weiß es besser!

Zum einen ist Afi eine wirklich ungewöhnlich hübsche junge Frau. Meinem Tagebuch gestehe ich gern, dass meine Erfahrungen mit Frauen bis vor kurzem äußerst begrenzt waren. Ich bin sechsunddreißig Jahre alt und war in meinem Leben weder verlobt noch verheiratet. Bis meine Mutter vor sechs Jahren starb – mein Vater ging von uns, als ich noch sehr klein war –, wohnte ich bei ihr in der herrschaftlichen Wohnung der Familie in der Dronningens Tværgade in Kopenhagen. Es gab Dienstmädchen, ja sicher, doch nur bei ganz wenigen Gelegenheiten erfüllte eine von ihnen andere meiner Bedürfnisse als die rein häuslichen. Wenn Mutter entdeckte, dass sie mich »verführt« hatten, wurden sie umgehend in Ungnade entlassen.

Ich bin nicht naiv, ich weiß, dass meine mangelnde Erfahrung in scharfem Kontrast zu dem steht, was ein Mann wie Marcussen getan und erlebt hat. Und dass er mir nun eine junge, hübsche Frau als persönliche Haushaltshilfe überlässt, bringt mich in ein gewaltiges Dilemma. Soll ich ehrlich sein? Als er sie mir präsentierte, empfand ich Freude und Erregung und gleichzeitig eine eigentümliche Erleichterung. Mir über meine Gefühle klar zu werden, ist nicht leicht. Jetzt, da die Dunkelheit sich nach einem langen Tag über die Insel gelegt hat und Afi sich in ihre Schlafstatt auf der Veranda begeben hat – wie ich ein wenig berauscht –, kann ich meine Beweggründe einfacher und vielleicht auch rationaler darlegen, warum ich Marcussens »Geschenk« trotz allem angenommen habe.

Afi wird es gut bei mir haben. Ihr Aufenthalt ist fast als ein kleiner Urlaub von der täglichen Schinderei anzusehen. Noch wichtiger indes ist: Afi kann mir bei meiner Arbeit helfen. Sie ist Sklavin, sie repräsentiert die Menschen, über die ich schreibe.

Bevor Marcussen mich heute verließ, befahl er Afi, uns ein Mittagessen zu bereiten, und sie kochte ein Gericht, das ebenso einfach wie wohlschmeckend und für mich vollkommen neu war. In ihrem Korb hatte sie die Zutaten mitgebracht, unter anderem ein großes, rotbraunes Krebstier, das einem Hummer oder einer riesigen Krabbe ähnelte. Sie nahm es auf der Veranda aus dem Korb, Marcussen und ich sahen ihr dabei zu, wie sie es mit einem Messer tötete, sodass das Tier sich um die Klinge krümmte. Dann schnitt sie die Schale auf und entfernte die Innereien, die sie in einen Eimer warf. Als sie damit fertig war, nahm sie den Korb und das getötete Krebstier mit in die Hütte, aus der sofort Geklapper von Töpfen und Pfannen zu hören war. Das Ergebnis war ein leckeres Ragout mit Gemüse und dem hellroten Fleisch des hummerähnlichen Tiers, außerdem Streifen von einigen süßen Wurzeln, die wie Kartoffeln oder Kürbis schmeckten. Alles in allem eine Mahlzeit, wie ich sie noch nie gegessen hatte. Zusammen mit dem starken Rum, den Marcussen offenbar den ganzen Tag über trinkt, entzündete das Essen ein Feuer in meinem Bauch und meiner Brust, das in mir den eigentümlichen Drang entfachte, mich zu bewegen. Ich wollte laufen, Berge besteigen oder tanzen. Durch die Tür sah ich die dunkelbraunen Beine unter dem kurzen geblümten Hemdkleid, und mir gingen Gedanken durch den Kopf, die ich sonst nur selten bei mir wahrnehme.

Dann ging Marcussen, mit seinem üblichen Grinsen und einem Finger an der Krempe als Abschiedsgruß, und ich blieb mit der jungen Frau allein zurück. Ich wusste kaum, was ich mit mir anfangen sollte.

»Massa«, sagte sie kurz darauf, als ich noch immer in dem Schaukelstuhl auf der Veranda saß.

Ich stand auf und spürte, dass mir ein wenig schwindlig war. Ich ging durch die Tür in den kleinen Raum, der gleichzeitig Diele und Küche ist.

»Nenn mich nicht so«, sagte ich. »Du kannst mich Herr Eide nennen. Oder Mikkel. Aber nicht Massa …«

Sie sah mich an. »Wie Sie wollen«, erwiderte sie. »Wie Sie wollen, Monsieur Eide.« Sie sprach die französische Anrede in einem beinahe ironischen Ton aus.

Dann trug sie die Teller in einem Zuber nach draußen, vermutlich, um sie abzuwaschen. Hinter der Hütte gibt es eine Quelle, ihr Wasser strömt fächerförmig in den Sand, jeden Tag in neuen Rinnsalen. Der Sand hat die Farbe und nahezu dieselbe staubige Struktur wie Weizenmehl.

Ich setzte mich an den kleinen Tisch ganz hinten in meinem Zimmer und griff nach dem Federhalter. Erst kürzlich habe ich begonnen, mit einer Feder aus Stahl statt einem Gänsekiel zu schreiben, und tatsächlich habe ich mich noch nicht richtig daran gewöhnt. Dieses kratzende Geräusch beim Schreiben stört meine Gedanken, und ich überlege oft, wieder zum Gänsekiel zurückzukehren, der so hübsch und nahezu lautlos schreibt.

Normalerweise habe ich einen leichten und direkten Zugang zu Klio, an diesem Nachmittag jedoch, während Afi in meiner kleinen Küche hantierte, nur wenige Schritte von meinem Arbeitstisch entfernt, blieb die Muse fern. Afi machte keinen Lärm, aber bisher hatte ich nur die Geräusche der Wellen gehört, erstaunlich unterschiedlich von Tag zu Tag, ja, von Stunde zu Stunde, je nach Strömung und Wind. In dieser frühen nachmittäglichen Stunde traf die Dünung träge auf den Strand, hob sich auf eine Weise, als wollte sie der Schwerkraft trotzen, und wälzte sich fast wie eine einzige lange Welle über die gesamte Breite des Strandes, um dann mit einem Geräusch wie von einer dröhnenden Ohrfeige auf die harte Fläche des Sands zu schlagen.

Ich konnte mich nicht konzentrieren. Der Federhalter trocknete mir zwischen den Fingern, die gelbweiße Fläche des Papiers war wie eine wüste Steppe, die ich nie durchqueren würde. Ich rutschte auf meinem Stuhl umher, meine Haut klebrig vor Schweiß in dem warmen Zimmer, ich öffnete eine Schublade und betrachtete ihren Inhalt: mein

Radiermesser, mein Tintenabroller, meine Schachtel mit zusätzlichen Federhaltern, mein Etui mit Nähzeug und Ersatzknöpfen – alles friedliche Dinge.

Ich seufzte, die Rastlosigkeit siegte, ich erhob mich von dem harten Holzstuhl und zog den dünnen Vorhang beiseite, der den vorderen Raum von dem Teil, in dem ich arbeite und schlafe, abtrennt, und ging hinaus zu ihr.

»Monsieur Eide?«, fragte Afi.

Ich spürte den Rum noch immer, und doch hätte ich in diesem Moment gern eine Flasche gehabt. Und tatsächlich gab es eine Flasche. Ich warf einen Blick auf die Veranda und sah, dass Marcussen sie draußen auf dem Tisch hatte stehen lassen. Allerdings war es noch nicht einmal drei Uhr.

»Komm«, forderte ich Afi auf und ging auf die Veranda. Ich zeigte auf die Flasche auf dem Tisch. »Wo sind die Gläser?«

»Hier.« Es klirrte und sie brachte ein Glas. Ich schüttelte den Kopf. »Noch eins«, erklärte ich. »Für dich.«

Sie zögerte. Dann holte sie ein weiteres Glas. Ich stellte beide nebeneinander auf den Tisch und füllte sie fingerbreit.

»Setz dich, Afi«, bat ich und wies mit dem Kopf auf den Stuhl. Sie gehorchte. Ich stellte ihr ein Glas hin. Dann nahm ich das andere und hob es in die Luft. »Worauf stoßen wir an?«

Afi rührte sich nicht. Sie schaute auf das Glas. »Ich trinke kein Kildevil.«

»Das ist kein Kildevil«, sagte ich, ohne nachzudenken. »Das ist Marcussens im Fass gelagerter Rum.«

Sie zuckte die Achseln und wandte den Blick ab.

Ich setzte mich ihr gegenüber. Eine der Wellen schlug mit einem melodischen, hohlen Geräusch auf den Sandstrand. Und wieder. Drei Wellen, dann gab es eine Unterbrechung, als hätte das Meer beschlossen, still zu sein und unserer Unterhaltung zu lauschen.

»Bist du hier auf der Insel geboren worden, Afi?«

»Nein, auf Saint Croix.« Sie sprach es perfekt französisch aus.

»Und wie alt bist du?«

»Siebzehn, Monsieur Eide. Im September werde ich achtzehn.«

Siebzehn. Sie war noch ein Kind.

»Ich möchte mich gern mit dir unterhalten, Afi.«

»Jawohl, Monsieur Eide.«

»Du kannst mich Mikkel nennen. So heiße ich.«

Ein kurzer Blick, ein wenig spöttisch.

»Aber das ist Monsieurs Taufname.«

Sie sprach Dänisch ohne Akzent, was ungewöhnlich war, nicht zuletzt für eine Schwarze aus Sankt Croix, wo der weitaus größte Teil der weißen Einwohner Ausländer sind.

»Das ist mein Vorname, genau wie Afi dein Vorname ist. Den deine Eltern dir gegeben haben. Oder?«

Sie schüttelte den Kopf. »Nein, Massa John hat mir den Namen gegeben.«

»Du willst nicht ›Mikkel‹ sagen – jedenfalls nicht gern –, aber du nennst deine Herrn beim Vornamen. John ist doch ein Vorname. Und wer ist das?«

»Mein erster Herr. Auf der Plantage Canaan, wo ich geboren wurde.«

Ich hob mein Glas. Afi hatte ihres bisher nicht angerührt.

Ich trank. Setzte das Glas ab. Eine neue Welle klatschte gegen den Strand.

»Also könntest du mich ›Massa Mikkel‹ nennen?«, fragte ich sie.

Sie schüttelte kurz den Kopf. Gegen meinen Willen fühlte ich mich ein wenig gekränkt.

»Ich bin auch kein Massa. Massa ist dasselbe wie ›Master‹, und ich bin das Gegenteil. Ich bin ein Freund der Schwarzen.«

Afi blickte auf. »Die Schwarzen haben keine weißen Freunde«, erwiderte sie stolz.

»Trink«, forderte ich sie auf.

Sie schaute nicht auf das Glas mit der dunklen Flüssigkeit. Sie sah mir in die Augen, lange genug, dass ich ein Unbehagen empfand. Dann hob sie das Glas, öffnete den Mund und leerte es.

Eine Welle schlug hart gegen den Sand.

Ich griff nach der Flasche und füllte erneut unsere Gläser.

Und dachte: Dies ist möglicherweise das Merkwürdigste, was ich je erlebt habe.

Afi saß reglos in ihrem Fetzen von einem Kleid da. Es war aus einem geblümten Baumwollstoff und hatte sicherlich einmal der Frau eines Pflanzers gehört. Jetzt waren die Ärmel abgerissen, die untere Hälfte eingerissen und die bunten Blumen verblasst. Ihre Haut sah aus, als sei sie vollkommen frei von Poren und anderen Unvollkommenheiten, abgesehen von einer Narbe, die sich vom äußersten Rand ihrer dünnen Augenbraue bis unter den rechten Wangenknochen zog. Es war keine alte Narbe, und ich würde lügen, wenn ich behaupten würde, dass sie ihr hübsches Gesicht nicht ein wenig entstellte.

Daheim in Dänemark habe ich oft an Neger gedacht, an ihr ungerechtes Schicksal, aber ich hatte nie einen Schwarzen gesehen. Hier auf Sankt Thomas hatte ich sie natürlich gesehen, aber dies war das erste Mal, dass ich sie wirklich *sah*. Ich sah Afi.

»Skål«, prostete ich ihr wieder zu. Afis Augen glänzten, aber das lag vermutlich an dem starken Rum. Wieder trank sie, leerte ihr Glas in einem Zug. Noch eine Welle. Klatsch. Plötzlich schien dieses Geräusch etwas Obszönes an sich zu haben.

»Wo leben deine Eltern?«, wollte ich wissen. »Sind sie auch auf Sankt Thomas?«

»Sankt Croix. Meine Mutter ist dort, glaube ich. Mein Vater ist tot.«

»Erzählst du mir von ihnen?«

Afi wandte das Gesicht ab und blickte aufs Meer. Im Profil sah ich ihre gewölbte Stirn. Ich wartete geduldig. Alle erzählen gern von sich und ihrer Geschichte.

»Nein«, sagte sie schließlich.

»Warum nicht?«

Sie antwortete nicht. Ich leerte mein Glas. Der Rum schmeckte nicht mehr so gut, ich fand ihn zu süß und gleichzeitig zu bitter.

»Du denkst doch daran, was ich gesagt habe. Dass ich ein Freund der Schwarzen bin?«

»Die Schwarzen haben keine Freunde unter den Weißen«, wiederholte sie.

»Nein. Hier nicht. Das glaube ich gern. Aber ich stamme nicht von hier, Afi. Wenn ich bestimmen könnte, würden alle Schwarzen morgen freigelassen.«

Sie stieß ein kurzes, höhnisches Lachen aus.

»Das wäre das Schlimmste, was passieren könnte.«

Ich runzelte die Stirn. Ihre Antwort überraschte mich.

»Was meinst du? Ist die Freiheit denn nicht erstrebenswert?«

»Ich komme aus Sankt Croix. Auf der Plantage, wo wir gelebt haben, meine Familie und ich, hatte Massa John, der Pflanzer, den Negern eine kleine Schule erlaubt. Die Kinder sind da einmal in der Woche hingegangen, manchmal zwei Mal, eine Frau hat sie unterrichtet. Sie war die Gouvernante der Kinder des Pflanzers, denn sie war in Dänemark geboren, obwohl sie farbig war. Sie brachte uns viel bei. Ich weiß daher Dinge, die die meisten Schwarzen nicht wissen. Wissen Sie, wie viele Negersklaven es auf Sankt Croix gibt?«

Ihr plötzlicher Redeschwall verdutzte mich. Es gelang mir nicht zu antworten, bevor sie fortfuhr.

»Fünfundzwanzigtausend«, erklärte sie. »Und was glaubt Monsieur, wie viele Weiße dort leben?«

Wieder wartete sie nicht auf meine Antwort.

»Auf jeden Weißen kommen zehn Schwarze. Solange sie Sklaven sind, bekommen sie etwas zu essen. Nicht viel, manchmal viel zu wenig, aber sie bekommen Essen und sie haben einen Ort zum Schlafen. Das ist der Lohn der Schwarzen«, erläuterte sie mir die Situation. »Aber wenn sie frei wären? Was dann? Dann würden sie in der Stadt betteln und von Insekten und Wurzeln leben. Die Frauen würden sich an die weißen Pflanzer verkaufen, die sie vorher ohne Bezahlung nehmen konnten. Oder glaubt Massa vielleicht, dass meine Brüder und Schwestern weiterhin auf den Zuckerrohrfeldern arbeiten würden?«

Die Sonne hatte den Zenit schon lange überschritten, und das Vorgebirge, das sich um das westliche Ende der Meeresbucht zog, warf seinen schweren Schatten über den Strand.

Ich protestierte nicht, als Afi aufstand, um die Gläser und die Flasche in die kleine Küche zu tragen. Sie fing an, dort aufzuräumen. Ein einziges Mal warf sie mir einen Blick zu, und ich lächelte sie an. Sie lächelte nicht zurück, sondern fuhr einfach mit ihrer Arbeit fort; ernst, mit verhaltenen Bewegungen. Sie schien kein bisschen angetrunken zu sein. Während ich sie betrachtete, ging mir ein merkwürdiger Gedanke durch den Kopf. Gehörte sie jetzt mir?

VEREINBARUNG ÜBER DIE ABTRETUNG DES SKLAVENMÄDCHENS AFI, 1820

Gegen die Auszahlung von zweihundertachtzig Reichstalern hat der Unterzeichnende mit diesem Tag den Besitz an der Negerin Afi, geboren im September 1806, auf Treu und Glauben nicht beliehen, gesund und wohlauf an den Pflanzer Jan Marcussen, Solitude Plantation, Sankt Thomas, übertragen.

Der Preis wurde unter Berücksichtigung einer gewissen Aufsässigkeit der Negerin festgesetzt.

John Ellis
Juli 1820
Canaan Plantation,
Sankt Croix

MIKKEL EIDE, »DAS DÄNISCHE VERBRECHEN« (MANUSKRIPT), JANUAR 1824

Soweit wir in der Geschichte zurückblicken können, haben die Menschen Sklaven gehalten. In allen Kulturen, zu allen Zeiten.

Ein Mann besitzt einen anderen Mann und zwingt ihn, die Arbeit zu verrichten, die er selbst nicht übernehmen will oder kann. Der Wert der Arbeit, die der unfreie Mann, der Sklave, ausführt, fällt dem freien Mann zu, seinem Besitzer. Die beiden Männer können gleichaltrig sein, sie können der gleichen Rasse oder dem gleichen Volksstamm angehören, oder aber es besteht zwischen ihnen ein so deutlicher Unterschied, dass allein dies das Verhältnis legitimiert.

Besitzt man seine Kinder? Wohl kaum. Natürlich bestimmt man über sie, weil sie zu unerfahren sind, um über sich selbst zu bestimmen. Besitzt man seine Ehefrau? In einigen Kulturen schon, dort sind Frauen Sklaven nahezu gleichgestellt, und es gibt es im Grunde genommen keinen Unterschied. In den orientalischen Reichen, die seit den Kreuzzügen die Europäer erschreckt und fasziniert haben, konnten die Sultane Odalisken halten, weibliche Sklaven, die sie ihren Freunden und loyalen Dienern schenkten, so wie wir heutzutage einem Freund vielleicht einen zahmen Papagei oder einen Hund schenken würden. Die osmanischen Fürsten hielten sich Harems mit vielen hundert Frauen, mit denen sie nach einem exakten Jahresplan kopulierten, der von einem vertrauten Beamten geführt wurde.

Diese Phänomene gibt es in den orientalischen Reichen bis heute.

Die Europäer halten sie für primitiv und unwürdig, obwohl sie selbst nahezu zweihundert Jahre lang schwarze Sklaven gekauft und verkauft haben. Sie haben sie aus ihrer Heimat entführt, um sie in fremden Breiten schuften zu lassen. Millionen von Negern haben dieses Schicksal erfahren und leben noch immer wie menschliches Vieh in der sogenannten Neuen Welt. Die Sklaverei ist seit dem 17. Jahrhundert ein integraler Bestandteil der dänischen Wirtschaft. Ich habe zwei Argumente gehört, die sich zu widersprechen und gegenseitig aufzuheben scheinen: Der dänische König unterhält Besitztümer – Handelsstationen – in Afrika, um Sklaven auf die westindischen Zuckerplantagen zu schaffen. Und der König besitzt Westindien, um die Schwarzen aus Afrika unterzubringen. Das erste Argument ist vermutlich wahrer als das zweite: Der Zucker ist die stärkste dänische Handelsware, wir exportieren ihn nach beinahe ganz Europa.

Und doch gibt es bei allem, was mit der Sklaverei zu tun hat, ganz offensichtlich eine Reihe kaum verständlicher Widersprüche. Ich werde meinen Lesern später einen jungen Juristen namens Hesselberg vorstellen, der einerseits ein respektierter Vertreter für Recht und Gesetz in Dänemark war, dem aber, als er als Beamter nach Westindien kam, anscheinend nichts anderes in den Sinn kam, als zu den Strafmethoden des Mittelalters zurückzukehren. Ein wahrlich erschütternder Bericht.

Auch Ernst Schimmelmann repräsentiert einen eigentümlichen Widerspruch. Natürlich kennen meine Leser Graf Schimmelmann, Dänemarks angesehenen Außenminister und ehemaligen Finanzminister – abgesehen vom König selbst der vermutlich reichste Däne unserer Zeit.

Schimmelmann ergriff die Initiative zur Verordnung von 1792, die den Transport von Sklaven über den Ozean verbot. Die Plantagenbesitzer bekamen indes eine Frist von zehn Jahren, um ihren Bestand aufzufüllen. Als Ergebnis dieses Verbots stieg die Anzahl der Sklaven in Dänisch-Westindien von 28 000 auf 36 000. Das Verbot löste nicht weniger als eine Explosion des transatlantischen Sklaventransports aus!

Ernst Schimmelmann war – und ist, darf ich vermuten – ein humanistisch gesinnter Mann, der im vergangenen Jahrhundert den Frondienst auf seinen Gütern aufhob und Schulen für die Kinder der Bauern errichten ließ. Aber derselbe Schimmelmann besitzt heute einige große Plantagen in Westindien mit insgesamt tausend Sklaven und einer Jahresproduktion von mehr als 150 000 Pfund Zucker. Zu den weitläufigen wirtschaftlichen Interessen des Ministers gehört eine Zuckerraffinerie auf Christianshavn, ein solider Anteil an der Sklavenfregatte Fredensborg und eine Gewehrfabrik, deren Waffen als Bezahlung für Sklaven von der Goldküste Verwendung finden.

Diese Widersprüche erschweren das Verständnis von Menschen wie Schimmelmann. Sind sie Heuchler? Wie kann ein Mann tausend Sklaven und ein Sklavenschiff besitzen und gleichzeitig daran arbeiten, den Sklavenhandel zu verbieten? Nein, tatsächlich ist es einfacher zu verstehen, was ein Sklave ist. Hier verlaufen die Linien exakt.

Ein Sklave gehört nicht sich selbst und ist somit per definitionem keine Person. Er ist wie ein Ding oder ein Haustier und kann ohne weiteres gekauft oder verkauft werden. Ein westindischer Beamter, an dessen Name ich mich nicht erinnere, formulierte es folgendermaßen: »Der Neger hat im Großen und Ganzen menschliche Formen, aber er ist kein Mensch. Er ist gleichzustellen mit einem Stück Vieh und muss entsprechend behandelt werden.«

Das ist natürlich nicht wahr. Wenn ein Neger kein Mensch ist, nur weil er anders aussieht als ein Däne, was sagt man dann zu einem Chinesen, einem Inder oder einem Eskimo, ja, sogar zu einem Spanier oder Franzosen? Sind sie nur aufgrund ihres andersartigen Aussehens ebenfalls keine Menschen? Natürlich sind sie es. Und Neger damit ebenfalls. Hat man diese Tatsache erst einmal akzeptiert, wird es sehr schwer, die Sklaverei zu verteidigen. Man kann sie dann nur noch als ein Verbrechen ansehen.

BRIEF: MARIA AN IHRE MUTTER, MAI 1803 (NICHT ABGESCHICKT)

Liebe Mutter,

ich sitze hier im Dunklen und schreibe. Es gibt kein Fenster in der Kajüte, aber ich habe das Papier auf den Boden gelegt und sitze im Schneidersitz davor. Wenn ich die Hand auf die oberste linke Ecke lege, fühle ich, wo ich auf der Seite bin, so kann ich schreiben. Wenn ich eine Pause machen muss, um nachzudenken oder einen Satz im Kopf zu formulieren, lasse ich den Stift direkt über dem Papier schweben, sonst wüsste ich nicht, wie weit ich gekommen bin.

Ich bin nicht sicher, ob Du meine Worte je zu Gesicht bekommen wirst, aber ich muss erzählen, was passiert ist, und es beruhigt mich zu schreiben.

Das Schiff liegt ruhig in der See. Wir müssen Skagens Riff inzwischen umrundet haben. Eine Weile hackte die Hoffnung sich in die Dünung, sodass ich in der Kajüte umher geworfen wurde. Ich legte mich in meine Koje und hielt mich am Rand fest; merkwürdigerweise wurde ich nicht seekrank, die meisten wären es wohl geworden. Ich wurde nur auf eine ganz neue Art und Weise müde und döste schließlich ein. Als hätte ich in einer großen Wiege gelegen und würde in den Schlaf gelullt; obwohl das Meer so ungestüm war, hatte es auch etwas Beruhigendes.

Ich weiß nicht genau, was passiert ist. Ich glaube, Vater hatte den

Verdacht, dass etwas nicht in Ordnung war, er und Kapitän Bernt haben sich jedenfalls gestritten. Ich stand an der Backbordseite am Schanzkleid, nur wenige Schritte von der Brücke entfernt, und sah in Richtung Land, als plötzlich laute Schreie ertönten und ich einen Knall von der Brücke hörte – einen Schuss, wie sich später herausstellte, doch das wusste ich zu diesem Zeitpunkt noch nicht. Ich fuhr herum und sah zwei Männer im Lampenschein bei den beiden Doppelrädern, mit denen die Ruder des Schiffs bedient werden. Der eine krümmte sich zusammen, als hätte man ihm in den Bauch geschlagen, und fiel dann zu Boden, sodass ich ihn nicht mehr sehen konnte. Der andere trat ans Ruder – das Licht der Laterne fiel auf ihn, und ich sah, dass es Vater war! – und griff in die großen Speichen. Unter Deck hörte ich die Ruderleinen gegen das harte Holz scharren, wo sie durch das Schiff hinunter zum Ruderstamm laufen. Die Hoffnung krängte nach Steuerbord und stieß ein jammerndes Geräusch aus – als würde sich das Schiff dem brutalen Kommando widersetzen, das mein Vater ihm gegeben hatte.

Dann sah ich einen weiteren Mann auf der Brücke, und ich schrie so laut ich konnte, um Vater zu warnen; alles dauerte nur wenige Augenblicke, und ich verstand nicht, was dort vor sich ging, aber ich wusste, dass Vater in Gefahr war. Der Mann hinter ihm hob ein langes Ding, eine Keule oder einen schweren Stock und schlug ihn Vater auf den Kopf. Und ich schrie. Mein Schrei übertönte das Geräusch der Keule, und Vater stürzte vornüber ins Ruder und blieb dort leblos liegen. Der Mann hinter ihm zog ihn aus dem großen Rad, und als das Licht auf ihn fiel, sah ich, dass es sich um den Kapitän handelte.

Und in diesem Moment sah er mich.

Ich weiß nicht, was mir durch den Kopf ging, ich war zu schockiert. Ich lief zu Vater und hörte Kapitän Bernt irgendetwas brüllen, was ich nicht verstand. Bernt griff ins Ruder, die Hoffnung richtete sich auf, aber ich beachtete ihn nicht; die Bewegung des Schiffs warf mich gegen den Besanmast, doch ich kämpfte mich zurück und kniete neben Vater, der auf dem Deck lag und am Kopf blutete. Seine Augen standen halb offen, doch er sagte nichts. Ich war sicher, dass er tot war, aber als ich eine Hand unter seinen Nacken legte, um seinen Kopf von dem harten Holz zu heben, flatterten seine Augenlider und fielen zu. Und ich hörte ein Geräusch, als würde er nach Luft schnappen.

Die Hoffnung krängte erneut, nun aber zur anderen Seite, nach Backbord, nachdem Bernt den Kurs korrigiert hatte, den Vater versucht hatte anzulegen. Dann ertönte ein Schlag, und ich sah auf. Zwei Männer kamen aus der hintersten Luke und rannten übers Deck. Bernt schrie ihnen einen Befehl zu, den ich nicht verstand, und die Männer packten mich und hoben mich hoch. Das Letzte, was ich sah, bevor sie mich unter Deck trugen, war Vaters leblose Gestalt und ein schmales Rinnsal Blut auf den groben Planken unter ihm.

Die Männer trugen mich in den kleinen Verschlag neben der großen Achterkajüte des Kapitäns. Direkt gegenüber hatte Vater geschlafen. Bernt hatte ihm die Achterkajüte angeboten, aber Vater hatte das Angebot abgelehnt und gesagt: »Die ist für den Skipper der Hoffnung reserviert, Wilfred.«

Es gibt keine Fenster in den beiden kleineren Kajüten, der Raum war ganz dunkel, als die Männer mich hineintrugen. Ich wehrte mich gegen ihren brutalen Griff, bis sie mich in die Koje warfen. Dann drehten sie sich wortlos um und verschlossen die Tür. Ich hörte keinen Schlüssel im Schloss, aber als ich aus der Koje sprang und zur Tür lief, bewegte sie sich keinen Millimeter. Sie mussten von außen einen Riegel vorgelegt haben. Ich hämmerte mit den Fäusten gegen das solide Holz, gab aber bald auf und sank auf dem Boden zusammen.

Und da sitze ich noch immer. Anfangs horchte ich bei jedem Geräusch vor der Tür auf. Die Männer kamen wieder herunter, es klang, als würden sie etwas Schweres tragen. Ich hoffte, es wäre Vater, ich hoffte, sie würden sich seiner annehmen, aber als ich durch die geschlossene Tür rief, bekam ich keine Antwort.

»Meinem Vater gehört die Hoffnung! Lasst mich sofort raus!«, schrie ich.

Und ich schrie noch viel mehr. Allein das Herausschreien meiner

Wut tröstete mich zunächst ein wenig. Schon bald verschwand dieses Gefühl indes, und Verzweiflung überkam mich. Ich war allein in der Dunkelheit, von außen drangen keine weiteren Geräusche zu mir herein. Um mich herum sang das Schiff sein Klagelied, und ich setzte mich in die Koje und dachte, dass mein innigster Wunsch wohl gerade in Erfüllung ging: Die Hoffnung und ich nahmen Kurs auf Skagens Riff, und was gibt es hinter Jütland anderes als die Weltmeere?

Liebe Grüße
Deine Tochter Maria

KAPITÄN WILFRED BERNTS LOGBUCH, FREGATTE HOFFNUNG, MAI 1803

15. Mai 1803
57° 17'N
8° 19'O
Frischer, gleichmäßiger Wind

Skagerrak. Nach Skagen drückte uns der Wind an die Küste der Jammerbucht. Wir gingen über Stak und orientierten uns an der norwegischen Küste, bevor wir Kurs in südliche Richtung nahmen, frischer Wind querab.

Nichts zu bemerken, alles in Ordnung an Bord. Besatzung guten Mutes. Nächster Hafen Calais!

Der Wind frischt auf.

WILFRED BERNTS PRIVATES LOGBUCH, FREGATTE HOFFNUNG, MAI 1803

15. Mai 1803

Frederiksen liegt noch immer an Steuerbord in der Kajüte neben der Achterkajüte. Ich habe mit der Göre gesprochen und ihr die Umstände erklärt. Sie begann zu heulen und verlangte, ihren Vater zu sehen.

Ich habe ihr erklärt, dass sie sich zu benehmen hätte, sonst würde ich sie den schwarzen Stieren auf dem Zwischendeck vorwerfen.

Es wäre nicht das erste Mal, dass ich mit Mulatten segele.

Sie starrte mich an, und ich war nicht sicher, ob sie mich verstanden hatte.

Dann trafen wir eine Vereinbarung. Sie darf ihren Vater sehen und wird nur nachts eingesperrt.

Gott bewahre die Hoffnung!

MARIAS TAGEBUCH, SONNTAG, 15. MAI 1803

Oh, ich weiß nicht, was ich tun soll. Ich wollte weiter an dem Brief an Mutter schreiben, doch dann ging mir durch den Kopf: Wird sie ihn jemals lesen? Ist es nicht egal, wohin ich meine Worte schreibe, was ich schreibe oder wem ich schreibe, wenn nichts darauf hindeutet, dass es jemals gelesen wird?

Außerdem wollte ich Mutter nicht erzählen, was zuletzt passiert ist.

Vater liegt in der Kajüte auf der Steuerbordseite. Sie sieht genauso aus wie meine, nur spiegelverkehrt: ein kleiner Tisch, ein Stuhl, der so unbequem ist wie ein umgedrehter Holzeimer, eine Koje in einem Alkoven, steifes, klammes Bettzeug, das nach fauligem Meerwasser riecht.

Vater liegt bleich in dem Alkoven, sein graues Haar ragt unter der schmutzigen Bandage wie gebleichte Baumwolle hervor, die hellblauen Augen sind blass, die Lippen fast ohne Farbe. Er sieht ganz anders aus als sonst. Wenn ich daran denke, laufen mir die Tränen über die Wangen und ich zittere vor Sorge.

Vater hat am Kopf geblutet, aber das hat wohl aufgehört. Er ist einigermaßen bei Besinnung, aber furchtbar schwach, und sein Gesicht ist schief, dass es mir Angst macht. Ich habe mich auf den Rand des Alkovens gesetzt und seine Hand genommen, und in der gleichen Sekunde sah ich Bilder von unserem Zuhause auf Thurø vor mir.

Kaum zu glauben, dass erst ein paar Wochen vergangen sind, seit wir unsere Seesäcke packten und miteinander scherzten, wir zwei Theaterseeleute. Er war so froh, endlich wieder an Bord zu kommen ja, so munter hatte ich ihn seit Jahren nicht erlebt. Und ich war ohnehin so glücklich war, dass ich kaum an mich halten konnte.

Hier im Dunklen kehren meine Gedanken ständig zurück in meine Kindheit auf der hufeisenförmigen Insel. All die Jahre, die ich zusammen mit Vater dort verbracht habe. Meistens war ich glücklich, obwohl ich Mutter vermisste. Und jetzt habe ich solche Angst, ihn zu verlieren und ganz allein zu sein.

Ich erinnere mich an ein ganz besonderes Ereignis, das Wetter war schön, und ich war noch klein und ging noch nicht zur Schule. Entweder war ich in jenem Sommer oder im Sommer des Vorjahrs zum ersten Mal auf der Hoffnung gewesen. Damals lebte Mutter noch bei uns, allerdings ging sie nicht gern in den Wald. Gerda packte uns einen Korb mit Wurst, Brot, Obst und Saft, und Vater und ich gingen den Strand entlang und dann eine steile Treppe aus schmalen Brettern hinauf zur Klippe hinter der Werft. Dort oben liegt der alte Wald, wo die Schiffbauer das Holz holen, das nicht auf die Insel gebracht werden muss wie die Kiefernstämme für die hohen Masten und das feine Mahagoni. Vater sagte, die Eichen seien tausend Jahre alt, sie hätten schon die Langboote der Wikinger auf dem Fjord gesehen. Bereits damals gab es Seeleute auf Thurø, bereits damals besegelten wir Dänen die Weltmeere!

Es war ein warmer Tag, doch zwischen den Bäumen schauderte ich ein wenig, nicht nur wegen der Kälte, sondern weil ich wusste, dass in den Höhlen in den uralten Bäumen Trolle hausten. Vater lachte und hob mich hoch, damit ich in die Löcher sehen konnte; es roch nach faulem Holz, schwarzen Käfern und geheimen Dingen, ich wollte nicht und hätte beinahe angefangen zu zappeln. Aber Vater sagte: »Ruf den Troll, Maria. Du wirst schon sehen. Ruf ihn!«

Und weil er mich in seinen Armen hielt und ich wusste, dass mir deshalb nichts passieren konnte – Vater war stärker als jeder Troll, den ich mir vorstellen konnte –, rief ich vorsichtig in die faulige Dunkelheit: »Troll … Troll!«

»Lauter«, sagte Vater und lachte. Und ich versuchte es noch einmal, diesmal lauter, und ich hörte, wie meine Worte in der Dunkelheit verschwanden und von dem weichen, schwammigen Inneren des Baums aufgesogen wurden. Wir warteten.

»Da passiert ja gar nichts«, sagte ich enttäuscht.

Vater schmunzelte. »Siehst du«, meinte er. »Es gibt keine Trolle in den Bäumen.« Und stellte mich zurück auf den weichen Waldboden.

»Das kannst du doch gar nicht wissen«, widersprach ich, ich war ein wenig erbost. »Vielleicht ist er nicht zu Hause. Oder er schläft. Vielleicht will er auch ganz einfach nicht mit uns reden.« Ich fand, es gab genügend Möglichkeiten; die Welt war voll von erstaunlichen Möglichkeiten. Ich blickte zu meinem Vater auf, der beinahe ebenso groß war wie die Bäume. Er lächelte breit. Hinter ihm spielte die Sonne in einem Loch zwischen den Baumkronen. »Komm«, sagte er.

Und jetzt liegt er dort drüben in der dunklen Kajüte, in dem Schiff, nach dem er sich all die Jahre gesehnt haben muss. Das wurde mir immer klarer, als wir packten und nach Kopenhagen aufbrachen, und vor allem, als wir die Hoffnung am Kai am Asiatisk Plads liegen sahen. Vater hatte das Leben auf See vermisst. Und plötzlich begriff ich, doch meine Erkenntnisse gefielen mir nicht: Vater hatte all das meinetwegen geopfert. Es gab ja niemanden sonst, der sich um mich gekümmert hätte. Er konnte nicht mehr zur See fahren, obwohl er es gern getan hätte, obwohl ihn die Sehnsucht nach dem Meer verzehrte. Und Mutter war nicht da.

Ich glaube, hat man erst einmal Salzwasser im Blut, wird man es nie wieder los. Vielleicht kann man auch mit Salzwasser im Blut geboren werden. Vielleicht ist das bei mir so, weil ich die Tochter meines Vaters bin.

Ich schreibe, und die Worte helfen mir zu verstehen. Die Worte fliegen mir nur so zu, die merkwürdigsten Worte sind zuweilen meine Freunde.

Sie helfen auch bei Ausflüchten, wenn man nicht über das Wesentliche sprechen will. Zumindest eine gewisse Zeit. Dann muss es heraus!

Ich weiß jetzt, dass Vater grauenvolle Dinge getan hat. Dass es eine Zeit gab, in der die Hoffnung, dieses schöne Schiff, einen ganz anderen Namen hätte tragen müssen. ›Hoffnungslosigkeit‹ wäre passender gewesen. Oder ›Tod‹.

Skipper Bernt, dieser wahnsinnige Lump, hat es angedeutet. Ich war heute Abend in seiner Kajüte. Ein stinkender Matrose hat mich geholt und wie ein Schwachkopf gelacht, als ich im grellen Schein seiner Tranlampe blinzeln musste. Er packte mich am Arm und zog mich zur Tür der Achterkajüte. Dort hatte ich mit Vater und Skipper Bernt wie zivilisierte Menschen zu Abend gegessen.

Der Lump drohte, mich einzusperren, »zusammen mit den schwarzen Schweinen von der Negerküste«. Ich verstand nicht sofort, was er meinte. Doch dann begriff ich: Die Hoffnung war auf dem Weg nach Afrika, um eine Ladung schwarzer Menschen zu holen, die auf den fernen dänischen Inseln arbeiten sollten!

Ich nahm Skipper Bernts Angebot an und durfte Vater besuchen. Wäre Vater nicht gewesen, hätte ich wahrscheinlich versucht, mich in die Waffenkammer zu schleichen, um mir eine Flinte oder einen Säbel zu beschaffen. Oh, könnte ich doch nur spüren, wie der scharfe Stahl in das Fleisch dieses widerlichen Kerls dringt!

Nachdem ich eine Weile auf der Kante des Alkovens gesessen und Vaters Hand in meiner gehalten hatte, öffnete er ein Auge und sah mich an; erst verwirrt, dann schien er mich zu erkennen. Seine Lippen bewegten sich, doch es kam kein Laut.

»Vater«, sagte ich und kämpfte, um meiner Stimme einen möglichst ruhigen Klang zu geben. »Möchtest du ein bisschen Wasser?«

Er nickte. Ein ganz schwaches Lächeln zog seinen rechten Mundwinkel in die Höhe. Der linke war erstarrt und zeigte nach unten, als hinge etwas Schweres daran. Ähnlich war es mit seinem linken Auge, es war fast geschlossen und sah nicht aus, als würde es den Mechanismen gehorchen, mit denen das andere Auge mich anblickte.

Auf dem Tisch standen ein Tonkrug und ein Becher, den ich füllte. Ich schnüffelte daran, das Wasser war noch frisch. Ich hatte Geschichten gehört, dass es nach ein paar Wochen oder Monaten auf dem Atlantik nach Fäulnis stinken und von Ungeziefer wimmeln würde.

Ich legte ihm eine Hand in den Nacken und hob vorsichtig seinen Kopf, und er trank, wieder mit der rechten Seite des Mundes. Auf der linken Seite lief ihm das Wasser übers Kinn und durchtränkte sein Hemd.

Ich ließ ihn trinken, so viel er konnte, dann stellte ich den Becher zurück auf den kleinen Tisch und setzte mich wieder auf den Rand der Koje. Eine Weile saßen wir so da und spürten die ruhige Krängung des Schiffs unter uns. Hörten den fernen Gesang der Takelage.

»Was ist passiert, Vater?«, fragte ich leise. Ich wusste nicht, ob er sprechen konnte, aber ich wollte etwas erfahren.

Er nickte und schloss das Auge. Aber nur einen Moment, dann sah er mich wieder an, und sein Blick war schärfer als zuvor. Er räusperte sich, einmal, zweimal, das Gesicht bekam ein wenig Farbe, dann fing er endlich an zu sprechen.

»Wir sind auf dem Weg nach Afrika«, begann er. »Bernt will Schwarze holen. Er will sie übers Meer nach Westindien bringen. Wie immer … er hat niemals damit aufgehört.« Er schüttelte den Kopf.

»Dann hat er dich belogen?«

Er sah lange zu mir auf, und das hellblaue Auge hatte die gleiche Farbe wie klares Wasser; wie Meerwasser, wenn die Sonne hindurchscheint und auf den sandigen Boden trifft. Ich spürte, wie neue Tränen gegen meine Augenlider pressten.

Ich wusste genau, was er meinte.

»Hast du auch …?«, fragte ich und verstummte. Er nickte.

»Früher. Bevor du geboren wurdest. Ich habe aufgehört – und dachte, die Hoffnung transportiert normales Frachtgut. Das war naiv.«

Mir schien, als würde jede Frage, die er mit seinen Worten, den Pausen dazwischen und mit seinen Blicken beantwortete, nur weitere Fragen aufwerfen. Als hätten wir eine Schachtel geöffnet, die die Antwort auf ein Rätsel enthalten sollte, und als sie offen vor uns stand, gab es keine Antwort, nur zehn neue Schachteln mit neuen Rätseln, die hervorquollen wie Ungeziefer.

»Wann?«, wollte ich wissen. »Wann hast du zum letzten Mal schwarze Menschen transportiert?«

Er zögerte einen Moment. »1787. Wir landeten in Charlotte Amalie auf Sankt Thomas Anfang Dezember. Es war meine letzte Reise. Abgesehen von der Heimfahrt.«

1787. Es war das Jahr, bevor ich geboren wurde. Und ich wurde auf Sankt Thomas geboren.

Ich glaubte, spüren zu können, dass die Hoffnung jetzt auf eine andere Art und Weise in die Dünung hackte; als sei sie so nervös wie ein schönes, schnelles Pferd. Ich spürte sie unter mir als ein großes, lebendiges Wesen.

»Vater?«, sagte ich. Ich schaute auf sein bleiches Gesicht, seine helle Haut, sein wasserblaues Auge. Ich hob eine Hand und berührte damit meine eigene braune Haut. Dann brach ich in Tränen aus, doch nicht aus Kummer, sondern aus Zorn über die Dunkelheit, in die er mich hatte blicken lassen.

DEPESCHE VON WILFRED BERNT AN JACK LOWFISHER, SAINT-MALO, MAI 1803

Lieber Jack,

morgen erreichen wir Calais, wo wir einen Tag bleiben werden.

Log und Rechenbrett sagen, dass wir in einer Woche in Nez de Jobourg sein können, vielleicht sogar noch schneller, wenn der Wind mit uns ist.

Wir können sämtliche Steinschlossbüchsen übernehmen, die Du liefern kannst, auch die weniger guten oder schlechten. Außerdem Schießpulver, Kugeln und Branntwein für die Nigger.

Wenn ich als Erster da sein sollte, warte ich auf der Leeseite der Küste, bis ich Deine Bidon sehe. Ich warte in der hintersten Bucht unter Nez de Jobourg, wo das Meer ruhig ist.

Ich vertraue darauf, dass diese Nachricht Dich rechtzeitig erreicht und Du wie vereinbart in Saint-Malo bist, um sie entgegenzunehmen.

Dein Freund
Willi

MIKKEL EIDE: »DAS DÄNISCHE VERBRECHEN« (MANUSKRIPT), FEBRUAR 1824

Will man diesen Ort ganz rational verstehen, so ist der entscheidende Dreh- und Angelpunkt: Alles beginnt und endet mit dem Zucker.

Er wird aus Zuckerrohr gewonnen, dem dünnen, saftigen Schilf, das auf der ganzen Insel angebaut wird. Die Schwarzen pflanzen und ernten das Zuckerrohr, sie transportieren es auf Esels- oder Ochsenkarren zu den Windmühlen der Plantagen. In der Mühle wird der Saft zweimal aus den Rohren gepresst, dann in ein System von Kesseln geleitet und zu Rohzucker verkocht. Es ist ein komplizierter Prozess, der große Kenntnisse und Erfahrung erfordert.

Die Rohzucker-Fässer werden in den Häfen von Charlotte Amalie und Sankt Croix auf Schiffe verladen. Die Schiffe transportieren den Zucker über den Atlantik nach Kopenhagen. Ein Teil wird in dänischen Zuckerfabriken raffiniert und an Dänemarks Handelspartner exportiert, der Rest als Rohzucker in viele europäische Länder verkauft. Das Geld geht durch viele Hände.

Zucker ist nichts Geringeres als die wichtigste Handelsware Dänemarks; der Zucker ist ein Eckstein für den Wohlstand des Reiches. Bis zum Staatsbankerott vor siebzehn Jahren war Zucker die eigentliche Grundlage der blühenden Wirtschaft des neutralen Dänemarks. Der Zucker ist ein Segen.

Nur, ist er es wirklich? Wenn meine Ausführungen bis zu diesem Punkt wie ein Bericht über Glück und Wohlstand geklungen haben, dann lassen Sie mich diese Illusion zerstören, lassen Sie mich den Zerrspiegel zerschlagen.

Zucker ist das Resultat menschlicher Schinderei. Zur Zeit der Ernte sterben so gut wie täglich Männer, Frauen und Kinder oder werden verstümmelt. Niemand hier nennt sie Sklaven, obwohl viele in Kopenhagen das Wort verwenden, als wäre es eine alltägliche Vokabel. Hier spricht man von ihnen als Neger oder Unfreie.

Ein Sklave sinkt aus Müdigkeit zu Boden und wird von seinem *Bomba* bis aufs Blut gepeitscht; der Bomba ist ein schwarzer Mann wie der Sklave, doch über seine Rassegenossen erhoben, um dem Plantagenbesitzer als Handlanger zu dienen.

Ein Sklave stolpert an der Mühle, ihm werden die Hand und der Unterarm von der Eisenwalze zerquetscht, die tagaus, tagein den kostbaren Saft aus den Rohren presst. Der Saft färbt sich hellrot von seinem Blut. Der Bomba schlägt den Arm des Negers mit einer Scharfrichteraxt ab, die immer im Mühlenraum hängt.

Eine vornehme Dame rührt in der Bredgade Zucker in ihren Tee. Sie schmeckt kein Negerblut. Sie lächelt und liest in der Zeitung einen Artikel über die Westindischen Inseln, die Dänemarks Wohlstand garantieren.

Ein Sklave watet an einer abgelegenen Küste von Sankt Thomas an Land; er gehört zu einer Gruppe von Schwarzen, die an Bord eines dänischen Schiffes nach Westindien transportiert wurden. Im Jahre des Herrn 1824 sind Handel und Transport von Sklaven laut Königlicher Verordnung seit nunmehr zweiundzwanzig Jahren verboten. Aber noch immer kommen die Schiffe; sie können ihre lebende Ladung nur nicht in Charlotte Amalie oder Christianssted auf Sankt Croix löschen. Sklaven aus Afrika sind zur Konterbande geworden, aber nicht verschwunden. Sie werden von den Ankerplätzen aus an Land gebracht oder weiter nach Haiti und Kuba transportiert, damit sie sich dort zu Tode arbeiten können.

Es ist weit von den Kopenhagener Salons bis zum westindischen Zuckermarkt. Doch alles, was hier vor sich geht, geschieht von Anfang an mit Billigung der dänischen Krone und der Regierung.

Seit die Westindien-Kompanie vor mehr als einhundertfünfzig Jahren diese Insel kolonisiert hat, auf der ich mich derzeit aufhalte, haben Dänen auf der Dreiecksroute Handel getrieben und schwarze Menschen aus Afrika hierher gebracht. Gegen ihren Willen hat man sie aus ihrer Heimat und von ihren Liebsten entführt, damit sie für uns arbeiten.

1718 annektierte die dänische Krone Sankt Jan, eine kleine Insel östlich von Sankt Thomas. Und fünfzehn Jahre später kaufte Christian VI. den Franzosen Sankt Croix ab und nannte die drei Inseln, auf denen Neger sich abplagten, eine »heilige Dreieinigkeit«.

Und weiterhin wurden Schwarze dorthin transportiert – Tausende von Sklaven. Und es wurde Zucker gekocht.

Bis vor siebzig Jahren war diese Geldmühle oberflächlich gesehen ein privates Unternehmen, das von der Westindien-Guinea-Kompanie und einem starken Zuckermonopol unterhalten wurde und die Eigentümer der Kompanie – und nur sie – unendlich reich werden ließ.

Mit dem Kauf von Sankt Croix wurde das dänische Königshaus als Großaktionär der Kompanie der größte Sklavenhalter des Reiches. Und 1755 übernahm der König die gesamte Herrlichkeit – alle drei Inseln und damit auch die Geldmühlen. Der Handel wurde freigegeben, und alles blühte auf. Niemals zuvor hatte das dänische Reich so viel Geld verdient. Der Zucker strömte über den Atlantik, der Schweiß strömte die Rücken der Neger hinunter; das Blut strömte aus den gepeitschten Körpern.

Der König wurde zum Sklavenhändler. Die Dame in der Bredgade nippte an ihrem Tee. Die frommen dänischen Spießbürger verschlossen die Augen.

Dann kam das Verbot des transatlantischen Sklavenhandels.

MIKKEL EIDES TAGEBUCH AUF SOLITUDE, 12. FEBRUAR 1824

Jeden Tag bereitet Afi mir ein einfaches Mittagessen. Heute stellte sie eine Schüssel mit kleinen gebratenen Fischen auf den Tisch, die meisten kaum größer als mein Finger. Sie hatte sie über offenem Feuer gebraten und den Saft von grünen Zitronen darüber geträufelt. In einer Schale neben den Fischen lagen weitere Zitronen und einige appetitlich aussehende rote Früchte, die ich noch nie gesehen hatte. Dazu gab es Scheiben von einem Maisbrot, das sie selbst gebacken hatte.

Ich nahm einen der kleinen blauen Fische in die Hand und sah ihn mir näher an; der Bauch klaffte auseinander, die Eingeweide waren herausgenommen, aber der Kopf mit den mattweißen Augen und den Kiemen war nicht abgeschnitten. Die Flossen waren weitgehend unversehrt, das Feuer hatte sie lediglich am Rand verbrannt. Allerdings sah es so aus, als hätte Afi den größten Teil der Schuppen abgekratzt. Ich legte den Fisch auf meinen Teller und presste ein wenig mehr Zitronensaft darüber, dann löste ich das Filet von der Gräte und steckte es in den Mund. Ein wunderbarer Geschmack, ganz frisch nach Meer, Fisch, Salz und Zitrone. Ich aß das zweite Filet und biss ein Stück Brot ab.

Afi war vor die Tür gegangen. Ihr Schatten lag vor ihren Füßen wie ein abgestreiftes Kleid; die Tropensonne sorgt nur für einen sehr bescheidenen Abdruck von einem Menschen auf dem Boden.

Ich betrachtete sie einen Moment. Dann nahm ich eine der roten

Früchte aus der Schale, hielt sie mir unter die Nase und roch daran. Es war so gut wie kein Geruch wahrzunehmen. Ich biss hinein und spürte die knackig spröde Haut und das Fruchtfleisch an den Zähnen. Der Geschmack war eher frugal, aber pikant, ein bisschen wie frische Beeren oder eine Art Pflaume. Ich kaute. Und dann spuckte ich aus, spuckte immer wieder aus, sprang auf und rannte aus der Hütte zur Quelle, die sich durch den Sand arbeitete. Ich kniete nieder und spuckte noch einmal, bevor ich das ganze Gesicht ins kalte Wasser steckte, es in den Mund saugte, bis ich endlich spürte, wie der Schmerz langsam nachließ. Mir wurde schwarz vor Augen bei dem grässlichen Gedanken: Gift. Die Negerin hatte mich vergiftet, ich hatte oft genug davon gehört! Von Weißen, die gelähmt, aber bei vollem Bewusstsein an einem vornehm gedeckten Tisch saßen, während rachsüchtige Schwarze von einem zum anderen gingen und ihnen die Kehlen durchschnitten, sodass das Blut auf die Kristallgläser und das feine Porzellan, die Leinentischdecke und das gebratene Spanferkel spritzte.

Sobald ich das Wasser ausgespuckt hatte, kehrte der Schmerz zurück, oh, es war wie ein Feuer im Mund, als würden tausend Blutegel ihre raspelnden Zungen in meine Lippen bohren, und als ich noch einmal trank, verspürte ich nahezu keine Wirkung, es verschlimmerte eher den Schmerz. Als würde man Öl in ein Feuer gießen, die Flammen schlugen hoch und erstickten mich beinahe.

Durch einen Nebel aus Tränen, die mir aus den Augen schossen, sah ich Afi über den Strand auf mich zulaufen. Ihre Gestalt verschwamm vor meinen Augen, ich hob eine Hand und rief ihr zu, dass sie mir nicht zu nahe kommen sollte. Dann steckte ich wieder den Kopf ins Wasser und füllte meine brennende Mundhöhle mit dem kühlen Balsam der Quelle.

Ich bemerkte, dass sie sich neben mir in die Hocke setzte, ich hörte ihre Stimme – »Massa Mikkel, Massa Mikkel!« – und merkwürdigerweise hatte ich sofort das Gefühl, als würde der brennende Schmerz ein wenig gelindert. Ich dachte, nun werde er tiefer in mich dringen, jetzt sei der Moment gekommen, an dem meine Atmung aussetzen und ich den Geschmack des Todes erleben sollte, hier an dem schönsten Ort, den ich kannte.

»A-fi«, flüsterte ich und spürte, wie ich sabberte, als meine Speicheldrüse gegen die Vergiftung protestierte und meinen Mund mit einem dicken Schleim füllte. »Afi, warum … hast du das getan?«

Es klingt eigenartig, aber ich bin sicher, dass ich sie lachen hörte. Ich füllte meine Lungen mit Luft und spuckte erneut aus, bevor ich mich hinunter zum Wasser beugte.

»Der Massa soll nicht mehr trinken«, sagte Afi, nun wieder ernst. Ich schüttelte den Kopf. »Was war das, Afi?«, fragte ich sie. »Was sind das für Früchte?«

Ich stand auf. Es ging mir besser, der Schmerz ließ langsam nach, ich folgte Afi zur Vorderseite der Hütte, mit dem sonderbaren Gefühl, dass sie bestimmte, nicht ich.

Afi ging in die kleine Küche und holte die Schale mit den roten Früchten. »Einige nennen sie Spanischen Pfeffer. Sie sind sehr scharf. Ich habe sie in die Schale gelegt, ohne darüber nachzudenken, dass der Massa sie nicht kennt. Ich bitte Massa um Entschuldigung.«

»Wozu braucht man sie?« Ich verspürte vor allem eine große Erleichterung, dass ich vielleicht doch nicht sterben sollte, aber auch ein leichtes Schwindelgefühl, als sei ich von den Früchten berauscht. In meinem ganzen Körper prickelte es.

Afi zuckte die Achseln. »Im Essen«, antwortete sie. »Man gewöhnt sich daran.« Sie lächelte und hob die kleine glänzende Pfefferschote an ihre Lippen. Ohne den Blick von mir abzuwenden, biss sie ein Stück ab und kaute diesen rotglühenden Satan von einer Frucht. Erst verzog sie keine Miene, sah mich nur mit einem stolzen Blick an, doch dann bekam ihre Maske Risse und die Tränen strömten ihr über die Wangen, während sie lachte. Und etwas an diesem Gelächter war so fremdartig, so erschreckend, dass es mich schauderte.

MARIAS TAGEBUCH, SONNTAG, 15. MAI 1803

Was ist die Kindheit doch für eine Narretei! Als ich klein war, glaubte ich alles, was man mir erzählte. Ich war sicher, dass Gott irgendwo dort oben im Himmel saß und alles sah, was ich tat. Ich konnte ihn nicht sehen, aber dass er nicht da sein könnte und der blaue Himmel nur Wolken enthielt, war undenkbar. Manchmal hörte ich seine Stimme. An schönen Sommertagen, wenn ich im Obstgarten hinter unserem Haus auf Mårodden spielte, oder auf den flachen Strandwiesen unten an der weißgekalkten Räucherei hörte ich Gottes Stimme, erst weit entfernt und so schwach, dass nur ich sie hörte; die Erwachsenen hörten sie nicht. Und dann immer lauter und lauter, wenn sie allmählich näherkam. Es war so, als würde sie mit weniger als einer Minute Zwischenraum wieder und wieder dasselbe sagen; eine tiefe Stimme, die lautstark einen Merkspruch oder eine Verkündung wiederholte, deren Worte ich nie ganz verstand.

Und Gottes Stimme, die unter der blauen Himmelswölbung hallte, übers Meer geworfen wurde und bestimmt bis Troense zu hören war, erfüllte mich mit Friede, aber auch mit Furcht. Friede, weil sie mir ein Gefühl der Geborgenheit gab, von Gott bewacht zu werden, der alles sah und hörte, und Furcht, weil die Stimme eigentlich ziemlich unheimlich war. Und Gerda, unsere Haushälterin, hatte mich gelehrt, Gott zu fürchten.

Es endete immer damit, dass ich, wenn die Stimme klang, als käme sie nun direkt von der Straße, ins Haus oder vielleicht in die Räucherei lief, wo Fischer-Jens Aal an schwarzen Eisengestellen aufgehängt hatte und es wunderbar nach Torfrauch und Fisch duftete.

Damals aßen wir immer Fisch zum Abendessen. Aber nicht aus Fischer-Jens' Räucherei oder seiner Aalkiste. Gerda bereitete gebratene Scholle, Hornhecht, Kabeljau oder Dorschrogen in der schwarzen Pfanne zu, kochte Kartoffeln und übergoss sie mit geschmolzener Butter. An jenen Tagen, an denen Gottes Stimme in Blåby zu hören war, kam der Fischmann mit seiner Karre und seinen Eiskästen und verkaufte uns und den anderen Häusern am Wasser frisch gefangenen Fisch.

Der Fischhändler war Gott – das wusste ich damals natürlich noch nicht –, seine Stimme dröhnte über den Sund, wenn er seine Waren mit einem wahrlich göttlichen Organ darbot. Heute weiß ich es, wie so vieles andere mehr.

Kinder sehen in Erwachsenen eine Art Götter, die alles können; als ich ein kleines Mädchen war, konnte ich mir nicht vorstellen, dass Vater auch nur den geringsten Fehler machen könnte. Oder dass er etwas Falsches tat. Ich wäre ihm mit verbundenen Augen überall hin gefolgt, so sehr vertraute ich ihm. Wäre ich vor einigen Wochen gefragt worden, hätte ich gesagt, dass es sich um unbedingte Liebe handelte.

Jetzt weiß ich, dass die Wahrheit anders aussieht; einige wenige Jahre, bevor er mich mit in den Wald nahm und mich an den hohlen Bäumen nach den Trollen rufen ließ, hatte Vater ein Vermögen mit dem Sklavenhandel verdient. Unser hübsches Haus auf Mårodden, das Haus meiner Kindheit, war mit Geld gebaut worden, das er mit Menschenhandel verdient hatte.

Und obwohl ich meinen Vater immer geliebt und mich bei ihm geborgen gefühlt habe, wusste ich doch auch, dass etwas Hartes an ihm war, etwas, das ich nicht erklären konnte. Ich spürte es bisweilen, wenn er mit Fremden sprach, mit anderen Seeleuten, denen wir auf der Werft oder an den Kais in Svendborg begegneten. Und einmal, als ich mit einem Hasen nach Hause kam, dem der Hund des Nachbarn ein Bein abgebissen hatte, packte Vater den Hasen und brach ihm das Genick, bevor er ihn Gerda gab, die ihn an die Mauer hängte und am nächsten Sonntag daraus unser Mittagessen zubereitete. Ich sah es in dem Moment in seinen Augen, als er den Hasen tötete. Kurz darauf war es vorbei, und Vater war wieder er selbst.

Jetzt liegt er da, alt, gebrochen und gefangen auf seinem eigenen Schiff, und hat wohl in jeder Hinsicht bekommen, was er verdient. Aber so darf ich das nicht sehen, er ist trotz allem mein Vater, und ich werde ihn lieben, was immer er auch getan hat. Genau wie er mich immer lieben wird, davon bin ich überzeugt.

Heute haben wir miteinander geredet, Vater und ich. Zwischendurch wurde er müde und musste die Augen schließen, dann saß ich bloß an seiner Koje und hielt seine Hand oder streichelte ihm über die Stirn, er wachte aber immer wieder auf und erzählte weiter. Von der Vergangenheit, von all dem, was er bedauert und bereut. Und mit einem Mal kam es mir völlig unverständlich vor, warum er zu dieser letzten Reise auf die Hoffnung zurückgekehrt ist, und vor allem, warum er mich hatte mitkommen lassen.

»Was ist passiert, Vater?«, wollte ich wissen. »Warum bist du mit einer Pistole auf die Brücke gegangen?«

Er sah mich mit seinem wachen Auge an, das andere war noch immer halb geschlossen.

»Ich war noch nicht lange an Bord, als ich entdeckte, was hier los ist«, erwiderte er dann. »Schon in Kopenhagen wunderte ich mich über den Geruch, aber ich dachte, vielleicht würde die Fregatte ihn nie wieder verlieren … nach all den Jahren mit menschlicher Ladung.«

Ich hatte den strengen Geruch aus den Luken der Hoffnung und der Dunkelheit des Laderaums ebenfalls bemerkt, aber geglaubt, dass eben alle Schiffe so riechen, die die Ozeane befahren: nach verdorbenem Fisch, dreckigen Seeleuten und jahrzehntealtem verfaulten Meereswasser, das über den Kiel am Boden des Rumpfes schwappt.

»Aber es waren auf der letzten Reise Schwarze an Bord gewesen. Ich fand es heraus … Und als ich von Bernt eine Erklärung verlangte, stritt er es ab. Ich beging den Fehler, ihm zu drohen, mich in Frederikshavn mit den Behörden in Verbindung zu setzen. Zu spät begriff ich, dass wir den Hafen gar nicht anlaufen würden …« Vater legte sich in der Koje ein wenig bequemer zurecht, er ließ sich zurück ins Kissen sinken und verzog das Gesicht vor Unbehagen oder Schmerz.

»Aber die Pistole … wieso bist du auf die Brücke gegangen, Vater?«

»Wir hielten doch nicht auf Frederikshavn zu, Maria! Wir waren auf nordöstlichem Kurs, und ich war überzeugt, dass Bernt vorhatte, uns als seine Gefangenen mitzunehmen. Und ich hatte recht.«

Einen Augenblick saß ich auf dem Rand der Koje, ohne etwas zu sagen. Die kleine Kajüte war wie die Höhle eines Eichhörnchens, sie umschloss uns von allen Seiten mit Holz und knarrte wie ein großer Baum im Sturm. Wenn wir doch nur Eichhörnchen wären, dachte ich. Wenn wir uns doch nur vor den Bosheiten und Gefahren der Welt in unserer Höhle verstecken könnten.

Vater erzählte, wie er unter Deck gegangen war und all die alten Utensilien in einem der unteren Laderäume gefunden hatte, wo normalerweise der Ballast oder die schwersten Güter verstaut werden, Backsteine oder Fässer mit Wein und Rum. Kisten mit Ketten und Fesseln, Gerätschaften zur Bestrafung und Zwangsernährung, zusammengefaltete Persennings, die aufgehängt werden, wenn das Sklavendeck gelüftet wird … alles Beweise, dass die Hoffnung sechzehn Jahre nach Vaters letzter Reise über den Atlantik noch immer Sklaven von Guinea nach Amerika transportierte.

»Ich musste etwas tun«, sagte Vater im Halbdunkel der Eichhörnchenhöhle. »Und als Bernt unten bei der Mannschaft war, ging ich in seine Kajüte und nahm mir eine seiner Pistolen. Ich wollte den Rudergänger zwingen, den Kurs zu ändern und uns nach Frederikshavn zu bringen, und das wollte Bernt offensichtlich auf jeden Fall verhindern.«

»Aber weshalb nicht?«

Vater seufzte. »Er ist auf dem Weg nach Afrika, um das Gesetz zu brechen. Und um über das hinaus, was ich ihm zahle, noch viele tausend Reichstaler zu verdienen.« Er machte eine kurze Pause und fügte dann mit sehr leiser Stimme hinzu: »Für ihn steht viel auf dem Spiel.«

Die letzten Worte sprach er auf eine Weise aus, bei der mir klar wurde, wie wenig wir bedeuteten: Vater gehört die Hoffnung, aber er hat keinerlei Bedeutung mehr. Und dasselbe gilt für seine Tochter. Wir könnten ganz einfach über Bord geworfen werden. Wir würden im Ozean verschwinden wie zwei Schneeflocken im April.

Vater war zu müde, um weiterzureden. Beide Augen waren geschlossen, sein Mund stand an der linken Seite ein wenig offen, als würde er schlafen. Ich fühlte mich in diesem Moment sehr einsam und wusste weder, was die kommende Nacht noch der kommende Monat bringen würde. Aber ich riss mich zusammen und stand behutsam von Vaters Koje auf.

Draußen hatte sich die Dunkelheit über die letzten Stunden des Sonntags gesenkt. Es war still. Links von mir war die Tür zur Achterkajüte, die einst mein Vater bewohnt hatte, nun aber Wilfred Bernt gehörte, der die Macht über das Schiff widerrechtlich an sich gerissen hat. Ich habe ihn für sympathisch gehalten, dabei ist er das Böse in Person. Doch ist er es wirklich? Gilt für ihn nicht dasselbe wie für Vater, muss ihm nicht auch das Böse, das er getan hat, vergeben werden, wenn nicht heute, dann an einem anderen Tag? Die Welt ist nicht schwarz und weiß, wie die Kinder es glauben, sondern voller grauer Nuancen. Aber ich konnte heute keine weiteren Nuancen ertragen, ich wäre am liebsten zur Reling gegangen und hätte mich ins schwarze Wasser geworfen, das so gierig alles in sich aufnimmt.

Mitternacht

Die vier Doppelschläge der Schiffsglocke sind gerade erklungen. Acht Glasen, die Hundewache beginnt. Auf dem Schiff tauscht die Mannschaft die Plätze, der Rudergänger wird auf seinem einsamen Posten hinter dem Besanmast abgelöst, an dem ein Matrose die Wanten hinabklettert und ein anderer hinauf, um dessen Platz auf der Mars zu übernehmen. Das Gleiche passiert am vordersten Mast, dem Fockmast, und am mittleren und höchsten, dem Großmast; wir segeln durch die Dunkelheit, und es wird kein Risiko eingegangen, was die Sicherheit der Hoffnung angeht. Ganz vorn, auf dem kleinen Stück Deck zwischen Fockmast und Bugspriet – der beinahe ebenso lang ist wie der Besanmast hoch – steht Skipper Bernt regungslos und hält Ausschau nach der Küste, die wir nicht sehen können. Doch, dort blinkt ein Licht, ein Leuchtturm mit einem kräftigen weißen Licht, das Löcher in die Dunkelheit schneidet, verschwindet und nach einigen Augenblicken zurückkehrt. Vielleicht Blåvand, ich weiß nicht, wie weit wir gekommen sind. Ich stelle mir eine Karte von Dänemark vor und weiß, dass wir die lange Westküste von Jütland entlangsegeln, die sich der Nordsee wie ein abgewandter Rücken zukehrt.

All dies – nicht die Karte von Dänemark, aber die Gestalten in der Dunkelheit – sehe ich von meinem Platz im Achtersteven. Hier habe ich mich auf eine flache Kiste gesetzt und schaue über das Deck, an dem breitbeinig stehenden Rudergänger vorbei auf Bernt, ich kann die gesamte Länge des Schiffs übersehen, das in der flachen Dünung liegt und leicht nach Backbord krängt. Wir segeln am Wind, aber nicht so dicht wie zuvor, der Kurs verläuft jetzt beinahe direkt südlich, und wir machen bei der frischen Brise gute Fahrt, vielleicht sechs, vielleicht sogar acht Knoten.

Das Schiff ist eine Welt für sich. Eine kleine Welt zwar, aber man fühlt sich selbst auch kleiner, wenn man an Bord ist. Es ist schwer zu erklären, aber ich bin sicher, mir wird es eines Tages gelingen.

In diesem Moment zornig zu sein, fällt mir nicht leicht. Unten in der dunklen Kajüte, in der Eichhörnchenhöhle, liegt mein Vater und ist krank und schwach, vielleicht liegt er sogar im Sterben, und hier auf Deck steuern gesetzlose Männer sein Schiff. Aber ich weiß, dass er einmal einer von ihnen war und jeder dieser Männer er sein könnte.

Es ist spät, Hundewache, aber ich bin nicht müde. Wäre Vater hier, würde er mich ins Bett schicken, Skipper Bernt und die anderen Männer sagen jedoch nichts; meine Bettzeit geht sie nichts an. Also bleibe ich auf meiner Kiste sitzen und schreibe im Schein des Mondes und der Sterne, die sich über den Himmelsbogen erstrecken, als hätte jemand eine Handvoll Juwelen großzügig über eine schwarze Samtdecke verstreut.

Ich genieße trotz allem diese Stunde, das Schiff ruht unter mir wie ein großes, starkes und ruhiges Tier; es scheint meine Gemütsverfassung zu spüren und alles zu tun, um mich zu beruhigen. Klingt das seltsam? Aber dieser Gedanke geht mir nicht zum ersten Mal durch den Kopf. Mein ganzes Leben habe ich in unserem Haus auf Mårodden gewohnt, in der großen, auf festen Grundmauern errichteten Kapitänsvilla mit dem Fachwerk aus Eichenbalken, dem Ziegeldach und zwei Fenstern im ersten Stock, die gleichsam Ausschau auf den Sund halten. Und in diesem Haus, in dem ich immer gewohnt habe, hatte ich dasselbe Gefühl: Das Haus liegt und steht unter mir und um mich herum wie eine Burg, in der ich mich immer geborgen fühlen kann.

Über den beiden Fensteraugen liegt ein drittes, rundes Fenster, wie das Bullauge eines Schiffs. Das war mein Fenster, dort hatte ich mein Zimmer mit schrägen Wänden, die wie die Innenseiten eines Schiffsrumpfs mit Planken verkleidet waren. Von diesem runden Fenster aus konnte ich Valdemars Schloss und die Wälder von Tåsinge sehen, in denen angeblich ein kopfloses Gespenst sein Unwesen treibt, und die Lunkebucht, in der es früher Piraten gab.

In dem Zimmer, in dem ich viele Jahre geschlafen habe, hatte ich immer dieses Gefühl – ein bisschen wie in der Eichhörnchenhöhle, von der ich heute schrieb. Ich hatte solch eine geborgene Kindheit und einen so guten und liebevollen Vater. Uns verbindet ein unverbrüchliches Band.

Ich erinnere mich nur schwach an die Zeit, in der meine Mutter noch bei uns wohnte; ich war erst sechs Jahre alt, als sie zu ihrer Schwester nach Kopenhagen zog. Aber ich erinnere mich ganz deutlich an den Abend im September, als Vater mir erzählte, dass sie uns verlassen hatte.

Wir hatten zusammen gegessen, und ich hatte Gerda geholfen, den

Tisch abzuräumen und das Geschirr abzuwaschen. Dann rief Vater mich in die Stube, wo er abends häufig saß und aus den großen Fenstern schaute. Er hatte einen merkwürdigen Stuhl, dessen Armlehnen sich ausklappen ließen, sodass sie doppelt so lang wurden und man die Beine darauf legen konnte. Auf dem Tisch stand sein altes Fernrohr, das man zusammenschieben konnte, bis es so klein war, dass es sich in die Tasche stecken ließ. Einen Moment sah er aus dem Fenster.

»Du weißt, dass Mutter in Kopenhagen ist, oder?«, begann er und sah mich an. Ja, natürlich wusste ich es; die Frage, oder eher, dass er mich etwas fragte, was wir doch beide wussten, beunruhigte mich augenblicklich. Ich nickte, sagte aber nichts.

»Ja, natürlich«, fuhr er fort. »Sie ist bei deiner Tante Inge. Und heute Morgen bekam ich einen Brief von ihr ...« Er blickte zu seinem kleinen Schreibtisch mit den gedrechselten Beinen. Ich folgte seinem Blick und sah einen Brief neben seinen Schreibutensilien liegen. Die Tischplatte war wie immer sorgfältig aufgeräumt: Ein Kerzenhalter aus Messing mit einem Sturmglas, ein Schreibset aus blankgeputztem Messing mit Federhalter, Tintenfässchen und Tintenabroller. Nur selten lag etwas anderes auf der glänzenden Mahagonifläche, aber heute Abend lehnte ein weißer Briefumschlag an dem Kerzenhalter. Ich sah vier Zeilen mit heller Tinte auf der Vorderseite, und obwohl der Umschlag zu weit entfernt war, um einzelne Worte entziffern zu können, wusste ich, was da stand.

KAPITÄN ANTON FREDERIKSEN
MAARHUSET
BLAABY
THURØ

Es war ungewöhnlich, dass Mutter während eines Besuchs bei Tante Inge einen Brief an Vater schrieb, dessen war ich ziemlich sicher.

»Was schreibt sie, Vater?«

Er wandte den Blick von dem weißen Kuvert ab und sah mich an. Einen Augenblick herrschte Stille, dann sagte er: »Sie wird eine Weile dort bleiben.«

Ich hatte mich nicht gesetzt, sondern stand neben dem kleinen Tisch am Fenster. Auf dem Tisch lagen sein Fernglas und ein schwarz eingebundenes Buch. Eine Bibel. Ich sah aus dem Fenster. Der Mond war noch nicht voll, aber es war ein sehr klarer Abend, das Licht fiel auf das ruhige Wasser des Sundes. Ein Zweimaster, eine Brigg oder ein kleiner Schoner, hielt Kurs auf Svendborg, er hatte nur wenige Segel gesetzt. Im Mondlicht sah das Schiff auf dem glänzenden Wasser ganz schwarz aus, eine einzelne gelbe Laterne war in einem der Masten angezündet. Eine zweite beleuchtete den unteren Rand der Segel und den Platz des Rudergängers vor dem hinteren Mast. Ich konnte den Mann am Ruder erahnen, eine dunkle, regungslose Gestalt.

»Ist Mutter nach Kopenhagen gezogen?«, fragte ich.

Vater schüttelte den Kopf. »Nein, nein«, sagte er. »Das ist sie nicht. Ich bin sicher, dass sie bald wieder nach Hause kommt. Sie braucht nur Ruhe …«

Ich verstand es nicht. Auf Thurø gab es doch wahrlich genügend Ruhe. Ich war niemals in Christianshavn gewesen, wo Tante Inge wohnte, aber nach allem, was ich über die Hauptstadt und das Leben am Hafen gehört hatte, hatte ich nicht den Eindruck, dass es dort sonderlich ruhig war. Vater hatte erzählt, in den Straßen würden so viele Pferdekutschen fahren, dass man überfahren würde, wenn man nicht aufpasste. Die Kutscher schrien anständige Menschen an, betrunkene Seeleute schlugen sich in den Kneipen an den Kanälen … wie wollte Mutter dort Ruhe finden?

»Ist es hier nicht ruhig?«, fragte ich.

»Das ist schwer zu erklären«, erwiderte Vater.

Ich mochte meine Tante nicht sonderlich. Vater ging es im Übrigen ebenso. Ich war Tante Inge nur wenige Male begegnet, wenn sie zu Besuch auf Thurø war, und es gab gar keinen Zweifel, dass sie Kinder nicht ausstehen konnte. Sie hatte auch keine eigenen. Vielleicht weil ihr

Mann – mein Onkel, den ich nie kennengelernt habe – schon seit vielen Jahren tot war. Er war auch Seemann gewesen.

Ich stand am Fenster und blickte dem Schiff nach, bis es in der Fahrrinne nach Norden abdrehte und aus meinem Blickfeld verschwand.

Vater erhob sich, ging zu dem großen Glasschrank an der Wand und nahm eine Flasche und ein Glas heraus. Die Flasche war dunkel und hatte kein Etikett. Der Geruch von Rum stieg mir in die Nase. In der vornehmen Stube begann die große Standuhr zu schlagen: Es war neun Uhr. Das Mondlicht zog eine Silberschicht über die Strandwiese an der Räucherei. Der Schoner war verschwunden, aber zwei kleinere Schiffe kamen am Rande von Tåsinge in Sicht. Es waren Sloops oder Ewer, der Unterschied bestand nur in der Größe; ich war erst sechs Jahre alt, aber ich wusste, dass ich einen Augenblick später erkennen könnte, welche Art Schiffe es waren.

WILFRED BERNTS LOGBUCH, FREGATTE HOFFNUNG, MAI 1803

16. Mai 1803
2° 31'N
32° 14'W

Gleichmäßiger, frischer Wind von achtern, gute Sicht.

Wir sind dicht an der jütländischen Küste bei Agger Tange und hatten Landsicht auf dem Weg Richtung Süden. Sahen den Leuchtturm von Blåvands Huk, wo wir weniger als fünf Seemeilen von der Küste entfernt waren. Ich gab Befehl für einen neuen Kurs südwestlich über die Deutsche Bucht Richtung Niederlande.

Keine Bemerkungen. Besatzung guten Mutes.

Wir werden den Kanal bei Morgengrauen erreichen.

WILFRED BERNTS PRIVATES LOGBUCH, FREGATTE HOFFNUNG, MAI 1803

16. Mai 1803

Frederiksen lebt noch. Ich glaube, er hatte einen Schlaganfall, sein Gesicht ist schief wie bei einer Flunder!

Jens Abild liegt in der Krankenstube mit einer halben Unze Blei im Bauch, Dr. Reimann glaubt nicht, dass er eine Chance hat. Dann werde ich wegen dieses alten Trottels einen guten Matrosen verlieren. Als ich das hörte, überlegte ich, ihn über Bord werfen zu lassen; wären wir auf dem Ozean gewesen und nicht auf diesem Ententeich an Jütlands Küste, hätte ich es vermutlich getan. Und was ist mit der Göre? Möglicherweise denselben Weg.

Sie kam heute Nacht an Deck, kurz vor dem Wachwechsel, und setzte sich bei der Brücke auf eine Kiste. Nachdem sie dort eine Weile gesessen und über ihre Situation nachgedacht hatte, kam sie zu mir in den Steven, wo ich gerade unsere Position bestimmt und Befehl für den neuen Kurs gegeben hatte. Sie wollte sich nach den Möglichkeiten erkundigen, an Land zu kommen, bevor die Fregatte das dänische Fahrwasser verlässt. Und sie wollte wissen, wo wir waren. Ich zeigte ihr den Leuchtturm von Blåvands Huk.

Die Tochter des Kapitäns ist offenbar der Ansicht, dass sie noch immer etwas zu sagen hätte. Sie beschuldigte mich verschiedener Dinge und drohte mir sogar.

Die Fregatte sei das Schiff ihres Vaters, erklärte sie. Und damit meinte sie, sei es auch ihres. Diese eingebildete Göre. Ich sagte ihr die Wahrheit direkt in ihre kleine braune Visage.

»Die Hoffnung ist ebenso wenig dein Schiff wie Anton Frederiksen dein Vater ist«, sagte ich.

Das brachte sie zum Schweigen. Aber ich sah, dass sie mich verstanden hatte. Sie weiß schließlich, dass ihre Mutter keine Negerin ist. Also weiß sie auch das andere. Dann begann sie vor Wut und Verzweiflung zu heulen.

Ich erzählte ihr, dass ich bei der Reise dabei war, als ihr Vater im Laderaum unter unseren Füßen ihre Mutter vergewaltigte. Und ihr Vater war kein Kapitän, er war schwarz wie eine Krähe, der verdammte Nigger. Und er starb, verflucht noch mal, die Hände mit einem Eisen an den Mast genagelt, der die Hoffnung noch immer vorantreibt.

Sie starrte mich an und hob eine Hand, als wollte sie mich schlagen; doch dann drehte sie sich um und lief zurück zur Achterluke.

Gott bewahre die Hoffnung!

BRIEF: MARIA AN IHRE MUTTER, MAI 1803 (NICHT ABGESCHICKT)

Hoffnung, Deutsche Bucht, 16. Mai 1803

Mutter,

ich wollte keine weiteren Briefe schreiben, denn ich werde sie vielleicht niemals absenden können. Aber ich muss Dir jetzt schreiben, das ist mir sehr wichtig, ob Du meinen Brief jemals lesen wirst oder nicht!

Ich habe eine Stunde dagesessen und auf das Schott gestarrt. Und ich habe gedacht: Wie viel kann ein Mensch ertragen? Gibt es keine Grenze der Niedertracht? Ich bin deine Tochter, aber ich habe keine Mutter. Habe sie tatsächlich niemals gehabt! Und ich habe auch keinen Vater, mein Vater war ein verbrecherischer Neger, ein armer Bursche, der den grausamsten aller Tode erlitt. Ja, ich weiß Bescheid, Mutter. Und der Mann, den ich immer … nein, er ist mein Vater, so wenig er auch an meiner Zeugung beteiligt war, daran muss ich festhalten …

Es bricht mir das Herz, Mutter, das wirst Du verstehen. Aber auf eine seltsame Art und Weise reinigt es gleichzeitig mein Gemüt. Ich liebe den Mann ja noch immer, den ich stets Vater genannt habe. So, wie ich Dich liebe, wie wenig Du es auch verdient hast. Unser Schicksal ist untrennbar miteinander verbunden, egal, was vorausgegangen ist.

Am Vormittag ging ich zu Vaters Kajüte. Er lag in seiner Koje und schlief, er wachte nur kurz auf, trank etwas Wasser und aß ein wenig von der Grütze, die ich aus der Kombüse mitgenommen hatte. Dann schlief er wieder ein. Ich setzte mich zu ihm und hielt seine Hand; seine

Atmung war ruhig, aber zu schnell, fand ich. Und sein Gesicht ist noch immer verzerrt. Ich blieb eine Weile sitzen, betrachtete ihn und versuchte mir darüber klar zu werden, dass sich etwas verändert hatte, dass ich nun ganz allein war. Aber das stimmt nicht! Er ist noch immer der liebevolle Mann, bei dem ich aufgewachsen bin, und es bedeutet eigentlich nichts, dass nicht sein Blut in meinen Adern fließt. Er hat mich trotz allem zu dem gemacht, was ich bin, Mutter, weit mehr als Du, deren Blut in meinen Adern fließt.

Vermutlich meinst Du, es wäre am besten gewesen, wenn ich die Wahrheit nie erfahren hätte. Aber Du sollst wissen, Mutter, dass ich froh bin, sie zu kennen; seit ich ein kleines Mädchen war, habe ich Dich vermisst, selbst wenn Du bei mir warst.

In gewisser Weise ist mir jetzt leichter ums Herz. Ich weiß, wer ich bin. Ich bin Deine Tochter, ich bin die Tochter meines Vaters, vielleicht mehr als je zuvor, und ich bin auch etwas anderes. Ich hörte Dich einmal sagen, dass die Fregatte ein verfluchtes Schiff sei. Nun verstehe ich, was Du damit meintest, aber es stimmt nicht. Ein Schiff ist weder gut noch böse oder verdammt. Ein Schiff segelt nur. Die Hoffnung segelt.

Vielleicht dürfen wir in Frankreich von Bord gehen, ich weiß es noch nicht. Ich traue dem Kapitän nicht.

Deine Tochter Maria

BRIEF: MIKKEL EIDE AN DE SOUZA, MÄRZ 1824

23. März 1824

Lieber de Souza,

es ist einige Zeit her, dass ich Ihnen schrieb, entschuldigen Sie. Ein Tag frisst den nächsten, aber um Ihre eventuelle Unruhe zu besänftigen, kann ich Ihnen versichern, dass ich wirklich jeden Tag an meinem Manuskript arbeite. Ich habe mich auf der Insel einigermaßen umgesehen, sowohl hier auf der Plantage als auch in der Stadt Charlotte Amalie, die durchaus die größte Überraschung ist. Dort sieht man vornehme Frauen in leichten, eleganten Kleidern, die an Paris oder andere Großstädte denken lassen. Sie promenieren mit Sonnenschirmen, gefolgt von ihren schwarzen Bediensteten. Gleichzeitig muss ich sagen, dass es aussieht, als ob viele dieser urbanisierten Neger – es sind zahlreiche Mädchen und Frauen darunter – unter ganz ordentlichen Bedingungen arbeiten, die sich nicht sonderlich von den Verhältnissen der Dienstboten in Dänemark unterscheiden.

Sie sind anständig gekleidet, wenngleich auch nicht so vornehm wie ihre Herrschaften, und man sieht sie bisweilen sogar lächeln und mit ihrer weißen Herrschaft Späße treiben. Ganz anders sieht es allerdings für die Neger aus, die auf den Plantagen arbeiten, für die Männer und Frauen – und auch Kinder, ja –, die das Zuckerrohr pflanzen, hegen, ernten und verarbeiten. Jeden Morgen, noch vor Sonnenaufgang, blasen die Bombas und Aufseher in große hellrote Muscheln, und der tiefe, traurige Klang der Schneckenhäuser lässt die Schwarzen aus ihren Hütten stürzen.

Bereits um diese Zeit, in den frühen Morgenstunden, erklingt der widerliche Gesang der Peitschenriemen in der Dunkelheit, wenn die Sklaven kolonnenweise zu einem weiteren Tag harter Arbeit angetrieben werden. Mitten am Tag gibt es eine kurze Pause, dann bekommen sie eine Mahlzeit und ein wenig Wasser, im Übrigen müssen sie sich plagen, bis die Sonne untergeht.

Hier gibt es, wie dem eben Gesagten zu entnehmen ist, zwei Arten von Negern. Und doch ist auch dies nicht wahr, denn natürlich gibt es sehr viel mehr, je nachdem, welche Kriterien angelegt werden. Da sind zum Beispiel die *Bussal*, Neger, die aus Afrika geholt wurden, wie alle Neger oder ihre Vorväter. Sie sind wilde Menschen, denen es häufig schwerfällt, sich dem Leben auf den Plantagen anzupassen. Den auf den Inseln geborenen Kreolnegern fällt es sehr viel leichter, mit den Umständen zurechtzukommen. Ihnen gelingt es vielleicht sogar, sich innerhalb ihrer Verhältnisse ein gewisses Lebensglück zu schaffen. Als ich allerdings von »zwei Arten« schrieb, dachte ich an die Feldneger und die Hausneger. Während Erstere auf den Feldern und während der Ernte auch in den Mühlen der Plantagen Frondienste leisten, sind die anderen beinahe mit gewöhnlichen Dienstboten zu vergleichen. Man könnte meinen, dass viele von ihnen in besseren Verhältnissen leben als die Armen im heutigen Kopenhagen, die, wie Sie wissen, häufig ein ganz jämmerliches Dasein in stinkenden Hinterhöfen fristen – in einer Stadt, hinter deren Wällen immer mehr Menschen eingepfercht sind.

Jan Marcussen, der Besitzer der Plantage Solitude, hat mehrere Neger, die ihm das Haus führen. Ich erwähnte Ihnen gegenüber gewiss das eigentümliche Erlebnis, welches sich in der ersten Nacht in Marcussens großem Haus mit Afi zutrug, der jungen Schwarzen, die mir mein Zimmer zeigte. Inzwischen ist mir klar, dass sie auf Marcussens Befehl handelte. Er erzählte mir eine Geschichte aus Grönland, das er in seiner Jugend besucht hat. Vor vielen Jahren hat er als junger Mann, oder besser gesagt als großer Junge, an einer Expedition in den Nordatlantik teilgenommen, die von einem Onkel des derzeitigen Generalgouverneurs J. F. Bardenfleth angeführt wurde. Ich habe den Gouverneur noch nicht kennengelernt, da er sein Kontor auf Sankt Croix hat, aber ich habe, wie Sie sich sicher entsinnen, mit seinem Sekretär korrespondiert. Bardenfleth ist offensichtlich ein enger Freund von Marcussen.

In den grönländischen Dörfern ist es bei den lokalen Fängern offenbar Sitte, den männlichen Gästen ihre Ehefrauen oder sogar ihre halbwüchsigen Töchter zum intimen Beisammensein zu »leihen«. Marcussen erzählte mir, das sei sehr sinnvoll in einer Gemeinschaft, in der man leicht frieren kann, wenn man allein im Bett liegt, aber mir scheint es einer der seltsamsten Bräuche zu sein, von denen ich je gehört habe. Und doch glaube ich, dass er mir Afi, die junge Negerin, in jener Nacht aus demselben eigentümlichen Höflichkeitsprinzip auf mein Zimmer geschickt hat.

Einige Zeit später, als der Pflanzer und ich schon etwas vertrauter miteinander waren – ja, ich halte ihn inzwischen schon fast für meinen Freund! –, ging er noch einen Schritt weiter, als er Afi während eines Besuchs in meiner idyllischen kleinen Strandhütte mitbrachte – in der Absicht, sie mir zu verehren. Zumindest verstand ich sein Angebot so. So kann ich mit dem schwarzen Mädchen täglich Gespräche über die Verhältnisse hier auf der Insel führen.

Von Afi bekomme ich reiche Einblicke in das Leben und die Denkweise der Schwarzen. Sie ist Kreolin und hat die Freiheit nie erfahren, und ich würde die Behauptung wagen, dass sie sich kaum vorstellen kann, was es heißt, frei zu sein.

Wir Europäer haben über Generationen gelernt, die Freiheit als das höchste Gut unserer Zivilisation zu schätzen. Doch was, wenn es mit der Freiheit gar nicht so einfach ist? Während man durchaus argumentieren kann, dass der dänische Bauer durch ein Leben in Freiheit größere Chancen auf sein Lebensglück hat, so gilt dies nicht notwendigerweise auch für den Neger. Solange er für seinen Herrn arbeitet, bekommt er, was er zum Lebensunterhalt braucht: Nahrung, die wenigen

Kleider, die er benötigt, und ein Dach über dem Kopf. Würde der Neger plötzlich freigelassen, wäre nichts davon mehr selbstverständlich, und viele würden an Hunger oder Krankheiten sterben.

»Glaubt Massa vielleicht, dass die Sklaven weiter auf den Zuckerrohrfeldern arbeiten würden, wenn sie plötzlich freie Menschen wären?«, fragte mich Afi, als wir über diese Frage sprachen. Ich antwortete naiv, dass es doch ihre einzige Möglichkeit wäre, und warum sollten sie es nicht als freie, bezahlte Arbeiter tun?

»Glaubt Massa etwa, die Schwarzen hätten keine Würde, nur weil sie Sklaven sind? Die meisten Männer und Frauen auf diesen Inseln würden lieber betteln oder vor Hunger sterben, als auch nur einen einzigen Tag für die Pflanzer zu arbeiten.« Es schwang Wut mit in ihrer Stimme, und ich beeilte mich zu antworten, dass ich bestimmt nicht glauben würde, die Schwarzen seien würdelos. Gerade Afis Würde hat mir so viel über diese Menschen beigebracht. Auch, dass es Unterschiede zwischen ihnen gibt, dass ein Bussal, frisch von der Fregatte aus Guinea, wild und verzweifelt sein kann wie ein gefangenes Tier, während die Kreolen völlig zivilisiert auftreten können, und es ihnen möglicherweise nur am Schulbesuch und Bildung mangelt, um auf einer Höhe mit uns zu sein.

Ich muss zugeben, dass Afi mich mehr über ihr Volk und die Realität der Sklaverei gelehrt hat, als ich mir hatte vorstellen können. In so vielen Bereichen hat sie meinen Horizont erweitert; ich bin Akademiker und Professor aus einer der angesehensten Hauptstädte der Welt, ich verstehe mich auf die Dynamik der Gedanken, auf die Einrichtung der Welt, auf Philosophie, Literatur und Geschichte, aber Afi hat mir etwas über den einfachen Stolz beigebracht, der sich bei einigen Menschen finden lässt und den selbst die schlimmste Brutalität und Beschimpfungen nicht brechen können.

Meine freundlichsten Grüße
Mikkel Eide

MIKKEL EIDES TAGEBUCH AUF SOLITUDE, 5. APRIL 1824

Egal wie gut ich Marcussen inzwischen verstehe und seine Beweggründe wenngleich nicht entschuldigen, so immerhin begreifen kann, gibt es doch in unserem Verhältnis ein Moment der Irritation. Es ärgert mich, denn im Grunde halte ich wirklich viel von dem Mann.

Mehrfach in der Woche lädt er mich ein, mit ihm in seinem großen Haus zu essen. Mitunter sind auch andere Gäste anwesend, aber selten so viele, dass man von einer veritablen Abendgesellschaft sprechen könnte. Das Essen ist immer gut und ausgezeichnet zubereitet, ich glaube, Marcussens Vorliebe für exotische Gerichte spornt seine Küchensklaven geradezu an. Sie sind stolz darauf, was sie mit den örtlichen Produkten hervorbringen, von denen viele, nach dem, was ich mir habe sagen lassen, an die Rohwaren in Afrika erinnern.

In Marcussens Haus habe ich Früchte gegessen, die kein Europäer je gesehen hat. Die leckeren Guaven, die nur in Westindien wachsen, Passionsfrüchte, Melonen, Brotfrüchte, Mangos und sehr kleine und besonders schmackhafte Bananen. An Gemüse gibt es die grünen, fingerförmigen Okra, Bohnen, große süße Kartoffeln und die starken Paprikaschoten, die ich in sehr begrenzten Mengen schätzen gelernt habe. Außerdem isst man Rindfleisch, Schweinefleisch, Ziege und natürlich Fisch und Schalentiere; die enormen krabbenähnlichen Hummerkrebse, die Langusten heißen, und kleine Krabben, deren würzig schmeckendes Fleisch in ihrem Rückenpanzer zubereitet wird. Ich kenne diese Krabben vom Strand, wo sie dutzendweise in Erdhöhlen rund um meine Hütte leben, aber es gibt sie auch im Landesinneren, wo sie keinen Zugang zum Salzwasser haben.

Bei den seltenen anderen Gäste auf Solitude handelt es sich um hochrangige lokale Beamte, Pflanzer oder Händler aus Charlotte Amalie, eine bunte Mischung, von denen die meisten keine Dänen sind, sondern Engländer, Franzosen und Niederländer von Geburt. Es sind Menschen, die sich ausgesprochen gern in Gesellschaft befinden: Mit nur wenigen Tagen Zwischenraum wird mal in dem einen, mal in dem anderen vornehmen Haus in Charlotte Amalie zu Abendessen und Spiel geladen und nicht zuletzt zu Trinkgelagen. Ich glaube, diese Menschen haben derart luxuriöse Lebensgewohnheiten, wie man sie mit Ausnahme des Hofes nirgendwo sonst in Dänemark findet. Die Pflanzer sind ein Haufen Sybariten mit enorm kostspieligen Gewohnheiten; es scheint beinahe, als müssten sie ihr Vermögen demonstrieren, damit niemand daran zweifelt.

Bei den seltenen Gesellschaften in Marcussens Haus wird wahrlich an nichts gespart. Allerdings ist der Gastgeber in Gesellschaft mit seinesgleichen weit weniger munter, als wenn wir allein sind. Bei diesen Gelegenheiten sieht er oft aus, als würde er seinen Gedanken nachhängen, während die anderen schlemmen und trinken. Er wirkt, als beschäftige ihn etwas, dunkle Erinnerungen vielleicht, zu denen ich keinen Zugang habe.

Obwohl er sehr viele Menschen kennt, gibt es offenbar nur wenige, vielleicht sogar niemanden, den man als engen Freund bezeichnen könnte. So habe ich das Gefühl, privilegiert zu sein, denn aus irgendeinem Grand besitze ich sein Vertrauen, da bin ich ganz sicher.

Umso mehr ärgert es mich, wenn ich davon überzeugt bin, dass er falsch handelt. Wenn er hier in die Hütte kommt, wo ich mich an meine Gastgeberrolle gewöhnt habe, obwohl alles ihm gehört, tritt er Afi gegenüber oft in einer Art und Weise auf, die mir überhaupt nicht gefallen will. Dann erinnere ich mich an die erste Nacht, als er ihr befahl, sich selbst zu demütigen und mich auf meinem Zimmer aufzusuchen – eine Episode, die ich am liebsten aus meinem Gedächtnis streichen würde.

»Da haben wir ja mein kleines Negermädchen«, sagt er zum Beispiel, wenn er eintritt und sie in unserer kleinen Küche sieht.

Jedes Mal wieder spüre ich dann mein Herz schneller schlagen. Teils aus Irritation über sein kindisches Verhalten – oder vielmehr seine kindische Jugendlichkeit –, teils aus Zorn, den ich ihretwegen verspüre. Aber auch, das muss ich ehrlich zugeben, aus einer nicht geringen Eifersucht. Ich denke: Er hat sie mir gegeben oder etwa nicht? Ich zweifele bisweilen, ob es eine ehrlich gemeinte Geste war oder bloß einer seiner üblichen ironischen Späße – die ich eigentlich immer mehr zu schätzen weiß.

Dem Mädchen scheint es egal zu sein, sie sagt so gut wie kein Wort, wenn Marcussen hier ist. Ja, sie ist so stumm, dass selbst ich manchmal ein wenig schlechte Laune bekomme.

Daher ziehe ich es vor, Marcussen in seinem Haus zu besuchen; dort ist Afi nicht dabei, und ich kann seine Gesellschaft genießen, ohne mir um sie Sorgen machen zu müssen.

Gestern, am Sonntag, aß ich wieder in Marcussens großem Haus. Nach dem Essen saßen wir noch einen Moment am Tisch und tranken den letzten Tropfen seines vortrefflichen Dessertweins, vermutlich ein Madeira, als ein junges Mädchen, eine Mulattin namens Baba, mit einer kurzen Nachricht für meinen Gastgeber hereinkam. Marcussen stand auf und folgte ihr in die Diele. Er war ungefähr fünf Minuten fort, und als er wieder hereinkam, schien er einigermaßen erregt.

»Hoffentlich keine schlechten Nachrichten?«, erkundigte ich mich, weil ich nicht einfach so tun wollte, als hätte ich nichts gemerkt.

»Doch. Sogar die allerschlimmsten«, erwiderte er auf seine übliche, gleichgültige Weise. Normalerweise hat der Pflanzer von Solitude keine Geheimnisse.

Ich beugte mich ein wenig vor und griff nach meinem Glas, leerte es und sah ihn abwartend an. Er beantwortete meinen Blick mit einem mürrischen Gesichtsausdruck, plötzlich aber lächelte er.

»*Never mind*«, sagte er. »Ich will Sie nicht mit meinen Problemen ermüden.«

»Sie ermüden mich keineswegs«, entgegnete ich.

»Nun ja, mein Aufseher wollte mich sprechen«, begann er, da er offenbar doch meinte, mir eine Erklärung schuldig zu sein. »Er hat mir berichtet, dass vier Sklaven von der Plantage geflohen sind. Das passiert immer öfter, und wir wissen nicht, wo sie sich verstecken. Just meint, dass einige Neger übers Meer geflohen sind. Von der Nordküste.«

Marcussen leerte sein Glas und warf die Serviette auf den Tisch. Eine der dicken Dielen ließ ein lautes Knarren hören, als er seinen Absatz dagegen stemmte. Selbst ein so solides Haus wie seines hat kleine Makel. »Gehen wir ein wenig nach draußen, Professor«, forderte er mich auf.

Wir setzten uns auf die Veranda. Marcussen klappte eine Fußstütze aus, streifte seine kurzen Stiefel ab und legte die Beine hoch. Ich folgte seinem Beispiel, nur dass ich meine Schuhe anbehielt. Einen Moment blickten wir in die Dunkelheit. In der Tür des niedrigen Gebäudes gegenüber dem Haupthaus war Licht zu sehen. Die Frösche sangen. Wir hörten sie nicht. Auf dem Tisch standen zwei Gläser und eine Flasche von Marcussens gutem Fassrum. Er goss ein und schob mir ein Glas zu.

Es fing an zu regnen. Auf der Insel kommt der Regen häufig ebenso plötzlich wie die Dunkelheit. Als würde ein meteorologischer Geist ein Stichwort geben; irgendwo in den Kulissen der Dunkelheit murmelt ein Souffleur: »Regen!«, und schon stürzt das Wasser nur so herab. Der Regen schlägt auf die Dächer, den Boden und die Palmkronen und verdüstert den Himmel über den Bergen und dem Meer. Jetzt, in der Dunkelheit auf Marcussens Veranda, hörten wir den Regen mehr, als wir ihn sahen. Ein anhaltendes Trommeln wie Millionen von Grashüpfern auf der Zeltwand eines biblischen Fürsten.

»Irre ich, wenn ich annehme, dass Sie glücklich sind, hier auf Sankt Thomas?«

»Sie irren ganz bestimmt nicht. Ich bin sehr gern hier. Allerdings …«

Ich hielt inne. Der Regen füllte die Pause.

»Allerdings?«

»Ich kann ja nicht bleiben.« Der Gedanke versetzte mich ein wenig in Panik.

»Wieso nicht?«

»Ich muss zurück nach Hause. Ich lebe in Kopenhagen.«

Er lachte. »Sie klingen, als sei das der einzige Ort auf der Welt, wo man leben könnte. Was gibt es denn in Kopenhagen, was Sie nicht entbehren können?«

Ich dachte, diese Frage ist doch eigentlich leicht zu beantworten. Aber so einfach war es nicht.

Marcussen runzelte die Stirn. »Ich wohne seit fünfunddreißig Jahren in Westindien. Und ich werde niemals von hier fortziehen. Ich kann mir überhaupt nicht vorstellen, in Kopenhagen zu leben.« Er schüttelte sich. Ich versuchte mir den Pflanzer Marcussen auf einem Ball im Schloss vorzustellen, in Frack und Zylinder. Ich musste bei dem Gedanken schmunzeln. Er sah es.

»Worüber lachen Sie, über mich?« Seine Frage klang nicht beleidigt, ich weiß nicht, ob man Marcussen überhaupt beleidigen kann. Denn das schätze ich ganz besonders an ihm: Er spricht die Dinge ganz direkt aus und erwartet, dass andere es ebenfalls tun.

»Mir fällt es nur schwer, Sie mir in Kopenhagen vorzustellen. Wie Sie an einem Wintertag am Kanal spazieren gehen, wo die Fischweiber mit vereistem Schnurrbart stehen und steifgefrorene Fische verkaufen.«

»Haha. Sie verstehen es, die Dinge in Worte zu fassen, Eide. Manchmal denke ich daran, dass Sie hier sind, um zu schreiben. Dürfte man vielleicht eines Tages etwas davon lesen?«

Ich erstarrte und hoffte, er würde es nicht bemerken. Dann räusperte ich mich und hörte selbst, wie formell ich plötzlich klang.

»Ich lasse niemals jemanden meine Manuskripte lesen, bevor sie gedruckt sind. Kennen Sie irgendwelche Schriftsteller, Marcussen?«

»Den Generalgouverneur. Johan Bardenfleth. Wir sind zusammen zur See gefahren, wissen Sie. Als wir jung waren.«

»Ah ja, Grönland. Und er schreibt?«

Marcussen trank einen ordentlichen Schluck Rum. Ich folgte seinem Beispiel und genoss die feinen Nuancen in der starken Flüssigkeit. Schokolade, Zimt, etwas in Richtung Dörrpflaume.

»Ja. Er arbeitet zurzeit an einem Werk über Orkane. Ein sehr wissenschaftliches Werk seiner Meinung nach. Wissen Sie, was ein Orkan ist, Eide?«

»Selbstverständlich.«

»Dann sind Sie in einer glücklichen Position. Aber mein Freund Johan, der darüber gerade ein Buch schreibt, weiß es eigentlich nicht. Und wissen Sie, warum ich das mit so großer Sicherheit sagen kann?«

Ich schüttelte den Kopf.

»Im Gegensatz zu Ihnen hat er mich sein Manuskript lesen lassen! Er ist der Auffassung, dass es nur besser werden kann, wenn ich es gelesen habe.«

Das klang vernünftig. Aber ich konnte ja schwerlich meinen Gastgeber meine Bemerkungen über die Sklaverei auf seiner und den anderen Plantagen lesen lassen.

»Nun ja, Schriftsteller sind in dieser Hinsicht verschieden.«

»Ha! Das mag sein. Aber nun sollen Sie dennoch hören …« Er erhob sich und ging durch die offene Tür ins Haus. Ich sah hinaus in die Nacht. Es brannte noch immer Licht im Stall, und es regnete auch noch. Die Frösche waren verstummt, vielleicht konnten sie den Regen besser genießen, wenn sie nicht gleichzeitig quakten. Marcussen kam mit einem Stoß Papier in der Hand zurück auf die Veranda. Er setzte sich, trank einen Schluck Rum, räusperte sich und erklärte: »Hier ist ein Teil des Vorworts. Hören Sie mal, was mein braver Freund schreibt: ›Da dies der erste Versuch von meiner Seite ist, tröste ich mich damit, dass mein Werk nachsichtig beurteilt werden wird. Ein Mann kann in Dingen wie diesen nicht so ohne weiteres ein vollkommenes Wissen und die notwendige Erfahrung haben, und doch muss an einer Stelle begonnen werden, von der aus weitergearbeitet werden kann. Ich sehe es daher als meine Pflicht an, aufzuzeichnen und mitzuteilen, welche Mittel ich als die besten ansehe, um die Anzahl der Unglücksfälle zu verringern, für die Orkane normalerweise verantwortlich zeichnen, keinesfalls aber will ich irgendeine Theorie anführen. Dazu fehlt uns noch das ausreichende Wissen …«

Marcussen blickte auf. »Johan ist ein verantwortungsbewusster Mann. Er will gern etwas für die Bevölkerung der Inseln tun. Nun sagen Sie, Sie wüssten, was ein Orkan ist, aber glauben Sie das wirklich? Können Sie sich vorstellen, was solch ein Sturm an einem Ort wie diesem ausrichten kann?« Er wies mit der Hand in die Dunkelheit. Ich schaute hinüber zum Stall. Das Licht war gelöscht, ich konnte das niedrige Dach im Dunklen nur ahnen.

»Vielleicht nicht«, gab ich zu. »Ich weiß nur, dass es sich um heftige Stürme handelt, die wie ein Kreisel um sich selbst rotieren.«

»Genau!«, sagte Marcussen und hob die Stimme. »Sie rotieren! Und sie rotieren so schnell, dass eine Kugel aus einer Neunpfund-Kanone kaum in der Geschwindigkeit ihrer Windstöße davonfliegen kann. Gleichzeitig bewegen sie sich wie ein Schiff über das Meer, auch ungefähr ebenso schnell. Ein Orkan ist wie ein Pindopp, der über den Boden kreiselt. Der Boden ist in diesem Falle das Meer, und das Land die Wand, auf die der Pindopp beziehungsweise der Orkan trifft und die seinen Flug aufhält.«

Ich wusste nicht, was ich dazu sagen sollte. Ich hatte noch nie erlebt, dass ihn ein Thema so beschäftigte. Und ich verstand nicht, worauf er hinaus wollte.

»Ich habe Orkane auf dem Meer gesehen«, fuhr er fort. »Ich habe ihre Dynamik gespürt. Ich weiß, dass sie weit im Südosten entstehen und mit dem Passat nach Westen ziehen. Dann treffen sie auf die Inseln und zerstören alles … Ich sage Ihnen, Mikkel, einen Tag, nachdem ein Orkan uns hier heimgesucht hatte, hing kein Blatt mehr an den Bäumen, nicht ein einziges. Die Palmen am Strand waren umgestürzt und die Vögel verschwunden. Über die Hälfte der Häuser war weggeblasen, Dutzende von Menschen sind getötet worden.«

Wieder räusperte er sich und schaute in das Manuskript.

»Mein guter Freund Johan Bardenfleth glaubt ganz ernsthaft, dass

Orkane aufgrund vulkanischer Aktivität entstehen. Und Elektrizität! Hören Sie … ›Wenn sie durch mehrere Luftschichten aufsteigende Wasserdämpfe, die Temperaturveränderungen und die Elektrizität von unterirdischem Feuer, vor allem unter einem Ozean, hervorgebracht werden, wenn diese Phänomene auslösende Ursache für Orkane sein könnten, dann ist es sicher nicht unmöglich, dass ein außerordentlicher vulkanischer Ausbruch die Ursache für Orkane an Orten sein könnte, wo man sie bisher nicht kannte …‹« Er sah mich an und nickte mit einem breiten Grinsen, bevor er das Blatt umdrehte und weiterlas: »›Gibt es eine Verbindung zwischen Regen, Luftfeuchtigkeit, Atmosphärenfeuchtigkeit und Erdbeben, und ist dies der Grund, warum sich Orkane nur bei vulkanischen Inseln finden, wo also das unterirdische Feuer auf die großen Wassermassen des Meeres einwirkt …«

Marcussen legte seine große Hand auf die Manuskriptseiten und sah mich an. »Das ist ziemlicher Unfug«, sagte er. »Mein Freund Johan schreibt ein Buch über Orkane, aber er tappt im Dunklen. Er glaubt, dass sie auf Inseln von besonderer Beschaffenheit entstehen – mit Vulkanen – und weiß offenbar nicht, dass Orkane Tausende von Seemeilen reisen, bevor sie auf unsere Inseln treffen. Ob diese Inseln vulkanisch sind oder Pfannkuchen, die auf dem Meer umherschwimmen, ist den Orkanen vollkommen gleich. Aber hört er auf seinen Freund, der gute Johan Bardenfleth? Nein, jedenfalls nicht bis jetzt.«

Marcussen legte den Papierstapel auf den Tisch zwischen uns. Dann nickte er mir vielsagend zu und verzog den Mund zu seinem ironischen Lächeln.

»Freilich durfte ich mir ansehen, was er geschrieben hat, um mit ihm diskutieren zu können. Aber mit Ihnen darf ich nicht diskutieren, Mikkel, obwohl Sie doch über meine Neger schreiben? Sind Sie ganz sicher, dass Sie wissen, was ein Neger ist, oder tappen auch Sie im Dunklen?«

MIKKEL EIDE, »DAS DÄNISCHE VERBRECHEN« (MANUSKRIPT), APRIL 1824

Wenn man sein ganzes Leben auf einer Insel wohnt, verwendet man sicherlich viel Zeit darauf, auf dem Meer Ausschau nach Schiffen zu halten, die im Begriff sind, die Insel anzulaufen. Das Fremde kommt immer von außen, und das Fremde ist in der einen oder anderen Form immer eine Bedrohung.

Die ursprünglichen Bewohner von Sankt Thomas – und der übrigen Inseln des Archipels – waren Indianer. Eine irreführende Bezeichnung, die bekanntlich auf Kolumbus' mangelndes Verständnis des Himmelskörpers zurückgeht, den er auf seiner merkantilen Suche nach Indien zu traversieren versuchte. Bis zu seinem Tod glaubte der berühmte Seefahrer, dass er den Weg, wenn nicht nach Indien, dann doch zumindest in den Fernen Osten gefunden hätte. Nennen wir diese ersten Bewohner also Arawak, denn so hieß ihr Stamm.

Die Arawak waren ein friedliches Volk, das sich von Maniokwurzeln, Süßkartoffeln, wilden Früchten und Agoutis ernährte, einem großen Nagetier, das im Wald lebt und einem Eichhörnchen oder einem Hasen ohne die langen Ohren ähnlich sieht. Ich stelle mir vor, dass die Arawak sehr viel Zeit damit verbrachten, nervös nach fremden Schiffen Ausschau zu halten. Und eines Tages erfüllten sich ihre bangen Ahnungen: Einige lange Kanus näherten sich der Küste, Fremde gingen an Land. Große, dunkle Menschen, die vom südamerikanischen Festland hierher gesegelt waren und in der Karibik Insel für

Insel einnahmen, wie ein Bär, der von Stein zu Stein über einen Fluss hüpft.

Dieses neue Volk bestand natürlich auch aus »Indianern«, aber von einer gänzlich anderen Art als die friedlichen Arawak. Einige behaupten, es hätte sich um Menschenfresser gehandelt, kriegerisch und brutal waren sie auf jeden Fall. Im Laufe von wenigen Jahren hatten sie die Arawak ausgerottet und die Inseln eingenommen. Und sie gaben der ganzen Region ihren Namen. Sie hießen Kariben.

Jetzt waren sie es, die Ausschau nach fremden Schiffen hielten. Ein Jahrhundert warteten sie vergeblich auf ihren Untergang, doch schließlich erschien er in Gestalt von Seereisenden, die von der Geschichte dazu ausersehen waren, die Kariben auszulöschen: Im November 1493 gingen Christoph Kolumbus und seine Männer an Land. In den folgenden Jahren wurden die Kariben entweder getötet oder starben an europäischen Krankheiten, sie wurden versklavt oder nach Spanien geschickt, um bei Hofe zusammen mit Papageien, Reptilien und exotischen Pflanzen wie Kartoffeln, Tomaten und Ananas vorgeführt zu werden.

Die »Indianer« waren keine guten Sklaven. Etwas in ihrer Natur hielt zu viel von der Freiheit; oft starben sie aus völlig unerklärlichen Ursachen, beinahe, als würden sie einfach ihren Lebenswillen verlieren und aufhören zu atmen. Die dänischen Strafgefangenen, die zu den ersten Siedlern auf Sankt Thomas gehörten, waren ebenso wenig zu gebrauchen. Auch sie wurden krank und starben reihenweise – sie ertrugen die Hitze und die harte Arbeit nicht.

Die Neger indes können nahezu alles ertragen. In den Augen des weißen Mannes sind sie die vollkommensten Sklaven. Die ersten sechs Schwarzen kamen 1672 nach Sankt Thomas. Sie gehörten einigen Niederländern, die mit der Genehmigung der Westindien-Kompanie Plantagen auf der Insel betrieben. Die Niederländer verkauften sie an Jørgen Iversen Dyppel, der mit einer Schiffsladung Huren und ehemaligen Verbrechern die dänische Kolonisation einleitete und die Sklaverei auf den dänischen Inseln einführte.

Verweilen wir einen Augenblick bei diesem Iversen. Ein frommer Mann, der ein eigenes Gebetbuch publizierte und die Kolonie auf einem erklärtermaßen christlichen Fundament gründete – sein Reglement umfasste unter anderem eine Geldstrafe, sollte jemand bei seiner wöchentlichen Predigt in der Kapelle fehlen. Er begründete jedoch auch die Sklaverei und den Sklavenhandel, indem er der dänischen Krone riet, dänische Handelsstationen in Afrika einzurichten – mit dem einzigen Ziel, widerstandsfähige Arbeitskräfte für die Plantagen auf Sankt Thomas zu beschaffen.

Der gottesfürchtige Iversen verlangte, dass die weißen Pflanzer in die Kapelle kamen, um seine Predigten zu hören. Die Schwarzen hatten allerdings keinen Zugang zum Wort Gottes. Ja, sie hatten nicht einmal das Recht, als Menschen angesehen zu werden. Iversens Verwendung des Pronomens »die« im Reglement der Insel zeigt, wofür er die Schwarzen hielt: für Haustiere auf einer Ebene mit Eseln und Ochsen.

Iversen wurde der erste Gouverneur auf Sankt Thomas, und mit ihm begann das Wirtschaftswunder, das in unserer Zeit zur blühendsten Periode Dänemarks geführt und Hunderttausende von schwarzen Menschen das Leben gekostet hat. Ihr Fleisch und ihre Knochen düngen die Erde dieser Insel, oder sie ruhen auf dem Grunde des Ozeans, wo auch Iversen selbst passenderweise sein Grab fand.

Iversens frommes Regiment der Kolonie und seine strengen Strafen bei den geringsten Vergehen ließen ihn unter den Pflanzern bald verhasst werden, und der Gouverneur suchte Zuflucht im Rumfass. Er trank sich um den Verstand – und um sein Amt, denn der König berief ihn nach Hause und schickte einen anderen, weniger frommen Mann als Ersatz. Der erwies sich allerdings als Betrüger, der die Westindien-Kompanie hinterging und in Ungnade fiel. So kam es, dass Iversen 1682 erneut mit einer Ladung Strafgefangener und leichtlebiger Frauenzimmer auf dem Weg nach Westindien war. Unterwegs meuterte die unbändige Besetzung jedoch. Iversen wurde samt dem Sarg mit seinem toten neugeborenen Kind über Bord geworfen, und anschließend fand die Mannschaft Zerstreuung darin, nacheinander seine Frau zu vergewaltigen, bevor sie ihrem Mann auf dem Grund des Atlantiks Gesellschaft leisten durfte.

Von dort konnte Jørgen Iversen Dyppel aus gutem Grund nicht zurückkehren. Und doch hinterließ er nicht wenig: die brutale Versklavung der Neger, die fromme Heuchelei und das rote Fort, das noch immer in Charlotte Amalie steht. Ein stattlicher Bau, seit bald anderthalb Jahrhunderten das stolze Symbol des dänischen Terrorregimes, ein Monument des dänischen Verbrechens.

AUS GOUVERNEUR JØRGEN IVERSEN DYPPELS REGLEMENT, CIRCA 1673

Jeder Pflanzer hat seine Familie und sein Gesinde zur Gottesfurcht anzuhalten, am Morgen und am Abend sind Psalmen zu singen. Kein Mann darf seine Neger nach Sonnenuntergang ohne ein legitimes Anliegen von seinem Haus oder seiner Plantage gehen lassen, und ein jeder, der zu nächtlicher Stunde irgendeinen fremden Neger auf seiner Plantage antrifft, hat ihn zu fangen und morgens zum Fort zu bringen, wo er seinem Vergehen entsprechend bestraft wird.

MARIAS TAGEBUCH, DONNERSTAG, 19. MAI 1803

Vor Calais ist der Kanal so schmal, dass die Marsgasten auf einem Segelschiff bequem sowohl England als auch Frankreich sehen können, jedenfalls, wenn das Schiff mitten in der Passage zwischen den beiden Ländern fährt. Das tat die Hoffnung indes nicht, wir näherten uns der Stadt, ohne England im leichten Dunst erkennen zu können; und die Männer auf den beiden Marsen der Fregatte waren im Übrigen damit beschäftigt, in die andere Richtung zu schauen, in das flache Seegebiet westlich von Calais. Denn sehr schnell läuft man hier auf den breiten Sandbänken auf Grund.

Gestern Nachmittag liefen wir im Hafenbecken von Calais ein, das vollständig von einer alten grauen Festung dominiert wird, von der aus die Engländer viele Jahre über die schmale Straße gewacht haben. Die Hoffnung legte am Kai gegenüber der Festung an, und ich stand am Schanzkleid, während man sie vertäute und die Gangway ausfuhr. Aber gerade, als es so aussah, als könnte ich von Bord gehen, ertönte eine tiefe Stimme hinter mir. Der Kapitän.

»Fräulein!«

Ich drehte mich um. Da stand er, in seinen engen Beinkleidern, die einstmals weiß gewesen waren, seiner Seemannsjacke und seiner Mütze über dem braunledernen Gesicht. Ich sah ihn an, ohne etwas zu erwidern.

»Noch gibt es keinen Landgang«, erklärte er.

»Noch nicht? Wann dann?«

Er warf einen Blick über das Deck.

»Wir bleiben nicht lange«, erwiderte er, als wäre das eine Antwort auf meine Frage.

»Sie haben mir versprochen, dass wir in Frankreich an Land gehen können. Dass Sie uns nach Hause reisen lassen.«

»Nein, ich habe gesagt, dass ihr *vielleicht* in Frankreich von Bord gehen dürft.«

Ich drehte mich um und ging nach achtern. Einen Moment blieb ich stehen und blickte über den Hafen mit seinen großen Speichern, den vielen Pferdewagen und einem Gewimmel von Menschen. Es war offensichtlich ein geschäftiger Tag. Neben der Hoffnung lag ein kleineres Schiff, eine Art plumpe Brigg unter niederländischer Flagge, und etwas weiter entfernt ragten die vier Masten eines Schoners oder einer Bark so hoch in den Himmel, dass sie die Wolken berühren würden, hätte es welche gegeben. Ich ließ den Blick über das Hafenbecken schweifen; es lagen viele Schiffe unter den Flaggen der unterschiedlichsten Nationalitäten hier, auch viele, deren Flaggen ich nicht kannte. Allerdings kein dänisches Schiff.

Ich ging die schmale Treppe hinunter, die von der Luke vor dem Besanmast unter Deck führt; die Geräusche des Hafens nahmen mit der wachsenden Dunkelheit um mich herum ab. In der Steuerbord-Kajüte lag Vater in seiner Koje. Er schien zu schlafen. Es roch übel in dem muffigen Raum, daher öffnete ich die Tür und auch die Tür zur Kajüte des Kapitäns, wo ein paar Fenster im Achterspiegel offenstanden, um für ein wenig Durchzug zu sorgen. Dann trug ich den Nachttopf hinaus. Ich hätte ihn durchaus abstellen und den Schiffsjungen Matthias rufen können, der für all die Verrichtungen zuständig war, die die Seeleute nicht selbst erledigen wollten; aber gerade deshalb mochte ich ihn nicht damit beauftragen. Ich trug den Topf selbst hinauf und spülte ihn im Hafenwasser aus, nachdem ich ein Seil um den Henkel geknotet hatte.

Als ich zurück in die Kajüte kam, war Vater wach. Der Raum war gelüftet, und mir kam es vor, als sähe Vater etwas besser aus. Er hatte ein wenig Farbe im Gesicht, und sein linker Mundwinkel schien nicht mehr so sehr herabzuhängen. Aber noch immer war er fürchterlich schwach, und sein linkes Auge blieb weiterhin fast geschlossen.

»Guten Tag, mein Mädchen«, begrüßte er mich. Er schaute auf den Nachttopf in meiner Hand. »Das solltest du den Schiffsjungen machen lassen.« Er wandte den Blick ab, offensichtlich beschämt.

»Er hat anderes zu tun«, erwiderte ich. Ich blickte auf den Mann herab, der mein Leben lang mein Vater gewesen war, und dachte daran, wie er sich in der letzten Zeit verändert hatte: Er war nicht mehr wirklich mein Vater, er war nicht mehr wirklich Kapitän und er hatte nicht mehr wirklich seine alte Statur. Er war nur noch ein alter Mann in einer Koje. Und doch konnte ich mir nicht einreden, dass ich ihn weniger gern hatte, oder dass er nicht mehr mein Vater war: Ebenso wie die Hoffnung ihn nicht weniger als Kapitän akzeptieren würde, hätte sie eine Seele, eine Stimme und ein Erinnerungsvermögen.

Obwohl es leicht gewesen war, ja, nachgerade befreiend, in dem Brief an meine Mutter zu schreiben, dass ich die Wahrheit über meine Empfängnis erfahren hatte, so brachte ich es doch nicht fertig, Vater von meinem Wissen zu berichten.

Ich glaube, ich hatte Angst, dass ihn dies von mir entfernen würde, dass er nicht damit leben könnte, wenn ich das Gefühl bekäme, alles sei nur Lüge gewesen. Nicht, dass ich dieses Gefühl tatsächlich gehabt hätte – es gab so viel anderes, so viel Gutes –, aber er konnte durchaus diesen Eindruck haben, und ich fürchtete, dass die Erkenntnis ihn in die schwärzeste Verzweiflung treiben und seiner Genesung möglicherweise abträglich wäre.

Doch als ich dort stand und auf ihn hinabblickte, fürchtete ich etwas anderes: Dass mir vielleicht nicht genügend Zeit bliebe. Dass ich hier in seine muffige Kajüte kommen und etwas weit Schlimmeres vorfinden könnte als einen gefüllten Nachttopf. Und ich glaubte nicht, dass ich mit seinem Tod leben könnte, solange diese Lüge zwischen uns stand.

Also setzte ich mich neben ihn und nahm seine Hand. »Vater«, bat ich ihn, »erzähl mir von Sankt Thomas. Und über die Reise dorthin, die Reise über den Atlantik mit der Hoffnung. Lass mich wissen, was sich wirklich zugetragen hat.«

Ich spürte, wie er erstarrte. Seine Hand drückte meine, und als ich das Wort »wirklich« aussprach, zuckte er ein wenig zusammen und verzog das Gesicht, als würde ihn etwas schmerzen. Einen Moment lag er ganz still und blickte auf das Fußende der Koje, dann drehte er mir langsam das Gesicht zu. Sein rechtes Auge sah in meins, das linke war lediglich als feuchtes Schimmern zwischen den Lidern zu erkennen.

Er sah mich an. Dann zog er seine Hand aus meiner, hob sie und streichelte meine Wange.

»Du bist mein Augenstern«, sagte er. »Du bist meine Tochter. Ich hätte dich niemals noch mehr lieben können. Das, was damals passiert ist, hat damit nichts zu tun. Das weißt du doch, oder? Du weißt genau, dass ich dich immer geliebt habe und als Vater mein Bestes getan habe. Weil ich dein Vater bin.«

Ich spürte die Tränen in meinen Augen. Ich nickte.

»Aber was ist damals passiert, Vater? Erzähl es mir.«

Die Tür wurde geöffnet. Ich drehte mich um. Der Schiffsarzt, Dr. Reimann, stand mit seiner Tasche in der Tür. Er sah nicht aus wie ein Arzt, sein Haar war dichtgelockt und schwarz, und sein Adlerschnabel von Nase ragte so lang und gebogen aus seinem Gesicht, dass er mit seiner langen Zunge bestimmt die Nasenspitze erreichen konnte. Ich weiß, dass seine Zunge lang ist, weil er lispelt.

»Herr Schiffsreeder«, sagte er. »Zeit, Ihren Verband zu wechseln.«

AUS JOHAN FREDERIK BARDENFLETHS WISSENSCHAFTLICHEM WERK »ÜBER ORKANE«, 1831

Ein Orkan macht sogar Geringfügigkeiten wichtig (…)

Unter Segeln wird jeder tüchtige Seemann die notwendigen Verhaltensmaßregeln ergreifen, und doch muss ich seine Aufmerksamkeit auf diverse Umstände lenken, die einen Orkan von einem gewöhnlichen Sturm unterscheiden.

Ein Orkan entwickelt sich oft so schnell, dass man nicht die Zeit hat, seine Vorbereitungen zu vollenden; man darf diese daher nicht verschieben, wenn das Barometer und das Aussehen der Luft Orkan ankündigen. Seine Windstöße könnten zudem so heftig sein, dass die Mannschaft nicht in der Luft arbeiten kann. Windstöße, die ganze Häuser weit von ihrem Standort werfen können, würden auch Menschen mit sich reißen, wenn sie ihnen ausgesetzt sind.

MARIA FREDERIKSEN: »DER DRAMATISCHE UND WAHRHAFTIGE BERICHT ÜBER MEINE ZEIT ZU WASSER UND ZU LANDE«, SANKT CROIX, CIRCA 1810

Die Überfahrt im Jahr 1787 von der Negerküste Afrikas zur dänischen Insel Sankt Thomas war die dritte Reise der Fregatte Hoffnung über den Atlantik. Der Kapitän des Schiffs, Anton Frederiksen, war ein braver Däne im besten Alter, stark, breite Brust und mit schwarzen Haaren wie ein Spanier. Er konnte allein bei schwerer See einen Klüver bergen, und es gab nicht eine Ecke oder einen Winkel, kein Schott oder Zwischendeck auf der Fregatte, die er nicht kannte wie seine eigene Westentasche. Frederiksen fuhr zur See, seit er zwölf Jahre alt war. Als Schiffsjunge, Matrose, befahrener Seemann, Offizier und Erster Steuermann. Doch nun, an Bord der Fregatte Hoffnung, aß er in der geräumigen Achterkajüte zu Abend, in die das Licht von drei Seiten durch die großen Fenster mit den weißlackierten Fensterrahmen im Achterspiegel und den Seitengalerien fiel. Der brave Anton Frederiksen hatte fleißig gearbeitet und war Kapitän und Reeder geworden. Und Kaufmann und Sklavenhändler.

Anton Frederiksen war mein Vater.

Seine erste Reise auf der Dreiecksroute war 1784 problemlos verlaufen. Die Hoffnung hatte dreihundert schwarze Seelen über den Atlantik transportiert, ließ sie in Sankt Thomas und Sankt Croix von Bord und segelte mit dem Laderaum voller Zucker, Rum, Kaffee und Gewürzen zurück nach Dänemark. Eine einzige Reise genügte, um einen Mann reich werden zu lassen; für meinen Vater bedeutete es, dass er den größten Teil des Kredits tilgen konnte, den er aufgenommen hatte, um die Fregatte zu kaufen.

Die zweite Reise, die von August bis Dezember 1785 dauerte, lief weniger reibungslos ab. Als die Hoffnung sich rund vierzehnhundert Seemeilen westlich der Kapverdischen Inseln befand, geriet die Fregatte in einen tropischen Sturm, der sie mit sich über das Meer zog und große Schäden an der Takelage und am Schiff anrichtete. Auf dem Sklavendeck wurden einhunderteinundzwanzig nackte oder in zerfetzte Lumpen gekleidete Frauen und Mädchen, Männer und Jungen, die meisten mit einer Fußfessel angekettet, in einem Brei von Erbrochenem, flüssigen Exkrementen und toten Körpern hin und her geschleudert. Mein Vater erzählte, dass sich die Umstände im Laderaum der Hoffnung unmöglich angemessen beschreiben lassen; niemand, der dieses Elend nicht mit eigenen Augen gesehen hatte, wäre imstande, es sich vorzustellen.

Noch bevor der Sturm zuschlug, herrschten bereits höllische Verhältnisse an Bord der Hoffnung. In den Tagen vor dem Unwetter waren viele und bald nahezu alle Sklaven an der Ruhr erkrankt. Sie entleerten sich unablässig, zusammengekrümmt, schreiend, jammernd, stinkend, wieder und wieder, und jeder Versuch, dieser Sintflut von Exkrementen Herr zu werden, erwies sich als vergebens. Als hätte ein gekränkter Gott eine Strafe heraufbeschworen. Jeden Vormittag verlor eine Gruppe Seeleute die tägliche Ziehung der Lose und musste mit rum- und pulvergetränkten Stoffstücken, die sie sich straff vor Mund und Nase banden, aufs Sklavendeck, um die Toten und Sterbenden herauszuholen. Sie schleppten sie an den Füßen über die Planken, sodass die Köpfe auf den Boden schlugen; weiter ging es über eine Rampe, die man auf die Treppenstufen gelegt hatte, bis zu einer Öffnung des Schanzkleides, wo die Toten über Bord geworfen wurden. Die Körper der Sklaven zogen eine Spur aus Erbrochenem, Blut, Schleim und Scheiße auf der Rampe und den Decksplanken hinter sich her, und selbst nachdem man sie über Bord geworfen hatte, hinterließen sie eine fettige Spur auf dem Wasser, als würde Gott seinen Finger hinter dem Schiff herziehen – wie eine Signatur unter ein weiteres seiner wunderbaren Schöpfungswerke.

Der Sturm hielt drei Tage an, zumindest kam es den Seeleuten so vor. Die Hoffnung war in die Ausläufer eines tropischen Orkans geraten, der über den Ozean fegte wie eine Kittelschürze über einen frischgebohnerten Fußboden. Längst hatte das Unwetter die Stelle verlassen, wo die beiden – die Fregatte und der Orkan – aufeinander getroffen waren. Denn so stürmen Orkane über das Meer dahin, immer unterwegs zu neuen Verwüstungen. Nun nahm er die Hoffnung mit, um sein fürchterliches Werk zu beenden. Der Wind warf die Fregatte herum wie den losen Spund eines Fasses, allerdings hielt sie die meiste Zeit mehr oder weniger Kurs, einige Striche nördlich der direkten westlichen Richtung.

Als der Sturm endlich abflaute, lag das Schiff mit zerbrochenen Rahen und einer üblen Schlagseite in der Dünung, weil ein großer Teil der Ladung – Fässer, Kisten, Metallstangen, tote Menschen – sich verschoben hatte und nun gegen den Laderaum auf der Backbordseite drückte. Plötzlich war es vollkommen ruhig. Vom Sklavendeck und den Laderäumen ertönte nur ein leises Schwappen des Meerwassers und der menschlichen Exkremente. Irgendwo auf dem oberen Deck läutete sinnlos die Schiffsglocke, schlug Glasen um Glasen für Wachen, die es in der wirklichen Welt nicht gab. Rund um das Schiff war alles grau: Meer, Himmel und Leere. Gegen Osten verbarg die Sonne sich hinter einem trüben, grauen Teppich. Am westlichen Horizont erhob sich eine beinahe schwarze Mauer gegen die Wölbung des Himmels – der Sturm, der seine Reise in westlicher Richtung fortsetzte, auf die Inseln zu.

Die Hoffnung, das schöne Schiff meines Vaters, schleppte sich mit seiner Ladung halbtoter Neger bis nach Westindien. Hier lag es ein halbes Jahr im Dock von Sankt Thomas, bevor es wieder zu Wasser gelassen werden konnte. Dies geschah im Sommer 1786, ein Jahr, bevor ich gezeugt wurde.

Was auf hoher See passiert ist. Oft denke ich darüber nach, wie sonderbare Zufälle alles bestimmen, von den kleinsten Bagatellen bis zu den größten und wichtigsten Ereignissen. Im Alter von fünf Jahren wäre mir niemals der Gedanke gekommen, dass mein Vater nicht mein Vater war, und meine Mutter, die tatsächlich meine Mutter war, mich bald verlassen würde, weil sie meinen Anblick nicht ertrug. Den Anblick meiner dunklen Haut. Als ich schließlich verstand, war ich so gut wie erwachsen, und obwohl man vielleicht erwarten könnte, dass ihre Abkehr in mir eine große Bitterkeit ausgelöst hätte, so war das nicht das einzige meiner Gefühle. Ich war verbittert, ja, aber ich empfand auch Mitleid. Vor allem mit ihr, aber auch mit meinem Vater und mir selbst.

Denn sind die Kinder nicht das Schlimmste, was man einer Frau nehmen kann? Ich möchte wohl so gern glauben, dass meine Mutter mich tief im Innersten geliebt und den größten Teil ihres Lebens als Erwachsene mit einem unerträglichen Schmerz über diese Liebe gelebt hat, die sie nicht zeigen konnte. Weil der Anblick meiner braunen Haut sie stets an die letzte Reise mit der Hoffnung und das schreckliche Erlebnis auf dieser Reise erinnerte. Doch wie ich es auch drehe und wende, ich kann ihr nicht vergeben. Ich fürchte, ich werde mich niemals von dem dunklen Schatten befreien können, der sich mit dem Wissen über meine Zeugung auf mein Leben gelegt hat.

Am Johannistag 1787 brach die Fregatte von Kopenhagen auf. Meine Mutter war ungewöhnlich hübsch, fünfundzwanzig Sommer jung, wie es so schön heißt, und hatte einen außerordentlichen Lebensmut. Mein Vater erzählte, dass sie unmöglich zu erschrecken war. Wo andere Frauen beim Anblick einer Ratte die Rockschöße hochzogen und kreischten, lachte meine Mutter nur und machte die Umstehenden vielleicht sogar auf den Umstand aufmerksam, dass eine Ratte ebenfalls ein Geschöpf Gottes sei.

Nun war Mutter der Gedanken gekommen, dass sie gern die Weltmeere kennenlernen und sehen wollte, was mein Vater dort draußen eigentlich tat. Sie war stolz auf ihn, liebte ihn unendlich und vermisst ihn sehr, wenn er auf See war. Es fiele mir leicht, ein Dutzend Gründe zu finden, warum mein Vater ihr diesen Wunsch versagen oder sich zumindest äußerst skeptisch über dieses Arrangement hätte äußern können, und doch reagierte er vollkommen anders. Er stimmte der Idee zu und hieß sie auf dem Schiff willkommen, und nach einigen Monaten der Vorbereitung ging die junge Ane Frederiksen an Bord der Hoffnung und brach zusammen mit ihrem Mann zu einer Reise auf, die neun Monate dauern sollte. Erst anderthalb Jahre später setzte sie ihren Fuß wieder auf dänischen Boden, und da war nichts mehr wie zuvor.

Mein Vater erzählte mir, dass der erste Teil der Reise so glatt wie selten verlief. Achtundzwanzig Tage nach ihrer Abreise aus Kopenhagen warf die Hoffnung Anker vor dem dänischen Fort Christiansborg in Guinea. Es war der 20. Juli, ein Datum, das seltsamerweise auch mein Geburtstag ist.

Sechzehn Jahre später stand ich selbst an Deck der Hoffnung und blickte auf die weiße, kastenförmige Silhouette der Festung, während die Langboote der Neger heranpaddelten, um exotische Tiere aus dem Urwald feilzubieten. Doch davon später, ich habe das eine oder andere über die Goldküste zu erzählen, will davon aber in meinem Manuskript an anderer Stelle ausführlicher berichten.

Meine Eltern verbrachten nahezu zwei Monate an der Negerküste. Das ist eine verhältnismäßig lange Zeit, doch es gab Schwierigkeiten, genügend Neger für die Weiterreise zu beschaffen. Das Ziel waren zweihundertfünfzig Sklaven. Vater erzählte mir, dass manch ein Sklavenkapitän versuchte, über dreihundert arme Menschen auf das Sklavendeck mit den Pritschen zu pressen, die in dem ohnehin schon niedrigen Raum aufgestellt worden waren. Stets galt es abzuwägen. Viele Sklaven starben während der Überfahrt, und je schlimmer die Zustände waren, umso mehr Todesfälle gab es. War es nicht besser, mit zweihundertfünfzig loszusegeln und zweihundert lebendig nach Westindien zu bringen, als mit dreihundert, von denen man die Hälfte auf der Reise verlor?

Die vielen Wochen verbrachten meine Eltern an Bord der Fregatte und gingen nur an Land, wenn es unbedingt notwendig war. Mein Vater musste selbstverständlich von Bord, um alles Nötige zu beschaffen, was auf der langen Überfahrt benötigt wurde – und um die Neger für die Laderäume zu kaufen –, meine Mutter ließ er aber auf der Fregatte, weil er um ihre Gesundheit und Sicherheit fürchtete. Sehr viele Dänen starben an der furchtbaren Malaria, und es war nicht ungewöhnlich, dass junge dänische Beamte gesund und stark zur Festung in Accra kamen, um einige Monate später als von der Seuche zerfressene, halbverfaulte Kadaver zu enden, die sich kaum noch aus eigener Kraft auf den Beinen halten oder atmen konnten.

Mitte September war das Zwischendeck der Hoffnung endlich gefüllt. Zweihundertachtzehn Neger hatte man in Eisen gelegt, und eine Gruppe Matrosen umstand das große Ankerspill und zog den Anker der Fregatte vom Meeresgrund hinauf. Andere Mitglieder der Besatzung kletterten in die Wanten und ließen die Rahsegel des Dreimasters fallen, auf dem Vorschiff entfalteten sich der Klüver, der Jager und das Babystagsegel und füllten sich mit der Brise von Land. Vater stand am Ruder, diesem großen doppelten Wagenrad mit soliden Handgriffen aus poliertem Holz. Und mit einer Ladung frisch eingekaufter Geschöpfe begann die Hoffnung ihre lange Reise über den Atlantik in die Neue Welt.

Dezember 1787. Die Fregatte Hoffnung kommt in Sankt Thomas an. Das Schiff ist ziemlich ramponiert; in das Schanzkleid wurde ein Loch gesprengt, außerdem gibt es ein Loch in der Bordwand bis zum Mitteldeck. Am Fockmast hat es gebrannt, ein Teil der Takelage ist verbrannt. Von den zweihundertachtzehn Negern ist über die Hälfte tot.

Vater gibt der örtlichen Hafenbehörde gegenüber eine Erklärung ab und berichtet, dass nach etwa sechs Wochen Überfahrt an Bord der Fregatte ein Aufstand ausbrach und zwei Frauen, die als Passagiere auf der Hoffnung mitfuhren, in die Hände der Aufständischen fielen. Die Frau des Schiffsarztes ist tot. Die andere, meine Mutter, ist scheinbar unbeschadet davongekommen. Hafenkapitän Meyer schreibt einen Bericht; das Ereignis ist durchaus nicht ungewöhnlich, sehr oft versuchen die Neger unterwegs, sich zu befreien. Sie sind verzweifelt und haben nichts zu verlieren.

Die überlebenden Schwarzen werden auf einer Auktion in Charlotte Amalie verkauft. Die Hoffnung kommt ins Trockendock im Hafen, die Schiffszimmerleute fangen an, das Schiff zu reparieren. Ein Kaufmann, den Vater aus Kopenhagen kennt, lädt meine Eltern ein, bei ihm zu wohnen. Er heißt Lauridsen und hat sich am östlichen Ende der Dronningensgade ein vornehmes Haus gebaut. Hier wohnen meine Eltern bis zum Januar 1788. Dann kauft der Schiffsarzt der Hoffnung ein kleineres Haus am westlichen Rand des Hafenviertels, am hinteren Ende der Kronprinsensgade, direkt beim Friedhof von Charlotte Amalie. Es ist so günstig, dass er es mit seinen bescheidenen Ersparnissen bar bezahlen kann. Er gibt dem Haus den Namen Rosa nach seiner toten Ehefrau und lässt den Kapitän und seine schwangere Frau im Parterre wohnen, während er selbst sich im ersten Stock einrichtet.

»Wir waren nun ganz sicher, dass deine Mutter in anderen Umständen war. Aber wir waren nicht sonderlich glücklich bei dem Gedanken, dass wir Eltern werden sollten; deine Mutter war sehr bedrückt seit dem Aufruhr auf dem Atlantik und verweigerte jedes Gespräch über die Zukunft und das Kind, das wir erwarteten.«

So erzählte es mein Vater eines Abends in der kleinen Steuerbordkajüte an Bord der Hoffnung, als er krank und schwach in seiner Koje lag. Ich hatte den Eindruck, als würde es ihn erleichtern, mir endlich die Wahrheit erzählen zu können, und doch trafen mich seine Worte wie ein Stein ins Gesicht.

»Ich kann mich erinnern, dass ich sie fragte, was sie selbst darüber dachte, also über die Möglichkeit, dass das Kind von dem Neger stammen könnte. Und sie sah mich mit eiskalten Augen an und sagte: *»Der Neger? Welcher von ihnen?«* Die Worte in Hafenkapitän Meyers Bericht – »scheinbar unbeschadet« – klangen wie boshafter Hohn.

Eine Zeit, die sehr glücklich hätte werden können, war geprägt von der Gefühlskälte meiner Mutter und dem Kummer meines Vaters.

Während meine Eltern in der Kronprinsensgade wohnten, lernten sie Charlotte Amalie recht gut kennen. Sie fanden Freunde unter den geschäftstüchtigen Händlern der Insel, und es gab wohl durchaus Stunden, so mein Vater, in denen ihre Sorgen in den Hintergrund gedrängt wurden.

»Waren wir früher nahezu immer glücklich, wenn wir zusammen waren, gab es nun einige wenige Momente, in denen wir immerhin nicht unglücklich waren«, erzählte er. »Es ist schön auf den Inseln, das Klima ist herrlich, wenn man nicht gezwungen ist, allzu viel zu arbeiten.«

Ende Mai war die Fregatte laut Angaben der Werft repariert. Da meine Mutter aber ungefähr im siebten Monat schwanger war und die Heimreise häufig drei Monate dauerte, war es ausgeschlossen, dass meine Eltern rechtzeitig vor der Geburt wieder nach Dänemark kämen.

»Es sah so aus, als wäre deine Mutter erst im Sommer, als die Schwangerschaft sich unter keinen Umständen mehr verbergen ließ, etwas fröhlicher geworden, oder sollen wir sagen, etwas weniger verzweifelt. Ein einziges Mal sagte sie zu mir, wenn das Kind nur meins wäre, würde sie sich auf seine Geburt freuen. Ich lächelte und drückte ihre Hand, aber ich wagte nicht zu hoffen.«

Es kam der Johannistag, ein Jahr nach der Abreise aus Kopenhagen. Mein Vater war nun häufig auf der Fregatte, um das Schiff zu inspizieren und auch das kleinste Detail in Ordnung zu bringen, während meine Mutter meist im Haus in der Kronprinsensgade blieb. Mein Vater sagte, sie habe ihre gesamte Zeit mit Warten verbracht: Sie wartete auf mich und darauf, dass die Hoffnung wieder seeklar war. Vater kaufte Rohzucker und Kaffee zur späteren Lieferung. Er hatte einen recht guten Preis für die überlebenden Neger erzielt; obwohl mehr als die Hälfte verloren waren, hatte er doch seine Haut gerettet, wie er es ausdrückte.

»Ich war so damit beschäftigt, ein Vermögen anzuhäufen, mit dem ich die Zukunft meiner Familie sichern wollte, dass ich nicht sah, was sich direkt vor meinen Augen abspielte. Allerdings hatte ich das Gefühl, dass das Elend nicht in meine Verantwortung fiel, es war wie etwas Naturgegebenes, etwas, das schon immer da war.«

»Wann hast du deine Meinung geändert?«

»Damals. Als wir im Herbst von Sankt Thomas zurück nach Dänemark segelten. Ich stand nach Mitternacht am Ruder, als der Wind sich legte und ich dich unter Deck hören konnte. Du hast geweint, bis deine Mutter dich beruhigt hat.« Er machte eine kleine Pause. »Ein Kind zu bekommen, verändert einen Menschen«, fuhr er dann fort. »Mehr als ich gedacht hätte. Ich wusste plötzlich, dass ich nicht mehr zur See fahren würde; ich wollte keine schwarzen Menschen mehr übers Meer transportieren und verkaufen. Der Gedanke war mir plötzlich abscheulich ... ich hatte gesehen, wie weiße Männer die Schwarzen demütigten und flehende Mütter von ihren Ehemännern und Kindern trennten, um sie zu ihrem eigenen Vergnügen zu behalten. Ich habe gesehen, wie Sklavenhändler Säuglinge an den Strand warfen, ja, ich habe gesehen, wie einer ein Neugeborenes als Köder benutzte, um Haie und Thunfische zu angeln. Menschenkinder. Wenn diese Sorte Männer nicht in der Hölle brennt ...«

Der 20. Juli, ein Tag, an dem es so sehr regnete, dass sich die Flüsse und die sonst so blaue Bucht vor Charlotte Amalie braun färbten, kam ich in der Kronprinsensgade zur Welt. Niemand musste weiter hoffen oder Zweifel haben: Meine Haut war nicht schwarz oder dunkelbraun wie die eines Negers; sie hatte die Farbe von Kaffee mit Sahne, war also recht hell. Freilich nicht so hell wie die Haut eines neugeborenen dänischen Kindes. Es war eine leichte Geburt, die Wehen kamen nach dem Frühstück, und der Schiffsarzt, der Gastgeber und Nachbar meiner Eltern, blieb bei meiner Mutter, bis er am Nachmittag die Nabelschnur durchschneiden und mich an ihre Brust legen konnte.

»Und das Erstaunliche geschah«, berichtete mein Vater, »zum ersten

Mal seit Monaten sah ich deine Mutter richtig lächeln. Sie lächelte und ihre Augen strahlten. Sie war müde, aber glücklich, und sie sah dich und wusste Bescheid. Und sie hat dich an diesem Tag geliebt, ich weiß, dass sie es tat.«

An diesem Tag. An diesem Tag hat meine Mutter mich geliebt.

MIKKEL EIDE: »DAS DÄNISCHE VERBRECHEN« (MANUSKRIPT), APRIL 1824

Es gibt ein Wort im Spanischen – *cimarrón* –, das »wild« bedeutet, wie in wildes Tier. Oder vielleicht eher: gezähmtes Tier, das in die Natur zurückkehrt. Hier in Westindien ist das Wort zum englischen *maroon* verzerrt worden, ein Begriff, der für entlaufene Sklaven verwendet wird. Der Ursprung des Wortes ist karibisch: Die Arawak-Indianer, die diese Insel bewohnten, bevor Christoph Kolumbus auf der Suche nach Ostindien (sic) den Atlantik überquerte, sprachen eine Sprache, die Taino hieß. Und in Taino wird ein wildes Tier als *simaran* bezeichnet.

Maroons flüchten von ihren Plantagen und hausen, allein oder in Gruppen, in den noch unbewirtschafteten Urwäldern der Inseln. Die meisten halten sich verborgen und leben von heute auf morgen, nur ums bloße Überleben kämpfend; einige wenige bereiten sich jedoch auf den Tag vor, an dem sie aus den Bergen und Wäldern kommen werden, um mit den Weißen abzurechnen, die sie unterdrückt haben. Davon sind sie zumindest überzeugt. Allerdings ist es eine unrealistische Vorstellung. Unsere Zivilisation wird sich nicht von einem Haufen kaum bewaffneter Buschmänner überrennen lassen; die westindische Regierung kann innerhalb kürzester Zeit Unterstützung bekommen in Form von Soldaten und Kriegsschiffen, sowohl von den englischen, französischen und spanischen Inseln als auch aus dem Heimatland. Ein schnelles Kriegsschiff – eine Fregatte mit achtundvierzig Kanonen und einhundertfünfzig waffenführenden Männern – erreicht Sankt Thomas innerhalb weniger Monate auf der direkten Route über Madeira.

Auf Sankt Thomas gibt es nicht sonderlich viele Maroons. Der größte Teil der Insel ist heutzutage bewirtschaftet und sehr genau kartographiert, zudem ist die Zahl der Feldneger in den letzten zehn Jahren drastisch gesunken. Heute wird Zucker vornehmlich auf Sankt Croix angebaut, der größten dänischen Insel, die gut dreißig Seemeilen von Charlotte Amalie entfernt liegt. Sankt Thomas hat sich zu einem blühenden Handelszentrum mit einem der besten Naturhäfen der Welt entwickelt. Die großen Makler- und Handelsfirmen haben sich hier angesiedelt, hier legen Schiffe aller Nationalitäten an, um zu laden, zu löschen und zu handeln. Sogar in den schlimmsten Kriegszeiten, als die europäischen Mächte sich bekämpften, war Sankt Thomas ein sicherer und ungefährlicher Hafen.

Auf Sankt Croix sieht es indes ganz anders aus. Hier gibt es im Nordwesten Zuckerplantagen, Zuckermühlen und die Wildnis der Berge. Ja, einer der Berge wird tatsächlich »Maroonberg« genannt. Hier werden alljährlich Jagden auf die Maroons veranstaltet, sie werden auf der Stelle getötet oder in Eisen gelegt zurück in die Zivilisation geschleppt, um auf das Grausamste bestraft zu werden. Die verschiedenen fürchterlichen Methoden zur Züchtigung der schwarzen Flüchtlinge ist in einem Reglement festgehalten, das bald einhundert Jahre alt ist. Dieses Regelwerk sieht entsetzliche Strafen für alle denkbaren Vergehen vor, unter anderem für die Flucht.

Niemand weiß, wie viele Maroons auf Sankt Croix oder den Inseln insgesamt leben. Viele werden bei den regelmäßigen Jagden gefangen und getötet, möglicherweise gelingt es aber ebenso vielen, sich zu verstecken. Wer weiß, wie diese kleinen Gruppen sich entwickeln und wohin das noch führen wird?

BRIEF: MIKKEL EIDE AN DE SOUZA, APRIL 1824

9. April 1824

Lieber de Souza,

als ich kürzlich in mein Manuskript vertieft dasaß, hörte ich ein Pferd ganz nah an der dünnen Bretterwand meiner Hütte schnauben. Dem Geräusch folgte eine tiefe Männerstimme, die ein Wort ohne für einen Menschen sinnvolle Bedeutung sagte, und ich wusste, ich bekam Besuch. Es war Marcussen, der zu seinem Pferd sprach.

Ich ging um die Hütte zu dem kleinen Plateau dahinter. Vor der Lichtung hielt Marcussens Einspänner mit seinem glänzenden braunen Pferd zwischen den Deichseln. Der Pflanzer sprang vom Bock neben das Rad der Kutsche, das so groß ist, dass es ihm beinahe bis zur Schulter reicht. Er ging zu dem erhitzten Pferd, klopfte es auf den Hals, griff nach dem Zaumzeug und führte das Tier in den Schatten einer Palme.

»Hat Ihre Negergöre vielleicht einen Tropfen Wasser für meinen Klepper, Mikkel?«, rief er.

Ich spürte den wohlbekannten Anflug von Irritation über seine Art, von Afi zu sprechen. Aber ich ließ mir nichts anmerken und holte den Eimer von der Veranda. Ich füllte ihn an der Quelle hinter der Hütte und gab ihn Marcussen. Er trug den Eimer zu seinem Pferd und stellte ihn vor dessen Kopf. Das Tier steckte sofort das Maul und den größten Teil seines langen Schädels in den Eimer und trank geräuschvoll. Marcussen lachte und klopfte es noch einmal auf den Hals.

»Wir sind den Weg ein bisschen schneller hinuntergefahren«, sagte er, als er sich zu mir umdrehte. »Ich wollte mich erkundigen, ob Sie mich auf eine kleine Spitztour begleiten möchten. Hat der Herr Professor Zeit?«

»Aber sicher«, erwiderte ich. »Wohin geht's?«

»Die Ernte hat begonnen. Und Sie haben vermutlich noch nie eine Zuckersiederei im Betrieb gesehen, oder?«

Ich schüttelte den Kopf.

»Mein Zuckerneger ist der reinste Zauberer«, behauptete Marcussen. »Wir lassen Cleo noch einen Moment verschnaufen, dann brechen wir auf.«

»Zuckerneger?«, erkundigte ich mich verwirrt.

»Ein Neger, der Zucker siedet«, erklärte Marcussen.

»Einer allein? Ich dachte, in der Zuckerfabrik wimmelt es zur Erntezeit nur so von Schwarzen?«

»Das ist auch so. Es ist die betriebsamste Zeit im Jahr. Aber genau wie es nur einen Pflanzer gibt, gibt es auch nur einen Zuckerneger. Gott sei mir gnädig und steh mir bei, dass ihm nichts zustößt oder er krank wird …«

Er erzählte mir, dass der Zuckerneger – oder Siedemeister – ein Sklave mit einer ganz besonderen Begabung für die Zuckerproduktion ist. Sobald das frisch geerntete Rohr von der Windmühle der Plantage ausgepresst wird, muss der Saft in etlichen großen Kesseln, die nahe der Mühle stehen, gekocht werden. Ein komplizierter Prozess, der leicht misslingen kann. Der Zuckersaft im ersten Kessel muss exakt zum richtigen Zeitpunkt abgelassen werden, um zu feinstem Zucker der besten Qualität zu kristallisieren. Das anschließende Kochen des verbliebenen Saftes ist beinahe ebenso wichtig: Hier wird gröberer Zucker, dickflüssiger Sirup und schließlich Melasse hergestellt, eine klebrige Masse mit hohem Zuckeranteil.

»Die Melasse wurde immer als eine Art Abfallprodukt angesehen«, fuhr Marcussen mit seiner Erklärung fort. »Man hat sie unter anderem ins Pferdefutter gemischt, doch dann hat irgendein kluger Kopf vor ein paar hundert Jahren die Melasse gären lassen und sie wie Branntwein gebrannt.«

Wir fuhren jetzt zwischen den Palmstämmen, die bald von einer flüsternden, knisternden Mauer aus dichtwachsendem Zuckerrohr abgelöst wurde. Das Rohr ist nun ganz ausgewachsen und mehr als doppelt so hoch wie ein erwachsener Mann, und während wir daran vorbeifuhren, erläuterte Marcussen, dass das Zuckerrohr, das hier im Flachland dicht an der Küste wächst, ganz anders beschaffen sei als das Rohr, das weiter oben an den Berghängen geerntet wird. Zum einen, weil der Boden so nah an der Küste von anderer Zusammensetzung ist und andere Chemikalien enthält, zum anderen, weil es hier mehr Wasser in der Erde gibt, was den Zuckersaft in den Rohren sozusagen verdünnt. Daher muss das Zuckerrohr aus der Ebene entweder länger kochen, oder die Flammen unter dem Kessel müssen höher lodern.

Das braune Pferd kämpfte, um den Einspänner mit uns zwei erwachsenen Männern den Berghang hinaufzuziehen, aber Marcussen ließ es sein eigenes Tempo gehen und nahm nicht ein einziges Mal die lange Peitsche aus dem Halter, in dem sie ebenso so hoch aufragte wie das Zuckerrohr zu beiden Seites des Weges.

Als die Kutsche einen Bogen beschrieb, um dann in einen noch steileren Weg einzubiegen, sah ich direkt vor uns einen Schornstein. Die Zuckersiederei der Plantage. Ich sah auch die beiden breiten Flügel der Mühle, die sich langsam drehten, wie ein großes Insekt, das sich zum Auffliegen bereit macht. Bevor wir die Gebäude erreichten, öffnete sich der Weg und wurde weniger steil, wir bogen rechts ab auf ein natürliches Plateau – unter uns lag der gesamte westliche Teil von Sankt Thomas. Marcussen hielt an und schob die Bremse nach vorn. Das glänzende Pferd, das jetzt noch mehr schwitzte als vor meiner Hütte, holte mit tiefen, japsenden Zügen Luft.

Ich blickte über die Insel. Sie war smaragdgrün, so weit das Auge reichte, begrenzt von blau-türkisfarbenem Wasser. Tief unter uns lag rechts die Santa-Maria-Bucht, wo ich wohnte, links verbarg ein Höhenzug das Meer im Süden. Ein Stück unterhalb des Plateaus, auf dem wir standen, schnitt sich eine nahezu gerade Linie durch das Zuckerrohr, dort hatten die Neger mit der Ernte begonnen. Die Geräusche ihrer Kappmesser und ihr murmelnder, monotoner Gesang erreichten uns aus weiter Ferne. Ich lehnte mich über den Rand der Kutsche und sah den Abhang hinunter. Eine lange Reihe schwarzer, glänzender Rücken arbeitete sich durch das Feld, hackte die Rohre ab und reichte sie nach hinten, wo andere schwarze Körper sie bündelten und auf die wartenden Karren legten. Dort unten an der Böschung arbeiteten wohl rund zwanzig Neger, eventuell sogar mehr. Hinter den schwitzenden, nackten Rücken stand ein schwarzer Mann mit einem breitkrempigen Pflanzerhut auf dem Kopf und einer Peitsche in der Hand. Er schwang sie gegen einen Neger ganz außen in der Reihe, als der einen Moment mit der Arbeit innehielt und sich aufrichtete. Der getroffene Neger krümmte sich zusammen und begann sofort wieder, das Rohr zu schneiden. Aber seine Bewegungen waren langsam und ungelenk, als hätte er andere Schmerzen als die, die ihm die Peitsche gerade zugefügt hatte.

Der Bomba hob die Peitsche zu einem neuen Schlag, und ich wandte den Blick in dem Moment ab, als der Schlag den Mann traf. Man hörte keinen Laut, doch als ich erneut hinabsah, war er mit vorgebeugtem Kopf auf die Knie gesunken.

»Der Mann dort unten …«, begann ich. »Der Neger.«

In diesem Moment fiel er auf die Seite. Er versuchte sofort, wieder auf die Beine zu kommen, sank aber in sich zusammen, beinahe so, als wäre er betrunken. Die Peitsche biss zu wie eine dünne, giftige Schlange. Jetzt kam ein Laut, ich hörte einen gequälten Schrei. Dann war Marcussen aus dem Einspänner gesprungen und stand am Rande des Plateaus.

»Jeff!«, rief er mit seiner lauten, tiefen Stimme. »Lass den Neger in Ruhe! Lass ihn nach Hause gehen!«

Der Bomba sah zu seinem Massa auf und hob eine schwarze Hand an die Hutkrempe, als Zeichen, dass er verstanden hatte. Der Schwarze lag noch immer zusammengekrümmt auf dem Boden, als der Bomba auf ihn zutrat und ihm brüsk auf die Beine half. Vornübergebeugt verließ der Mann das Feld. Er kletterte mit Mühe auf einen Zuckerkarren und legte sich zwischen das geerntete Rohr.

Es war eine Szenerie wie aus einer meiner schlimmsten Vorstellungen.

»Es kommt also vor, dass ein Sklave zu krank ist oder es ihm so schlecht geht, dass er nicht arbeiten kann?«, fragte ich, ohne Marcussen neben mir anzusehen.

»Selten«, erwiderte er. »Das ist eine widerstandsfähige Rasse, deshalb setzen wir sie ja ein.«

Ich sah ihn an. Ich fand keinerlei Hinweis auf die übliche heitere Ironie in seinem Gesicht. Er hielt meinem Blick stand.

»Selbstverständlich kommt es vor«, fuhr er fort. »Wenn sie sich beispielsweise während der Arbeit verletzen oder Malaria oder irgendetwas anderes bekommen. In solchen Situationen wird man daran erinnert, wie gut es den Schwarzen hier geht.«

»Wie gut es ihnen geht?«

»Ja, schließlich gibt's in Afrika keine Ärzte. Und ein Neger, der dort krank wird, muss sich selbst zu helfen wissen. Sie sterben jung, sie hungern, ihr Leben ist gott- und sinnlos. Hier sind sie Teil einer zivilisierten Welt, Teil eines bedeutsamen Prozesses.« Er sah mir ins Gesicht, und wieder wunderte ich mich über seinen Ernst. Es klang beinahe, als würde er eine Reihe von Argumenten aufzählen, die er schon so oft eingesetzt hatte, dass sie jede tiefere Bedeutung verloren hatten. Ich wusste, dass seine Argumentation nicht der Wahrheit entsprach, und er wusste es ganz sicher auch.

»Das stimmt allerdings nicht ganz«, widersprach ich und hörte den beinahe entschuldigenden Ton in meiner Stimme. »Sie haben ihre eigenen Ärzte. Sie nennen sie nur anders, aber sie heilen viele Krankheiten. Die Menschen in Guinea hungern auch nicht, sie leben in einem fruchtbaren Agrarland an der Küste, sie betreiben Landwirtschaft und gehen auf die Jagd. Und sie haben Götter, oh ja, eine Menge Götter. Weit mehr als wir.«

Marcussen lachte. »Als wäre das von Vorteil.«

Wir blickten eine Weile über die bergige Landschaft, auf die Zuckerrohrfelder, die Palmenhaine und die weißgekalkten Häuser.

»Ich bin kein junger Mann mehr, Mikkel«, begann Marcussen schließlich. »Ich habe keinen Erben für all das hier …« Er hob eine Hand und bewegte sie, als würde er mir sämtliche Herrlichkeiten der Insel präsentieren. »Aber ich bin auch nicht sicher, dass es so weitergeht, möglicherweise gibt es also gar nichts zu vererben. Maßgebliche Stimmen rufen nach der Abschaffung der Negerarbeit. Es stimmt schon, diese Stimmen haben keine Ahnung, wovon sie eigentlich reden, aber mit der Zeit werden sie Gehör finden. Ich wette, dass die Engländer die Neger bald freilassen werden, welche Kalamitäten damit auch verbunden sind, und danach kann es sehr schnell gehen. Unser amtierender Gouverneur, von Scholten, ist möglicherweise ein korrupter Bandit, der nur auf seinen eigenen Nutzen bedacht ist, aber das Wohl und Wehe der Neger liegt ihm aus irgendeinem Grund am Herzen. Und er ist ein Mann mit großem Einfluss und mächtigen Freunden.«

Ich wusste nicht, was ich sagen sollte. Eine der angesprochenen Stimmen – maßgeblich oder nicht –, die sich gegen die Sklaverei ausgesprochen hatten, war schließlich meine eigene.

»Und außerdem gibt es die Zuckerrübe, Mikkel. Der Herr Professor wird sich noch an die Zeit erinnern, als der größte Teil der Welt vor nicht einmal zwanzig Jahren mit Napoleon im Krieg lag und es lange Zeit so gut wie unmöglich war, Zucker auf dem Seeweg nach Europa zu transportieren? Da fingen die dänischen Bauern an, eine hässliche, blasse Rübe zu züchten, aus der sich Zucker gewinnen lässt.«

»Dessen entsinne ich mich. Es war allerdings ausgesprochen unrentabel. Der Zuckerpreis stieg extrem an, weil die Produktion so gering ausfiel. Als der Krieg vorbei war, gab es wieder Rohrzucker.« Jetzt wies ich mit der Hand auf die üppigen Berghänge.

Marcussen grunzte. »Nichts währt ewig, Professor. Alle Imperien gehen unter.«

Bisweilen, de Souza, scheint es, als leide mein Gastgeber an einer defätistischen Melancholie; als würde der Mann, der er einst war – was für ein Mensch er auch immer gewesen sein mag –, alles Schlechte auf sich ziehen, als wäre die Verzweiflung der Neger ansteckend für diejenigen, die mit ihnen umgehen, ja, sogar für diejenigen, die sie besitzen. Ich bin ziemlich sicher, dass Jan Marcussen kein sonderlich glücklicher Mann ist, obwohl es so aussieht, als hätte er viele seiner Ziele erreicht. Er muss einsam sein. Wo ist seine Familie? Wo ist die Frau, die er sicher einmal geliebt hat, wo sind die Kinder, die er gehabt haben muss? Das sind Fragen, die ich mir stelle, die ich ihm zu stellen aber noch nicht gewagt habe.

Meine herzlichsten Grüße
Mikkel

MIKKEL EIDES TAGEBUCH, APRIL 1824

Derzeit herrscht an Marcussens Windmühle und der Zuckersiederei eine geradezu hektische Geschäftigkeit. Neger, am frühen Nachmittag bereits deutlich erschöpft, wanken mit enormen Bündeln von frisch geerntetem Zuckerrohr auf den Schultern vom Eselskarren zu dem aufgesperrten Steinmaul der Mühle, wo andere, ebenso todmüde Neger die Bündel zwischen die senkrechten Eisenwalzen stopfen, erst von der einen, dann von der anderen Seite, sodass der Saft aus dem Zuckerohr spritzt und in eine breite Rinne unter den Walzen fließt. Danach werfen Mühlensklaven die ausgepressten Rohre durch eine Öffnung in der Steinmauer der Mühle und andere Neger sammeln die Halme auf. Die getrockneten Reste werden als Brennmaterial für die Kessel der Zuckersiederei verwendet.

Und über allem drehen sich die mit Leinwand bespannten Flügel der Mühle und lassen die gesamte Maschinerie und das Gebäude unter der gewaltigen Kraft erzittern, die die scharrenden Walzen antreibt. Der Passatwind, der einst die Sklavenschiffe über das Meer trieb, sorgt nun dafür, dass die Walzen den Reichtum aus der Ernte der Sklaven pressen.

Gestern nahm Marcussen mich mit in die Siederei, einen verblüffend großen und sauberen Raum, wo sein Zuckerneger, der Siedemeister, ohne einen Fetzen Stoff an seinem braunen Leib herumlief und seinen dicken Finger in die heißen Kessel steckte, um exakt den richtigen Augenblick abzupassen, das Ventil zu öffnen und den kochenden Sirup in ein Kühlbecken fließen zu lassen, wo er zu Zucker kristallisiert. Der Siedemeister ist ein großer, unmäßig fetter Neger mit einem verblüffend arroganten, schweißglänzenden Gesicht; sogar Marcussen scheint ihn mit einem gewissen Respekt zu behandeln. Ich hätte nicht gedacht, dass ich einen derartigen Anblick je erleben würde. Die beiden Männer – Marcussen in seinem weißen Hemd und dem breitkrempigen Hut und der nackte Zuckerneger – standen einen Moment an einem großen Kessel mit blubberndem Sirup und unterhielten sich konzentriert über irgendetwas, das ich nicht verstand. Zwischen ihnen herrschte ein Geist von fachlichem Einverständnis oder vielleicht sogar Ebenbürtigkeit, der dem Umstand zu widersprechen schien, dass der eine sich im Besitz des anderen befindet.

Dann fuhren wir am Hauptgebäude von Solitude vorbei den Berg hinunter, wo keine Zuckerrohrfelder angelegt sind. Der Weg führte in einem großen Bogen durch einen verhältnismäßig wildwuchernden Wald mit haushohen Farnen und gewaltigen Bäumen, deren Kronen das Licht fernhalten. Wir waren erst wenige Minuten gefahren, als der Weg auf eine Lichtung führte, ein Plateau, das sehr viel größer war als das auf der anderen Seite der Plantagengebäude. Hier standen einige mit getrocknetem Zuckerrohr gedeckte Sklavenhütten, flache, nicht getünchte Katen, direkt auf die nackte Erde gebaut, mit grob gezimmerten Veranden und Halbdächern über den ungehobelten Brettern; es war ein ganzes Dorf aus ähnlich schlichten Häusern, einige standen direkt in der heißen Sonne, andere ganz oder teilweise im Schatten der Bäume. Durch die Anordnung der primitiven Bauten in Reih und Glied erinnerten die Hütten weniger an ein Dorf als an ein Lager.

Der Ort war so gut wie leer. Vor einer der Hütten, die am weitesten von den Gebäuden der Plantage entfernt stand, saß eine alte Negerin und schälte ein paar große rötliche Kartoffeln. Auf der Veranda neben ihr war ein ebenso alter Mann damit beschäftigt, irgendwelches Werkzeug zu reparieren; ein Hackenstiel lag auf seinen Knien, weitere lehnten an der Bretterwand hinter ihm. Als wir uns näherten, blickten beide auf und sahen sofort wieder nach unten, als hätten sie ein Geräusch gehört und dann festgestellt, dass sie sich verhört haben mussten.

Wir fuhren an den Negerhütten entlang, mir kam es vor, als führen wir durch eine Straße mit identischen kleinen Häusern, durch das ärmste Dorf, das man sich vorstellen kann, durch einen Ort ohne den geringsten Komfort, ohne irgendwelche Zerstreuung, nicht einmal einen Platz gab es. Von einem großen Flammenbaum hing ein morsches Seil mit einem Stock in Kniehöhe über dem Boden; ich ging davon aus, dass es eine Art Schaukel für die Kinder des Dorfes war, aber weit und breit waren keine Kinder zu sehen, nur die beiden Alten.

Marcussen brachte die Kutsche an der vorletzten Hütte zum Stehen. Er ließ die Bremse einrasten und griff unter den Sitz nach seiner schwarzen Tasche. Dann lächelte er mir zu und stieg ab.

»Kommen Sie mit?«, erkundigte er sich.

»Wohin?« Ich sah mich um. Es war niemand in der Nähe, es gab nur die stummen Bretterhütten.

Er wies mit dem Kopf auf die Hütte, vor der wir gehalten hatten. »Ich will nach dem kranken Neger sehen«, sagte er und hob die Tasche mit einer Hand.

Wir betraten die Hütte über die schmale Veranda. Die groben Planken knarrten unter unseren Füßen. Ich überlegte, woher Marcussen wusste, dass der kranke Neger ausgerechnet in dieser Hütte lag. Die einzige Erklärung war, dass er ihn kannte und wusste, wo er wohnte. Und im Grunde war das auch nicht so eigenartig. Ich habe mal von einem Bauern gehört, der mehr als hundert Milchkühe hatte und behauptete, sie alle hätten Namen und er würde jeden einzelnen kennen.

Es war Mittagszeit, die Sonne stand beinahe senkrecht über uns, dennoch war es auf der Veranda und in der Hütte schummerig. Nachdem ich einen Augenblick an der offenen Tür gestanden hatte, gewöhnten sich meine Augen aber an das schwächere Licht, und ich sah mich in dem kleinen Raum um. In einer Ecke stand ein Tisch mit einigen wenigen Gegenständen darauf: ein verbeulter Blechtopf, ein paar Teller, ein Tonbecher. Ein Fenster an der Rückseite, durch ein zweites, etwas größeres Fenster schaute man auf die Veranda und den Weg mit unserer Kutsche. Da entdeckte ich den Mann. Er lag auf einer dünnen Matratze in einer Ecke und reagierte nicht auf unser Erscheinen. Ein erstickender, süßlicher Geruch erfüllte den Raum. Es lagen mehrere Matratzen in den Raum, aber außer dem Tisch in der Ecke gab es keine weiteren Möbel.

»Joe«, sagte Marcussen leise, und der Mann rührte sich ein wenig. Marcussen wiederholte den Namen, ein wenig lauter, und die liegende Gestalt krümmte sich zusammen, zog die Knie an die Brust und flüsterte so leise, dass ich es kaum verstehen konnte, ein einziges Wort.

»Massa.«

Marcussen ging zu dem Schwarzen – zwei Schritte genügten in dem kleinen Raum – und hockte sich neben ihn auf die Knie. Er legte ihm eine Hand auf die schweißglänzende Stirn und ließ sie dort einen Moment liegen.

»Was hast du, Jojo?«, erkundigte er sich ruhig.

Der Schwarze blickte zu ihm auf. Sein ganzes Gesicht war mit einer glänzenden Schweißschicht überzogen. Er zitterte und atmete stoßweise und hastig. Aber er antwortete nicht. Marcussen beugte sein Gesicht ganz bis an den Mund des Negers. Es sah aus, als würde er an ihm schnüffeln. Dann richtete er sich auf und öffnete seine Tasche. Er schaute hinein, kramte ein bisschen darin herum und wandte sich mir zu. »Kommen Sie hier rüber«, forderte er mich auf. Ich gehorchte und hockte mich neben ihn. Der Schwarze auf der Matratze sah aus, als würde er schlafen, obwohl seine Augen noch immer halb geöffnet waren. Er schwitzte extrem und verbreitete einen strengen Geruch nach ungewaschener Haut. Ich wusste bereits, dass Schwarze anders riechen als Weiße, aber während Afi nur einen leicht würzigen Duft hat, der mich bestimmt nicht abstößt, roch dieser Neger säuerlich und vergoren, wie das Heu, das man in den harten Wintermonaten für die Tiere aufbewahrt. Marcussen sagte etwas Überraschendes.

»Riechen Sie mal an ihm.«

Ich runzelte die Stirn. »Das tue ich bereits«, erwiderte ich. »Er stinkt.«

»Nein«, sagte Marcussen. »So wie ich es gemacht habe. Riechen Sie an seinem Atem.«

Ich konnte mir in diesem Moment nichts Abstoßenderes vorstellen als Marcussens Aufforderung Folge zu leisten. Ich zögerte. Er versetzte mir einen leichten Stoß.

Also näherte ich mein Gesicht dem liegenden Mann. Ich konnte mir nicht vorstellen, was mein Gastgeber meinte und welchen Geruch ich bei diesem heftigen Angriff auf meine Nase identifizieren sollte, aber ich beugte mich vor, bis mein Gesicht sich vor dem des Schwarzen befand und das Geräusch seiner viel zu hastigen Atmung an mein Ohr drang. Er atmete durch den Mund, ich sog den Geruch ein. Ja, er stank so unangenehm wie schon von weitem, vergoren und ein wenig faulig und … ja, süßlich, und noch nach etwas anderem. Nach etwas, das ich kannte, das aber überhaupt nicht zum Rest passte. Ich schloss die Augen und konzentrierte mich, als würde ich einen guten Rotwein probieren. Ein etwas würziger, chemikalienartiger Geruch, der mich an irgendetwas erinnerte, an etwas … Weihnachtliches daheim in der Dronningens Tværgade. Meine Mutter. Wachskerzen in den Fenstern.

Ich richtete mich auf.

»Mandeln!«, rief ich. »Bittermandeln.«

Marcussen nickte. »Er hat rohe Cassava gegessen.«

Ich verstand überhaupt nichts. Was war Cassava? Weshalb hatte der Mann etwas gegessen, wovon er krank wurde?

Marcussen beantwortete meine erste Frage, ohne dass ich sie stellen musste. »Ein Wurzelgemüse. Sie erinnert an Maniok oder Yamswurzel. Diese Menschen leben mehr oder weniger von Cassava. Giftig ist sie nur im rohen Zustand.« Er stand auf. »Wir brauchen Wasser.« Er verließ mit seiner Tasche in der Hand die Hütte, stellte sie auf den wackligen Tisch auf der Veranda und ging dann die Hütten entlang. An der hintersten Ecke stand ein altes Fass, an dem ein tiefer Schöpflöffel hing. Regenwasser. Marcussen tauchte den Schöpflöffel ein, füllte ihn bis zum Rand und kam zurück. Er gab mir den Schöpflöffel, holte seine Rumflasche und ein Glas aus der Tasche und stellte beides auf den Tisch. Dann nahm er einen Umschlag mit einem Pulver heraus und schüttete es in das Glas, griff nach dem Schöpflöffel und goss das Wasser vorsichtig ins Glas, bis es halb voll war.

Er sah mich an. »Jetzt müssen wir ihn hier rausbringen«, sagte er. Dann zog er mit den Vorderzähnen den Korken aus der Rumflasche, spuckte ihn aus und setzte die Flasche an den Mund. Nach einem langen Schluck reichte er mir die Flasche. Ich schüttelte den Kopf. »Trinken Sie!«, befahl er, und ich trank.

Wir gingen zurück in die dunkle Hütte. Der Schwarze lag unverändert auf seinem Lager. Marcussen warf einen einzigen Blick auf ihn und fauchte: »Verdammt!«

»Was ist?«

»Er ist krepiert.«

Ich sah einen Moment auf die liegende Gestalt. Marcussen hatte recht, der Mann atmete nicht mehr. Ich wusste nicht, was ich sagen sollte. Marcussen schüttelte den Kopf. »Zum Teufel!«

»Das ist schade.«

Er sah mich an. »Was meinen Sie?«

»Dass er gestorben ist. Hätte das Pulver ihn retten können?«

Er zuckte die Achseln. »Kaum«, erwiderte er. »Das Cyanid zersetzt die inneren Organe. Das Pulver ist lediglich ein Brechmittel, aber es war wohl ohnehin zu spät. Unsere Nahrung bleibt weit kürzer im Magen, als man glaubt.«

Marcussen trank noch einen Schluck, dann drückte er den Korken zurück in den Flaschenhals.

»Kommen Sie«, forderte er mich auf.

»Wir gehen einfach? Sollen wir nicht seiner Frau Bescheid geben? Oder seinen Kindern?«

»Ach was«, versetzte er. »Er hat es absichtlich getan. Also obliegt es nicht mir.«

Ich blieb vor der Hütte stehen. »Sie meinen, er wollte sich das Leben nehmen?«

Marcussen nickte. »Das passiert ständig. Obwohl ich tue, was ich kann, um es zu vermeiden. Die Neger glauben, es wird ihnen besser gehen, wenn sie tot sind. In gewisser Weise haben sie ja auch recht.«

»Und was machen die Schwarzen, wenn jemand stirbt?«

»Ihn begraben.« Er stellte seine Tasche in den Wagen.

»Wo?«

»In der Regel da, wo er hinfällt. Es gibt massenhaft Negergräber zwischen dem Zuckerrohr.« Er grinste. »So sind sie bis zum Schluss nützlich. Sie düngen die Erde.«

Seine Abgestumpftheit schockierte mich. Beinahe hätte ich es gesagt, hielt dann aber doch den Mund. Ich hatte den Eindruck, als würde ständig eine weitere Schicht Menschlichkeit von diesem Ort gekratzt, an dem ich mich aufhielt – von den Menschen, die auf Sankt Thomas die Regeln bestimmen. Mich überkam ein Gefühl der Hilflosigkeit. Ich dachte an die Tausenden von namenlosen Schwarzen, mit denen die Zuckerrohrfelder »gedüngt« wurden. In gewisser Weise waren sie alle in den Zuckerdosen Europas geendet, in den Teetassen der vornehmen Damen. Als ich schließlich etwas sagte, sprach ich eher zu mir selbst.

»Das Dasein dieser Menschen ist unerträglich. Sie stehen auf, wenn es noch dunkel ist, die ganze Woche, das ganze Jahr, und sie schuften und schinden sich und sterben hier, ohne irgendeine Aussicht zu haben. Es gibt überhaupt keine Hoffnung für sie.«

Marcussen saß bereits auf der Kutsche und blickte auf mich herab. »Das ist nicht ganz richtig«, widersprach er. »Niemand kann ohne Hoffnung leben. Wer Neger auf seinen Besitztümern hat, weiß das. Ich zumindest. Deshalb veranstalte ich ja auch die Freiheitslotterie.«

Ich kletterte auf den Einspänner und setzte mich ihm gegenüber, mit dem Rücken zur Fahrtrichtung. Marcussen löste die Bremse und schnalzte. Das Pferd setzte sich in Bewegung und beschrieb eine Kurve, sodass wir denselben Weg zurückfuhren, den wir gekommen waren.

»Die Freiheitslotterie?«, fragte ich nach.

»Habe ich Ihnen davon noch nicht erzählt?« Er warf mir einen Blick zu. »Tja, sie findet einmal im Jahr statt. Die Verlosung findet unter den besten Negern statt. Unter den Fleißigsten, die sich auf irgendeine Weise ausgezeichnet haben. Einmal im Jahr ziehe ich das Los, und der Gewinner oder die Gewinnerin wird freigelassen.«

Ich dachte an Afis Worte über die Freiheit. Dass Freiheit an sich vielleicht gar nicht so viel wert ist.

»Aber wovon leben die Schwarzen, die Sie freilassen?«

»Es gibt Arbeit für freie Neger. Und sie können wählen, ob sie auf der Plantage bleiben wollen, mit Lohn und zu besseren Bedingungen. Viele entscheiden sich dafür. Das kostet mich nur einen bescheidenen Betrag, denn sie müssen für Kost und Logis aufkommen, sodass es sich mehr oder weniger ausgleicht. Einige verlassen Solitude, kehren aber meist zurück, weil sie außerhalb der Plantage nicht zurechtkommen.«

»Sie werden betteln und von Insekten und Wurzeln leben«, zitierte ich Afi. Marcussen sah mich aus den Augenwinkeln an.

»Ganz genau. Freiheit ist nicht immer das beste Gold.«

Ich erwiderte seinen Blick und fragte mich, ob der Mann wusste, dass er gerade einen schwedischen Bischof zitiert hatte, der vor vierhundert Jahren einen Aufstand gegen die dänische Königsmacht unterstützt hatte.

»Die Lotterie hat viele Leben hier gerettet, Mikel, davon bin ich fest überzeugt. Man kann Menschen vieles nehmen, aber nicht alles, auch dem Neger nicht. Wie bescheiden sie auch sein mag, so muss doch immer ein bisschen Hoffnung bleiben, dass das Leben besser werden kann. Also gebe ich sie ihnen. Ich gebe ihnen Hoffnung.«

WILFRED BERNTS LOGBUCH, FREGATTE HOFFNUNG, 1803

2. Juni 1803
47° 28'N
6° 58'W

Biskaya. Hart am Wind aus Südwest. Wir kreuzen zwischen direktem südlichen Kurs und einigen paar Graden in westlicher Richtung. Alles in Ordnung an Bord. Besatzung gesund, guten Mutes. Landsicht wird morgen im Laufe des Vormittags erwartet.

WILFRED BERNTS PRIVATES LOGBUCH, FREGATTE HOFFNUNG, 1803

3. Juni 1803
46° 44'N
7° 03'W

Jens Abild ist tot. Er bekam vor zwei Tagen hohes Fieber, Dr. Reimann zapfte ihm einen Liter Blut ab und spritzte heißen Aufguss in die Wunde, aber vergeblich. Abild wurde neunzehn Jahre alt.

Das Wetter ist zu schlecht, um ein Begräbnis abzuhalten, Abild muss in seiner Koje warten, bis Spanien in Sicht ist und wir hoffentlich besseren Wind haben.

Frederiksen geht es besser. Er hat kaum noch eine schiefe Visage und kann aus eigener Kraft aufstehen und gehen. Ich habe ihn in seiner Kajüte unter Arrest gestellt.

Am 23. Mai trafen wir wie verabredet mit Jack bei Nez de Jobourg zusammen. Wir nahmen vierhundert Flinten in Kisten und drei Fässer Schwarzpulver an Bord. Jack stellte plötzlich eine ungewöhnliche Forderung, aber ich bestand darauf, dass die ursprüngliche Abmachung eingehalten wird. Ich habe Jack immer für einen Freund gehalten und große Vorteile aus den Geschäften mit ihm gezogen, aber er wird immer verrückter.

Gott bewahre die Hoffnung!

MARIAS TAGEBUCH,
13. JUNI 1803

Auf See vor Portugal

Ich glaube, ich habe einen Freund an Bord. Wir haben uns heute an der Reling getroffen, beide sind wir plötzlich richtig seekrank geworden. Wir standen nebeneinander und erbrachen uns über das Schanzkleid auf der Leeseite, danach lagen wir nebeneinander an Deck und rangen um Atem.

Merkwürdigerweise war ich überhaupt nicht seekrank, als wir bei schwerem Wetter durch die Biskaya kreuzten und sich ein südlicher mit einem westlichen Kurs abwechselte, auf dem wir uns in Richtung Südwesten durchkämpften. Man hatte das Gefühl, es ginge zwei Schritt vor und einen zurück, ein Zickzackkurs, der uns von der Bretagne in Frankreich bis zu Spaniens nordwestlichster Ecke führte. Aber die Hoffnung lag fest in der See, sie krängte, den Wind schräg in den Segeln, den Kiel stabil in das aufgewühlte Meer gepflanzt. Und sie schaukelte und tanzte nicht wie jetzt, viele Seemeilen länger südlich; der Wind kommt von Westen, und die Hoffnung segelt nahezu mit maximaler Fahrt durch eine breite Dünung südsüdöstlich. Die Dünung rollte aus dem Atlantik heran, der im Westen offen daliegt, und hebt das Schiff, erst auf der Steuerbordseite, dann mittschiffs und schließlich auf der Backbordseite, sodass es wieder und wieder in dem gleichen Brechreiz erregenden Rhythmus über den Kiel rollt, auf und nieder, auf und nieder; der Mageninhalt wird nach oben gedrückt, dann wieder nach unten und unmittelbar darauf wieder nach oben und so weiter …

Nachdem man sich erbrochen hat, fühlt man sich in den ersten Minuten richtig wohl, man ist vollkommen entspannt, doch dann kehrt es nach und nach zurück, dieses eklige, nicht zu ertragende Gefühl, dass man nicht entkommen kann, dass man auf diesem Kahn gefangen ist, der nicht länger eine Rinne in die See schneidet, sondern nur die abschüssigen Wogen hinunterrodelt, dass es einem den Magen umdreht.

Der Schiffsjunge und ich erbrachen uns merkwürdigerweise im Takt, aber vielleicht ist das auch gar nicht so merkwürdig: Ich übergab mich, und das Geräusch meines Würgens und Jammerns – ich hatte ja nahezu nichts mehr im Magen – führte dazu, dass Matthias sich augenblicklich neben mir erbrechen musste.

Wir lagen unter dem schweren grauen Himmel, zwischen der Luke des Achterdecks und dem Schanzkleid an Backbord, das durch die Krängung der Wasseroberfläche sehr nahe war. Nur wenige Schritte entfernt stand der Rudergänger an dem doppelten Rad und sah sich hin und wieder um, ob wir nicht über Bord gespült waren. Er feixte und rief dem Schiffsjungen etwas zu.

»Du weißt, dass es Seeleute gibt, die sich nie daran gewöhnen, oder? Sie kotzen ihr Leben lang, wenn die See querab kommt. Mein alter Kapitän Olufsen aus Stavanger kotzte so oft, dass seine Zähne von der Säure verätzt wurden und ihm nur noch ein paar schwarze Stumpen blieben. Und dann eines Tages stolperte er bei schwerer See und flog über Bord …«

Matthias beachtete ihn nicht. Er lehnte sich an die Brüstung und streckte die Beine aus. Sein Gesicht hatte die Farbe von frischem Brotteig. Wir sahen uns an, und auf seinem Gesicht zeigte sich ein dünnes Lächeln.

»Das stimmt nicht«, sagte er. »Alle gewöhnen sich an die See. Ich glaube eher, dass der alte Olufsen vergessen hat, das faulige Wasser abzukochen … nach drei Monaten auf See riechen die Wasserfässer wie ein ausgekippter Lokuseimer.«

Ich schloss die Augen und versuchte, nicht an fauliges Wasser und umgekippte Lokuseimer zu denken. »Danke«, erwiderte ich.

Eine Weile sagte niemand was. Alles um uns herum war grau: der Himmel und der Horizont. Land war nicht in Sicht, laut dem Rudergänger waren wir etwa hundert Seemeilen von der portugiesischen Küste entfernt. Aber ich hatte das Gefühl, dass die Hoffnung jetzt wieder ruhiger in der See lag. War der Kurs um ein paar Grad geändert worden? Ich schaute hinauf in die Segel. Sechs Rahsegel an drei Masten waren gesetzt, um den Wind so gut wie möglich zu fangen, das große Gaffelsegel am Besan bauschte sich über uns.

Ich lächelte Matthias zu und erhob mich schwerfällig. Das Deck unter mir schien abschüssig zu sein, sodass ich beinahe stolperte. »Wo willst du hin?«, erkundigte sich Matthias.

»Ich hole mir nur einen Liter von dem fauligen Wasser«, gab ich zur Antwort. »Vielleicht willst du auch einen Schluck aus dem Lokuseimer?«

Er legte den Kopf ein wenig in den Nacken und versuchte zu schlucken, aber es gelang ihm offenbar nicht richtig, denn im nächsten Moment sprang er auf und lehnte sich über die Reling, um die Galle seines leeren Magens dem Meer zu opfern. Ich wandte den Blick ab und versuchte, mich auf die Bewegungen des Schiffs zu konzentrieren. Einen Moment drückte die Übelkeit mir auf den Magen wie ein straffgezogenes Seil, dann verging es, und ich wusste sofort, dass es überstanden war. Vielleicht für immer. Ich war seefest.

Armer Matthias!

Ich ging zur Mittschiffsluke und hob sie an. Dann kletterte ich vorsichtig die Leiter hinunter, um mir nicht den Kopf zu stoßen. Die Dunkelheit umschloss mich, und ich blieb einen Augenblick unten stehen und wartete, bis meine Augen sich an das schwache Licht gewöhnt hatten. Die Geräusche hatten sich verändert; das konstante Wehen des Windes war hier unten nicht zu hören, nur das Knirschen und Knarren des Schiffs drang an meine Ohren.

Die Wassertonne stand auf einem Schott und war mit einem Seil gesichert, damit sie bei hartem Wetter nicht umfiel oder verrutschte. Ich nahm die Schöpfkelle und tauchte sie tief in die Tonne. Ich trank zunächst selbst einen ordentlichen Schluck und balancierte dann mit der Blechkelle in der Hand die steile Leiter hinauf, bis ich eine Hand auf den Lukenrand legen und mich hochziehen konnte.

Die Hoffnung lag jetzt entschieden ruhiger in der See. Das heftige seitliche Rollen war von einer Bewegung abgelöst worden, die eher von achtern kam, auch der Wind kam aus dieser Richtung. Entweder hatte er gedreht, oder wir segelten einen neuen Kurs. Der Rudergänger stand auf seinem Posten. Matthias hatte sich wieder aufs Deck gesetzt.

»Hier.« Ich reichte Matthias die Kelle. Er sah mich erschöpft an und trank ein paar Schlucke. Dann starrte er vor sich hin, wobei er offensichtlich kämpfte, das Wasser bei sich zu behalten. Vielleicht dachte er an die Lokustonne oder an seine eigene vorwitzige Bemerkung über das faulige Wasser. Dann sprang er wieder auf die Beine, die Schöpfkelle fiel ihm aus der Hand, das Wasser lief übers Deck, und erneut hing er an der Brüstung. Ich stellte mich neben ihn.

»Du solltest ein bisschen auf und ab gehen«, riet ich ihm. »Das hilft. Oder geh hinunter in die Kombüse und iss etwas. Ich denke, da sind noch Speckwürfel und ein Stück Schnur, das du darum binden kannst, um …«

Erneut erbrach er sich. Er war hoffnungslos!

Ich legte ihm eine Hand auf die Schulter. »Entschuldigung«, sagte ich.

Ich hob die Schöpfkelle auf und brachte sie zurück. Wenn Matthias etwas trinken wollte, konnte er sich selbst etwas holen.

Wir saßen an Deck, als die Sonne aus dem Grau hervorbrach. Ich blickte hinauf in die Segel. Zwei große Vögel mit gewaltigen Flügeln hingen regungslos in der Luft, direkt hinter dem Besanmast. Albatrosse. Niemand würde ihnen etwas tun, das wusste ich. Es hieß, dass sie manchmal einem Schiff über den Ozean folgten und sich im Rigg ausruhten, wenn sie müde wurden.

»Das ist das Schiff deines Vaters«, sagte Matthias plötzlich.

»Ja, das ist es.«

»Aber jetzt gehört's dem Kapitän.« Er redete ganz leise, als wollte er vermeiden, gehört zu werden.

»Nein«, widersprach ich. »Die Hoffnung ist das Schiff meines Vaters. Nicht des Kapitäns.«

Matthias sah mich einen Augenblick an. Er wischte sich den Mund ab. Seine Wangen hatten etwas Farbe bekommen.

»Was ist an dem Tag passiert?«, wollte er wissen. »Dieser ganze Streit. Kapitän Bernt hat gebrüllt.«

»Mein Vater hat den Rudergänger erschossen, weil er uns nicht an Land lassen wollte. Wir hätten in Frederikshavn an Land gehen sollen.«

»Das weiß ich«, sagte Matthias. »Aber das habe ich nicht gemeint. Sondern später ... als wir auf dieses andere Schiff trafen.«

Oh, Nez de Jobourg. Ich dachte nur ungern daran. Nie zuvor hatte ich solche Angst gehabt.

»Ich weiß es nicht«, gab ich zu.

»Er wollte dich haben, oder? Dieser andere Skipper.«

Ich schauderte. »Ich möchte nicht darüber reden.«

Matthias blickte aufs Deck und war lange still. Dann sagte er: »Ich bin froh, dass du geblieben bist.«

Ich habe noch nie einen so furchterregenden Mann wie Jack erlebt, den Kapitän des französischen Schiffs Bidon. Wir sind uns vor drei Wochen an der französischen Küste begegnet, an einem Montag, und als er sich umdrehte und mich ansah, blieb mir das Herz stehen und ich fror, obwohl es ein lauer, beinahe warmer Tag auf See war.

Die Hoffnung hatte die äußerste Spitze der Halbinsel von Cherbourg umrundet und hielt südlichen Kurs, die Insel Alderney lag an Steuerbord. Nach einer halben Stunde Fahrt entlang der steilen Küste kam ein Schiff in Sicht. Es lag in einer kleinen tiefen Meeresbucht vor Anker, an einem hohen Vorgebirge, das sich über die Bucht erhob und sie vor dem offenen Meer schützte.

Ich stand an der Backbordseite am Schanzkleid und schaute aufs Land. Wir waren so nah der Küste und das Wetter war so ruhig, dass ich hätte an Land schwimmen können. Wäre mein Vater nicht gewesen, hätte ich es vielleicht getan.

»Nez de Jobourg«, erklärte Kapitän Bernt hinter mir, als hätte ich gefragt. Er selbst hatte das Ruder übernommen, um die Fregatte die Küste entlangzusteuern. Gern hätte ich ihn gefragt, was wir hier wollten und was dieses andere Schiff zu bedeuten hatte, aber ich hatte mir geschworen, nicht mehr mit dem Kapitän zu reden. Ich war hinterher jedes Mal betrübt, wütend oder hatte Angst.

Es wurden keine anderen Flaggen gehisst als die, die wir ohnehin führten, daher vermutete ich, dass Bernt den Kapitän des fremden Schiffs kannte. Wir segelten ihm entgegen, nicht direkt darauf zu, sondern ein paar Strich westlicher, und als wir näher kamen, sah ich, dass es ein ungewöhnliches Schiff war. Eine Brigg mit einem schlanken schwarzen Rumpf und einem so schmalen Freibord, dass das Schiff aussah, als bestünde es so gut wie ausschließlich aus Takelage. Es hatte kein Segel gesetzt, aber es musste bei voller Besegelung ein imponierender Anblick sein. Zwei Masten, vier leicht nach hinten geneigte Rahen an jedem Mast, ein gewaltiger Besanbaum und ein Bugspriet, der aussah, als sei er mehr als halb so lang wie der Rumpf. Ein Schiff, das sicher eher flog als segelte. Ich vermutete, dass es mindestens ein paar Knoten schneller war als die Hoffnung. Ich zählte neun quadratische Kanonenpforten an der Backbordseite. Achtzehn Kanonen, wenn alle zum Einsatz kamen. Und auf dem Vorderdeck stand eine Drehbasse, eine auf einem hohen Sockel montierte Handkanone.

Bernt steuerte die Fregatte in die Bucht, bis die beiden Schiffe umgekehrt nebeneinander lagen, Vordersteven an Achtersteven. Das Wasser in der Bucht war so ruhig, dass die Hoffnung noch näher an die Brigg verholt werden konnte. Vorne und achtern wurden Gangways ausgelegt und vertäut. Ich blieb an der Steuerbordreling stehen und blickte hinüber auf das fremde Schiff. Eine Handvoll Männer standen an Deck der Brigg und schauten hoch zu mir, denn das Deck der Fregatte lag etwas höher als das des kleineren Schiffs. Sie starrten mich an, als hätten sie eine lebendige Meerjungfrau erblickt; ich wandte mich ab, ging nach vorn und stellte mich an die gegenüberliegende Reling.

»Ahoi, Jack!«, rief Kapitän Bernt. Er und ein Dutzend seiner Männer traten auf die Gangway und balancierten hinüber zu dem unter uns liegenden Schiff. Sie sprangen über das Schanzkleid der Brigg und verschwanden aus meinem Blickfeld, aber ich hörte Gelächter und muntere Rufe, offensichtlich kannten sich die Besatzungen. Die Neugierde trieb mich zurück zum Großmast, von wo aus ich auf die Brigg herabsehen konnte. An Deck des fremden Schiffs stand Wilfried Bernt zusammen mit einem Mann, der der Kapitän der Brigg sein musste. Sie hatten sich gegenseitig die rechte Hand auf die Schultern gelegt, sie waren Freunde.

Der andere war nicht so groß wie Bernt, tatsächlich war er eher von kleinerem Wuchs, aber breitschultrig und überhaupt kräftig gebaut. Seine Arme waren lang und braungebrannt, seine Hemdsärmel reichten ihm nur bis zur Hälfte der Oberarme, die dicker waren als meine Schenkel. Das lange schwarze Haar hatte er zu einem fettigen Zopf im Nacken gebunden.

Ich stand am Mast und starrte ihn an, diesen Kapitän Jack, wie Bernt ihn genannt hatte, und mir ging durch den Kopf, dass so wohl ein Pirat aussehen musste. Und in diesem Moment wandte er mir langsam das Gesicht zu, seine klaren, strahlenden Augen fanden mich und sahen mich so gierig an, wie eine Katze eine wehrlose Maus ansieht.

Ich rührte mich nicht, hatte aber das Gefühl, dass wir uns mehrere Minuten in die Augen sahen, wahrscheinlich waren es aber nur Sekunden. Dann breitete sich über seinem schiefen Gesicht ein noch breiteres Grinsen aus, und er wandte sich wieder Bernt zu und sagte irgendetwas zu ihm. Bernt sah hinüber zur Hoffnung und fand mich am Großmast. Einen Augenblick später gingen die beiden Männer zur mittleren Ladeluke der Bidon, wo die Mannschaft mit einer Winde einige lange Holzkisten hochhievte. Sie stapelten die Kisten neben der Luke, von dort wurden sie von Matrosen der Hoffnung über die Gangway geschleppt. Es folgten eine Menge Tonnen in verschiedenen Größen. Vorsichtig wurden sie über die breitere Planke gerollt und auf das Deck der Hoffnung gestellt.

Vor zwei Tagen waren wir in Calais aufgebrochen. Was auch immer sich in den Kisten und Tonnen befand, es war offensichtlich nichts, was wir in der französischen Hafenstadt hätten an Bord nehmen können.

Die beiden Kapitäne kamen über die Gangway, und Jack starrte mich weiter unverwandt an, während er zur Hoffnung hinüber balancierte. Ich versuchte mir vorzustellen, dass er einen falschen Schritt machte und ins Meer fiel. Und von einem Hai gefressen wurde oder einfach ertrank. Doch dann sprang er von der Gangway, die an der Brüstung festgezurrt war, und seine Stiefel verursachten ein durchdringendes Geräusch, klack-klack, auf den Decksplanken der Hoffnung. Kapitän Bernt folgte ihm auf dem Fuße, und mir kam es vor, als hätte das Deck der Hoffnung unter dem Gewicht der beiden Männer ein wenig nachgegeben. Mir ging der Tag am Asiatisk Plads durch den Kopf, als ich das erste Mal seit zehn Jahren an Bord der Hoffnung ging und sie so unerschütterlich fest unter mir lag und nicht zu beachten schien, dass ich wieder auf ihrem Deck stand. War es ein diskreter Hinweis der Hoffnung gewesen, dass ich nicht zu ihrer Welt gehörte, dass ich besser an Land bleiben sollte?

Ich ging unter Deck und hörte kurz darauf schwere Schritte auf der Treppe. Stiefel auf dem Plankenboden. Die Tür wurde geöffnet. Kapitän Bernt warf Vater einen raschen Blick zu, grüßte aber nicht. Sein Gesichtsausdruck war hart. »Das Fräulein bleibt hier unten«, befahl er. »Unbedingt. Hast du verstanden?«

Ich wusste, dass er es ernst meinte. Und vielleicht verstand ich sogar, warum.

»Was geht hier vor, Bernt?« Mein Vater schwang seine Beine über den Rand der Koje. Seine Stimme war barsch und herrisch wie lange nicht. Der Kapitän zögerte einige Sekunden, dann erwiderte er: »Sie haben meinen Rudergänger erschossen, Frederiksen. Wir haben nichts zu besprechen.«

Mein Vater war jetzt auf den Beinen. Er war blass, ich hatte Angst, dass ihm schwindlig würde und er hinfallen könnte, aber als ich eine Hand nach ihm ausstreckte, reagierte er mit einer abweisenden Bewegung. Sein Blick begegnete dem des Kapitäns.

»Wir wissen beide, was an jenem Tag auf der Brücke passiert ist, Bernt. Wenn Sie uns wie vereinbart an Land gebracht hätten, wäre nichts geschehen. Aber davon, dass Sie mich wie einen Gefangenen behandeln, wird Ihr Matrose auch nicht wieder lebendig.«

Bernt erwiderte nichts. Vielleicht suchte er nach Worten.

»Erklären Sie mir jetzt, was dort oben vor sich geht!«, fügte Vater hinzu. Seine Stimme hatte sich vollkommen verändert. Niemand hätte vermutet, dass er mit einem Bein bereits im Grab gestanden hatte. Und aus welchem Grund auch immer, diesmal antwortete Bernt.

»Es ist Lowfisher. Er verlangt die Bezahlung seiner Flinten und seines französischen Schnapses.«

Vater schnappte nach Luft, aber es war ein so kurzes Geräusch, dass man nah bei ihm stehen musste, um es zu hören.

»Verkehren Sie noch immer mit ihm? Ich hatte Sie für klüger gehalten, Wilfred. Der Mann ist ein skrupelloser Pirat.«

»Jack ist schon in Ordnung. Sie haben ihn nie richtig gekannt. Nicht wie ich.«

»Gott sei Dank«, versetzte Vater. »Aber wieso bezahlen Sie ihn nicht einfach?«

Bernt antwortete nicht. Er schlug mit der Hand auf den Rahmen der niedrigen Tür und wiederholte, was er zuvor gesagt hatte: »Das Fräulein bleibt hier unten.«

Ich sah Vater an. Seine Augen wurden schmal. Er hatte verstanden.

»Maria bleibt hier, Wilfred«, sagte er. »Bei mir.«

Als Matthias sich wieder erholt hatte, erzählte er mir von dem Abend, den ich in Vaters Kajüte verbracht hatte. Die beiden Besatzungen hatten angefangen, Rum zu trinken, und sie hätten ihr Trinkgelage sicherlich bis in die frühen Morgenstunden fortgesetzt, wenn es nicht aufgefrischt hätte.

»Das Meer wurde unruhig, und wir mussten rasch die Vertäuungen der Planken kappen«, erzählte er. »Und als der Wind weiterhin zunahm, setzten wir auf der Hoffnung die Segel und brachen in nordnordwestlicher Richtung auf. Die Bidon kann sehr viel höher an den Wind gehen als wir, und als wir sie das letzte Mal sahen, hielt sie auf Alderney zu. Wir konnten uns nicht mal von der Besatzung verabschieden. Was hast du übrigens mit den Speckwürfeln gemeint?« Ganz offensichtlich war er nicht mehr seekrank.

»Das ist ein alter Trick gegen die Seekrankheit«, behauptete ich. »Hast du wirklich noch nie davon gehört?«

»Nein. Wie funktioniert es?«

»Man holt sich einen Speckwürfel aus der Kombüse. Von dieser Größe.« Ich hielt Daumen und Zeigefinger mit ungefähr einem Zoll Zwischenraum hoch. »Dann bindet man ein Stück Bindfaden darum und schluckt den Speckwürfel.«

»Schluckt ihn?« Er erbleichte.

»Ja.«

»Aber wozu den Bindfaden?«

»Wenn man den Speck geschluckt hat, zieht man ihn wieder hoch und schluckt ihn noch einmal. Das macht man so lange, bis man nicht mehr seekrank ist.«

Er starrte mich an.

»Du machst Witze.«

»Glaubst du?« Ich lächelte freundlich.

Matthias schüttelte den Kopf. »Du bist wirklich nicht wie andere Mädchen.«

»Darüber weißt du sicher eine Menge.«

»Ich weiß genug.«

»Wie alt bist du?«

»Siebzehn.«

»So alt wie ich.«

Er schüttelte den Kopf. »Du bist erst vierzehn.«

Wir saßen jeder auf einer Taurolle im Achtersteven. Die Fregatte lag stabil in der See und rollte in Längsrichtung.

»Fast fünfzehn.«

»Aha.«

»Woher weißt du überhaupt, wie alt ich bin?«

Er blickte über das abfallende Deck. »Glaubst du, es wurde nicht über euch geredet, bevor ihr an Bord kamt? Alle wussten, dass unser Reeder und seine Tochter kommen würden, um mit uns nach Jütland zu fahren. Seine Tochter! Du bist wahrscheinlich das erste Mädchen seit vielen Jahren, das seinen Fuß auf die Hoffnung gesetzt hat, vielleicht das erste Mädchen überhaupt.«

Das glaube ich allerdings nicht, dachte ich.

»Wann bist du an Bord gekommen?«, wollte ich wissen.

»Es ist meine erste Reise«, antwortete er. »Ich wurde im April angeheuert.«

»Bist du schon früher zur See gefahren?«

Er nickte. »Ja.« Dann lachte er. »Einmal nach Schweden. Mein Vetter hat eine Segeljolle.«

Ich sah ihn an. »Das ist deine erste Reise auf einem richtigen Schiff?«

Ich widerstand der Versuchung, noch weiter in der Vergangenheit des Schiffsjungen zu bohren und stand auf.

»Ich muss nach meinem Vater sehen. Aber danke.«

»Wofür?«

Ich schenkte ihm ein Lächeln. Ich wusste es ja selbst nicht. Aber es tat gut zu wissen, dass es jemanden an Bord gab, der – beinahe – so jung war wie ich und fast ebenso unerfahren auf See.

Mit leicht gespreizten Beinen blieb ich an Deck der Hoffnung stehen und ließ den Blick über den östlichen Horizont schweifen. Portugal war nicht zu sehen, aber das Land musste irgendwo hinter der Kimmung liegen. Ich drehte mich um und blickte nach hinten, wo der lange Kielwasserstreifen der Fregatte eine Schneckenspur in der grauen Dünung hinterließ. Einige Grade westlich unseres Kurses wurde die Meeresoberfläche von irgendetwas gebrochen. Ich kniff die Augen zusammen und versuchte, den leichten Meeresdunst zu durchdringen. Eine Reihe heller Rahsegel an einem unnatürlich hohen Mast erhob sich gut eine halbe Seemeile achteraus über dem Meer. Ein Schiff mit Vogelschwingen. Eine Brigg.

MARIA FREDERIKSEN: »DER DRAMATISCHE UND WAHRHAFTIGE BERICHT ÜBER MEINE ZEIT ZU WASSER UND ZU LANDE«, SANKT CROIX, CIRCA 1810

1803. Ich erinnere mich nicht mehr an das genaue Datum unserer Ankunft an der Goldküste. Er war spätabends. Ein dreiviertelvoller Mond stand über dem dunklen Land und warf goldene Scherben ins Meer. Afrika wuchs aus der Dunkelheit heraus wie eine breite, schwarze Wolkenbank über dem Horizont. Schwache Brise aus Nordwest. Als wir ein paar Kabellängen vom Land entfernt waren, strich die Hoffnung sämtliche Segel und ließ den Anker fallen. Ich hörte ein Platschen und sah, wie die Kette gegen den Rumpf schlug. Dann war es still, beinahe ganz still, und ich meinte, das Festland wie ein unbestimmbares Murmeln in der Nacht zu hören. Als einen fernen Gesang fremdartiger Kehlen. Und ich konnte es riechen. Nach langer Zeit auf See roch das Festland seltsam intensiv.

An der Küste war Licht zu sehen, ferne Fenster oder zumindest Öffnungen in einer breiten Mauer. Während ich schaute, tauchte ein weiteres viereckiges Licht auf, und dann noch eins.

Etwas regte sich unter Deck. Ich hörte eilige Schritte, Männer sprachen miteinander, ein Ruf. »Feuer!« Ein ohrenbetäubender Knall hob das Deck mit einem tiefen Donnergebrüll unter meinen Füßen. Und noch einmal. »Feuer!« Ein neuer Schlag. Die Kanonen! Natürlich! Die Hoffnung salutierte. Nach neun Schüssen wurde es still. Mir klingelten die Ohren.

Mehrere Schüsse folgten, diesmal aber von Land. Das Fort Christiansborg beantwortete unseren Gruß. Selbst so spät, um diese Zeit am Abend. Die Hoffnung schwojte an ihrer Ankerkette, legte sich in der leichten Brise in den Wind, und ich spürte den Geruch von Schwefel in der Nase.

Es war mitten im Sommer, als wir das afrikanische Ziel der Dreiecksroute erreichten. Aber das Wort – Sommer – ergab hier keinen Sinn. Ich habe seither den einen oder anderen vom ewigen Frühjahr an der Goldküste sprechen hören: Das ganze Jahr über sprießt es dort überall, man hört praktisch die Keimblätter knistern, wenn sie sich im feuchten Unterholz entfalten; tote Bäume und verfaultes Laub verwandeln sich in einen schleimigen Mutterboden, aus dem alle Pflanzen die reichste Nahrung saugen. Ebenso wie auf der Insel, die ich in meinem späteren Leben so gut kennenlernen sollte wie Thurø in meiner Kindheit, wird das schmale, leuchtende Band des weißen Strandes bekränzt von den ranken Stämmen und breiten Kronen der Palmen und Schatten, die unter dem Wind und der senkrecht stehenden Sonne tanzen. Und hinter den Palmen erstreckt sich der Wald mit all seinen namenlosen Gewächsen, von denen lauwarmes Wasser tropft, den ganzen Tag, das ganze Jahr, bis in alle Ewigkeit.

Weil ich die Tropen heute besser kenne als alles andere, kann ich dies in einer Weise beschreiben, dass es wahr erscheint – und sicherlich sieht es dort auch tatsächlich so aus, und doch ist die Wahrheit, dass ich an der guineischen Küste nicht an Land gewesen bin. Eine Gruppe, die aus dem Kapitän, dem ersten Steuermann Hvid, dem Schiffsarzt Reimann und einigen normalen Besatzungsmitgliedern bestand, brach auf, um Neger zu beschaffen. Sie nahmen Kontakt zu einem lokalen Sklavenhändler auf, durch dessen Vermittlung es eine Woche später gelang, den Laderaum zumindest halb mit Schwarzen zu füllen. Ich sah sie an Bord kommen, habe aber niemals einen Fuß auf afrikanische Erde gesetzt.

TAGEBUCH DES SCHIFFSARZTES PEDER REIMANN, 18. JULI 1803

Afrika ist ein ekelhafter, stinkender Sumpf! Nie habe ich einen abscheulicheren Ort gesehen. Wie dänische Männer – und bei Gott auch Frauen – das Leben in dieser dänischen Handelsstation ertragen, ist mir ein Rätsel.

Eine Gruppe von sechs Besatzungsmitgliedern ging bei Christiansborg am Mittwoch, den 13. Juli am späten Vormittag an Land. Bereits am Strand wurden wir von einer Gruppe wildlebender Neger empfangen, die lärmten und darauf bestanden, unser Boot an Land ziehen zu dürfen. Danach begannen sie, diverse abstoßende Kuriositäten feilzubieten: Buntscheckige Vögel, die schrien, dass mir die Ohren schmerzten, einen gichtbrüchigen Affen, der angeblich zahm war, aber die ganze Zeit über geprügelt werden musste, damit er an seiner Leine stillhielt, allerhand lächerlichen Tingeltangel, darunter ein angeblicher Schrumpfkopf, der am ehesten einem eingetrockneten Fisch ähnelte, eine blutjunge Frau – ein Kind noch –, in deren Schulter- und Gesichtshaut ein kunstfertiges Muster tätowiert war. Wir kämpften uns durch diese plappernde, übelriechende Menge von Krämernegern und wandten uns dem eigentlichen Fort zu, der Handelsstation Christiansborg. Hier wurden wir eingelassen und mit lauwarmem Wein bewirtet, während ein Adjutant des Kommandanten (der angeblich verreist war) es mit der unangemessenen Arroganz eines Betrunkenen ablehnte, auch nur einen einzigen Neger für unser Schiff zu beschaffen.

Worauf Kapitän Bernt erwiderte, dass er am gestrigen Morgen durch sein Fernrohr eine große Anzahl Schwarze gesehen habe, die in Kolonnen den Strand entlang und durch das Tor des Forts geführt worden seien, wo man sie vermutlich in den Kasematten, den sogenannten »Sklavenkisten« untergebracht habe – unter dem Gebäude liegen große Gefangenenverliese, in denen Sklaven zu allen Zeiten bis zur Ausschiffung von der Goldküste magaziniert wurden.

Ich habe mich in die Diskussion nicht eingemischt, aber auch ich hatte zum nämlichen Zeitpunkt durch das Fernrohr des Kapitäns geblickt und die Neger gesehen: Frischgefangene Stiere und Färsen wurden nackt und erschöpft über den Strand zu dem weißen Gebäude getrieben – von anderen Negern, die lange Peitschen trugen und wie Weiße gekleidet waren. Die Neger waren nicht aneinander gekettet, an ihren Handgelenken war lediglich ein Holzklotz mit einem Eisenbügel befestigt. Der Klotz war jedoch so schwer, dass er eine Flucht unmöglich werden ließ, die Neger trugen ihn auf der Schulter, um sich unter seinem Gewicht fortzubewegen. Ein honoriger Anblick, dennoch muss ich gestehen, dass es mich verwunderte, da doch das Verbot bereits in Kraft getreten ist.

Während wir im Vorzimmer mit dem Adjutanten verhandelten, hörte ich von draußen sonderbare Geräusche und schlenderte zum Fenster. Ich schaute auf den von der brennenden Sonne beschienenen Hof zwischen den weißgekalkten Gebäuden. Mitten auf dem Hofplatz stand ein niedriger eiserner Käfig. Ich sah ein Tier in einer Ecke sitzen, mit aufgerissenem Maul, den Kopf beinahe am Boden. In der entgegengesetzten Ecke lag ein nackter Neger, dessen Körper von frischem und geronnenem Blut bedeckt war. Der Neger war reglos und stumm, und das Tier fiepte leise, wobei es die Zunge aus dem Maul hängen ließ. Ich konnte nicht erkennen, um welches Tier es sich handelte, aber es sah aus wie ein gequälter Hund, nur mit seltsam gefärbtem Fell, gelblichbraun, schwarz und weiß, und mit sehr großen Ohren. Außerhalb der Reichweite des liegenden Mannes stand ein Eimer auf der Erde, die sich an den Stellen dunkel gefärbt hatte, wo das Wasser übergeschwappt war.

Unser Schiff hatte verschiedene Güter für das Fort mitgeführt, und nachdem wir die Frachtliste durchgegangen waren, begleitete uns der Adjutant zur Torwache, wo die Übergabe der bestellten Waren für den folgenden Tag vereinbart wurde. Als wir im Wachhaus standen, hörten wir einen fernen, aber sehr lauten Schrei aus dem Gebäude. Es folgten weitere Schreie, plötzlich hörten sie jedoch auf, als hätte jemand eine schalldichte Tür geschlossen. Der Kapitän fragte den Adjutanten, was hier vor sich gehe.

»Die Männer amüsieren sich«, antwortete der. »Heute ist Buhl- und Betttag.«

Bernt nickte, als würde er den Ausdruck kennen. Ich selbst hatte ihn noch nie gehört, allerdings erforderte es auch nicht sonderlich viel Fantasie, sich vorzustellen, was gemeint war.

Bevor wir Christiansborg verließen, fragte Bernt noch einmal, ob es gänzlich ausgeschlossen sei, dass der Adjutant ihm einige Schwarze verschaffe. Der Adjutant zögerte, fragte dann aber immerhin, wie viele Neger Bernt sich denn vorstelle. Als er zur Antwort bekam, dass die Hoffnung zwischen zweihundertfünfzig und dreihundert Schwarze laden könne, schüttelte der Mann des Kommandanten nachdrücklich den Kopf.

»Nein, nein, nein, wir haben keine Schwarzen mehr«, behauptete er. »Nur die, die wir selbst benötigen. Merken Sie sich, Kapitän, die königliche Verordnung verbietet, Nigger über den Atlantik zu bringen. Obwohl es noch erlaubt ist, sie zu besitzen«, fügte er hinzu und wies mit dem Kopf in die Richtung, aus der die Schreie gekommen waren. »Oder mit ihnen zu machen, wozu man Lust hat. Auch wenn es mutige Männer braucht, sich mit den schwarzen Huren zu vergnügen; die bringen es fertig und stecken sich Glasscherben in die Möse.«

»Wissen Sie, ob man noch Neger bei dem Holländer in Tudu bekommen kann?«, erkundigte sich Bernt, ohne bei den erwähnten Glasscherben eine Miene zu verziehen. Mir zog sich allein bei dem Gedanken alles zusammen. Der Adjutant zuckte die Achseln. »Soweit ich weiß, ist er noch im Lande«, antwortete er.

Unsere kleine Gruppe verließ das Fort, aus dessen hoch angebrachten Fenstern Gelächter und Frauenschreie in die drückend heiße Luft drangen. Wir gingen den Strand entlang nach Westen, die feinen Spritzer der Brandung hingen wie ein Schleier in der Luft; es war ein verdammt schöner Strand, aber halb im Wasser lagen zwei tote Esel, ein widerlicher Gestank. Die Hitze war unerträglich, und schon bald waren wir schweißgebadet, wir zogen Stiefel und Hemden aus und hängten sie uns um den Hals, während wir weiter dicht am Meer über den festen, feuchten Sand gingen. Nach einer Weile erreichten wir zwei Hütten, beide sorgfältig in den Schatten eines dichten Palmenhains gebaut. Vor der ersten Hütte saß ein Neger, schwärzer und glänzender als der Schnabel eines Raben und mager wie eine Vogelscheuche. Bernt blieb stehen und nickte ihm zu, so höflich, als handele es sich um einen Weißen.

»*The Dutchman?*«, fragte der Kapitän und zeigte zwischen die Palmenstämme, weg von der Küste.

Der Neger hob langsam den Kopf und sah den Kapitän an. Sein unverschämter Blick verriet nichts. Ich glaube, wenn ich der Kapitän gewesen wäre, hätte ich dem Kerl den Rücken verbläut. Bernt aber löste das Band seines Lederbeutels, den er am Gürtel trug. Er steckte die Hand hinein und fischte eine kleine Münze heraus. Kupfer, kaum genug für ein bisschen Tabak. Der Neger reagierte nicht. Bernt griff nach einer weiteren Münze. Er streckte dem mageren Mann seine Handfläche entgegen, auf der die beiden Münzen lagen.

Der Neger spuckte in den Sand.

Wir wandten ~~wir~~ uns einem Pfad zwischen den Palmstämmen zu.

Bevor ich in den tiefen Schatten der Palmwipfel trat, warf ich einen Blick über die Schulter. Der magere schwarze Mann saß auf seinem Hocker, so wie er die ganze Zeit über dagesessen hatte, passiv und ohne sich mit irgendetwas zu beschäftigen. Faulheit ist eine angeborene Eigenschaft des Negers. Ich wüsste gern, ob sie etwas anderes tun können, als sich mit Branntwein um den Verstand zu saufen und sich gegenseitig an weiße Sklavenkapitäne zu verkaufen. Afrika ist vielleicht ein stinkender Sumpf, viel zu heiß und voller Krankheiten, die weiße Menschen töten wie ein Feuer die Mücken, aber das Land ist auch fruchtbar und reich. Gibt es irgendeine andere Erklärung für den ausbleibenden Erfolg der Neger als die ihnen innewohnende Faulheit und Dummheit?

Schon bald endete der Palmenhain, und der Pfad wurde von eigentümlichen Bäumen und dichtem, schleimigem Unterholz gesäumt. Einige Bäume hatten dicke, knorrige Stämme mit seltsamen Auswüchsen und Stacheln, andere trugen enorme Blätter oder gelbe Früchte, die direkt aus dem Stamm wuchsen und aussahen wie kleine längliche Melonen. Der Steuermann sagte, das seien Kakaobäume, pflückte ein paar Früchte und steckte sie in die Tasche. Überall stank es nach Fäulnis und Fortpflanzung. Mir kehrte sich der Magen um, dabei bin ich als Arzt eigentlich nicht sonderlich empfindlich. Außerdem bin ich Kopenhagener, und es braucht schon sehr viel, um den Gestank Kopenhagens an einem warmen Sommertag zu übertreffen, wo Mist, tote Tiere und überschwappende, volle Lokuseimer in der Hitze gären, wenn die Nachtmänner, die für die Beseitigung des Unrats zuständig sind, sie aus den Häusern schleppen.

Als wir etwa eine Viertelmeile in den Wald vorgedrungen waren, stach die Sonne wieder Löcher in den Blättervorhang über uns, und wir kamen auf eine Lichtung, auf der vereinzelte Hütten in einem Halbkreis um ein großes Gebäude in der Mitte standen: eine Konstruktion aus soliden Brettern, die aussah wie eine Scheune.

Ein Dutzend Negerkinder beschäftigte sich mit verschiedenen Tätigkeiten der Art, die man in einem Negerdorf von den Einwohnern erwartet. Zwei rührten eine graue, klebrige Masse in einem großen, ausgehöhlten Stein zusammen, ein anderer flocht die jämmerliche Parodie einer Matte, ein dritter sägte in eine zäh aussehende Frucht mit einem großen Messer, dessen Klinge nicht nur rostig, sondern nahezu schwarz war, so oft war es wohl den verschiedensten ätzenden Säften ausgesetzt gewesen. Nirgendwo war ein Mann zu sehen, nur ein paar junge Frauen, die sicher ganz anziehend gewesen wären, hätten sie nur nicht so hässliche Gesichter gehabt.

Der erwähnte Holländer war nirgendwo zu sehen, doch die Anwesenheit der Negerfrauen wies darauf hin, dass es ihn noch gab. Während der Fahrt entlang der Küste, die wir nun hinter uns und den Baumkronen ausmachen konnten, hatte Kapitän Bernt von ihm erzählt.

Angeblich hatte er als christlicher Missionar im holländischen Teil Guineas gelebt, seit er ein junger Mann war. Aus irgendeinem Grund hatte er sich aber mit den führenden Beamten in Fort Elmina, dem Hauptsitz der Kolonie, zerstritten und war weiter östlich an die Küste gezogen. Schließlich war er in der Nähe von Tudu gelandet, einer kleinen Stadt, eine Seemeile von der Küste entfernt. Er hatte angefangen, mit verschiedenen Waren aus Guinea und dem Hinterland zu handeln: Elfenbein, Tierfelle, Edelsteine, Gewürze und Heilkräuter. Es dauerte nicht lange, und er hatte damit so viel Geld verdient, dass er einem Häuptling in Tudu ein Stück Land abkaufen und sein eigenes Dorf bauen konnte. Er heuerte fünfzig junge Männer an und begünstigte sie in einer Weise, dass sie ihm Treue bis in den Tod schworen. Dann begann er, von den kriegerischen Stämmen im Landesinneren Sklaven zu kaufen.

Er wusste, wie der Sklavenhandel funktionierte: Die Negerstämme bekriegen einander und fangen ihre Feinde so effektiv wie ein Fischer, der ein Schleppnetz durch den Fluss zieht. Gefangene, die nicht alt und krank sind und die sie nicht selbst töten, vergewaltigen, foltern oder anderweitig loswerden wollen, verkaufen sie an die Weißen.

Sklaven waren damals die wertvollste Ware, die an der afrikanischen Küste gehandelt wurde. Der Holländer kaufte kleinere Partien von der Beute der Stammeskrieger. Er sortierte und wählte die Stärksten aus, fütterte sie gut und brachte einigen von ihnen einfache Fertigkeiten bei, von denen er wusste, dass sie in Westindien und Amerika gefragt waren. Und er suchte die jüngsten und am wenigsten unappetitlichen Frauen aus und verkaufte sie an arabische Piraten, die in ganz Nordafrika Hurenhäuser betrieben und frische Ware benötigten.

Einige Frauen – die ihm am besten gefielen – behielt der Holländer für sich. Es waren die, die wir im Dorf bei ihren häuslichen Tätigkeiten beobachteten. Mir ging bei ihrem Anblick durch den Kopf, dass ich nicht gezwungen sein wollte, mir die Hässlichsten anzusehen, wenn der Holländer diese hier als die Schönsten ausgewählt hatte!

Kapitän Bernt trat als Erster auf die Lichtung. Er blieb stehen und klatschte in die Hände, das war indes überflüssig, unsere Ankunft war längst bemerkt worden. Die Frauen blickten auf, und eine Gruppe von acht Männern, schwarze muskulöse Gestalten, kamen jeweils zu zweit von der Rückseite des großen Gebäudes auf uns zugelaufen. Sie blieben vor dem Kapitän stehen, woraufhin einer von ihnen vortrat und etwas Unverständliches brüllte. Während die gefährlich aussehenden Neger Bernt drohend anstarrten, senkte der respektvoll den Kopf und murmelte einige Worte, die ich nicht verstand. Vielleicht Niederländisch, vielleicht das Kauderwelsch der Schwarzen.

Einer der Neger lief zu einer Hütte auf der linken Seite des Dorfes. Er klopfte an die Tür und trat wartend zur Seite. Einen Augenblick später zeigte sich eine Gestalt in der offenen Tür. Ein schmächtiger Mann im Talar eines Pastors, einen breitkrempigen, flachen Hut auf seinem runden Kopf. Das Hemd war bis unters Kinn zugeknöpft und sah aus, als wäre es unangenehm warm in der feuchten Hitze. Um den Hals hing ihm ein ziemlich großes, aus einer schwarzen Holzsorte geschnitztes Kreuz an einer Schnur. Er blinzelte mit den Augen in das grelle Licht und blickte den Anführer der Neger an, während er auf Kapitän Bernt zeigte. Dann erkannte er ihn und nickte.

»Sie wollen Neger kaufen?«, fragte er.

»Ja«, bestätigte Bernt. »Wie viele haben Sie?«

»Meine Schwarzen sind zahlreich wie die Kinder Gottes«, erwiderte der Holländer.

Nach einer Stunde kehrten wir mit dem Versprechen einer Lieferung von einhundertfünfzig Schwarzen im Laufe einer Woche zur Hoffnung zurück. Der Holländer verlangte einen Geldbetrag in bar, abgesehen von den Kisten mit Waffen, die wir an Bord haben, aber Bernt hatte nach eigener Aussage kein Geld, um ihn zu bezahlen. Der Holländer ging ohne weiteres darauf ein, er bekam einen Wechsel, der eingelöst werden sollte, sobald die Schwarzen in Westindien verkauft waren. Das schien mir außergewöhnlich naiv in Anbetracht der Tatsache, dass es ja keineswegs sicher war, ob er irgendeinen von uns je wiedersehen würde; nicht wenige kommen auf dem Atlantik um.

Andererseits glaube ich im Grunde nicht, dass der eigenartige Mann sonderlich an sicheren Vereinbarungen interessiert war. Für ihn war offenbar das Vergnügen entscheidend, seine Mitmenschen zu verkaufen. Und was hätte er im Übrigen in seinem stinkenden Dorf mit Geld anfangen können?

Es wurde vereinbart, dass die Fregatte nach Westen segeln und unterhalb des Dorfes Anker werfen sollte. Am siebten Tag würden hundertfünfzig erstklassige Neger über den weißen Sandstrand zu den beiden Beibooten der Hoffnung geführt, die sie auf dem ersten kurzen Abschnitt ihrer Reise von der Brandung der Goldküste in das niedrige Zwischendeck der Hoffnung bringen sollten.

MIKKEL EIDES TAGEBUCH AUF SOLITUDE, 28. MAI 1824

Auf der Insel leben die merkwürdigsten Tiere. Bei den grauen Felsen, die das östliche und westliche Ende unserer kleinen Sandbucht einrahmen, gibt es einige große Echsen mit breiten Mäulern, kräftigen Beinen und langen Klauen. Sie sind giftgrün, bläulich und grau, und es fällt nicht schwer, den Unterschied zwischen den männlichen und den weiblichen Tieren zu erkennen: Die Männchen haben furchteinflößende Flossen und Stacheln auf ihren Köpfen, während die Weibchen eher großen plumpen Eidechsen ähneln. Es sind eindeutig Reptilien, die häufig am Vormittag in der Sonne hocken, um die Hitze aufzusaugen, am Nachmittag aber den Schatten suchen oder direkt ins Wasser gehen. Sie sind ausgezeichnete Schwimmer.

Dann gibt es kleine gelbe Zuckervögel, die Bananenvögel genannt werden. Sie sind vor allem bei der Zuckermühle und der Siederei zu finden, fliegen aber auch gern durch die offenen Fenster der Häuser, um Zucker zu stehlen, wenn sie die Gelegenheit dazu haben. Sie treten in Schwärmen auf, schrill piepsend, und sind bei ihrer Suche nach süßen Sachen furchtlos. Viele Bewohner halten sie für lästige Schädlinge und schlagen nach ihnen, als wären es Fliegen, oder fangen sie mit Leimruten und überlassen sie dann den Katzen.

In der kurzen Dämmerung (wie bereits gesagt, wird es hier beinahe schlagartig dunkel) sehe ich oft Vögel, die so groß wie Krähen sind, aber schneeweiß, und tief über die Zuckerrohrfelder oder manchmal über den Strand fliegen. Sie biegen den Hals zurück und strecken ihre kräftigen Füße nach hinten aus, tatsächlich aber haben sie lange Hälse, ganz eindeutig handelt es sich um eine Art kleiner Reiher oder Kraniche. In der Dämmerung fliegen sie ins Innere der Insel, wo sie vermutlich die Nacht verbringen.

Das wirklich Seltsame an diesen kleinen Reihern ist, dass sie den ganzen Tag in Gesellschaft des Viehs verbringen, und laut Afi nennt man sie deshalb auch »Kuhreiher«. Tagsüber stolzieren sie zwischen den Beinen oder sogar auf den Rücken und den Köpfen der großen hellbraunen Rinder umher, die an vielen Stellen auf Sankt Thomas am Wegesrand grasen. Ich vermute, dass sie von Insekten leben, die sie an den großen Tieren finden, sie picken wohl die Parasiten von den Kühen, die aussehen, als seien sie froh über diese Art der Zusammenarbeit. Diese Lebensweise ist ja an sich schon bemerkenswert, doch überdies gibt es immer nur einen Reiher bei jeder Kuh, und wenn ich sie in der Dämmerung in kleinen Schwärmen davonfliegen sehe, überlege ich, ob sie am nächsten Morgen wohl zu derselben Kuh zurückkehren? Und ob sie möglicherweise ihr ganzes Leben mit ihr verbringen?

Ich mag diese Dämmerstunde sehr, es ist, als würde sich alles mit einem Schlag verwandeln. Einen Moment hängt die Sonne groß und rot über dem niedrigen Berg, der sich am westlichen Ende der Bucht erhebt, und die Palmwipfel zeichnen sich als schwarze Silhouetten vor dem leuchtenden Himmel ab. Dann gleitet die Sonnenscheibe hinter den Berg, und sofort ist es, als habe jemand das Licht ausgeblasen. Allerdings hat die Sonne auf der anderen Seite des Bergs bis zum Horizont noch einen gewissen Weg zurückzulegen, sodass es noch nicht ganz dunkel ist. In der Stunde bis zum Sonnenuntergang liegt die Santa-Maria-Bucht in einem kühlen Zwielicht, die Wellen schlagen an den Sand, manchmal heftig, manchmal sanft, und die ersten Frösche nehmen ihren Gesang auf. Ihre kleinen Kehlen erzeugen eine monotone und beruhigende Melodie; es ist, als würde sich alles verlangsamen, und sogar das Meer hält gleichsam ein wenig den Atem an, während wir auf die Dunkelheit warten. Und die kommt so plötzlich, dass ich mich noch immer nicht daran gewöhnt habe. Dann schwillt der Gesang der Frösche um mich herum an zu einem gewaltigen Konzert, einem Geräusch, das die Nacht vollständig erfüllen kann und dennoch so alltäglich ist, dass man es nicht mehr hört. Ein Paradoxon, wie so vieles hier.

Wenn die Dunkelheit sich vollständig über die Insel gelegt hat, ist es erst ungefähr halb sieben, und doch hat man den Eindruck, als sei der Tag gegangen. Häufig begeben wir uns früh zur Ruhe, ich im hinteren Raum der Hütte, wo ich auch arbeite, und Afi draußen auf der Veranda, wo eine Pritsche mit einer Decke und einem Moskitonetz steht. Ich gebe gern zu, dass ich mich hin und wieder, oder offen gestanden ziemlich oft, nach ihr sehne, sobald ich mich hingelegt habe. Höchst wahrscheinlich würde ich heute ganz anders reagieren, würde sie noch einmal an meine Tür klopfen und in ihrer schwarzen Nacktheit eintreten, doch das ist seit der ersten Nacht nicht wieder vorgekommen. Einerseits bin ich darüber erleichtert, andererseits aber auch enttäuscht; es war ganz sicher die Absicht meines Gastgebers, dass Afi genau dieses Bedürfnis befriedigen sollte – so wie es sicherlich viele schwarze Frauen und bestimmt auch Afi bei ihm getan haben. Aber ach, Marcussen ist – wie vermutlich längst deutlich geworden ist – eine ganz andere Art von Mann als ich.

Ich schlafe in der Regel gut, obwohl ich häufig merkwürdige und einigermaßen erschreckende Träume habe, deutlich inspiriert von der exotischen Umgebung. Neulich wachte ich jedoch ohne ersichtlichen Grund mit Herzklopfen auf und rang nach Atem, als hätte ich die Luft angehalten.

Ich blieb in der Dunkelheit liegen und horchte, konnte aber nur den Gesang der Frösche und des Meeres hören. Obwohl es nicht heiß war und das Fenster offen stand, schwitzte ich und fühlte mich ein wenig unwohl, und nach einigen Minuten schob ich das Moskitonetz beiseite und stieg aus dem Bett. Ich wollte ein wenig nach draußen gehen, um mich in der kühlen Nachtlust zu erfrischen und dann zu versuchen, wieder einzuschlafen. Vorsichtig öffnete ich die Tür zum vorderen

Raum, schlich in die Küche und weiter auf die Veranda. Die Haustür ist selten geschlossen, sie wird von einer riesengroßen, hellroten Muschel an ihrem Platz an der Hüttenwand gehalten, die Afi im Wasser gefunden hat und die im Übrigen groß genug war, um eine wohlschmeckende Mahlzeit zu ergeben.

Es war ein paar Tage nach Vollmond, ich konnte die helle, matte Oberfläche des Sands sehen und das Meer, in dem der bleiche Mond in Tausenden von kleinen gekräuselten Silberspiegeln glänzte. Ich bemerkte, dass Afis Pritsche leer war. Die Decke lag sorgfältig zusammengefaltet auf dem unteren Drittel der Matratze, das Moskitonetz war geschlossen, nur Afi war nicht da.

Ich blieb einen Augenblick auf den abgetretenen Brettern stehen und blickte auf das leere Lager. Unbewusst hatte ich mich darauf gefreut, sie schlafen zu sehen; ich hätte mich zum ersten Mal so herangeschlichen, ähnlich wie ich sie manchmal aus den Augenwinkeln beobachte, wenn sie sich mit sich selbst beschäftigt, ihr Haar richtet oder ihre Haut mit einer schleimigen Flüssigkeit eincremt, die sie aus den grünen Avocadobirnen gewinnt.

Aber Afi lag nicht auf ihrer Pritsche, das verwirrte mich und weckte in mir einen schlimmen Verdacht. Ich war ja in dieser Nacht zufällig aufgewacht, was aber war mit den anderen Nächten, in denen ich im hinteren Raum der Hütte wie ein Murmeltier schlief? War sie nachts häufig fort? Und warum? Was tat sie?

Ich verspürte eine Irritation, die rasch zu Zorn wurde, doch dann rief ich mich zur Vernunft. Afi war ein Mensch, der alles Recht hatte, zu tun, was er wollte. Sie gehörte mir nicht. Aber müsste sie mir es nicht sagen, wenn sie ging?

An Schlaf war jetzt nicht mehr zu denken, also trat ich nur mit meiner knielangen Unterhose bekleidet auf die Veranda und stand im Mondlicht vor der Hütte. Ich ließ den Blick über den Strand schweifen. Und ganz am Ende der Bucht, dort, wo der weiche Sand von zerklüfteten Klippen vulkanischen Ursprungs abgelöst wird, sah ich eine Bewegung. Allerdings leuchtete der Mond nicht so hell, dass ich hätte erkennen können, was oder wer dort war. Ich ging in die Hütte, zog mein Hemd an und knöpfte es notdürftig zu. Draußen trat ich in den Schatten der hohen Palmen. Als ich unter ihnen stand, hörte ich den Wind in den steifen Blättern ihrer Wipfel flüstern.

In der obersten Sandschicht hatte sich noch immer ein bisschen von der Hitze des Tages gehalten, doch sobald meine Zehen sich bei jedem Schritt ein wenig tiefer in den Sand gruben, fühlte er sich unnatürlich kalt an. Ich ging rasch den Strand entlang, unsichtbar im tiefen Schatten der Palmen, und schon bald konnte ich eine Gestalt am Ufer erkennen, oder besser gesagt zwei Gestalten. Mein Herz setzte einen Moment aus, um dann umso schneller zu schlagen.

Auf den dunklen Felsvorsprung, der das Ende des Sandstrands markierte, hatte jemand ein kleines Boot an Land gezogen. Ich konnte etwas Weißes an der Reling erkennen, ein Segel an einem niedergelegten Mast, der vermutlich einen Augenblick nach dem Ablegen der leichten Jolle wieder aufgerichtet werden konnte.

Einige Schritte vom Boot entfernt stand Afi, und ihr gegenüber ein großer, muskulöser Mann in einem hellen, offenen Hemd, wie Marcussen es auch gern trägt. Der Mann war ebenso schwarz wie Afi, wenngleich sich das in dem schwachen Licht nur schwer beurteilen ließ. Vorsichtig ging ich zwischen den Palmen weiter. Es war dunkel, meine Füße traten auf trockene Palmblätter. Um laute Geräusche zu vermeiden, ging ich sehr langsam, um nicht auf zerbrechliche Zweige oder knisterndes Laub zu treten.

Nach ein paar Minuten befand ich mich hinter ihnen, allerdings verborgen im Schatten der Palmen. Obwohl ich ganz still stand und die Ohren spitzte, konnte ich ihre Stimmen nicht hören, doch sie sprachen miteinander, das sah ich. Afi wandte mir den Rücken zu, und der Mann gestikulierte und bewegte zwischendurch den Kopf von einer Seite zur anderen, als würde er den Strand beobachten. Plötzlich trat sie einen Schritt vor, direkt in seine Arme. Eine Zeit lang standen sie dicht beieinander, und ich spürte, wie ein Durcheinander an Gefühlen mich durchströmte: Zorn, Machtlosigkeit und eine Art tiefer

Kummer. Insgesamt vermutlich ein Gefühl, das vielen bekannt ist: Eifersucht.

Die Hände des Mannes glitten über ihren Nacken, und ihr Kleid fiel über ihre Hüften in den Sand. Ich sah seine Hände auf ihrer glänzenden Haut, ihren Schulterblättern, ihrem muskulösen Rücken und den vollendeten Wölbungen ihres Hinterteils. Er ließ eine Hand auf ihrem Rücken liegen und legte Afi behutsam in den Sand, dann legte er sich auf sie, gestützt auf seine kräftigen, ausgestreckten Arme.

Es war eindeutig, was dort direkt vor meinen Augen vor sich ging; ich konnte meinen Blick nicht abwenden, ich wollte nicht, und doch sah ich alles: Wie dieser Fremde, groß, schwarz und hässlich wie ein Menschenaffe, sie nahm, wie er sich mit ihr im Sand paarte, und wie sie sich unter ihm bewegte, geil und voller Lust, die sie heisere, stöhnende Laute ausstoßen ließ. Sie waren wie zwei Tiere, und doch hypnotisierte mich diese widerliche Szenerie, ich musste es mir ansehen und hatte dabei das Gefühl, ich sähe meinen eigenen Untergang. Nur die Größe des Mannes hielt mich davon ab, einzugreifen. Ich brannte vor Kränkung, und es endete damit, dass ich mich abwandte und am Strand nach Hause lief.

Lange saß ich auf der Veranda, blickte übers Wasser und wartete auf sie, und als sie endlich kam – am Rand des Wassers barfuß schlendernd wie ein junges dänisches Mädchen, die Farben ihres Kleides waren im Mondlicht ein wenig verwischt –, lief ich ins Haus und schloss die Tür meiner Kammer. Ich wartete darauf, dass sie zu Bett ging, und als es still wurde, stand ich so leise wie möglich auf. Ich stand im Dunklen und sah sie in ihrem Bett auf der Seite liegen, noch immer trug sie ihr Kleid. Von draußen fiel das Mondlicht auf ihre Hüfte, ihre Schulter und das Nest ihrer schwarzen Haare auf dem Kissen. Sie atmete langsam und ruhig, sie schlief bereits.

Eine Mischung aus heftiger Begierde und Zorn überkam mich, ich trat hastig an ihr Bett und setzte mich auf den Rand; die Wärme ihres Körpers strahlte mir wie ein Willkommensgruß entgegen. Sie erwachte, ich drehte mich zu ihr um und packte sie bei den Schultern. Sie erstarrte, ich sah ihr Gesicht im Dunklen, die aufgerissenen, kreideweißen Augen, ihre fülligen Lippen. Ich schüttelte sie, hob eine Hand und schlug zu, nicht hart, eher machtlos, doch mein Zorn wie meine Begierde schien mit dem Geräusch der Ohrfeige zu wachsen; ich legte meine Hand auf ihren Körper, ich spürte ihre Brüste durch den dünnen Stoff, und ich zerriss, ja, ich zerfetzte die zerschlissene Baumwolle, beugte mich über sie und presste mein Gesicht auf ihre Brust, halb schluchzend, halb rasend vor Wut, unartikulierte Worte ausstoßend. Und Afi rührte sich nicht, wie tot lag ihr Körper unter mir.

Ich zwang ihre Beine auseinander und spürte, dass ich sie nun nehmen konnte, sie war mein. Ich musste niemanden um Erlaubnis bitten, nicht sie, nicht Marcussen, ich war ein weißer Mann auf einer Sklaveninsel, ich konnte tun, was ich wollte. Doch mit einem Mal spürte ich seinen Geruch, den Geruch des großen Negers, des Menschenaffen, der sie am Strand genommen hatte, und ich wich zurück und sah ihr Gesicht unter mir, höhnisch, ängstlich und nackt. Ich sprang auf, rannte von der Veranda und erbrach mich im Sand, zusammengekrümmt wie ein Neger unter der Peitsche.

BRIEF: JAN MARCUSSEN AN DEN GENERALGOUVERNEUR BARDENFLETH, JUNI 1824

Solitude, 12. Juni 1824

Mein lieber Johan,

was wir schon länger befürchtet haben, erweist sich nun als wahr! Eine Anzahl – noch ist sie bescheiden, doch das kann sich bald schon ändern – Maroons hat sich offensichtlich auf der unbewohnten Insel Hans Lollik Eiland niedergelassen. Vor ein paar Monaten erfuhr ich von meinem Aufseher, dass vier Sklaven von der Plantage geflüchtet waren. Einer von ihnen, ein jüngerer, unbeschreiblich aufsässiger Bussal, der im Winter auf die Insel gekommen ist und eigentlich nur die Negersprache spricht, war einen Felsabhang am südlichen Ende der Hendriks-Bucht heruntergefallen und hatte sich das Schienbein gebrochen. Als Just, mein Aufseher, ein bisschen an dem gebrochenen Knochen wackelte, erzählte er bereitwillig mit den paar Brocken, die er kann, dass seine drei Kumpane von anderen Negern in einem Boot abgeholt worden wären. Ich gehe daher davon aus, dass es sich hier um eine organisierte Flucht handelt; eine sehr ernste Sache, die mich an die häufigen Fluchten auf den Maroonberg von Sankt Croix denken lässt, worüber Du sicher mehr weißt als ich. Gewisse Neger leiden an dem Irrglauben, dass sie auf eigene Faust besser zurechtkommen und als Gestrandete oder Dschungelmenschen auf einer einsamen Insel glücklich werden können. Ist Freiheit wirklich so erstrebenswert für diese Menschen? Vielleicht ist der Grund für diese Sehnsucht, dass viele von ihnen die Freiheit nicht kennen, da sie auf den Inseln geboren wurden, sozusagen unter unserer Obhut. Die Bussal, die Wilden, gaukeln den kreolischen Schwarzen möglicherweise vor, dass das Leben als Waldneger ein einziges Trinkgelage ist, obwohl wir alle wissen, dass kein Neger unter übleren Verhältnissen lebt als die Schwarzen in Guinea.

Ich habe mit einigen anderen Pflanzern hier auf der Insel gesprochen, und wir haben vereinbart, dass wir schon bald eine Expedition ausrüsten und nach Hans Lollik übersetzen wollen, um die Entflohenen einzufangen und zu bestrafen. Ich kenne ihre Zahl nicht, nicht einmal ungefähr, doch mit Blick auf die Zahl der Entflohenen in den vergangenen beiden Jahren könnten es bis zu dreißig oder vielleicht sogar mehr sein. Dazu kommen die Neger, die vermutlich von Sankt Jan in derselben Zeit geflohen sind.

Das bedeutet, dass wir gegenüber den Entflohenen vermutlich in der Unterzahl sind, wenn wir auf Hans Lollik an Land gehen, selbst wenn wir Pflanzer hier auf Sankt Thomas zwei Dutzend mit Karabinern, Pistolen und Säbeln gut bewaffnete Männer stellen können. Auf einem Treffen am 8. Juni beschlossen wir daher einvernehmlich, den amtierenden Gouverneur und Kommandanten von Sankt Thomas zu bitten, uns eine Abteilung Soldaten für die Expedition zur Verfügung zu stellen. Leider meint Herr von Scholten augenscheinlich, dass die Maroons auf der Insel das Recht hätten, in Ruhe gelassen zu werden. Wir haben ihm keine schriftliche Antwort abfordern können, doch während eines persönlichen Gesprächs, das ich vor zwei Tagen mit ihm führte, gab er mir zu verstehen, dass die Pflanzer sich in »Geduld« üben müssten. Auf meine Frage, inwieweit er sich zu einem späteren Zeitpunkt in der Lage sähe, eine Mannschaft für die Expedition zur Verfügung zu stellen, antwortete er munter ausweichend, dass dies auf einer näheren Einschätzung des Ernstes der Situation beruhen müsse.

Ich halte von Scholtens Zögern für einen weiteren Beweis seiner übertrieben negerfreundlichen Amtsführung und bitte nun Dich, mein lieber Freund, ihn zur Ordnung zu rufen. Es sollte einleuchtend sein, dass wir das Recht haben, die Neger zurückzuholen, die wir gekauft und bezahlt haben.

Ich sende Dir und Deiner Familie meine herzlichsten Grüße und hoffe, dass wir uns bald wiedersehen.

In Dankbarkeit
Jan Marcussen
Solitude

DEPECHE: GENERALGOUVERNEUR BARDENFLETH AN DEN AMTIERENDEN GOUVERNEUR PETER VON SCHOLTEN, JUNI 1824

Christianssted, 15. Juni 1824

Lieber Peter von Scholten,

indem ich der Hoffnung Ausdruck verleihe, dass es Ihnen gut geht in Ihrem Charlotte Amalie und Sie nicht allzu schwere Bürden bei Ihren vielen Ämtern schultern müssen, möchte ich mich hiermit in einer Angelegenheit an Sie wenden, die in Ihre Jurisdiktion fällt und die die Maroons betrifft.

Ein Kreis von Pflanzern auf Sankt Thomas hat eine Eingabe an mich gerichtet, um sich über Ihren Beschluss zu beschweren, nicht unverdrossen eine Expedition zur Insel Hans Lollik Eiland zu unterstützen, wo sich den Informationen nach eine größere Bande Maroons aufhalten soll, die in den letzten beiden Jahren von den Plantagen auf Sankt Thomas geflohen sind.

Der Pflanzer Jan Marcussen von der Plantage Solitude hat mich informiert, dass er und einige andere Besitzer von Negern auf Sankt Thomas ungefähr zwanzig Männer für die Expedition aufbringen und ausrüsten können, um die entflohenen Neger einzufangen. Es ist zu erwartet, dass die Maroons bewaffnet sind, daher wäre es wünschenswert, wenn eine Abteilung Soldaten an diesem Vorhaben beteiligt wird.

Ich möchte Sie ersuchen, mich so bald wie möglich über Ihre Beweggründe zu unterrichten, den berechtigten Antrag der Pflanzer abzuweisen.

Mit großer Hochachtung
Johan Frederik Bardenfleth
Generalgouverneur

BRIEF: AMTIERENDER GOUVERNEUR PETER VON SCHOLTEN AN GENERALGOUVERNEUR BARDENFLETH, JUNI 1824

18. Juni 1824

Lieber Johan Bardenfleth,

indem ich für Ihre Depeche vom 15. Juni danke, will ich Ihnen hiermit wie erbeten die Ursache meiner Skepsis gegenüber des Pflanzers Herrn Jan Marcussens Bitte um eine Abteilung Soldaten mitteilen.

Die Vorstellung, dass es Maroons auf der Insel Hans Lollik Eiland gibt, wird begründet durch eine Zeugenaussage, die Jan Marcussens Verwalter Ivar Just von einem Bussalneger unter Folter erpresst hat. Nach meiner demütigen Auffassung hätten die Methoden des Verwalters den armen Neger ebenso leicht dazu bringen können, ihm zu erzählen, dass es auch am Nordpol Maroons gibt. Ich sah keine Veranlassung, meine Soldaten zu einer Vergnügungsreise nach Hans Lollik zu entsenden, wenn kaum Aussicht darauf besteht, dass auf der Insel etwas anderes lebt als Leguane und Pelikane.

Der Hafen von Charlotte Amalie erfordert in diesen Tagen besondere Aufmerksamkeit, da täglich ein Dutzend Schiffe der verschiedensten Nationalitäten einlaufen. Es ist notwendig, immer wieder unnachgiebig aufzutreten gegenüber den ausländischen Seeleuten, die nach Monaten auf See an Land gehen, um sich in den Wirtshäusern der Stadt um den Verstand zu trinken. Beinahe täglich muss ich eine Abteilung meiner Männer in das Hafengebiet schicken, um die Knüppel zu schwingen.

Vor diesem Hintergrund habe ich entschieden, dass der Wunsch nach militärischer Unterstützung gegenüber einer Gruppe Maroons auf Hans Lollik Eiland zugunsten der drängenderen Aufgaben zurückgestellt werden muss.

Mit Hochachtung
Peter von Scholten
Gouverneur interimsweise, Sankt Thomas

BRIEF: FRANTZ BÜLOW, GENERALADJUTANT DES KÖNIGS AN DEN AMTIERENDEN GOUVERNEUR PETER VON SCHOLTEN, JUNI 1824

Kopenhagen, 1. Juni 1824

Lieber Peter von Scholten,

es gibt gute Neuigkeiten!

Seine Majestät der König teilte mir gestern in aller Vertraulichkeit mit, jedoch selbstverständlich keineswegs überraschend, dass Sie schon sehr bald zum leitenden Gouverneur von Sankt Thomas ernannt werden und damit eine feste Stellung auf diesen Posten bekommen, wie sie auch Ihr lieber Vater, Casimir, seinerzeit innehatte. Ich weiß, dass die Ernennung im Grunde ohne praktische Folgen sein wird, da Sie bereits mehr als ein Jahr diesen Posten als Interimsgouverneur bekleiden, dennoch sieht es aber so aus, dass sich alles so fügt, wie wir es während Ihres Besuchs im Februar besprochen haben. Alles deutet darauf hin, dass dem braven Bardenfleth noch ein paar Jahre als westindischer Generalgouverneur bleiben, wonach das höchste Amt auf den Inseln ledig wird. Ich kann mir schwerlich einen geeigneteren Kandidaten vorstellen als Peter von Scholten!

Ihre offizielle Ernennung zum festen Gouverneur in Charlotte Amalie wird dem Hof Ende des Monats mitgeteilt und in Kopie an den Generalgouverneur verschickt. Es sollte ihm einen Wink geben, aus welcher Richtung der Wind weht, wenn ich so sagen darf. Ich bin sicher, dass der gute Bardenfleth bald Zeit haben wird, sein Orkanbuch zu beenden!

Was meine eigenen Möglichkeiten angeht, Ihnen einen Besuch auf Ihrem wunderbaren Archipel abzustatten, das Sie in so begeisterten Wendungen beschreiben, muss ich Sie leider enttäuschen. Die Zeiten sind für vergnügliche lange Reisen in exotische Gegenden nicht geeignet, dafür muss ich mich hier um allzu viele Dinge kümmern. König Frederik versichert mir regelmäßig, welches Gewicht er meinen Diensten beimisst, und ich habe ja, wie Sie sicher wissen, eine Exspektanz auf ein Lehen in Lauenburg. Nur habe ich ohnehin schon viel zu viele Verpflichtungen am Hof, um mich zusätzlich noch um die Leitung eines Guts zu kümmern. Aber ein Mann muss sich ja über die Chancen freuen, die er bekommt, nicht zuletzt wenn sie durch Launen des Schicksals entstehen. Sie erinnern sich vermutlich noch an die bitterkalten Januartage auf Sprogø vor zehn Jahren, als wir mit seiner Majestät Schafkopf spielten und die letzten Schiffszwiebacke teilten. All dies hier entspringt, zumindest was Sie angeht, mein lieber Scholten, dieser Begebenheit.

Ich hoffe, mein Brief findet Sie gesund und munter und erfüllt von der Hoffnung auf die Zukunft vor. Ich sende Ihnen meine herzlichsten Grüße.

Frantz Bülow

MIKKEL EIDE, »DAS DÄNISCHE VERBRECHEN« (MANUSKRIPT), JUNI 1824

Strafmethoden:

»Acht Tage abgängige Maroons sollen mit einhundertfünfzig Schlägen bestraft werden, zwölf Wochen abgängige Maroons sollen ein Bein verlieren, und sechs Monate abgängige Maroons sollen hingerichtet werden …

Ein Neger, der Hand an einen Weißen legt oder ihn bedroht oder beschimpft, soll ohne Gnade drei Mal mit glühenden Eisen traktiert werden …

Das Wort eines Weißen genügt als Anklage gegen einen Neger; in Zweifelsfällen muss der Neger zum Geständnis gefoltert werden …

Ein Neger, der nachweislich die Absicht hatte, einen Weißen zu vergiften, soll drei Mal mit glühendem Eisen traktiert und danach gerädert und lebendig auf Pfähle gelegt werden …

Jegliche Tänze, Spiele und dergleichen sollen den Negern unbedingt verboten sein …«

Gouverneur Gardelins Reglement. Offiziell wird es nicht mehr angewandt, doch noch vor dreißig Jahren wurde danach in den Gerichtssälen Westindiens geurteilt. Gardelin war nur drei Jahre lang Gouverneur, von 1733 bis 1736, aber er hinterließ ein Schreckensregiment aus Folter und Hinrichtungen. Sein Regelwerk umfasst neunzehn Paragraphen. Vier beinhalteten die Todesstrafe.

Das Ziel war Abschreckung. Es versteht sich von selbst, dass kein westindischer Pflanzer oder Kaufmann Nutzen von einem Neger hat, dem man ein Bein oder einen Arm abgehackt oder die Augen ausgestochen hat. Aber so ein Neger, der im Staub herumkriecht, ein gequälter schwarzer Torso ohne die geringste Hoffnung auf ein Dasein, wirkt natürlich außerordentlich abschreckend auf die übrigen Neger. Das war beabsichtigt, nur hat es nicht immer funktioniert. Der Freiheitsdrang – wohl nicht nur bei den Schwarzen, sondern bei allen Menschen, man sehe sich nur die Franzosen an! – ist ein zu starker Trieb. Vielleicht stärker als alles andere.

Die Neger laufen davon. Lieber einige Wochen oder Monate ein Leben in Freiheit als noch ein Jahrzehnt mit unmenschlicher Plackerei vom frühen Morgen bis zum späten Abend; ihr Dasein ist so hoffnungslos, dass sie sich lieber das Leben nehmen, als zu ihren Sklavenhütten zurückzukehren.

Heute wird nicht mehr nach Gardelins neunzehn Paragraphen verurteilt. Nicht an westindischen Gerichten. Einige behaupten, es sei eine spürbare Verbesserung der Lebensumstände der Schwarzen eingetreten, Sklave auf den Inseln zu sein, sei heutzutage weniger hoffnungslos. Aber wenn ich sie ansehe, sind ihre Augen noch immer leer. Sie strahlen nichts aus, keine Freude, keinen Kummer, keinen Hass. Die meisten Feldneger auf Marcussens Plantage sind auf den Inseln geboren; sie haben nie etwas anderes kennengelernt als Sklaverei, Brutalität und die Verachtung der Weißen. Ich glaube, sie werden niemals in aufrichtiger Freude lächeln oder lachen, egal, was man ihnen auch gibt, und sie werden niemals zu hoffen wagen. Es gibt kein Leben für sie, egal, was auch immer passiert.

Abschreckung. Das ist das Ziel. Überall auf der Welt hängt man Verbrecher; hier hat man sie eine Zeitlang an den Beinen statt am Hals aufgehängt. Das letztendliche Resultat war das Gleiche, es dauerte nur länger. Man hat sie verbrannt, ihnen die Knochen im Körper gebrochen, hat Pferde ihre Glieder ausreißen lassen, hat sie mit rotglühenden Eisen gebrandmarkt, mit Säbeln kastriert und gepeitscht, bis ihre Haut in blutigen Fetzen herabfiel.

Aber es war nicht genug. Nicht abschreckend genug.

In Westindien, wo es zehn Mal so viele Schwarze wie Weiße gibt, und wo sich die Neger, würden sie sich organisieren, sehr leicht erheben und alle Weißen ins Meer werfen könnten, muss die Abschreckung besonders deutlich sein. Schwarze müssen das Schlimmste aller Schicksale befürchten, damit es nicht zu einem Aufstand kommt.

Und was ist das schlimmste Schicksal?

1759, als der vorläufig letzte Negeraufstand auf den Inseln niedergeschlagen war, saß im Arresthaus von Christianssted eine große Anzahl Neger, die sich an der Verschwörung beteiligt hatten. Der junge Stadtvogt, der Jurist Engelbret Hesselberg, verkündete die Urteile, die durchaus traditionell waren. Das heißt, die Schuldigen wurden nach den alten, erprobten Methoden zu Tode gefoltert. Ich zitiere aus Hesselbergs Journal:

»… Neger, Seiner Majestät dem König gehörend. Verurteilt nach Zeugenaussage, hat gestanden. Gerädert mit Eisen und lebendig auf den Pfahl gelegt, lebte dort noch zwei Stunden … Freier Neger. Verurteilt nach Zeugenaussage, hat selbst nichts gestanden. Gerädert mit Eisen, lebendig auf den Pfahl gelegt, lebte noch zwölf Stunden … Neger, gehört D., verurteilt nach Zeugenaussage, hat gestanden. Lebendig verbrannt. Lebte im Feuer noch viereinhalb Minuten … Neger, gehört S. B., verurteilt nach Zeugenaussage, hat selbst nichts gestanden. Lebendig verbrannt. Lebte im Feuer noch vierzehn Minuten … Neger, gehört J. C., verurteilt nach Zeugenaussage, hat selbst gestanden. Mit glühenden Zangen traktiert und am Hals gehängt …«

Und doch war all das nicht das schlimmste Schicksal, es war noch nicht genug. Hesselberg – ein ausgebildeter Jurist, der in Kopenhagen hoch angesehen war und eines der Bücher geschrieben hat, mit denen die Studenten an der Universität noch immer unterrichtet werden, ein Buch über Recht und Gerechtigkeit – hatte sein scharfes Hirn durchforscht, um eine Strafe zu finden, von der die Neger ernsthaft abgeschreckt würden und die verhindern sollte, dass sie jemals wieder einen Aufstand wagten.

Er suchte nach etwas, was die Sklaven am meisten hassten und fürchteten. Er wusste, es war nicht der Tod; die Kunst bestand vielmehr darin, ihnen den Tod zu verweigern. Sie hassten die Unfreiheit. Und den Hunger. Mehr als alles andere fürchteten und hassten sie es zu hungern. Sie arbeiteten hart, aber wenn die Ernte fehlschlug, wenn Orkane über die Inseln zogen oder der Regen ausblieb, gab es nicht genügend zu essen für die mehreren tausend Bewohner.

Hesselberg ließ vom Schmied in Christianssted einige Käfige aus Eisen herstellen. Ihre Größe war so berechnet, um einen Mann einzusperren, ohne dass er sitzen oder liegen konnte; er würde auf den groben Eisenstangen keine Ruhe finden, er würde seinen gequälten Körper nicht ausstrecken können.

Und er würde nichts zu essen bekommen. Ein wenig zu trinken, vielleicht, genau wie Christus mit dem Essigschwamm, nur um die Qualen hinauszuzögern. Darin sollte er sterben. Unter der brennenden Sonne. Die Käfige waren ein Abbild von Sklaverei und Hungersnot, nur noch schlimmer. Hier würden Passanten auf den armen Kerl in dem glühend heißen Käfig spucken; hier sollte er kauern, ein nacktes, jämmerliches Schmerzensbündel, und auf die Erlösung warten, voller Angst, panisch und verschmiert mit seinen eigenen Exkrementen.

Die drei Anführer des Aufstands wurden zum Käfig verurteilt. Hesselberg schreibt in sein Gerichtsjournal:

»Der Neger Samuel Hector, gehört P.H., verurteilt nach Zeugenaussage, hat selbst nichts gestanden. Wurde in einen Eisenkäfig gesteckt. Lebte dort zweiundvierzig Stunden … Der Neger Mikkel, gehört O.D., verurteilt nach Zeugenaussage, hat selbst nichts gestanden. Eisenkäfig. Lebte einundneunzig Stunden … Der Neger Jacob, gehört M.R., verurteilt nach Zeugenaussage und hat teilweise gestanden. Eisenkäfig.

Lebte vom 18. Januar nachmittags halb vier bis zum 27. Januar morgens halb neun.«

Zehn Tage im Käfig. Das Buch, das Hesselberg als junger Mann schrieb, hatte er dem Kronprinzen Christian gewidmet, dem späteren Christan VII., unserem derzeitigen König. Es heißt *Juristisches Kollegium* und wird, wie gesagt, noch immer verwendet, um junge Studenten in Recht und Gesetz des Reiches zu unterrichten. Und dieses Recht und Gesetz schenkte der angesehene dänische Jurist den Negern in der dänischen Kolonie: Den Tod in einem Käfig unter der brennenden Sonne.

BRIEFENTWURF: MIKKEL EIDE AN DE SOUZA, JUNI 1824

Ich kämpfe mit der Arbeit. Sie fällt mir schon die ganze Zeit schwerer als ich erwartet hatte; ich wurde hier so rasch in so viele Dinge persönlich eingebunden, dass es mir schwerfällt, eine professionelle Distanz zu bewahren. Dieses Mädchen, das Marcussen mir aufgehalst hat … Nein, nicht jetzt. Aber ich habe in den letzten Tagen einiges geschrieben. Über Strafmethoden, die so ungeheuerlich sind, dass es kaum zu begreifen ist.

Mein Interesse an den Grausamkeiten auf dieser Insel ist so, als hätte man einen lockeren, schmerzhaften Zahn. Er tut weh, aber man kann nicht anders, als ihn mit der Zunge zu bewegen; man wackelt daran, spürt den Schmerz und macht sich selbst Vorwürfe, dass man ihn nicht in Ruhe lassen kann. Ich lese von den sadistischen Strafmethoden der Weißen, schaudere, bin angewidert und lege den Text beiseite. Und einen Moment später lese ich weiter.

Ich sehe all diese schwarzen Gesichter vor mir. Sie sehen sich in den Augen eines weißen Mannes so ähnlich – es heißt, die Schwarzen würden an der gleichen Gesichtsblindheit leiden, sie könnten einen weißen Mann oder eine weiße Frau nicht von der anderen unterscheiden. Und wir betrachten sie nicht als Menschen, sondern eher als Tiere. Ich glaube, darin liegt ein Grund für die Grausamkeiten: Tiere kann man leichter misshandeln, ohne dass es den Seelenfrieden belastet.

Auch für mich sind nur einzelne Schwarze aus ihrer Anonymität getreten: Ich sehe Afi in all ihren menschlichen Facetten und Nuancen, ich sehe den fetten Zuckerneger mit seinem besonderen Talent und seinem seltsam wohlgenährten Aussehen, ich sehe den Bomba mit der Peitsche, wie er ist: ein armer Kerl, der sich hat korrumpieren und bestechen lassen, um der Sache der Weißen zu dienen. Ich sehe den kleinen Jungen, der im Zuckerrohrfeld weint, weil er zu jung ist für die harte Arbeit, ich sehe seine Schwester, die zwölf oder dreizehn Jahre alt sein mag, aus der Hütte des Aufsehers kommen, ihr Kleid in einem Bündel unter dem Arm, das Gesicht versteinert von der Demütigung. Ich versuche, so viele wie möglich als die Menschen zu sehen, die sie sind, und auf diese Weise wächst meine Empathie und mein Verantwortungsbewusstsein.

Ich glaube, bei den meisten anderen Weißen hier verhält es sich genau andersherum. Ich glaube, sie wenden sich einfach von den Grausamkeiten ab und verschließen ihre Augen vor den Verbrechen; auf diese Weise stirbt ihr Mitgefühl, und sie verdrängen ihr Verantwortungsbewusstsein.

Denn stellen Sie sich vor: Man behandelt Menschen wie Tiere. Und wenn sie nicht gehorchen, wenn sie ungehorsam sind, wenn sie sich erlauben, für ihre Freiheit zu kämpfen, die das natürliche Recht eines jeden Menschen ist, dann verbrennt man sie bei lebendigem Leibe, dann lässt man sie in der Sonne verdursten, dann hängt man sie und zerschmettert jedwede Hoffnung …

MARIAS TAGEBUCH,
14. JULI 1803

Goldküste

Die Hoffnung ist anderthalb Seemeilen die Küste entlanggesegelt und hat vor einem breiten Sandstrand mit vereinzelten dunkelbraunen Felsformationen Anker geworfen. Wir liegen zwei Kabellängen vom Land entfernt, und ich stehe an der Reling und schaue durch die diesige Luft auf den Strand. Die schwere Dünung des Atlantiks, die die Fregatte mit langsamen, trägen Bewegungen schwojen lässt, verwandelt sich in luftigen weißen Schaum, wenn sie auf den flachen Strand und die Felsen trifft, es sieht aus, als würde das Meer kochen und der Schaum wie Dampf aufsteigen. Wenn die Sonne auf diesen weißen Meeresschaum trifft, leuchtet er wie Perlmutt und legt einen Schleier der Unwirklichkeit über das ferne Land dort. Afrika. Der Dschungel, hinter dem hellen Band des Strands, dampfend vor Geheimnissen und merkwürdigen Wesen; soweit mein Blick nach Westen und Osten reicht, sehe ich dieselbe moosgrüne Küste, denselben Streifen aus hellem Sand, der sich im Dunst verliert.

Wenn ich hier ins Wasser blicke, gleiten manchmal dunkle Schatten unter dem Kiel vorbei, hin und wieder kommen sie auch so nah an die Oberfläche, dass ich sie erkennen kann; es handelt sich nicht um kleine Wale, wie ich zunächst dachte, sondern um große Fische mit dunkelgrauen, schlanken Körpern und großen Flossen. Es sind Haie, wie ich jetzt weiß, ich habe immer gedacht, sie seien sehr viel größer, aber kurz bevor es dunkel wurde, kam der Koch an Deck und kippte einen Eimer Abfall ins Meer, und während die Haie sich darauf stürzten, erzählte er mir von ihnen: Sie sind in der Lage, einen Mann mittendurch zu beißen und einen großen Hund in einem Bissen zu verschlucken.

»Es sind die Dämonen des Meeres«, sagte der Koch, der José heißt und bestimmt Spanier ist. »Soweit ich das beurteilen kann, sind sie zu nichts nütze. Nicht mal essen kann man sie, sie sind giftig.«

Lange stand ich da und sah zu, wie die großen Tiere um die letzten Reste aus Josés Eimer kämpften. Einige von ihnen schossen die Bordwand mit einer erstaunlichen Geschwindigkeit entlang, wobei ihre scharfe Rückenflosse aus dem Wasser ragte; andere stiegen vom Grund auf, ließen ihre großen zähneblitzenden Mäuler an der Wasseroberfläche sehen, und ich glaubte gerne, dass sie durchaus einen Hund verschlingen konnten. Und doch hatte ihr gieriger Tanz im Wasser fast etwas Spielerisches und ungeheuer Elegantes, und mir ging durch den Kopf, dass sie sehr wohl zu etwas nütze sind. Zumindest räumen sie gründlich mit Küchenabfällen auf.

Matthias tauchte an der Reling auf. Ohne ein Wort zu sagen, setzten wir uns nebeneinander. Das Meer um uns herum war still. Die breite, niedrige Dünung leckte am Rumpf der Fregatte und hob sie in die Höhe, als wollten die Wellen sie in den Schlaf wiegen.

»Einhundertfünfzig Neger«, berichtete Matthias. »Sie kommen in einer Woche an Bord. Ich soll zusammen mit der Mannschaft an Land gehen und helfen, sie in die Boote zu verfrachten.«

»Die Armen!«

»Tja, aber lieber die als wir.«

»Was meinst du?«

Er lachte, aber es klang nicht wie ein richtiges Lachen.

»Dass es besser ist, wenn die und nicht wir … auf den Plantagen arbeiten.«

»Und dass sie ihr Land und ihre Familien verlassen müssen?«

»Na ja, ich weiß nicht. Glaubst du wirklich, die Neger haben eine Familie, so wie wir?«

»Wieso?«

»Sie sind ziemlich anders, oder?«

»Ist das so?«

»Ja.«

Ich sah ihn an. Einen Moment wusste ich nicht recht, was ich sagen sollte, beziehungsweise ob ich überhaupt etwas sagen sollte.

»Und was ist mit mir?«, fragte ich. »Dann bin ich doch wohl auch anders?« Ich behielt sein Gesicht im Auge, achtete auf jedes Anzeichen einer Lüge. Er runzelte die Stirn.

»Bist du?«, fragte er zurück. Seine blauen Augen untersuchten mein Gesicht, glitten über meinen Mund, meine Nase, mein krauses Haar. Ich hatte das Gefühl, als verginge die Zeit plötzlich sehr langsam.

»Entschuldige«, sagte er dann beinahe flüsternd, »mir war nicht klar, dass du …«

»Ich wurde 1788 geboren«, unterbrach ich ihn und war erleichtert, als ich hörte, dass meine Stimme klar und fest klang. »Ein Jahr zuvor war mein Vater mit Negern über den Atlantik gesegelt. Es kam zu einem Aufstand … die Schwarzen hatten ein paar Tage die Kontrolle über das Schiff …«

Wir standen jetzt am Schanzkleid und blickten hinüber zum Land, schweigend, eine Welle hob den Rumpf und ließ ihn langsam wieder sinken. Und wieder. Auf und nieder.

Als die Glocke am Nachmittag vier Glasen schlug, gab der Kapitän den Befehl, den Anker zu lichten. Vier Matrosen traten an das große waagerechte Spill im Deck zwischen dem Groß- und dem Besanmast. Sie steckten vier lange Spaken in die Löcher des Spills und drückten mit aller Kraft zu. Tief im Inneren der Fregatte begann es zu knarren und zu rasseln, als das Ankertau und die Kette hochgezogen wurden. Dann wurden zwei Matrosen in die Wanten geschickt, um das Bramsegel zu setzen. Andere hissten den schmalen, dreieckigen Jager über dem Bugspriet und das große Gaffelsegel des Besanmasts. Wir sollten nur anderthalb Seemeilen die Küste entlangsegeln, aber es ging direkt gegen die Strömung und einen hart aus Südwesten kommenden Wind.

Matthias und ich hatten am Schanzkleid gestanden und aufs Land gesehen, nun aber wendete die Fregatte, sodass wir auf den offenen Ozean blickten, auf die graue Fläche breiter Wogen, die sich bis zum Horizont erstreckte. Der Horizont sieht immer weit entfernt aus, egal ob man am Ufer steht oder an der Reling eines Schiffs, aber die Wahrheit ist, dass der Horizont im ersten Fall zwischen einer halben und drei Seemeilen entfernt liegt – so weit kann das Auge sehen. Im zweiten Fall, von der Reling eines Schiffs aus, beträgt die Entfernung eher ein Dutzend Seemeilen, ganz einfach, weil man höher steht und weiter über die Erdkrümmung hinaussehen kann. Ein Schiff wie die Hoffnung konnte bei gutem, gleichmäßigem Wind und allen gesetzten Rahsegeln in einer Stunde den Horizont erreichen, den der Rudergänger sieht. Aber natürlich ohne ihn je wirklich zu erreichen, denn wie ein Regenbogen verschiebt sich der Horizont parallel zur Fortbewegung des Schiffs.

Diese Gedanken gingen mir durch den Kopf, als wir Seite an Seite an der Backbordreling standen. Da meinte Matthias verträumt: »Wie unendlich das Meer aussieht. Der Horizont ist so unglaublich weit entfernt.«

»Eigentlich nicht …«, begann ich.

Manchmal richtet das Schicksal es so ein, dass man in den Augen eines anderen ein bisschen funkeln kann!

WILFRED BERNTS LOGBUCH, FREGATTE HOFFNUNG, JULI 1803

14. Juli 1803
15° 43′N
27° 43′W

Gute Nordostpassage. Offenes Meer voraus! Aufbruch von den Kapverden vor zwei Tagen. Nichts zu bemerken. Alles wohlauf an Bord.

WILFRED BERNTS PRIVATES LOGBUCH, FREGATTE HOFFNUNG, JULI 1803

14. Juli 1803
5° 32′N
0° 12′W

Nahezu windstill. Liegen vor Anker an der Küste des Holländers. Afrika stinkt nach Tod! Warten darauf, einhundertzweiundfünfzig Neger zu verladen. Das Zwischendeck hungert nach schwarzen Schweinen, diesmal werden es aber kaum mehr. Hundertzweiundfünfzig sind allerdings auch nicht wenig, zieht man alles in Betracht.

Gott bewahre die Hoffnung!

MARIAS TAGEBUCH,
20. JULI 1803

Heute wird Maria Frederiksen fünfzehn Jahre alt. Niemand bemerkt es, der einzige Mann an Bord, der das Datum kennt, erinnert sich nicht daran. Mehrfach war ich im Laufe des Tages kurz davor, es meinem Vater gegenüber zu erwähnen. Aber es hätte ihn nur betrübt.

Die Hoffnung liegt noch immer vor der Küste vor Anker. Wir warten.

MARIA FREDERIKSEN: »DER DRAMATISCHE UND WAHRHAFTIGE BERICHT ÜBER MEINE ZEIT ZU WASSER UND ZU LANDE«, SANKT CROIX, CIRCA 1810

Die Besatzung nutzte die siebentägige Wartezeit, um die Hoffnung auf ihre lebende Last vorzubereiten. Tagsüber hämmerten und rumorten die Schiffszimmerleute unter Deck, brachten Bretter und Planken an, rollten Fässer über den Boden und klapperten mit Ketten und Eisen. Das Zwischendeck, das ohnehin so niedrig war, dass ein großer Mann mit einem Nachttopf auf dem Kopf nicht aufrecht darin hätte stehen können, wurde noch enger: Auf der halben Länge des Decks brachten die Männer mehrstöckige Pritschen zwischen den Bodenplanken und der Unterseite des Hauptdecks an. Aber nur auf der halben Länge des Zwischendecks, denn hundertfünfzig Neger sind nur eine halbe Ladung.

Oben auf dem Hauptdeck errichtete die Besatzung eine Barriere zwischen dem Achterdeck und der vorderen Hälfte des Schiffs. Sie bestand aus einer soliden Palisade, die es unmöglich werden ließ, länger als bis zum Großmast zu gehen. Am Schanzkleid wurden zu beiden Seiten dieser unschönen Barriere zwei kleine Drehbassen auf Beschlägen an Deck montiert. Mit den hässlich aussehenden Waffen ließ sich, wenn nötig, das Achterdeck bestreichen. Eine dritte, etwas leichtere Drehbasse wurde am Besan aufgestellt, dicht beim Ruder.

Ich musste nicht fragen, welchem Zweck diese Maßnahmen dienten. Aber als ich es meinem Vater gegenüber erwähnte, bekam ich dennoch eine Erklärung.

»Alle Kapitäne fürchten bei der Atlantiküberquerung am meisten eine Meuterei unter den Schwarzen. Es passiert häufiger, als man glauben sollte. Und wenn es den Schwarzen gelingt, das Schiff zu übernehmen, überlebt die weiße Besatzung in den seltensten Fällen. Und das Schiff auch nicht, denn die Neger können es ohne kundige Hilfe nicht segeln.«

Er saß in einem der beiden Holzstühle mit den geflochtenen Sitzflächen, die man ihm in seine kleine Kajüte gestellt hatte. Es ging ihm bedeutend besser, von dem Anfall, den er gehabt hatte, war in seinem Gesicht kaum noch etwas zu erkennen. Er sehnte sich danach, den engen Raum zu verlassen und an Deck zu kommen, um frische Luft zu schnappen. Ich verstand ihn, es musste furchtbar sein, Tag und Nacht unter Deck zu verbringen, aber Bernt erlaubte nicht, dass er die Kajüte verließ – der Gedanke, dass der rechtmäßige Eigentümer und Kapitän der Hoffnung sich an Deck zeigte, schien ihn zu erschrecken. Vielleicht zu Recht.

»Direkt nach dem Verladen und wenn das Schiff sich den westindischen Inseln nähert, ist das Risiko einer Meuterei am größten. Im Leben eines Sklaven können zwischen diesen beiden Zeitpunkten Monate vergangen sein, aber so ist es: Bei der Abreise aus Afrika glaubt er, nichts zu verlieren zu haben, er sieht sein Land verschwinden und denkt an all das, was er dort möglicherweise hinterlässt … und bei der bevorstehenden Ankunft wird er von einer plötzlichen Angst beim Anblick des fremden, unbekannten Lands gepackt, er fürchtet sich vor seinem künftigen Schicksal, vor dem, was nun mit ihm passieren wird.«

Zu Recht, wie ich inzwischen weiß. Wenn mein Vater über die Neger sprach, erkannte ich ihn kaum wieder. Blicke ich heute als Erwachsene zurück auf die damalige Zeit, weiß ich, dass die Erklärung einfach ist: Ich kannte ihn nicht. Mein Vater war ein Mann, der, seit ich auf der Welt war, nicht zur See gefahren war; ein Kapitän, der mit seiner Schatzkiste an Land gegangen war, um mit seiner Prinzessin in einem Schloss auf Thurø zu leben. Er musste nicht mehr arbeiten, er war wohlhabend. Einst war er jedoch ein anderer gewesen. Ein Mann wie Bernt?

Am siebten Tag, dem Tag nach meinem Geburtstag, kamen die Schwarzen. Früh am Morgen, in dem kurzen Morgengrauen, bevor die Sonne wie eine chinesische Feuerwerksrakete in den Himmel stieg, sahen wir sie aus dem Palmenwald kommen. Gruppen von schwarzen Menschen wurden am Strand zusammengetrieben. Der Kapitän gab den Befehl, den Anker zu lichten, und eine Brise, die beinahe direkt aus Süden kam, trug die Hoffnung langsam auf die Küste zu, obwohl wir nur ein Segel führten. Als wir weniger als eine Kabellänge vom Ufer entfernt waren, gab Bernt den Befehl, den Anker fallen zu lassen, und einen Augenblick später drehte sich die Fregatte in den Wind und zeigte mit dem Achtersteven zum Land. Ich stand steuerbord am Schanzkleid und beugte mich vor, um mir den Strand und das Gewimmel der schwarzen Körper anzusehen.

Wir waren jetzt so nahe, dass ich sie genau erkennen konnte. Sie schienen alle etwas zu tragen, einige von ihnen hielten es im Arm, wie man einen Säugling trägt, während andere es sich auf die Schulter gelegt hatten, als trügen sie ein Reisigbündel oder eine kurze Latte. Alle waren nackt oder nur spärlich bekleidet, und ihre schwarzen Körper reflektierten die Morgensonne. Nie zuvor hatte ich einen lebendigen Neger gesehen, und nun sah ich über hundert auf einmal. Es war ein sonderbarer und auch erschreckender Anblick, so viele fremdartige Wesen zu sehen und zu wissen, dass sie schon bald an Bord gebracht würden.

Eines der Beiboote der Hoffnung hatte man bereits auf den Strand gezogen. Einige Besatzungsmitglieder mussten vor Sonnenaufgang an Land gerudert sein, oder vielleicht schon am Vorabend, um das eigentümliche Geschehen am Strand zu überwachen oder daran mitzuwirken. Nun wurde das zweite Beiboot zu Wasser gelassen, ein paar Matrosen bedienten die Taue und Winschen, um das zweiundzwanzig Fuß lange Boot an der Steuerbordseite der Fregatte hinabzufieren. Die Matrosen traten nacheinander auf das schmale Fallreep, das von der Reling bis kurz über die Wasserlinie an den Rumpf der Hoffnung montiert war – Freibord wird dieser Teil der Bordwand genannt. Sie kletterten ein paar Stufen hinunter und sprangen das letzte Stück, sodass ihre Stiefel mit einem lauten, harten Geräusch auf den Boden des Beiboots aufschlugen. Dann kam der Kapitän. Er ging am Großmast vorbei, sprang auf die Brüstung und kletterte rückwärts das Fallreep hinab. Ihm folgten Steuermann Hvid und der Schiffsarzt Dr. Reimann. Fünf Männer. Kein Matthias. Einen Moment überlegte ich, ob ich versuchen sollte, das Fallreep hinabzuklettern, um an Land zu kommen, noch bevor ich mich jedoch entscheiden konnte, stieß einer der Matrosen mit dem Ruder ab, und das Beiboot löste sich von der Fregatte. Ich behielt es im Auge. Wieder ging mir durch den Kopf, dass mein Vater der Grund für alles war, was hier geschah, für diese ganze eigentümliche Szenerie; alles, was ich hier sah, gehörte ihm: das Schiff, die Beiboote, die Mannschaft. Sogar die Idee, von Europa nach Afrika zu segeln, um Menschen wie Vieh zu kaufen.

Dichtgedrängt standen sie am Strand, viel mehr, als ich mir an Bord der Hoffnung vorstellen konnte. Anonyme schwarze Menschen, deren Gesichter ich schon bald sehen sollte. Wie eigentlich alles, was damals mit der Fregatte und dem Meer zu tun hatte, erfüllte mich auch diese Szenerie gleichermaßen mit Furcht wie mit Erwartung, diesen beiden widersprüchlichen Gefühlen, die jeden Abenteurer antreiben. Mir war dies damals natürlich nicht klar, doch seither habe ich oft gedacht, dass ich genau das bin: eine Abenteurerin. Das Glück besteht nicht notwendigerweise in Geborgenheit und Freiheit. Heute denke ich darüber nach, ob wohl einige wenige von den schwarzen Menschen am Strand ähnliche Gefühle empfanden – die Furcht und die Erwartung des Abenteuers? Ich glaube es eigentlich; nichts ist so einfach, wie man es sich daheim vorstellt, nicht einmal die Sklaverei. Das Leben ist wild und grausam, fürchterlich und wunderbar.

Ein paar Stunden nach Sonnenaufgang legte das erste Beiboot an der Bordwand an. Ich lehnte mich über die Reling, um hinunterzusehen, konnte aber nur einen kurzen Blick auf die vielen Körper werfen, die wie Kaffeebohnen in einer länglichen Schale glänzten. Ein Matrose packte mich am Arm und zog mich vom Schanzkleid an Steuerbord fort. Ich versuchte mich loszureißen, doch seine Hand hatte ungefähr die Größe einer Decksluke, und er schüttelte mich leicht, damit ich mich beruhigte.

»Sei still«, befahl er und schob mich durch eine Öffnung der Absperrung, die das Schiff vor dem Großmast teilte. Er blieb auf der anderen Seite stehen. »Wenn du's sehen willst, dann von hier aus. Wir woll'n keine jungen Damen in der Nähe der Blaumänner.«

Diesen eigentümlichen Ausdruck hörte ich zum ersten Mal. Ich sah den Matrosen an, es war ein älterer Mann, eigentlich zu alt, um Matrose zu sein, vollkommen kahl, aber mit einem dichten, nahezu weißen Schnurrbart und einem runden Gesicht, das auch zu einem wohlgenährten Adligen hätte gehören können. Er lächelte mich an, und ich nickte als Zeichen, dass ich verstanden hätte.

»Die Blauen können gefährlich sein«, fügte er hinzu. »Dem Fräulein soll schließlich nichts passieren. Man weiß ja nie …« Vom Vordeck ertönte ein Schrei, wir drehten uns beide um. Ein paar Neger waren an Bord gekommen und standen direkt an der Reling, nur knapp zwanzig Fuß von mir entfernt. Sie ließen die Köpfe hängen und blickten auf die Deckplanken. Während wir dorthin sahen, kletterten zwei weitere nackte Gestalten über die Brüstung. Einer von ihnen fiel, stand aber sofort wieder auf und drückte sich an die Reling. Ich hörte den Kapitän irgendetwas rufen, und ein paar Besatzungsmitglieder fingen an, die Schwarzen zur offenen Ladeluke zu treiben. Wieder ertönten Schreie, diesmal aber schwächer und heiser, als kämen sie aus einer erschöpften Kehle. Sie kamen vom Wasser! Ich trat an die Brüstung und lehnte mich hinüber. Die Palisade, die neue Abtrennung des Decks, die man am Mast aufgebaut hatte, war höher als die Brüstung, aber sie bestand aus Latten oder Stäben, durch die ich problemlos hindurchschauen konnte. Ich sah das Beiboot, das noch immer voller Schwarzer und einiger weißer Seeleute zu sein schien, unter ihnen der Kapitän. Und im Wasser lag eine Negerin, die mit den Armen ruderte, auf eine merkwürdige Art umherschwamm und dabei heiser fiepte. Sie schwamm zum Beiboot und griff nach der Reling, aber Steuermann Hvid schlug ihr auf die Finger und zeigte in Richtung Land. Die Frau sank zurück ins Wasser und versuchte ein paar panische Schwimmzüge in Richtung Küste, aber sie schwamm miserabel; sie würde keine Chance haben, sich durch die Brandung zu kämpfen.

Währenddessen waren die anderen Schwarzen, zwei Dutzend oder mehr, an Bord der Hoffnung gekommen, der Kapitän kletterte jetzt ebenfalls wieder an Deck. Er drehte sich zu dem Steuermann und den beiden Matrosen im Beiboot um und rief ihnen zu: »Sagt Reimann, dass wir die alten Kühe nicht wollen. Oder die Stiere, von mir aus. Verflucht, es hat keinen Sinn, alte Weiber und Greise zu verschiffen, die nach einer Woche auf der Plantage abkratzen. Wenn sie überhaupt bis nach Amerika durchhalten! Was zum Henker denkt er sich?«

Steuermann Hvid hob eine Hand an seinen breitkrempigen Tropenhut als Zeichen, dass er verstanden hatte. Der Matrose auf der Steuerbordseite des Beiboots stieß es mit einem Ruder vom Rumpf der Fregatte.

»Und sagt dem Holländer, dass wir nur die bezahlen, die wir mitnehmen. Seine buckligen und schiefbeinigen Nigger kann er selbst behalten. Uns kann er die nicht aufhalsen!«, brüllte Bernt. Er zeigte auf die Frau im Wasser, als wolle er dem Steuermann zeigen, welche Kategorie Neger er meinte. Ich folgte seinem Blick, die Frau paddelte noch immer durch die Wellen wie ein einbeiniges Entenküken, den Kräften des Wassers ausgeliefert. Es sah nicht so aus, als wäre sie der Küste näher gekommen, eher schwamm sie immer verzweifelter im Kreis. Ihr sonderbar heiseres Fiepen war verstummt.

Das Beiboot hielt auf die Küste zu, und aus den Augenwinkeln sah ich, dass das zweite Boot mit einer neuen Ladung Neger auf die Fregatte zukam. Gern hätte ich meinen Blick von der schwimmenden Frau abgewandt, aber es war mir nicht möglich, ich hatte das Gefühl, wegzuschauen wäre böse gewesen. Als würde ich sie sich selbst überlassen, als würde ich sie allein sterben lassen. Ich verbarg mein Gesicht in den Händen und trat zurück, weg von der Reling, und der Matrose, der bei mir stand, tat etwas Überraschendes. Er legte mir seine große

Hand auf die Schulter, drehte mich um und drückte meinen Kopf sanft an seine Brust. Ich kämpfte nicht dagegen an, ich ließ mich von diesem fremden Mann trösten und weinte mit seinem herben Geruch in der Nase. Als hätte man tief in mir den Spundzapfen aus einem Fass mit Tränen gezogen, so strömten sie aus mir heraus und durchnässten sein Hemd.

Die Frau im Wasser, die Angst vor der Zukunft, die Sorge um meinen Vater und mich selbst, der Verlust all dessen, was wir möglicherweise nie wiedersehen würden, der Schmerz über den Kummer und das Versagen meiner Mutter, meine eigene Furcht und Erwartung, die Verzweiflung mitten im Abenteuer. All das schlug wie eine Brandung über mir zusammen, und ich verschwand darin wie die Frau hinter mir im Meer verschwand, in dem sie schon bald ertrinken würde. Ich weinte und weinte, bis der große Mann mich sanft von seinem durchnässten Hemd fortzog und ich in sein rundes, rotfleckiges Gesicht sah und tief durchatmete, erfüllt von Erleichterung und tiefer Dankbarkeit, noch am Leben zu sein.

Im Laufe des Vormittags und der frühen Nachmittagsstunden ließ Kapitän Bernt einhundertzweiundvierzig Neger verladen. Ein gutes Dutzend wurde aussortiert, entweder am Strand, wo Dr. Reimann sich ihre körperliche Verfassung offenbar gründlicher ansah als bei dem ersten Transport, oder an Deck der Fregatte, von wo sie mit einem der Beiboote zurück zur Küste gebracht wurden. Über Bord geworfen wurde niemand mehr.

Ich stand im Schatten eines Segels, das die Mannschaft zwischen Besan- und Großmast aufgespannt hatte, und verfolgte das Geschehen. Mein Geheule an der Brust des älteren Seemanns hatte geholfen, es war wie ein Windstoß gewesen, der die alte Luft fortgeblasen hatte, den Wind, den man hier auf der Insel den Wind des Leichenbestatters nennt. Ich betrachtete die Neger mit einem sonderbar teilnahmslosen Mitgefühl, vor allem aber mit Neugierde. Ihre schwarzen Körper und die krausen Haare waren so fremdartig, dass ich die Augen nicht von ihnen lassen konnte. Es kamen jeweils fünfzehn bis zwanzig auf einmal an Bord, sie blieben an der Brüstung stehen und blickten zu Boden; die meisten waren ganz nackt, einige wenige hatten ihre intimsten Körperteile mit einem Fetzen Stoff oder Fell bedeckt. Es war glühend heiß an Deck, und die Seeleute schwitzten gewaltig, während die schwarzen Körper trocken waren, wenngleich auch sie in der Sonne glänzten. Diese Menschen spürten die Hitze offenbar nicht so wie die Weißen.

Die meisten waren junge Männer, allerdings gab es auch einige Frauen, ebenfalls alle jung. Manche trugen Schmuckstücke um den Hals oder die Handgelenke, dünne Schnüre mit kleinen Dingen daran, vielleicht Knochen oder Schneckenhäuschen, ich stand zu weit entfernt, um es erkennen zu können. Heute weiß ich, dass diese Dinge – Talismane – eine große Bedeutung für die Schwarzen haben; ein Neger kann jahrelang in dem Glauben leben, dass seine Seele oder die Seele seiner Lieben in einer Muschelschale oder einem kleinen Vogelschädel wohnt, den er um den Hals trägt. Die Seeleute freilich rissen ihnen diese Dinge ab und schmissen sie ins Meer, als würden sie nichts bedeuten. Die Männer, die ihr Geschlecht mit Stofffetzen oder primitiven Beinkleidern bedeckt hatten, durften sie anbehalten, dies galt allerdings nicht für die Frauen; jeder einzelnen von ihnen wurden die Kleidungsstücke, die sie trugen, abgenommen und über Bord geworfen.

Die Schwarzen wurden gruppenweise zur Luke und hinunter ins Zwischendeck getrieben, wo, wie ich wusste, Ketten, Fußfesseln und Bretterpritschen auf sie warteten. Durch die offene Luke hinter dem Großmast konnte ich sie hören. Es gab zwei Leitern hinunter zum Zwischendeck, das sich über die gesamte Länge des Schiffs erstreckte, und sämtliche Geräusche in dem langen Laderaum wurden zwischen den Spanten hin und her geworfen und waren aus jeder Öffnung zu hören. Ich hörte Rumoren und Rufe, Peitschenknallen und heisere Schreie.

Und noch eine Bootladung Schwarze wurde an Bord genommen; inzwischen kam es mir wie ein Tableau vor, das wieder und wieder gezeigt wurde. Oder ein triviales Schauspiel. Sie kletterten an Bord, wo ihnen ihre Habseligkeiten abgenommen wurden, sie wurden unter

Deck gebracht, es war immer das Gleiche. Und es war wahr, was die Weißen über die Neger gesagt hatten: Man konnte sie kaum voneinander unterscheiden. Einige wenige stachen hervor, durch ihre besondere Größe oder eine aufrechte Haltung, ihre Negerfrisuren konnten mal mehr, mal weniger wuschelig sein, aber sie alle waren schwarz und hatten wulstige Lippen, die ihren Mund beinahe rund aussehen ließen, breite Nasen, leuchtend weiße Zähne und Augen und schwarzes, dicht gekräuseltes Haar. Die gleichen Züge, die ich von mir kenne, nur in einer verdünnten Version – ich bin nicht nur halb weiß und halb schwarz, ich bin eine helle Mulattin, das weiß ich heute. Heute finde ich sie hübsch, diese schwarzen und braunen Menschen, doch damals an Bord der Hoffnung erschreckte mich ihr fremdartiges Aussehen und ihre Zahl, und für eine Weile wurde mein Mitgefühl durch Furcht ersetzt. Ich erinnere mich noch gut daran, daher weiß ich, dass es tatsächlich so war, heute ist es allerdings ein seltsames Gefühl. Die schwarzen Menschen hier auf der Insel sind weit weniger erschreckend als die Weißen.

Am nächsten Tag, dem 22. Juli, brach die Hoffnung zu ihrer Reise nach Westen auf. Zunächst allerdings auf einer Route von mehr als vierhundert Seemeilen in Richtung Osten!

WILFRED BERNTS PRIVATES LOGBUCH, FREGATTE HOFFNUNG, JULI 1803

27. Juli
Insel Principe

Vor Anker in der schönen Bucht vor Santo Antonio. Süßwasser, Proviant und Verpflegung für die Neger an Bord genommen. Vier Tote seit Accra: der Matrose Holger Lauridsen an Malaria, drei Neger haben sich totgeschissen. Dr. Reimann hat sie aufgeschnitten und fand Anzeichen einer Vergiftung. Die schwarzen Feiglinge nehmen sich bei jeder Gelegenheit das Leben. Sonst alles in Ordnung an Bord.

Gott bewahre die Hoffnung.

TAGEBUCH DES SCHIFFSARZTES PEDER REIMANN, AUGUST 1803

Guineabucht, 3. August 1803

Diese Seereise ist für mich eine äußerst aufreibende Affäre! Ich war bisher nur zwei Mal auf länger währenden Reisen, und nur einmal in Übersee (auf dem Sklavenschiff Kong Christian vor zwei Jahren). Es ist mir offensichtlich gelungen zu vergessen, wie viele Tote ich damals in meinem Journal zu notieren hatte, und zu verdrängen, wie oft sich ein Arzt auf einer derartigen Reise eher als Leichenbestatter denn als Medicus fühlt. Wenngleich es auch nur um Neger geht, ist es doch eine unangenehme Aufgabe.

Als unsere Fregatte Hoffnung vor ein paar Wochen Accra verließ, bestimmte Kapitän Bernt einen Kurs, der eher in östliche denn in südliche Richtung wies. Ich fand dies sonderbar und fragte den Kapitän nach unserer nächsten Destination.

»Nun ja, ich bin kein Seemann«, sagte ich. »Aber so viel weiß ich doch, dass die westindischen Eilande im Westen liegen und nicht im Osten.«

Der Kapitän legte mir mit großer Geduld dar, dass kein Schiff von der guineischen Küste direkt nach Westen segeln könne. Die Umstände sind äußert ungünstig für ein Segelschiff, da die Meeresströmung an der Küste sich von Westen nach Osten bewegt und der Wind geneigt ist, entweder auszubleiben oder in die gleiche Richtung zu wehen.

»Wir segeln daher zunächst in Richtung Ostsüdost bis zum Ende des Guineischen Golfs«, erklärte der Kapitän. »Dort trifft die Meeresströmung auf die westliche Küste und wird ein paar hundert Seemeilen weiter südlich in westlicher Richtung abgelenkt.«

Er fügte hinzu, es sei eine glückliche Fügung, dass die beiden portugiesischen Inseln São Tomé und Principe ungefähr dort liegen, wo der Strom sich dreht – bei zwei Grad nördlicher Breite und acht Grad östlicher Länge. Die bergigen Inseln haben reichlich Süßwasser, das die Fregatte tonnenweise an Bord nehmen kann, bevor ein westlicher Kurs mit dem Strom und – mit Gottes Willen – dem Wind im Rücken gelaufen werden kann.

Dieses Phänomen – oder dieser navigatorische Kunstgriff – bedeutet indes, dass wir unsere ohnehin schon lange Seereise mehr als vierhundert Seemeilen weiter östlich beginnen und sie dadurch entsprechend länger dauert. Diese Perspektive fand ich erschreckend, denn wie alle anderen, die ihre Ohren nicht mit Werk oder Teer verstopfen, mit dem die Seeleute ihre Schiffe kalfatern, habe ich von monatelangen Seereisen über den Atlantik gehört, von Dutzenden Toten, von Skorbut und Durst, Meuterei und Sklavenaufständen. Es heißt, einige Schiffe haben bis zu einem halben Jahr für die Überquerung des Atlantiks gebraucht, aber das kann unmöglich wahr sein. So viel von Principes gutem Wasser kann kein Schiff bunkern, es könnte, ja müsste nach den ersten Monaten faulig werden.

Aber es heißt auch, dass auf den Weltmeeren Schiffe fahren, die keine Besatzung mehr haben, weil alle tot sind; Schiffe, die ihren eigenen Kurs legen und über die Ozeane streifen wie segelnde Leichenhallen für die Männer, die einst darauf aßen, tranken und Negermädchen vögelten!

Aber der Kapitän beruhigte mich.

»Das Problem ist der Kalmengürtel«, sagte er. »Das ist ein Gebiet nördlich und südlich des Äquators, wo es durchaus Strömung gibt, aber oft genug keinen Wind. Dort kann ein Schiff wochenlang dahintreiben, und die Mannschaft wird beim Anblick der schlaffen Segel an den Rahen wahnsinnig. Das Schiff bewegt sich mit dem Äquatorstrom, aber man sieht es nicht; ein Schiff, das dem Strom folgt, liegt wie tot im Wasser.«

Ich sah es vor mir: eine spiegelblanke Meeresoberfläche, windstill wie im Grab, ein Segelschiff mit einer Ladung durstender, sterbender Neger und einer verzweifelten Besatzung.

»Aber um diese Jahreszeit liegt der Kalmengürtel so weit nördlich, dass wir mit unseren Segeln leicht den Südostpassat erwischen können«, fügte Bernt hinzu. »Warten Sie's ab: Wenn wir Anker lichten und ein paar Meilen westlich von Santo Antonio auf Principe segeln, müsste der Wind kommen. Ich glaube, wir können Westindien in einem Monat erreichen.«

Das kommt mir reichlich optimistisch vor.

4. August

Drei Schwarze sind in einer Nacht gestorben. Da es nicht so aussieht, als grassiere eine Krankheit unter ihnen, hatte ich sofort den Verdacht einer Vergiftung, und dieser Verdacht wird dadurch bestärkt, dass andere Neger mir erzählten, die Toten seien eine Familie: ein Mann, eine Frau, die seine »Ehefrau« sein soll, sowie eine jüngere Frau, angeblich eine Schwester. Ich schreibe Ehefrau in Anführungszeichen, da die »Ehen« der Schwarzen schließlich nicht von Gott gestiftet sind.

Ich nehme eine Obduktion bei der jüngeren Frau vor, um festzustellen, ob mein Verdacht korrekt ist. Dies geschieht unter sehr großer Aufmerksamkeit, da ich die Tote oben auf Deck seziere. Die Männer, die keine dringenden Arbeiten zu erledigen haben, scharen sich um mich, um zu sehen, wie das Negermädchen aufgeschnitten wird. Ich lasse es zu, schließlich ist es für Laien durchaus erhellend zu sehen, wie ein Organismus unter der Haut aussieht. Die Männer auf dieser Fregatte sind harte Burschen, hier kann ich ihnen jedoch einmal zeigen, wozu ein Mann mit ein paar Jahren Universitätsstudium imstande ist.

Ich lege den ersten Schnitt vom Brustbein zum Schambein, sodass die ganze Fülle der Negereingeweide freigelegt ist. Als ich die zähe, durchschnittene Hautschicht und das Bindegewebe nach außen kehre und mit Wundhaken befestige, wenden sich die ersten dieser sturmerprobten Seeleute jäh von meinem Theater ab, um ihren morgendlichen Schiffszwieback über die Reling zu erbrechen. Andere indes halten aus, weitere kommen dazu, angelockt von dem Tumult. Ich führe einen Schnitt weiter oben aus, zerschneide das Sternum mit meinem Messer und ziehe fest am steifen Käfig der Rippen über dem glänzenden Fleisch der Leber und der Schlangengrube der Därme. Die Lungen kommen zum Vorschein, zwischen ihnen lugt das stehengebliebene Herz hervor.

Mit einem Mal geht mir durch den Kopf, wie vollkommen gleich die Eingeweide von schwarzen und weißen Menschen sind. Sicher gibt es äußerlich einen großen Unterschied und auch innerlich, zumindest was das Seelenleben, die Intelligenz und dergleichen angeht, aber die Organe sind vollkommen identisch. Als Mann der Wissenschaft weiß ich natürlich, dass das Herz des Negers nicht schwarz ist, wie einige behauptet haben. Dennoch empfinde ich ein gewisses Staunen darüber, dass es so gar keinen Unterschied gibt.

Ich schaue auf in den Kreis neugieriger Gesichter; diese Seeleute mit ihren weißen Narben in den wettergegerbten Gesichtern, den vom Star getrübten Augen, verfaulten Zähnen und der aufgesprungenen Haut – alle sehen sie aus wie kleine Jungen, die zum ersten Mal zusehen, wie ihr großer Bruder einen Fisch ausnimmt. Mein Blick bleibt am Schiffsjungen hängen, einem Burschen mit hellem, lockigem Haar und einem hübschen Gesicht. Seine blauen Augen sind aufgerissen, der Unterkiefer hängt herab, sodass ich seine noch ganz weißen Zähne zählen kann. Ich zeige mit einer von geronnenem Blut verschmierten Hand auf ihn.

»Komm näher«, fordere ich ihn auf. »Ich brauche einen Assistenten.«

Zögernd stellt er sich neben mich.

»Wie heißt du, Junge?«

»Matthias.«

Keiner der Seeleute sagt ein Wort. Ich würde meinen, sie sind erleichtert, dass ich den Jüngsten und Unschuldigsten unter ihnen ausgewählt habe, wie die Zuschauer bei den Marktspäßen eines Taschenspielers: Sie wollen am liebsten nicht beteiligt oder in Verlegenheit gebracht werden, aber sie wollen auch nicht einen einzigen Moment der Vorstellung verpassen.

»Hier, Monsieur Matthias«, sage ich und reiche ihm eine kleine Blechschüssel aus der Kombüse. »Halt das.«

Als der Bengel gehorcht, stecke ich meine Hand bis zum Magensack vor dem nierenförmigen Champignon der Milz in das Negermädchen. Ich lege einen vorsichtigen Schnitt durch die dreifache Muskulatur des Magensacks und die feuchte Wursthaut der Schleimhäute, um das Geheimnis ihrer letzten Mahlzeit zu lüften.

Ein säuerlich stinkender, gelbbrauner Brei aus Gerste und getrockneten Bohnen füllt den größten Teil des Sacks. Das ist die Mahlzeit, die das Mädchen bei Sonnenuntergang eingenommen hat. Aber in dieser Grütze findet sich eine halb aufgelöste, krapprote Perle mit schwarzen Punkten an einem Ende. Ich fische sie vorsichtig heraus und lege sie in die Schüssel des Schiffsjungen. Dann suche ich tiefer im Mageninhalt und finde zwei weitere Perlen, noch aufgelöster. Schließlich finden sich mehrere im Zwölffingerdarm, dem obersten Teil des Dünndarms. Ich lege sie alle in die Schüssel. Sie sehen aus wie tote Marienkäfer.

Sind diese roten Perlen für den Tod des Negermädchens und ihrer Familie verantwortlich? Ich bin ganz sicher, dass sie nicht in der Kost waren, die sie am Abend zu sich genommen hat.

Ich richte mich auf und schaue einen Augenblick auf die tote Negerin. Der dünne braune Körper mit den kleinen Brüsten sieht kaum aus wie ein Mensch und schon gar nicht wie eine Frau. Sie hat nicht geglaubt, dass sie irgendetwas Gutes am Ende des Regenbogens, auf der anderen Seite dieses unendlichen Meeres erwartet. Sie hat nicht gewusst, was eine zivilisierte Gesellschaft ist und welche Gaben, welches Wissen zivilisierte Menschen ihr hätten geben können. Arme Göre.

Der Schiffsjunge hält noch immer die Schüssel in den Händen. Ich sehe mich im Kreise der Seeleute um, die nun das Interesse an der Obduktion verloren haben. Ich wende mich an den Matrosen, der am nächsten steht. »Schaff sie weg«, sage ich. Der Mann gehorcht meinem Befehl sofort. Er hebt die Arme des Mädchens über die Schultern, ein anderer Mann greift nach ihren Beinen. Sie heben sie hoch, sodass ihr Kopf herunterhängt wie bei einem toten Vogel. Dann schleppen sie sie übers Deck und bleiben an der Reling stehen. Sie sehen sich einen Moment an und koordinieren ihre Bewegungen, bevor sie sie hin- und herschwingen, ein, zwei, drei Mal, und sie über Bord werfen, wobei ihr Gedärm aus der offenen Bauchhöhle fliegt.

Ich sehe den Schiffsjungen an. Er steht gehorsam da und wartet.

»Komm.« Ich wische mir die Hände an einem feuchten Lappen ab, drehe mich um und gehe zur Luke hinter dem Großmast, wobei ich meine Handschuhe anziehe. Er folgt mir mit der Schüssel und den roten Perlen, wir klettern die Leiter hinunter auf das verlassene Kanonendeck, auf dem die mit grobem Leinen abgedeckten Zwölfpfünder an beiden Seiten des Schiffes auf ihren Lafetten stehen. Eine Tranlampe brennt direkt unter der Leiter und wirft ihr Licht in den breiten Raum und auf den Großmast, der hier unter Deck dick wie ein gewaltiger Baum ist. Wir gehen zur nächsten Luke und hinunter aufs Sklavendeck. Auch hier ist der Großmast zu sehen, denn er reicht bis in die Bilge der Fregatte, wo er am Kiel befestigt ist, allerdings ist seine runde Form hier hinter Planken verborgen. Eine einzelne Lampe wirft ihren flackernden Schein in den niedrigen Raum, der Gestank ist ungeheuerlich. Seit Accra sind wir erst wenige Tage auf See, aber es stinkt bereits, als würde die Ladung der Hoffnung aus Misthaufen von Schweinekot und verfaulten Kadavern bestehen. In einigen Wochen wird es vollkommen unerträglich sein.

Im Halbdunklen sehe ich die beiden Tonnen, die mittschiffs angebracht sind, und in die täglich die Exkremente der Neger geschaufelt werden. Wenn es die Möglichkeit dazu gibt, dürfen die Schwarzen die Tonnen direkt benutzen, über denen zu diesem Zweck ein Brett liegt, ansonsten geschieht es in kleineren Eimern, die hinterher in die Tonne geleert werden. Wenn viel zu tun ist oder wir in harte See geraten, ist derartiger Luxus allerdings ausgeschlossen; die Schwarzen liegen, wo sie liegen, und scheißen und pissen auf ihr Lager, oder sie liegen auf den Pritschen und verrichten ihre Notdurft auf den unter ihnen Liegenden. Viele von ihnen werden seekrank und fügen einen Strom von schleimig-stinkendem Erbrochenen den ungeheuren Mengen an flüssiger Scheiße hinzu. Schon bald werden die Verhältnisse auf dem Negerdeck nicht zu ertragen und für die Gesundheit der weißen Menschen gefährlich sein. Ich bin nicht der erste Schiffsarzt, der auf diese abträglichen Verhältnisse hinweist – die auch den Profit des Kapitäns ganz erheblich verringern, ein toter Neger ist schließlich nichts mehr wert –, doch die Männer, die davon leben, Schwarze übers Meer zu transportieren, haben andere Prioritäten. Vielleicht lässt es sich aber auch gar nicht anders machen, ich weiß es nicht.

Matthias, der Schiffsjunge, sieht sich mit Grauen um. So muss das knabenhaft römische Gesicht des guten Vergil ausgesehen haben, als er den Gestank des siebten Kreises der Hölle roch. Doch der Schiffsjunge ist nicht Vergil, und ich bin nicht Dante, wir sind zwei Männer umgeben von Kummer und Kot.

Ich gehe durch den breiten, niedrigen Raum und bleibe bei dem Neger stehen, der mir gestern Abend erzählt hat, dass die Toten verwandt waren. Der Mann spricht gebrochen eine Art Französisch, eine Sprache, die ich ein wenig beherrsche. Er liegt auf dem Rücken, die Füße in groben Fußeisen, die er mit seinem Nachbarn teilt. Er sieht aus, als würde er schlafen. Ich bücke mich und studiere sein Gesicht; eine Kruste aus eingetrockneter Hirsegrütze oder Bohnenmus hängt an seinem Kinn, an einer Seite seiner Brust ist viel geronnenes Blut zu sehen, aber es sieht nicht so aus, als würde er noch bluten. Ich lasse meinen Blick über seinen mageren, sehnigen Körper gleiten, seine Anatomie weist auch dort harte, zähe Muskeln auf, wo ich kaum Muskeln habe. Diese Negertransporte sind so, als würde man mit einem Laderaum voller wilder Panther segeln. Es kann jederzeit zu einem Blutbad kommen.

Ich tippe mit meiner behandschuhten Hand auf sein Knie. Er schlägt die Augen auf und sieht mich voller Panik an. Hebt eine Hand, als wolle er einen Schlag abwehren.

»*Doucement*«, sage ich. Ruhig.

»*Seigneur?*«, flüstert er mit seinen aufgesprungenen Lippen. Ich drehe mich zu dem Schiffsjungen um und nehme ihm die Schüssel mit den roten Perlen ab. »Hol eine Kelle Wasser für den Neger«, befehle ich ihm. Ich hocke mich vor den stinkenden Mann und zeige ihm die Schüssel mit den roten Perlen. Aber es ist zu dunkel, er kann nichts sehen.

»Warte«, rufe ich Matthias zu. »Vergiss das Wasser. Bring die Lampe.«

Ich höre Geräusche hinter mir. Einen Augenblick später ist Matthias mit der Tranlampe zurück. Er ist bleich und wirkt entsetzt, ich glaube, er sieht das Sklavendeck zum ersten Mal. Er steht hinter mir und blickt mit großen Augen auf die Reihen verdreckter Gestalten, das Licht der Lampe fällt über meine Schulter und beleuchtet den Neger, der sich nun aufgesetzt hat. Das Blut auf seiner Brust ist schwärzer als seine Haut.

»*Voila*«, sage ich. »*Regarde les petits perles là. Ils sont quoi – des grains?*«

Der Schwarze beugt sich vor, ich halte ihm die Schüssel hin. Er runzelt die Stirn … und zuckt abrupt zurück, als läge eine Giftschlange in der Schüssel.

»*Perles jumbiis*«, murmelt er. So klingt es zumindest. Jumbii-Perlen.

»*Et ça, c'est quoi?*«, frage ich nach. Er schüttelt den Kopf und sieht mich mit großen weißen Augen an.

»Es sind Samen der Jumbii-Pflanze«, erklärt er. »Es gibt viele Namen. Krabbenaugen. Kirchensamen. Sie töten …«

»Sie sind giftig?«

Er nickt eifrig. Neger kennen viel zu viele Arten zu sterben. Das ist eines der größten Probleme, mit denen man sich herumzuschlagen hat, wenn man sie einfangen und Handel mit ihnen treiben will. Und sie arbeiten lassen will. Ich habe mir erzählen lassen, dass Neger aus gewissen Stämmen sich selbst umbringen können, indem sie sich nur in einer besonderen Stellung auf die Erde setzen und sich darauf konzentrieren, sterben zu wollen. Viele werfen sich über Bord der Schiffe oder schneiden sich selbst die Kehle durch.

Der Neger erklärt mir, dass die roten Samen an einer Schlingpflanze wachsen, die an der Goldküste häufig vorkommt. Sie sind so hart, dass nichts passiert, wenn man sie einfach nur schluckt, sie werden unverdaut wieder ausgeschieden. Ich sehe mich unwillkürlich um, entdeckte aber keine roten Perlen bei den liegenden Gestalten. Man muss sie zerstoßen oder kauen. Und das ist nicht leicht, *non facile, seigneur*, weil sie glatt und hart wie polierte Steinchen sind.

Nun weiß ich, dass ich keine weiteren Negerkadaver aufschneiden muss. Die drei Toten hatten offenbar die Gelegenheit, die giftigen Samen irgendwo am Körper zu verstecken. Das einzig Merkwürdige ist, dass sie alle in derselben Nacht gestorben sind, denn sie lagen nicht zusammen. Alle Frauen sind im hinteren Teil des Zwischendecks verstaut, hinter dem Großmast. Aber sie könnten es von vornherein abgesprochen haben. Nun kann ich nur hoffen, dass es nicht noch weitere Krabbenaugen an Bord gibt.

Der ein wenig Französisch sprechende Neger sitzt mit den Füßen in den rostigen Fußeisen zwischen seinen liegenden Rassegenossen und sieht mich an, als hätte er etwas auf dem Herzen. Und so ist es auch: Plötzlich hebt er eine Hand und sagt: *»Seigneur?«* Ich ziehe mich ein Stück zurück; obwohl ich mich noch nicht gewaschen habe, seit ich Kontakt mit dem Blut und dem Mageninhalt der toten Negerin hatte, und obwohl ich meine Handschuhe trage, will ich den Negern nicht näher kommen als unbedingt notwendig. Das heißt, wenn ich sie wegen einer Seuche behandeln oder an einer Zwangsfütterung teilnehmen muss. Er lässt die Hand fallen. *»Je vous prie«*, bettelt er. *»Achetez-moi, seigneur … je suis un bon artisan.«*

In seinen Augen steht die Verzweiflung. Ich höre ihm aus Höflichkeit zu. Er hat mir schließlich trotz allem geholfen.

Kauf mich, sagt er. Ich bin Handwerker. Ich bin Zimmermann. Ich bin fleißig und tüchtig.

Was soll ich mit einem Zimmermann? Ich bin Arzt, ich wohne in einer Wohnung in der Krystalgade.

Meine Frau, sagt er und zeigt zum Achterschiff. Meine Frau ist eine fleißige Frau. Eine tüchtige Sklavin. Ich habe sie nicht mehr gesehen, seit wir in Accra aufgebrochen sind.

Ich schaue auf ihn herab und verspüre eine eigenartige Verlegenheit. Es ist, als würde er versuchen, sich selbst zu einem Menschen wie mich zu machen, einem Mann mit dem Anspruch auf Recht, Angemessenheit und mitmenschliche Absichten, ich empfinde plötzlich etwas, das an Mitgefühl erinnert.

Ich weiß nicht, was ich sagen soll, daher schüttele ich nur den Kopf. Der Neger legt sich auf den Rücken, er weint leise und resigniert, lautlos. Ich schaue auf seinen verdreckten Körper, das geronnene Blut, die Exkremente und sein absurd dickes und langes Glied und kann nicht anders, als Ekel zu empfinden. Dann schüttele ich alles ab, drehe mich um und steige mit dem Schiffsjungen hinter mir aus dem infernalischen Zwischendeck wieder auf.

MARIAS TAGEBUCH,
12. AUGUST 1803

Mitunter fällt es ziemlich schwer, die Zeit totzuschlagen. Ich habe diesen Ausdruck eigentlich immer gehasst; Zeit ist schließlich das Einzige, was wir haben, also was soll man tatsächlich totschlagen? Sich selbst vielleicht? Aber auf See bekommt der Ausdruck einen Sinn, Zeit ist hier etwas ganz anderes und nicht nur, weil sie auf der Schiffsglocke in Wachen und Glasen gemessen wird, sondern weil tagelang um einen herum nichts Neues passiert. Es sind die immer gleichen Wiederholungen, dieselben Gesichter, die gleichen Mahlzeiten, oft sogar das gleiche Essen.

Die Besatzung unterhält sich mit Geschichten über Seeleute, die mit der Eintönigkeit nicht zurechtkamen und verrückt wurden. Ein Steuermann soll angeblich einmal einen großen Teil der Reise über den Atlantik angekettet auf dem Sklavendeck verbracht haben, nachdem er versuchte, den Kapitän mit einem Hirschfänger umzubringen.

»Aber der Mann schrie und heulte dort unten so wahnsinnig, dass eine Delegation einfacher Matrosen schon bald zu ihm ging und ihm die Zunge herausschnitt«, erzählte einer der Matrosen neulich, wobei er mich mit einem breiten, dämonischen Grinsen ansah. Die Fortsetzung bewies allerdings, dass es sich bei der Geschichte um ein Märchen handelte: »Die Zunge hörte jedoch nicht auf, sich zu winden und zu zittern wie ein großer, fetter Wurm, man spießte sie auf einen Eisenhaken und fing damit eine abscheulich hässliche alte Meerjungfrau, die man in ein Fass steckte, bis man sie in Westindien verkaufen konnte.«

Die Kameraden des Mannes standen um ihn herum, rauchten ihre Kreidepfeifen und tranken aus Tonbechern ihre tägliche Ration hellen Rum. Es war eine ruhige Stunde zu Beginn der Plattfußwache. An Bord ist tatsächlich nicht allzu viel zu tun, und die Besatzung hat viel freie Zeit, um sich untereinander zu unterhalten oder mir Lügengeschichten zu erzählen.

Ich wusste nicht so recht, was ich davon halten sollte. Auf der einen Seite waren die meisten dieser Männer eindeutig Schurken (aber das sind vermutlich die meisten Seeleute), andererseits mochten sie mich ganz offensichtlich. »Das segelnde Frauenzimmer«, nannten sie mich manchmal und blinzelten mir auf eine Weise zu, die mir schmeichelte, mich aber auch erschreckte.

An jenem Tag passierte später noch etwas, das mir sehr zu Herzen ging. Matthias sollte einen Eimer voller großer weißer Wurzeln schälen, die wir bei der dänischen Handelsstation an Bord genommen hatten. Er saß auf einem Schemel auf dem Achterdeck, dicht am Schanzkleid, sodass er hin und wieder ein fauliges Stück Wurzel ins Meer werfen konnte. Ich ging zu ihm, um ihm meine Hilfe anzubieten, doch als ich meine Hand auf seine Schulter legte, zuckte er zusammen und wandte sich abrupt ab. Sein Gesicht war nass, und er warf mir mit feuchten Augen einen kurzen, verzweifelten Blick zu. Ich wunderte mich, denn ich hatte Matthias nie traurig gesehen, jedenfalls nie richtig.

Hastig blickte er zu Boden, und ich entschied mich zunächst, so zu tun, als hätte ich nichts bemerkt.

»Soll ich dir helfen?«, fragte ich und setzte mich an der Brüstung aufs Deck. Er nickte, ohne von seinem Eimer mit Wurzeln und schmutzigem Wasser aufzublicken.

»Hast du noch ein Messer?« Matthias steckte die Hand in die Tasche und zog sein Klappmesser heraus, öffnete es und reichte es mir mit dem Schaft nach vorn. Ich nahm es. Das Blatt war angelaufen und beinahe schwarz, aber die gekrümmte Schneide schimmerte wie die

Kimmung über dem Meer. Ich nahm eine Wurzel aus dem Eimer und begann, die grobe Schale abzuschälen.

Als wir eine Weile gearbeitet hatten, sah ich ihn vorsichtig von der Seite an. Er merkte es sofort und erwiderte meinen Blick aus den Augenwinkeln.

»Ist irgendetwas nicht in Ordnung?«, erkundigte ich mich.

Er seufzte. Dann schüttelte er langsam den Kopf. Er ließ sein Messer sinken, richtete sich auf und blickte über die Reling auf das ruhige Meer. Es wehte kaum Wind, nur eine leichte Brise von achtern füllte die Segel der Hoffnung.

»Ich war nicht wirklich darauf vorbereitet, wie es sein würde«, begann er. »Mit Negern zu segeln, meine ich. Aber vorhin war ich mit dem Arzt unten auf dem Zwischendeck. Es ist grässlich, Maria.«

Ich bin nicht dort gewesen. Ich habe die Schwarzen gehört, aber nicht gesehen. Der Gedanke, dass wir den Laderaum voller schwarzer Menschen haben, die ihrer Freiheit beraubt sind, ist zu eigenartig, ich hatte ihn verdrängt. Aber seine Worte ließen mich neugierig werden.

»Was hast du gesehen?«, wollte ich wissen.

»Es sind nur Neger«, antwortete er. »Aber sie liegen direkt auf den Planken, in Ketten, in ihrem eigenen Dreck. Sie sind unglücklich.«

Er hielt einen Moment inne und betrachtete die bleiche Wurzel in seiner Hand. Ich sagte nichts.

»Man glaubt ja nicht, dass es so ist, oder? Ich weiß nicht, was ich mir vorgestellt habe … dass die jeder eine eigene Kajüte haben? Ich hatte nicht darüber nachgedacht.«

»Aber du wusstest es doch«, meinte ich. »Als du dich zu Hause hast anheuern lassen.«

Er nickte. »Ja, ich wusste es. Es ist ja allgemein bekannt, und zu Hause sieht niemand etwas Falsches darin. Es ist doch nur eine Seereise. Und Handel. Mein Vater hat mal behauptet, der Negerhandel sei nichts anderes als der Viehhandel. Er sagte: Fühlt ein Ochse etwas, wenn man ihn vor den Pflug spannt?«

»Was ist dein Vater?«

»Er hat eine Kneipe in Christianshavn. In der Bådsmandsstræde, direkt am Kanal.«

»Gehört sie ihm?«

»Ja.«

»Warum schickt ein Gastwirt seinen Sohn zur See?«

Matthias lachte kurz auf. Ich freute mich, dass sich sein betrübtes Gesicht aufhellte.

»Das hat er doch gar nicht«, sagte er. »Der Sohn des Gastwirts hatte einfach Lust, die Welt zu sehen.«

Also hatte sich Matthias, der blondgelockte Schiffsjunge, die Heuer auf der Fregatte selbst besorgt. Er hatte gewartet und zu Hause nicht ein Wort gesagt, und am Morgen hatte er seine Mutter auf die Wangen geküsst und seinem Vater zugenickt und war am Asiatisk Plads an Bord der Hoffnung gegangen.

Und nun vermisste er sie, seine Eltern und den Traum, die Welt zu sehen. Diese merkwürdige Welt!

MIKKEL EIDES TAGEBUCH, SANKT THOMAS, 5. JULI 1824

Vor einiger Zeit schenkte mir Marcussen eine Pistole! Schenken ist vielleicht nicht der richtige Ausdruck, aber er überreichte mir eine kleine Holzschachtel, und als ich sie mir auf die Knie stellte und öffnete, zeigte es sich, dass sie eine einfache, aber gute und augenscheinlich fast neue Pistole enthielt. Sie hat einen recht kurzen Lauf und einen geschwungenen Korpus aus dunklem Holz, an dessen Ende der Hahn sitzt, ein Vogelschnabel aus Eisen mit einem kleinen Stück Feuerstein zwischen den Kiefern. Der Knopf am Boden des Schaftes und der Bügel über dem Abzug sind aus poliertem Messing: eine funktionelle Formgebung und ein todbringendes Werkzeug. Marcussen sagte, ich solle die Pistole mit nach Santa Maria nehmen und unter mein Bett oder an eine andere Stelle legen, wo ich raschen Zugriff darauf habe. Dieser Rat hätte mich vielleicht beunruhigen sollen, die Wahrheit ist freilich, dass ich nicht weiter darüber nachgedacht habe. Alle besitzen hier Waffen, und nun hatte ich auch eine.

Marcussens Stallneger fuhr mich zurück zum Strand, er trug eine Kiste mit getrocknetem Salzhering und verschiedene andere Dinge für mich ins Haus. Der Hering wird Marcussen regelmäßig von einem der Schiffe geliefert. Der Schwarze stellte alles in die Küche, und Afi räumte ein. Unter dem Küchenboden gibt es eine Art Vorratskammer, in der Afi unsere Lebensmittel aufbewahrt, da es dort ein wenig kühler ist als in der Hütte.

Die Schachtel mit der Pistole brachte ich in meine Kammer und schob sie unters Bett, zusammen mit einem kleinen Pulverhorn und der Tüte mit Bleikugeln, die Marcussen mir ebenfalls gegeben hatte. Danach vergaß ich das Schusswerkzeug, wie die meisten Männer Dinge vergessen, von denen sie meinen, dass sie sie nie wieder benötigen werden.

Seit der unglückseligen Nacht, als ich ihr zum Strand gefolgt bin und mich hinterher unbeherrscht habe gehen lassen, hatte ich nicht mehr mit Afi gesprochen. Ich hatte versucht, mich zu entschuldigen, aber sie hatte sich abgewandt und nur gesagt: »Jawohl, Massa.« Seither hat sie mich angesehen wie einen Gegenstand, unsere aufkeimende Vertrautheit ist vorbei. Ihr bloßer Anblick schneidet mir tief ins Herz, und wenn sie nicht da ist, quälen mich meine Gedanken. Ich sehne mich nach ihr, wage aber nicht, mich ihr zu nähern. Ich vertraue mir selbst nicht mehr.

Es ist die erste Juliwoche, und Marcussen ist entschlossen, auf der Insel Hans Lollik auf Maroon-Jagd zu gehen. Zusammen mit drei anderen Pflanzern hat er eine Expedition vorbereitet, die in einer Woche, am 12. Juli, von Charlotte Amalie aus aufbrechen soll, um sich die Insel von der Nordküste her näher anzusehen. Einer von Marcussens Sklaven hat ihm erzählt, dass mindestens dreißig entlaufene Sklaven auf der Insel Zuflucht gefunden hätten, aber Marcussen meint, es könnten sogar noch mehr sein. Wenn man davon ausgeht, dass sie bewaffnet sind, dann ist eine Bande Maroons ein ernstzunehmender Gegner. Sie werden kaum freiwillig auf die Zuckerplantagen zurückkehren.

»Das ist auch nicht beabsichtigt«, erwiderte Marcussen, als er mir kürzlich einen Besuch abstattete, um mir von seinem Vorhaben zu berichten. »Neger, die so lange Maroons waren wie diese dort, können nicht mehr arbeiten. Sie haben zu großen Geschmack an der Freiheit gewonnen.«

Es hätte mich eigentlich nicht überraschen sollen, aber tatsächlich wollte Marcussen mich auf die Expedition mitnehmen.

»Ich wäre nicht sonderlich von Nutzen«, wandte ich ein. »Solch ein Vorhaben liegt außerhalb meines Wirkungsfeldes.«

»Unfug, Mikkel«, wischte er meinen Einwand beiseite. »Das ist eine Chance, wie Sie sie nicht oft bekommen. Außerdem wollen wir uns doch zunächst die Insel nur etwas genauer ansehen; wir gehen nicht gegen eine Gruppe Maroons vor, die doppelt so viele sind wie wir – oder vielleicht sogar noch mehr. Und wollten Sie im Übrigen nicht über die Realität im Siedlerleben Westindiens schreiben?«

Es klang beinahe sarkastisch, aber tatsächlich hatte er recht. Obwohl er dies nicht im Sinn hatte, war die Jagd auf Maroons eine einzigartige Gelegenheit, eine besonders gewalttätige Seite des Lebens auf den Inseln zu beschreiben: Bewaffnete Männer, die ausziehen, um eine Gemeinschaft von geflohenen Sklaven zu finden und zu vernichten. Das waren dramatische Möglichkeiten, wie ich sie bisher vermisst hatte. Die wenigen Augenblicke des Zögerns, die ich für diesen Gedanken benötigte, reichten Marcussen.

»Also abgemacht«, erklärte er. »Ich hole Sie am Sonntag ab. Wir essen abends auf Solitude, und Montagfrüh geht's los.«

Damit war die Entscheidung getroffen. Wenn nicht von mir, dann für mich.

»Und denken Sie an Ihre Pistole«, sagte Marcussen noch, bevor er ging.

Ich sah ihm nach, als er in seinem Einspänner auf dem Weg zwischen den Palmen davonfuhr. Dann ging ich in die Hütte und bückte mich, um die Pistole unter dem Bett hervorzuholen. Ich hatte sie seit dem Abend nicht mehr gesehen, als der Stallneger mich nach Hause fuhr.

Die Schachtel war an Ort und Stelle. Aber die Pistole war verschwunden.

BRIEF: JAN MARCUSSEN AN GENERALGOUVERNEUR BARDENFLETH, JULI 1824

Lieber Freund,

dies ist lediglich eine kurze Information über den Status quo im Hinblick auf Hans Lollik Eiland:

Ich habe nichts mehr von Herrn von Scholten gehört, daher vermute ich, dass er sich gewohnt arrogant entschieden hat, die Bitte zu negieren, die Du ganz sicher mit üblichem Witz und Autorität formuliert hast. Da nun klar ist, dass der amtierende Gouverneur nicht beabsichtigt, sich mit Mannschaft und Ausrüstung an den notwendigen Justizmaßnahmen gegenüber widerrechtlich entlaufenen Negern zu beteiligen, habe ich mit zwei Pflanzern aus dem nordwestlichen Teil von Sankt Thomas sowie Gunnar Mandahl vereinbart, die Angelegenheit selbst in die Hand zu nehmen und zunächst zu dokumentieren, dass es entflohene Neger auf Hans Lollik gibt. Wir brechen am Montag, 12. Juli, im Morgengrauen von Charlotte Amalie auf und gehen davon aus, innerhalb von ein oder zwei Tagen zurückzukehren.

Die Expedition, wenn ich unsere Unternehmung so nennen darf, wird mit der Galeasse Mary des Pflanzers Willumsen unternommen, die gesamte Ausrüstung von den vier beteiligten Pflanzern zur Verfügung gestellt.

Der junge Herr Professor Eide nimmt in einer Rolle als – so würde er es sicherlich selbst nennen – kritischer Beobachter teil.

Danke für Deinen leider vergeblichen Versuch, den amtierenden Gouverneur zur Ordnung zu rufen!

Dein Freund
Jan Marcussen

MIKKEL EIDES TAGEBUCH, JULI 1824

Heute, am Montag, 12. Juli 1824, brach die Galeasse Mary in Charlotte Amalies außerordentlich geschäftigem Hafen auf und hielt Kurs in Richtung Süden. Nach einer Fahrt mit dem Wind schräg von Backbord umrundete die Mary die südliche Spitze von Water Island und änderte den Kurs auf Nordnordwest. Das Wasser war ebenso weiß wie blau, und einer der Pflanzer, ein gewisser Jens Jensen, der eine mittelgroße Plantage am westlichen Ende der Insel betreibt, erbrach sich innerhalb der ersten Stunde vier Mal, einmal in eine Kiste mit Schiffszwieback und drei Mal über die Reling.

Jensen ist ein kleiner dunkler Mann mit einem breiten, fischartigen Mund, unreiner Haut mit vielen Flecken und Pickeln und schwarzen Haaren, die an seinem Schädel kleben, als hätte er sie mit Butter gefettet. Er bewegt sich hastig und nervös und redet kaum.

Ernst Willumsen, der Besitzer der Galeasse, ist ein großer Mann, größer als mein Gastgeber Marcussen, sonst aber in vielerlei Hinsicht der gleiche Archetypus: voller Selbstbewusstsein und Stärke, unbeeindruckt von den Wechselfällen des Daseins. Darüber hinaus strahlt er etwas munter Prahlerisches und, wie mir scheint, Furchtloses aus. Willumsen gehört die Plantage Jerusalem, die nordöstlich von Solitude an der Küste liegt. Es muss Gründe geben, warum er dieses Schiff besitzt, diese Galeasse, die beinahe groß genug ist, um damit das Weltmeer zu überqueren, allerdings kenne ich sie nicht.

Der letzte Pflanzer auf diesem unglückseligen Jagdausflug ist Gunnar Mandahl, ein älterer magerer Mann, der sein Zuckerrohr an der Nordküste an einer Strandbucht und einem Berghang anbaut, der seinen Namen trägt. Von seinem Strand aus beträgt die Entfernung zu unserem Ziel, Hans Lollik Eiland, weniger als zwei Seemeilen.

Außer den vier Pflanzern und mir befanden sich drei Besatzungsmitglieder und vier Aufseher aus den Plantagen an Bord der Mary, darunter Ivar Just von Solitude.

Die Galeasse ist ein feines kleines Schiff, nun ja, eigentlich ist es gar nicht so klein, wohl an die siebzig Fuß lang, mit zwei Masten, Gaffelsegeln, Toppsegeln und schmalen Focksegeln, die sie sehr manövertüchtig werden lassen. Die Mary ist ein perfektes Schiff für die Schifffahrt im Archipel, und die Fahrt von Charlotte Amalie bis zur westlichsten Spitze der Insel dauerte nur eine Stunde. Nachdem wir Water Island vor Charlotte Amalies tiefem Naturhafen umrundet hatten, bekamen wir den Wind von achtern und konnten die Bäume ausfieren. Die Galeasse strich wie ein Fliegender Fisch über das recht unruhige Meer. Der prahlerische Willumsen stand hinter dem Besanmast am Ruder und grinste jedes Mal breit, wenn sein Schiff eine besonders hohe Woge bestieg und wie ein Schlitten im Neuschnee hineintauchte und hinunterrutschte. An der Backbordbrüstung erbrach sich Jensen noch mehrere Male, bis er endlich so erschöpft war, dass er auf einen Sack Flachswerg und einige Taurollen sank und einschlief.

Während das elegante Schiff in westlicher Richtung über die Brecher tanzte, wunderte ich mich einmal mehr über die maßlose Schönheit dieses Landes: das feine Blau des Wassers mit den möwenweißen Schaumkronen und der Unmenge von kleinen und großen Inseln und Holmen, die smaragdgrüne Üppigkeit, die weißen Streifen der Strände, die weißen und grauen Wolken, die wie helle Baumwollrüschen über dem Meer schwebten und als schwerere düstere und dunklere Wolken über den Bergen und Höhenzügen hingen. Ganz kurz blitzte in mir auch die Möglichkeit der Gewalt in dieser karibischen Schönfärberei auf: einer von Generalgouverneur Bardenfleths Orkanen, der über dieses Blau hinwegfegt und mit seiner zerstörerischen Kraft alles zerfetzt.

So eigentümlich es ist, aber ich spürte keinerlei Symptome von Seekrankheit, nur Jensen war davon betroffen. Als ich den Atlantik an Bord des hässlichen Sklavenschiffs Kong Frederik überquerte, fühlte ich mich häufig unwohl, vor allem im ersten Teil der Reise – die Biskaya, oh, werde ich wohl nie vergessen! – hatte mich die Seekrankheit ziemlich übel mitgenommen. Mit der Zeit und der Gewöhnung an die Reise nahm die Übelkeit aber ab, und nach den Kanarischen Inseln musste ich mich überhaupt nicht mehr übergeben; dennoch fühlte ich mich häufig unpässlich und wollte eigentlich nur in meiner Koje bleiben.

Diese Fahrt war anders, die Zeit flog ebenso dahin wie die Galeasse, und bald erreichten wir einen Punkt nördlich von Sankt Thomas' Küste, von dem aus ich bis in »meine« Santa-Maria-Bucht sehen konnte. Sie ist erheblich tiefer, als ich gedacht hätte; ein Finger aus grauen Felsen ragte uns entgegen, und Willumsen hielt deutlichen Abstand, vermutlich aus Angst vor Riffen unter der Wasseroberfläche. Dann hatten wir die Felsen hinter uns gelassen, ich beobachtete die Küste und erkannte die schmale, leuchtende Sichel des Strandes über dem blaugrünen Wasser der Bucht – und an der linken Seite sah ich verschwommen die Hütte, in der ich seit einem halben Jahr wohne. Ich konnte die einzelnen Palmstämme, die um die Hütte wachsen, nicht voneinander unterscheiden, und doch kenne ich sie inzwischen ebenso gut wie das Innere der Hütte. Da fiel mir verschwundene Pistole wieder ein, und der Gedanke daran versetzte mir einen Stich ins Zwerchfell, denn ich habe eine recht genaue Vermutung, wo die Pistole geblieben ist und wer sie genommen hat.

Ich wandte mich von der Reling ab und sah mich nach Marcussen um. Er stand ganz vorn am Bug, wo der Bugspriet der Galeasse mit seinen Blöcken, Staken und Fällen für Klüver und Fock herausragt. Der Pflanzer hielt mit einer Hand über den Augen Ausschau, denn wir segelten nun in östlicher Richtung. Es war kurz nach acht, die Sonne stand direkt vor uns und blendete ihn. Ich folgte seinem suchenden Blick und sah zwei Inseln vor Sankt Thomas' Nordküste, zwei grau Holme ohne viel Vegetation, und ein wenig weiter Hans Lollik Eiland, unser Ziel.

Eine Stunde später segelten wir zwischen Hans Lollik und Sankt Thomas und sahen nun Pflanzer Mandahls Grund und Boden an Steuerbord. Wir waren verhältnismäßig dicht unter Land und hielten Abstand zu Hans Lollik, das nur eine einzige Seemeile voraus lag. Marcussen, der Anführer der Gruppe, ging zu Willumsen, der noch immer am Ruder stand, die beiden Männer unterhielten sich einen Augenblick. Dann kam Marcussen zu mir. Ich stand jetzt an der Backbordreling und warf Jensen einen Blick zu, der erwacht war und bei dem Versuch aufzustehen auf dem Sack Flachswerg herumkrabbelte. Marcussen stellte sich zwischen uns und schaute auf den an Deck liegenden Mann.

»Sind Sie wieder einigermaßen beieinander, Jensen?«, erkundigte er sich, und ich kannte ihn gut genug, um den Sarkasmus in seiner Stimme zu hören. Jensen brummte irgendetwas und blinzelte mit seinen engstehenden Augen. Ein Rest Erbrochenes klebte unter den unnatürlich dicken Lippen in den schwarzen Bartstoppeln an seinem Kinns.

»Wir segeln um Hans Lollik herum. Nördlich von hier aus gesehen, um die Nordspitze und dann an der Westseite der Insel entlang. Und da müssen wir die Augen offen halten ...« Wieder schaute er auf Jensen, der sich auf eine Taurolle gesetzt hatte. »Zumindest diejenigen von uns, die über die Brüstung schauen können«, fügte er dann hinzu.

»Dann gehen wir also nicht an Land?« Ich empfand eine gewisse Erleichterung.

»Vielleicht. Vielleicht aber auch nicht. Es hängt davon ab, was wir sehen. Aber Sie können gern an Bord bleiben, wenn Sie Angst haben, erschossen zu werden«, bot Marcussen an. Dann wandte er sich mir abrupt zu und sah mich an. »Haben Sie an die Pistole gedacht?«

Das menschliche Gehirn ist eine ungemein interessante Konstruktion. Den Bruchteil einer Sekunde überlegte ich, ob ich ihm erzählen sollte, dass die Pistole verschwunden war, dann entschied ich mich jedoch, lieber zu lügen, um schließlich zu konstatieren, dass sich die Lüge nicht allzu lange würde aufrecht erhalten lassen. Früher oder später würde er es erfahren.

»Oh«, erklärte ich. »Ich hab sie vergessen.«

Die Lüge hing in meinem Ton wie ein Klacks Spucke auf einer frischgeputzten Stiefelspitze, und Marcussen sah mich ein, zwei Sekunden zu lange an. »Tja«, versetzte er dann. »Das ist ärgerlich. Aber ich habe einen Karabiner, den Sie sich ausleihen dürfen.«

Bevor wir von Charlotte Amalie im Morgengrauen lossegelten, hatte Marcussen verschiedene Schusswaffen und Kisten mit Pulver und Kugeln an Bord der Mary getragen, was seiner Behauptung, vielleicht gar nicht an Land gehen zu wollen, erheblich widersprach. Möglicherweise wollte er aber auch nur vorbereitet sein. Jetzt nahm er mich mit unter Deck, um mich auszurüsten.

Die Mannschaftskajüte der Galeasse war ein länglicher Raum, der zwischen den beiden Masten liegt. An beiden Seiten gab es Kojen, sodass allein in diesem Raum insgesamt ein gutes Dutzend Männer schlafen könnte. Vorn lagen weitere Kojen in der schmalen Vorpiek, und achtern gab es eine Kajüte von ansehnlicher Größe, die als Navigationsraum und Kapitänskajüte genutzt wurde. Dort hatte Marcussen die Kiste mit den Flinten und eine große, kräftige Leinentasche mit der übrigen Ausrüstung untergebracht. Er nahm eine Flinte aus der Kiste und hielt sie so, dass der Lauf nach unten zeigte. »Sie ist geladen«, warnte er mich. Dann sah er mich einen Augenblick an. »Haben Sie versucht, mit der Pistole zu schießen, die ich Ihnen gegeben habe?« Ich schüttelte den Kopf. Er reichte mir den Karabiner, und ich hielt ihn ebenso wie er, mit dem Lauf nach unten. Er nickte anerkennend.

Ich war ein gemeiner Soldat, ein Infanterist, der seinem Befehlshaber gegenüberstand und nach dessen Anerkennung trachtete. Ich war ein Mann auf dem Weg in den Krieg. Es war nicht das erste Mal, dass ich dieses Gefühl hatte; daheim in Dänemark bin ich oft genug in kriegerische Dispute mit dem Bürgertum geraten. Mit dem Stift als Waffe. Dieser Stift aus Eisen, mit Hahn und Flintschloss und schweren Bleikugeln, war von anderer Art. Was schrieb man damit, welche Sätze ließen sich mit solch einem Stift formulieren? *Alles, was du gesagt und geglaubt hast, ist Lüge?*

DAS DÄNISCHE ÄRZTEGELÖBNIS, VERORDNET 15. AUGUST 1815

Nachdem ich öffentlich Probe meiner im medizinchirurgischen Fach erworbenen Kenntnisse abgelegt habe, gebe ich hiermit das Versprechen ab, zu dessen Erfüllung ich mich überdies durch Handschlag verpflichtet habe, dass es mir stets angelegen sein wird, meine Verrichtungen als praktizierender Arzt nach bestem Dafürhalten meiner Kenntnisse und mit Fleiß und Sorgfalt zum Nutzen der Gesellschaft und meiner Mitmenschen anzuwenden, dass ich stets und ohne Ansehen der Person verantwortungsvolle Sorge für die Armen wie für die Reichen tragen werde, dass ich nicht unbefugt offenbaren werde, was ich in meiner Eigenschaft als Arzt erfahren habe, dass ich dafür Sorge tragen werde, meine Kenntnisse auch fürderhin zu erweitern und mich im Übrigen mit den Anordnungen und Bestimmungen meines Faches vertraut mache und diese genau befolge.

DR. MARCUSSENS TAGEBUCH, 28. OKTOBER 1787

Als ich nach nur einem Jahr als frisch ausgebildeter Medicus Arbeit an Bord eines Schiffes fand – der Fregatte Hoffnung mit Heimathafen auf der Insel Thurø –, hatte ich keine Ahnung, worauf ich mich einließ. Ich und meine junge Ehefrau, meine geliebte Rosa, traten in eine Welt ein, die so ganz anders war als die Universität, an der ich über sieben Jahre studiert hatte, und als die Hospitäler, in denen ich beinahe ebenso lang gewesen bin. Auf der Hoffnung wurde ich »Sklavenarzt« genannt.

Zweihundertachtzehn Schwarze nahmen wir am dänischen Fort Christiansborg an der Goldküste an Bord. Regierung und Königshaus sowie Geschäftsleute mit Interessen im überseeischen Handel sind in diesen Jahren eifrig bemüht, so viele Neger wie möglich in die Neue Welt zu schaffen. Paradoxerweise liegt der Grund für diesen Eifer in der Aussicht, dass diese Transporte schon bald aufhören könnten. Die Verluste sind zu gewaltig, denn merkwürdigerweise sterben verhältnismäßig mehr Seeleute als arme Teufel auf dem Sklavendeck, und manch kluger Kopf – unter anderem unser de facto Regent, Kronprinz Frederik – ist der Meinung, man solle Neger in den westindischen Plantagen zur Arbeit züchten, statt sie viertausend Seemeilen übers Meer zu transportieren. Zu viele sterben auf dieser Reise, mitunter sogar die Hälfte.

Europäische Fürsten und Bankiers träumen von staatlichen Negergestüten, doch noch haben die Sklavenskipper gut zu tun: Wenn auf den Inseln Arbeitskräfte gezüchtet werden sollen, braucht es dazu bekanntermaßen Männer wie Frauen – Stiere und Färsen, wie viele dieser Leute es ausdrücken. Die Frauen müssen geschwängert werden. Also transportieren die Sklavenschiffe mehr Frauen als je zuvor. Auf den Auktionen in Westindien stehen Frauen, die in befruchtetem Zustand ankommen, im höchsten Kurs.

Mein alter Professor Herholdt an der Universität von Kopenhagen nährte den brennenden Wunsch, den Hippokratischen Eid beim dänischen Ärztestand einzuführen, wenn es nach ihm ginge, sollten die frisch ausgebildeten Medicusse ein Versprechen ablegen, den Patienten und dem Allgemeinwohl zu dienen. Und als Arzt muss ich mich fragen, ob meine Aufgabe als Sklavenarzt mit dem Werk des Hippokrates vereinbar ist. Ich bin ausgebildet, um Leben zu retten und Kranken und Schwachen zu helfen, und manch einer wird möglicherweise anführen, dass ein Arzt auf einem Sklavenschiff genau dies tut. Doch es stimmt nicht, unser Metier ist in einer ganz anderen Weise düster.

Nach ein paar Wochen auf See habe ich kürzlich eine Diagnose gestellt, die den Patienten das Leben kostete. Nicht die Krankheit tötete ihn, er starb, weil der Erste Steuermann, der auf einem Sklavenschiff der direkte Vorgesetzte des Arztes ist, befohlen hat, den Patienten über Bord zu werfen.

Das Klimafieber, ein Sammelbegriff, mit dem Laien eine Reihe ansteckender Seuchen und Mikrobenplagen der tropischen Länder benennen, kann sich auf hoher See mit blitzartiger Geschwindigkeit auf einem Schiff ausbreiten. Als ich den Verdacht fasste, dass dieser Neger – der ungefähr dreißig Jahre alt war, das Alter der Neger ist schwer zu beurteilen, und sie selbst interessieren sich nicht dafür – an Dysenterie litt, die wie so vieles andere von einer Mikrobe hervorgerufen wird, die im häufig unappetitlichen Trinkwasser der Afrikaner lebt, wusste ich, dass die Situation prekär war. Die Neger liegen dicht beieinander, tatsächlich so dicht, dass es ihnen bisweilen schwerfällt, sich umzudrehen, und die Umstände sind so elend, dass sie sich sehr schnell gegenseitig anstecken. Ich suchte den Steuermann, Herrn Bernt, auf und legte ihm meine Diagnose vor. Er fragte nach: »Und der Doktor ist ganz sicher, dass der Stier nicht bloß simuliert oder seekrank ist?«

»Simuliert? Seine Ausscheidungen sind so dünn, dass sie durch die Decksplanken sickern.«

»Verschonen Sie mich.« Bernt hob abwehrend eine Hand. Dabei schien er mir nicht besonders empfindlich zu sein. »Also auch nicht seekrank?«

»Wie ich schon sagte: Ich bin recht sicher, dass er die Ruhr hat. Sie ist schwierig zu behandeln, nicht zuletzt auf See. Ich kann ihm lediglich ein Chinapulver geben, außerdem muss er viel trinken. Sehr viel mehr als die übliche Ration der Schwarzen.«

»Sie sind recht sicher, sagen Sie. Er könnte also auch etwas Falsches gegessen haben? Die Verköstigung auf dem Zwischendeck ist ja nicht gerade von königlicher Manier.«

»Für die Behandlung tut das nichts zur Sache, warum ist das also so wichtig?«

Der Steuermann hob die Augenbrauen. Dann drehte er sich um und rief mit lauter und klarer Stimme: »Jungmänner! Hierher! Zwei Mann an Deck!«

Einen Augenblick später steckten zwei Matrosen ihre Köpfe hinter dem Großmast hervor. Der eine hob die Hand als Parodie auf den militärischen Gruß, der andere schob den Unterkiefer vor, als versuche er, einen lebendigen Frosch auf seiner Zunge zu behalten.

»Geht mit Dr. Marcussen aufs Zwischendeck. Er hat einen kranken Neger. Schleppt ihn rauf.«

Ich runzelte die Stirn. Der Befehl ergab keinen Sinn. Aber die beiden jungen Matrosen führten ihn ohne nachzufragen aus. Ich sah den Steuermann an, er war ein großer Mann, freilich nicht größer als ich. Ich erkundigte mich: »Wieso?«

»Er muss aus dem Weg geschafft werden. Sonst steckt er das ganze Deck an. Und uns auch, wenn wir Pech haben.«

An diesem Abend speisten wir wie gewöhnlich in der Kapitänskajüte, einem hübschen niedrigen, aber geräumigen Lokal, das sich über die ganze Breite des Schiffs unter dem Hauptdeck achtern des Masts erstreckt, den die Seeleute Besan nennen. Dieser Mast führt tatsächlich durch die stattliche Kajüte des Kapitäns und steht wie ein entrindeter Baumstamm gelblich glänzend direkt vor der Tür. Legt man eine Hand darauf, spürt man, wie die Segel arbeiten.

In der Kajüte gibt es einen langen Esstisch, an dem wir sitzen: der Eigentümer der Hoffnung, Kapitän Anton Frederiksen am Tischende mit seiner Ehefrau Ane an seiner Seite, der Erste Steuermann Wilfred Bernt, der Navigator Ian Roid, ein Schotte, der kein Dänisch spricht, der Zahlmeister Jens Lassen und schließlich der Schiffsarzt und seine Ehefrau, das heißt Rosa und ich.

Tagsüber fällt von drei Seiten Licht in die Kajüte; an der Steuerbord- wie an der Backbordseite sind nahezu quadratische Fenster in die Bordwände eingelassen, und über den gesamten Achterspiegel sind sieben Fenster mit soliden Scheiben und eisernen Sprossen verteilt. Da wir nach Westen segeln, sieht man achtern die Morgensonne, während der rote und violette Schein des Sonnenuntergangs erst auf der Heimreise den Weg in die Kajüte des Kapitäns finden wird – und bis dahin werden noch viele Monate vergehen.

Meine Frau Rosa erweist sich glücklicherweise als seefest und auch in anderer Hinsicht geeignet für das barsche Leben auf dem Ozean. Sie liest viel und sitzt, wenn das Wetter gut ist, oft auf dem Achterdeck hinter dem Besanmast. Wenn die Negerfrauen unter Deck sind, gibt es genügend Platz für ihren Deckstuhl unter dem Mastbaum, und wenn sie bei ruhigem Wetter in der Sonne sitzt, sieht sie beinahe aus wie eine Lustreisende! Sie ist immer sehr elegant gekleidet, in ein ordentliches weißes Kleid mit einer Haube oder einem flachen Hut mit breiter Krempe, den sie mit einem Band unterm Kinn festbindet, damit er ihr nicht ins Meer geweht wird. Die ersten Wochen saß sie oft mit Kapitän Frederiksens Ehefrau zusammen, die in ihrem Alter ist. Aber kurz nachdem wir an der Goldküste die Schwarzen an Bord genommen haben, kam Frau Frederiksen nicht mehr an Deck und verbringt seitdem den größten Teil des Tages in der Achterkajüte. Sie liest ebenfalls viel und verkehrt auch weiterhin auf sehr vertrauliche Weise mit Rosa, beinahe als wären sie Freundinnen. Rosa sagt, Frau Frederiksen nehme sich die Umstände, die mit dem Negertransport verbunden sind, sehr zu Herzen; ja, sie sei geradezu verzweifelt über die Situation und das Los der Schwarzen.

Oft sehe ich meine Frau in ihr Buch vertieft auf ihrem Stuhl auf dem verwitterten Achterdeck sitzen – hinter dem Rudergänger, der fast jeder Mann an Bord sein kann: vom Jungmann über einen Leichtmatrosen bis zum Steuermann persönlich, der häufig in das große Eichenholz-Doppelrad greift, das die Fregatte über das Weltmeer steuert. Und ich denke an die unterschiedlichen Schicksale, die Menschen zuteilwerden: diese hübsche, elegante Arztfrau, meine Ehefrau, belesen, manierlich und mit makellosem, lichtem Aussehen; und die schwarzen, kraushaarigen, groben Wesen, die unter Deck leben, wenn sie sich nicht in einem unschönen »Tanz« in dem eingezäunten Gebiet zwischen der Schanze und dem Achterdeck bewegen. Welch verschiedenartige Menschen es doch auf dieser Erde gibt.

An diesem Abend saßen wir also am Tisch des Kapitäns und nahmen eine Mahlzeit aus trockenem Brot, Fischsuppe, Pökelfleisch in heller Soße und ein bisschen Gemüse ein, ich hatte jedoch kaum Appetit. Rosa warf mir einen Blick zu, sie spürte, dass ich nicht wirklich im Reinen mit mir war, und ich lächelte sie an und drückte ihre Hand. Ich hatte ihr nicht erzählt, was am Nachmittag vorgefallen war. Bernt benahm sich jovial wie immer. Er ist ein paar Jahre jünger als ich und damit ein junger Mann im Verhältnis zu seiner Verantwortung auf der Fregatte, allerdings neigt er nicht dazu, mürrisch zu sein oder sich selbst zu wichtig zu nehmen, das muss man ihm lassen.

Meine Unruhe war allein einem Umstand geschuldet: Ich konnte den Anblick des jungen Mannes nicht vergessen, der vor Bauchschmerzen und bestimmt auch vor Übelkeit und Unpässlichkeit jammerte, als die beiden Matrosen ihn auf einer Persenning oder den Resten eines alten Segels, das sie zwischen sich trugen, aus dem schwarzen Bug des Schiffes schleppten. Sie legten ihn auf die Decksplanken, und da lag er, nackt und elend, beschmiert mit seinen eigenen Exkrementen und mit einer nässenden Wunde am Bein. Ich stand an Deck und dachte, was für ein furchtbarer Fehler, dass ich nicht einfach unter Deck oder in den Achtersteven gegangen war, um aufs Meer zu schauen und den Weg des Schiffs zu verfolgen. Doch ich war dort geblieben, wo ich das Gespräch mit Bernt geführt hatte. Klug wie er war, war er bereits gegangen.

Ich sah auf den Neger herab und konnte meinen Blick nicht von ihm abwenden. Er blinzelte, es war lange her, seit er Tageslicht gesehen hatte, seine Lippen waren trocken und aufgesprungen, aber er bewegte sie, als wollte er etwas sagen. In seinen Augen stand die blanke Angst.

Ich sah mich nach Bernt oder jemand anderem um. Es war jedoch niemand zu sehen außer dem schweigsamen Rudergänger hinter uns, ein Leichtmatrose, dessen Namen ich nicht kannte. Die beiden Jungmänner bückten sich, um das Segeltuch anzuheben. Zweifellos beabsichtigten sie, den kranken Neger über Bord zu werfen.

»Wartet«, hielt ich sie auf und hörte die Verzweiflung in meiner Stimme. »Ich will ihn mir ansehen.«

Ich kniete nieder, und kurz gingen mir die langnasigen Masken durch den Kopf, die die Ärzte im Mittelalter während der Epidemien trugen, um sich nicht anzustecken. Dieser Mann war auch ansteckend, da war ich ziemlich sicher, genau wie ein fauler Apfel sich über den ganzen Korb ausbreiten kann. Doch man wirft einen Menschen nicht wie einen faulen Apfel auf den Misthaufen. Aber was tat man dann?

Der Patient stank nach Krankheitsschweiß, Ausscheidungen und dem wochenlangen Aufenthalt auf dem Zwischendeck. Er zitterte vor Fieber, seine Haut glänzte fettig, sein Atem roch süßlich und faulig. Ich ließ den Blick über seinen abgemagerten, aber noch immer muskulösen Brustkasten mit dem Brandzeichen des Sklavenskippers gleiten, ein stilisiertes »F«. Dieser schwarze Mensch sollte in Westindien als Lasttier eingesetzt werden, nun würde er aber höchstwahrscheinlich ein derartiges Leben nicht mehr erleben. Ich erinnerte mich an Professor Herholdts Worte bei einer Vorlesung. »Ärzte sollten nur mitwirken, wenn sie den Menschen nützen und helfen können. Das ist und wird unsere *einzige* Aufgabe sein. Wir müssen die Leiden der Menschen lindern, wo wir es können, wir müssen Leben retten, wo es gerettet werden kann …«

Aber es waren nicht Herholdts Worte, die ich jetzt auf dem Schiffsdeck hörte, sondern die des Kapitäns, der unbemerkt zu uns gekommen war und nun hinter mir stand und auf den kranken Neger herabblickte.

»Bernt sagt, Sie sind der Ansicht, der Neger hätte Malaria?«

Ich erhob mich. »Dysenterie vermutlich«, erwiderte ich. »Ich bin nicht sicher, aber ich glaube es.«

»Es ist ansteckend«, stellte Frederiksen fest.

Ich nickte.

»Was ist das da?« Frederiksen zeigte auf die nässende Wunde am Bein des Schwarzen.

»Ein Guineawurm, glaube ich.«

Er verzog das Gesicht. »Igitt.«

»Ja, es ist hässlich. Aber mit Geduld lässt er sich entfernen.«

Ein kleines Lächeln glitt über das Gesicht des Kapitäns. »Ich bin ein geduldiger Mann«, sagte er. »Wenn es Anlass für Geduld gibt.« Er sah die beiden Jungmänner nacheinander an und nickte. Dann drehte er sich um und ging zu dem Rudergänger.

Der nächste Augenblick kam mir länger vor, als er tatsächlich war. Die beiden jungen Seeleute tauschten einen kurzen Blick aus, dann bückten sie sich und legten gleichzeitig eine Seite des zerschlissenen Segeltuchs, auf dem der Mann lag, wie ein Leichentuch über ihn, sodass ich ihn nicht länger sehen konnte. Dann hoben sie ihn wieder an, ihm entfuhr ein Geräusch, ein Wimmern oder ein erschrockenes Schnappen nach Luft, trugen ihn zur Brüstung und warfen ihn zusammen mit dem Segel über Bord. Wie Abfall aus der Kombüse: Haifischfutter.

Ich gebe zu, es schockierte mich. Ich hatte versucht, meinen Patienten zu retten, das war mir nicht gelungen, vielleicht hatte ich es nicht energisch genug versucht. Er hätte die Übrigen anstecken können, ja, möglicherweise hatte er es sogar bereits getan. Aber ich konnte es dennoch nicht vergessen. Als ich in unsere kleine Kajüte kam, wollte ich mich Rosa anvertrauen. Doch ich tat es nicht, zum einen wollte ich sie nicht mit einer so grausamen Geschichte beunruhigen, zum anderen konnte ich schwerlich von ihr verlangen, mir eine solche Stütze zu sein. Ich wusste, dass sie in mir den Mann sah, dem in ihrer Phantasie nahezu alles gelang. Sollte ich mich an ihrer Schulter über einen Neger ausheulen, der in jedem Fall gestorben wäre?

Rosa ist sechsundzwanzig Jahre alt, ein Jahr jünger als ich. Sie ist eine hübsche, unabhängige Frau mit dunkelbraunen Haaren und grauen Augen; ich liebe ihr Gesicht und ihre schlanke Gestalt, doch am meisten liebe ich etwas an ihr, das ich gerade mit dem Wort »unabhängig« zu beschreiben versucht habe. Ein erbärmlicher Versuch, um zu erklären, wer sie ist. Sie ist nicht wie andere Frauen, das wusste ich in dem Moment, als ich sie zum ersten Mal sah. Meine Liebe zu ihr kennt keine Grenzen, jeden Tag danke ich Gott für dieses Geschenk.

Kapitän Frederiksen, der Eigentümer der Hoffnung, ist vermutlich Anfang oder Mitte dreißig, also ein wenig älter als ich, und doch strahlt er große Erfahrung und eine Ruhe aus, auf die man bei einem Mann seines Alters selten trifft. Und er hat bereits mehr erreicht als die meisten – was im Grunde eher etwas über sein Metier als über seinen Charakter aussagt. Ich habe nicht die leiseste Ahnung, was ein Schiff wie diese Fregatte wert ist – oder was es kosten würde, es auf einer dänischen Werft bauen zu lassen –, aber ich weiß, dass es in jeder Hinsicht eine kostspielige Angelegenheit ist: Anschaffung, Reparaturen, Ausrüstung, die Heuer der Besatzung, die sich auf Tausende von Reichstalern beläuft. Frederiksen muss also, seinem Alter zum Trotz, ein recht wohlhabender Mann sein.

Er ist kleiner als ich, aber stämmig gebaut und kräftig. Sein Gesicht ist harmonisch, das kurzgeschnittene Haar dunkel, beinahe schwarz mit grauen Sprenkeln; sein ebenfalls kurzgeschnittener, gepflegter Bart ist bereits eine Spur grauer. Er blickt einem in die Augen, wenn er spricht, und seine Stimme klingt ruhig und respekteinflößend. Er ist ein Mann, der leicht zu respektieren ist, er ist gewissermaßen der perfekte Kapitän. Es erfordert einen Mann, eine Besatzung wie die der Hoffnung zu führen, es sind harte und, wie ich finde, häufig unnötig brutale Männer.

Wie aus meiner Wortwahl vermutlich ersichtlich ist, scheint mir Frederiksen ein durch und durch bodenständiger und respektabler Mann zu sein. Es wundert mich daher umso mehr, dass er sich dafür entschieden hat, seinen Lebensunterhalt mit Negertransporten zu verdienen.

Kürzlich lief einer der älteren unter den schwarzen Männern, die auf dem Zwischendeck wie Heringe in der Tonne liegen, aus Verzweiflung vollkommen Amok. Er begann zu schreien und sich die Fäuste am Schott und dem soliden Eisen, das seinen Fuß mit dem seines Nebenmanns verbindet, blutig zu schlagen. Ein paar Matrosen gingen unter Deck, um nach dem Rechten zu sehen, ich folgte ihnen. Zu diesem Zeitpunkt war der Neger – ein ungewöhnlich kräftig gebauter Mann mit einem wilden Gesichtsausdruck – außerhalb jeder Kontrolle und fing an, auf seinen Nebenmann einzuschlagen. Er brüllte auf Afrikanisch, eine sonderbare Kakophonie mit allzu vielen Konsonanten und viel zu wenigen Vokalen. Der Neger an seiner Seite blutete aus Nase und Mund und war offensichtlich bewusstlos, der wilde Mann schlug jedoch weiter mit seinen großen schwarzen Fäusten auf ihn ein, bis einer der Matrosen seine Holzkeule schwang und ihn mit einem einzigen wohlplatzierten Hieb gegen den Kopf niederstreckte. Der Mann sank zusammen, und sein lautes Geschrei verstummte; einen Augenblick schien alles ganz still, doch dann vernahm ich das ängstliche Murmeln der vielen anderen Gefangenen auf dem Zwischendeck, als würde man mitten in einen Korb voller ausgewachsener Bienen stechen.

Die Matrosen lösten die Fußeisen und schleppten die beiden bewusstlosen Neger aufs Hauptdeck. Sie legten sie an die Steuerbordreling, ließen an einem Seil einen Eimer ins Wasser hinab und gossen ihnen kaltes Meerwasser über die Köpfe. Der Neger, den sein Nebenmann bewusstlos geschlagen hatte, öffnete die Augen und sah die weißen Männer zu Tode erschrocken an. Er hob instinktiv einen Arm, um einen Schlag abzuwehren. Der andere, der Amok gelaufen war, wachte nicht wieder auf. Sie gossen einen weiteren Eimer Wasser über ihn, aber er fiel vollkommen leblos auf die Seite.

»Wartet«, befahl ich und hockte mich neben die nackte Gestalt. Ich legte zwei Finger an die Seite seines Halses, um den Puls zu fühlen, fand ihn aber nicht. Ich blickte zu dem Matrosen auf, der die Keule geschwungen hatte, einem großen Mann mit rotem Vollbart und Augen, die so schmal waren, dass man in ihnen weder die Iris noch die Pupille sehen konnte.

»Er ist tot«, konstatierte ich.

Der Mann mit der Keule zuckte die Achseln. »Dann brüllt er zumindest nicht mehr herum«, versetzte er.

Sie brachten den verletzten und blutenden, aber noch lebenden Neger zurück aufs Zwischendeck und warfen ihn auf die groben Planken, ohne ihn wieder anzuketten. Er sank auf seinen Platz in dem stinkenden, murmelnden Raum und schloss die Augen, noch immer kaum bei Bewusstsein nach den vielen Schlägen. Als ich aufs Hauptdeck zurückkehrte, war Kapitän Frederiksen erschienen und stand neben dem Rudergänger. Und der Koch, von dem die Besatzung mit ausgesuchtem Sarkasmus immer als »der Franzose« oder »der französische Koch« sprach, hockte neben dem toten Neger und schnitt mit seinem langen Küchenmesser Streifen aus dessen kräftiger Oberschenkelmuskulatur. Das war das Eigentümlichste, was ich je erlebt hatte, und schockiert fragte ich den Kapitän, was hier vor sich gehe.

»Köder«, erwiderte Frederiksen. »Der Franzose will gern ein paar Fische zum Abendessen fangen. Und der Neger ist schließlich tot.«

Ich sah ihn an und wusste mit einem Mal, dass ich den Kapitän der Hoffnung nicht annähernd so gut kannte, wie ich gedacht hatte.

NOTIZ IN DR. MARCUSSENS MEDIZINISCHEM JOURNAL, OKTOBER 1787

Auf dieser Reise habe ich bereits mehrere Fälle des berüchtigten Guineawurms – *Dracunculus*, kleiner Drache – zu Gesicht bekommen, der eine häufig vorkommende Plage im äquatorialen Afrika ist. Der Wurm verbreitet sich vermutlich durch verunreinigtes Trinkwasser und wächst im menschlichen Körper zu einer Länge heran, die von der Leiste bis zum Fuß reichen kann. Danach bildet er eine Zyste am Fuß, die platzt, sobald sie in Wasser getaucht wird, um sofort die Eier des Wurms auszuscheiden. Ein Teil des Wurms ist nun sichtbar und kann ergriffen und festgehalten werden. Er lässt sich vorsichtig entfernen, indem man ihn jeweils einen Zoll herauszieht und zum Beispiel auf ein Stöckchen wickelt. Es wird angenommen, dass dieses Aufwickeln des Wurms auf einen Zweig oder ein Stöckchen der Ursprung des Symbols für die ärztliche Kunst ist, den Äskulapstab: eine Schlange, die sich um den Stab windet.

Mit Geduld kann befallenen Negern auf diese Weise geholfen werden, den Wurm zu entfernen; in einigen Fällen kann man sie sogar von dem Parasiten befreien, bevor sie auf den Sklavenmärkten Westindiens verkauft werden. Die Behandlung wird dadurch befördert, dass die Neger mit der Plage des Wurms vertraut und zur Zusammenarbeit gern bereit sind, um ihn von sich und anderen Negern zu entfernen.

DR. MARCUSSENS TAGEBUCH,
12. NOVEMBER 1787

Ich zwinge mich selbst zum Schreiben: Was passiert ist, muss mit Stift und Papier festgehalten werden. Ich empfinde einen tiefen Drang, von den Schrecken zu berichten, denn ich weiß, dass ein Tag kommen wird, an dem ich mich genau an das Geschehene erinnern muss – in all seinen unerträglichen Details.

Vor knapp zwölf Tagen, am 1. November, brach unter den Schwarzen ein Aufstand los. Eine Horde bewaffneter Neger drang plötzlich aufs Hauptdeck und tötete den Rudergänger und zwei Matrosen während der Hundewache. Es war ungefähr zwei Uhr nachts.

Ich erwachte durch den Knall eines Schusses. Rosa setzte sich in ihrer Koje auf und murmelte schlaftrunken und erschrocken irgendetwas, ich stand auf und lief auf den Gang. Dort stieß ich auf den Kapitän, den Ersten Steuermann und einen Teil der gemeinen Besatzungsmitglieder, alle mit langen Flinten und Pistolen bewaffnet.

Frederiksen, der wie ich und die anderen nur mit Hemd und Hose bekleidet war, reichte mir eine Muskete oder wie diese Art Waffe auch heißt (eine Schusswaffe mit einem langen Lauf und einem Flintschloss) und forderte mich auf, mit an Deck zu kommen.

»Kommen Sie!«, rief er und stieg die Leiter als Erster hinauf. Wir folgten ihm, weniger als ein Dutzend Männer, jedoch alle mit einer Waffe in der Hand.

Gerade als Frederiksen die Luke öffnete und hastig aufs Hauptdeck stieg, ertönte ein weiterer Schuss und ein lauter Schrei; es klang nicht wie ein Mensch, eher wie ein wildes Tier, und ich vermute, dass es einer der Neger gewesen sein muss, deren Stimmen so anders sind als die des weißen Mannes. Es war nahezu dunkel um uns herum.

Nein, ich muss innehalten, ich kann jetzt nicht daran denken …

DR. MARCUSSENS TAGEBUCH, 22. NOVEMBER 1787

Ein Halbmond warf seinen Schein über das Schiff und die weißen Segel über uns. Der Wind hatte im Laufe der Nacht abgeflaut, und einige der Toppsegel klatschten, als stünden sie nicht richtig im Wind. Ganz in der Nähe sah ich Gestalten, die auf einen am Boden liegenden Menschen eintraten. Wir waren offensichtlich noch nicht bemerkt worden, und Frederiksen und die anderen Männer legten, ohne zu zögern, ihre Flinten an und schossen – an die fünf oder sechs Schüsse ertönten gleichzeitig, und eine entsprechende Anzahl Schwarzer fiel schreiend aufs Deck. Ein paar standen noch, zwei liefen in Richtung Vorderdeck davon, zwei andere blieben wie versteinert stehen. Frederiksen versetzte mir einen Stoß.

»Schießen Sie!«, befahl er. Aber ich starrte nur auf die Neger, verwirrt und ratlos hinsichtlich des eigentlichen Geschehens; außerdem wusste ich nicht, wie man eine Schusswaffe bedient. Frederiksen entriss mir die Muskete aus den Händen, legte sie ans Kinn und drückte ab; der Funke zündete das lose Pulver auf dem Flintschloss und schickte eine orangefarbene Stichflamme in meine Richtung. Ich spürte ihr Brennen auf dem Gesicht und am Hals. Vor mir fiel einer der Neger lautlos hintenüber. Der andere drehte sich um und wollte davonlaufen, doch einer der Matrosen, der seine Flinte noch nicht geleert hatte, schoss und traf ihn wohl ins Bein. Der Schwarze stürzte einige Schritte vor dem Besanmast, sein Schrei erhob sich zum Nachthimmel. Steuermann Bernt ging auf den Mann zu und hob seinen Säbel, schwang ihn ein paar Mal mit einem Geräusch, das ich nie vergessen werde, und ging dann zum Ruder. Er warf einen Blick auf den Kompass unter der Lampe und drehte den Ruderkranz mehrmals nach Steuerbord.

Einen Moment war es sonderbar still an Deck. Weitere Männer waren uns gefolgt und schleppten Schusswaffen und Säbel heran. Frederiksen sprach mit ihnen.

»Alle Mann an Deck«, stellte er fest. »Geht zu den Luken und findet heraus, was vor sich geht. Passt gut auf. Erschießt jeden Neger, der seinen Kopf herausstreckt.«

Die Männer gingen zum mittleren Teil des Hauptdecks, der Steuermann stand noch immer am Ruder und überprüfte den Kurs. Die Segel hatten aufgehört zu klatschen. Nicht lange danach waren unter Deck weitere Schüsse zu hören. Einer der Matrosen fiel. Frederiksen stieß einen Fluch aus. »Verschalt die vorderen Luken!«, brüllte er.

Die Seeleute schlugen Nägel in die Luken und versuchten dann, über die mittlere Leiter aufs Oberdeck zu gelangen. Sie wurden jedoch von bewaffneten Negern zurückgeschlagen. Mir war vollkommen unklar, woher sie die Waffen hatten; man bewahrte doch nicht etwa Musketen, Pulver und Kugeln auf einem Deck mit den Negern auf? Was ging hier vor?

Ich blieb in der Nähe von Steuermann Bernt, der wortlos und mit todernster Miene am Ruder der Fregatte stand. Frederiksen hatte sich nicht mehr an mich gewandt, seit er mir den vergeblichen Befehl erteilt hatte, den Neger zu erschießen; er hatte offensichtlich das Vertrauen in mich als Soldat verloren. Aber es gab ja genügend andere, alle Mann waren an Deck, hatte er gesagt.

In diesem Moment schoss mir ein Gedanke durch den Kopf: Alle Mann waren an Deck, doch Rosa und die Ehefrau des Kapitäns waren noch unter Deck! Und hatten die Neger nicht unter dem Hauptdeck die Kontrolle über das Schiff?

Fürchterliche Angst überkam mich, ich lief zum Kapitän, der mit düsterer Miene zusah, wie die letzte Luke verschalt wurde.

»Rosa!«, schrie ich. »Meine Frau! Sie ist dort unten.«

Frederiksen drehte sich zu mir um, und noch nie hatte ich ihn so gesehen; sein Gesicht war bleich in dem schwachen Schein der Kompasslampe, sein Blick brannte sich durch das Halbdunkel.

»Meine auch«, stieß er aus und wandte sich von mir ab. Mehr sagte er nicht und mehr hätte er auch nicht sagen können, denn in diesem Moment ertönte eine Explosion im vorderen Teil des Schiffes. Ein Lichtschein flammte auf, wir hörten Holz splittern, irgendetwas fiel ins Wasser. Später stellte sich heraus, dass die Neger eine Menge Pulver auf dem Oberdeck angezündet und direkt unterhalb der Brüstung ein Loch in die Bordwand gesprengt hatten. Mehrere Neger quetschten sich durch das Loch und stürzten ins Wasser; die Furcht vor dem, was vor ihnen lag, war offenbar größer als die Angst vor dem Tod im dunklen Wasser.

Die Explosion brachte den Kapitän auf eine teuflische Idee. Der Rest der Nacht verging damit, seinen Plan auszuarbeiten. Als die Sonne sich hinter uns aus dem Meer erhob, hatten Frederiksen und die Männer eine kleine Tonne mit Schwarzpulver vorbereitet, das sie aus allen Pulverhörnern gesammelt hatten, die in der Nacht an Deck gebracht worden waren. Sie füllten die Tonne mit Nägeln und anderen Gegenständen und fertigen eine Lunte aus einem Stück in Pulver getauchtes Seil. Frederiksen ließ die Tonne zur mittleren Luke bringen und instruierte die Männer. Wenn die Tonne unter Deck explodierte, sollten die Männer aufs Zwischendeck drängen und die aufständischen Neger zur Ordnung bringen oder töten.

»Es nehmen ganz sicher nicht alle teil«, erklärte Frederiksen. »Neger sind von Natur aus Feiglinge, nur die Stärksten und die besonders Verzweifelten wagen es, sich dem weißen Mann zu widersetzen.«

Klang dies wie eine einigermaßen beruhigende Feststellung, erschrak ich bei den nächsten Worten beinahe zu Tode. Ein junger Matrose fragte den Kapitän: »Was, wenn die Tonne ein Loch ins Schiff sprengt?« Und der Kapitän antwortete: »Dann setzen wir die Boote aus.«

Frederiksens Plan gelang. Die Männer drangen ins Schiff vor, und nach einem kurzen Kampf mit dem harten Kern der aufständischen Neger konnten die Überlebenden in Eisen gelegt und die Verluste erfasst werden. Von den ursprünglich gut zweihundert Negern waren weniger als die Hälfte geblieben, von denen viele bereits vor der Meuterei in einer üblen Verfassung gewesen waren.

Ich kann es kaum über mich bringen, die letzten Worte niederzuschreiben. Ich klage im schlimmsten Schmerz meines Lebens bei der Erinnerung daran, was wir unter Deck vorfanden, umgeben von Gestank, Dunkelheit und dem unwirklichen Gejammer der Verletzten – es sah aus wie auf einem Schlachtfeld in der Nacht nach dem Gefecht.

Die beiden Frauen befanden sich im hintersten Laderaum, durch den der Ruderstamm und die Taue führen, mit denen das Ruder bedient wird. Die Frau des Kapitäns saß in zerrissenen Kleidern wie versteinert an einem Schott, übel zugerichtet, bebend vor Angst und stumm vor Schock. Und meine Rosa lag auf der anderen Seite, nur halb bekleidet. Ich warf mich zu Boden, kniete auf den Planken und drehte ihren kalten, blutigen Leib, ihre Leiche um und sah, dass sie keinen Kopf mehr hatte. Der Kopf meiner Rosa war verschwunden.

DR. MARCUSSENS TAGEBUCH, 26. NOVEMBER 1787

Ich weiß nichts mehr. Gar nichts. Ich kann nicht mehr arbeiten, ich habe meine sämtliche Kenntnisse vergessen. Das Schiff hat erhebliche Schäden, es hat viele Tote gegeben, die meisten Sklaven sind tot. Die Männer des Kapitäns haben herausgefunden, wer den Aufstand angezettelt hat. Es war der Mann, der kürzlich von seinem Nebenmann verprügelt worden war und den man zurück aufs Zwischendeck gebracht hatte, ohne ihm die Fußfesseln anzulegen. Er hat seine Stammesbrüder befreit und den Angriff angeführt.

Die Männer haben ihn an den Besanmast genagelt; sie trieben einen Marlspieker durch seine Hände in das Holz des Masts und traktierten ihn mit einer Lederpeitsche, bis er wie ein blutender Fetzen an dem Eisen hing, das ihm durch die Handwurzelknochen und das Bindegewebe genagelt war. Sie peitschten ihn bis zu seinem letzten Atemzug, und ich stand hinter ihm an Deck, sah jeden einzelnen Schlag und hörte jeden einzelnen Schrei, bis er verstummte.

Der schwarze Satan.

BRIEFENTWURF, NICHT ABGESCHICKT: MIKKEL EIDE AN DE SOUZA, JULI 1824

16. Juli 1824

Lieber de Souza,

Afi ist verschwunden. Während ich diese drei Worte schreibe, stehen mir Tränen in den Augen und meine Atmung wird durch große Erschöpfung oder Kummer erschwert. Ich bin verzweifelt über das, was ich inzwischen weiß, über das böse Schicksal meiner Afi. Sicher, ich war wütend auf sie, aber so etwas … Ich verspüre einen gewaltigen, intensiven Hass auf alles hier, auf die Unmenschlichkeit, die alles durchtränkt und in meinen Augen die Schönheit der Insel vollkommen übertönt. Einen aber hasse ich mehr als irgendetwas anderes, mehr als irgendjemand anderen: meinen Gastgeber Jan Marcussen. Dieser grobe Schuft, der nur an der Oberfläche menschlich erscheint, er ist ein wahrer Teufel!

MARIAS TAGEBUCH, AUGUST-OKTOBER 1803

Die Fregatte ist die Welt. Um diese Welt und unter dieser Welt ist das Meer. Über der Welt ist der Himmel. Mitten auf dem Atlantik, ohne Vögel, enorm, eine Wölbung aus Nichts. Die Sonne erhebt sich hinter uns aus dem Meer und folgt ihrer Bahn gen Westen, Tag für Tag in dieselbe Richtung wie wir; sie steigt aus dem Meer hinter uns und erlischt im Meer vor uns, rot, violett, ein grünlicher Schimmer, so kurz, dass man ihn nicht sieht, wenn man blinzelt. Sinnestrug.

Unter uns scharen sich die Schwarzen, die verzweifelte, hoffnungslose Last der Hoffnung. Sie leben und sterben in der Welt, die das Schiff ist. Ein Kind wurde geboren, ein Wesen von der Größe eines nassen Häschens, es starb sofort und wurde als Köder für den Haifischfang auf einen Haken gesteckt.

José, der Koch, angelt täglich. Er fängt Goldmakrelen, große, wie ein Leopard gefleckte Fische, die prähistorisch aussehen und gewölbte goldene Köpfe haben, wie eine Parodie auf denkende Wesen. Einmal fing er sogar einen Hai, der wie ein Tiger gestreift und so groß war, dass die Männer ihn harpunieren und an der Bordwand durch eine Öffnung der Brüstung hieven mussten. Sie stachen ihm die Augen aus und schlugen und traten ihn, dann ließen sie ihn auf Deck liegen, wo er sein Maul aufriss und wieder schloss, bis er schließlich tot war. Nur die Flossen kann man essen, behauptet José, der Haie hasst. Er schnitt die Flossen ab, und die Männer schmissen den Kadaver zurück ins Meer.

Regelmäßig gehen tote Neger ebenfalls diesen Weg. Wie Abfall aus der Kombüse, niemand hebt auch nur eine Augenbraue. Die Neger sterben, die Seeleute sterben. Überraschend viele sterben an verschiedenen Seuchen, die sie aus Afrika mit aufs Schiff gebracht haben. Es wird etwas mehr Aufhebens darum gemacht, wenn ein toter Weißer dem Meer übergeben wird: Der Segelmacher näht die Leiche in das Laken, auf dem der Mann zu Lebzeiten geschlafen hat, es werden drei Schuss mit einem der Zwölfpfünder abgegeben, und der Tote wird durch eine Öffnung der Brüstung über eine Planke ins Meer geschickt. Wenn die Haie besonders aufdringlich sind, näht der Segelmacher ein paar Kanonenkugeln ins Laken. Dann sinkt die Leiche sofort auf den Grund des Ozeans, so tief, dass die Haie ihr nicht folgen können. Ohne Kanonenkugeln schwimmt der Sack lange an der Oberfläche, und ich habe selbst gesehen, wie die Haie auf ein zusammengenähtes Laken losgegangen sind und es zerrissen haben, um den toten Seemann zu fressen.

So ist unsere Welt, Tag für Tag dasselbe. Sonnenaufgang, Sonnenuntergang. Tod, Warten und Hoffnung.

Nach drei Wochen auf dem Atlantik erwischte es Steuermann Hvid. Nachdem wir in Principe abgelegt hatten, fiel er eine Leiter herunter und zog sich eine kleinere Wunde am Knie zu. Einige Zeit später hatte sich die Wunde entzündet, erst kam das Fieber, dann der Wundbrand, schließlich der Tod.

Hvid war bereits seit einiger Zeit der einzige erfahrene Navigator an Bord, außer Bernt natürlich, der jetzt diese Aufgabe allein übernehmen muss. Ohne Steuermann kann man kein Sklavenschiff sicher über den Atlantik bringen, also wurde nach einigem Zögern Vater aus seinem Kajütenarrest geholt. Wilfred Bernt suchte ihn unter Deck auf.

»Schiffsreeder Frederiksen. Wir sind westlich des Vierundzwanzigsten. Die Hoffnung ist ohne Steuermann und Navigator. Sie sind hiermit zum Obersteuermann ernannt, mit der Pflicht und dem Recht, die Fregatte zu ihrem Zielort zu führen.«

Ich saß auf einem der Stühle meines Vaters. Wir hatten beide gelesen. Jetzt blickte ich auf, einigermaßen verwundert über Bernts merkwürdig förmliche Sprache. Und über die ebenso seltsame Reaktion meines Vaters.

»Sehr wohl«, erwiderte er ruhig. »Ich bin in einer halben Stunde an Deck.«

Er erhob sich, holte seine Jacke und seine Mütze und steckte die Füße in seine langen Stiefel, und bevor er aus der Tür trat, sah er mich an und lächelte. Fast glich er seinem alten Ich. Der Mann, dem die Fregatte Hoffnung gehört und der sie als Kapitän geführt hat – nun degradiert zum angeheuerten Steuermann!

»Vater«, fragte ich. »Ich verstehe nicht … warum tust du das? Warum gehorchst du Bernt? Die Hoffnung gehört dir.«

Er nickte. »Ganz genau«, gab er zur Antwort. »Sie gehört mir. Und sie soll heil den Hafen erreichen.«

So ging es zu, dass Vater nun das erste Mal seit fünfzehn Jahren wieder am Ruder der Fregatte steht. Er übernimmt seine Wachen genau wie die anderen Besatzungsmitglieder, nur auf die Mars schafft er es nicht; er zieht noch immer ein Bein nach, außerdem wird ihm leicht schwindlig. Jüngere Männer klettern wie die Affen in die Wanten und zurren sich hoch über dem Hauptdeck der Hoffnung am Groß- oder Besanmast fest. Nicht, weil man sonderlich oft Ahoi rufen müsste. Selten genug durchbricht ein Wal mit seinem breiten, schwarzen, mit Krebsen bewachsenen Rücken die Wasseroberfläche, wie ein Leviathan auf einem kurzen Besuch in unserer Welt. Ein anderes Segelschiff auf demselben Kurs wie wir, aber mehrere Seemeilen länger nördlich; ein treibendes Beiboot, das sich als leer erweist, aber halb voller Wasser ist; die Leiche eines weißgekleideten Seemanns, der mit dem Gesicht nach unten schwimmt und unsere Mannschaft die Mützen abnehmen lässt, während sie ihn mit den Augen verfolgen und sich bekreuzigen. So etwas. Niemals Land, niemals Leben, das wird noch dauern. Aber wir werden es erreichen, was immer es uns auch bringen mag.

Die Hoffnung segelt.

WILFRED BERNTS LOGBUCH, FREGATTE HOFFNUNG

8. Oktober 1803

Charlotte Amalie. Heute sind wir seit einem Monat hier. Die Männer haben Landgang. Die Ladung der letzten Zuckerfässer zieht sich hin, die Hoffnung muss in die Werft. Einer der Männer hat Schiffsbohrwurm im Ruder gefunden, achtern an der Wasserlinie und darunter. Möglicherweise ist das Schiff ernsthaft beschädigt.

WILFRED BERNTS PRIVATES LOGBUCH, FREGATTE HOFFNUNG

8. Oktober 1803
15° 39'N
51° 23'W

Guter Passat, direkt vor dem Wind, ein paar Grad von Backbord, alle Rahsegel gesetzt. Das Meer ist ruhig. Ungefähr tausend Seemeilen bis Haiti; erwarte das Anlaufen in weniger als zehn Tagen.

Status: Sieben Besetzungsmitglieder sind tot. Wir haben vierunddreißig Neger verloren, achtzehn Färsen und sechzehn Stiere. Rest: einhundertacht.

Ich habe heute mit Frederiksen gesprochen und ihm die Zahlen mitgeteilt. Ganz ordentlich, hat er gesagt.

Gott bewahre die Hoffnung!

MARIAS TAGEBUCH, OKTOBER 1803

Ich bin fünfzehn Jahre alt und kein Kind mehr; vielleicht war ich es schon nicht mehr, als ich Dänemark verließ. Es ist lange her, dass ich mich wie ein Kind gefühlt habe. So viele Ereignisse haben mich gezwungen, erwachsen zu werden, vielleicht sogar vor der Zeit. Der Verlust meiner Mutter, als ich klein war; die vielen Nächte, die ich schlaflos dalag und darüber grübelte, warum sie uns verlassen hat. War es meine Schuld? Die Frage war das Allerschlimmste, und ich war wohl der Meinung, es wäre so. Meine Schuld. Ich war allein mit Vater und dem Spiegel an der Wand. In dem geborgenen, guten Heim, in dem ich wohnte und wo mir nur eine Mutter fehlte, war ich glücklich. Diesen Spiegel, ich sehe ihn vor mir an der Wand in meinem Dachzimmer. In einem weißlackierten, rissigen Rahmen, das Glas hatte kleine wolkenförmige Flecken an einer Seite, wo sich das Silber auf der Rückseite durch Feuchtigkeit verfärbt hatte. Ich blickte hinein, betrachtete mein dunkles Gesicht und meine schwarzen, gekräuselten Haare und wunderte mich lange, warum ich so anders war. Ohne eine Antwort zu finden. Und später, als mir klar wurde, dass ich eine Mulattin war, ein merkwürdiges Wort, meldete sich neues Erstaunen: wieso? Und noch immer gab es keine Antwort. Aus Gründen, die ich nicht erklären oder begreifen kann, habe ich meinen Vater niemals gefragt. Vielleicht fürchtete ich die einleuchtende Antwort: Weil er nicht mein Vater war.

Er war damals alles, was ich hatte.

Was soll ich sagen: Ja, nahezu mein ganzes Leben sehnte ich mich nach Liebe. Ich bekam sie von meinem Vater, und das war gut, denn sonst wäre ich sicher zugrunde gegangen. Aber der Zweifel nagte. Die Unsicherheit.

Hier, an Bord von Vaters Fregatte, habe ich eine neue Liebe gefunden, die von ganz anderer Art ist. Und davon möchte ich erzählen.

Matthias, der blondgelockte, blauäugige Junge, der in jeder Hinsicht so anders ist als alle anderen an Bord auf dieser furchtbaren Reise. Er wirkte so jung und auch so unschuldig, als ich ihm das erste Mal begegnete. Aber was haben wir seither nicht gemeinsam erlebt!

Nachdem wir die Schwarzen an der Goldküste an Bord genommen haben, fing Matthias an, mich zu besuchen, und wir saßen jeder an einem Ende meiner schmalen Koje, unterhielten uns und erzählten uns Geschichten. Noch immer habe ich meine Kajüte für mich allein.

Eines Abends hatte Matthias Rum mitgebracht. Wie die anderen Seeleute an Bord hat er das Recht auf eine tägliche Ration des hellen Schnapses, das Fass steht in der Kombüse. Normalerweise trinkt er seine Ration nicht, aber nun hatte er den Rum in einer kleinen Flasche mitgebracht, und wir tranken abwechselnd davon, während er mir irgendwelche verrückten Dinge erzählte, die er angestellt hatte.

Matthias trank einen kleinen Schluck Rum und reichte mir die Flasche. Ich nippte. Es schmeckte so, wie Petroleum schmecken muss. Es roch auch so. Ich hatte zu Hause auf Thurø schon oft am Glas meines Vaters mit dem dunklen Rum gerochen, aber das war ein ganz anderer Geruch, nicht so scharf wie dieser.

»Was gibt euch der Kapitän denn für ein Gesöff?«

»Killequell«, antwortete Matthias. »Billiger Rum aus Sankt Croix.«

»Killequell?«

Er nickte. »Ja, so heißt der.«

Merkwürdiger Namen, dachte ich.

Mir brummte der Schädel. Und Matthias vermutlich auch ein bisschen, obwohl er Rum sicher schon vorher probiert hatte. Ich weiß nicht mehr genau, wie es kam, aber plötzlich saß er nicht mehr am Fußende der Koje, sondern neben mir. Und eigentlich saßen wir auch nicht, wir lagen. Sein Gesicht war nur ein paar Zoll von meinem entfernt. Ich hatte das Gefühl, als würde eine sehr lange Zeit vergehen. Irgendwo über uns schlug die Schiffsglocke zwei doppelte und einen einfachen Schlag. Fünf Glasen, erste Wache. Für Landratten: halb elf Uhr abends. Auf einem Schiff denkt man sehr schnell nur noch in Glasen.

Matthias küsste mich. Ich würde gern behaupten können, dass mir irgendetwas durch den Kopf ging. Doch so war es nicht. Ich spürte seine Lippen auf meinen, an und für sich schon seltsam, dann berührten seine Vorderzähne aus irgendeinem Grund meine Zungenspitze. Ich merkte, wie er seine Hand auf meinen Bauch legte und dass diese Hand wie ein neugieriges, warmes Wesen nach oben kroch, meine Brust fand und zurückzuckte, als hätte sie sich erschrocken, um dann, diesmal selbstsicherer, zurückzukehren. Dann schienen wir nicht mehr zwei verschiedene Menschen zu sein, sondern eher anderthalb, und Matthias' Hemd lag zusammen mit meiner Bluse auf dem Boden. Die Seegrasmatratze unter uns knisterte ein bisschen, und ich verspürte ein so merkwürdiges Gefühl, ich war glücklich und ich hatte Angst, ich war stark und gleichzeitig auch schwach. Wieder schlug die Schiffsglocke. Ich zählte die Schläge. Sechs Glasen, elf Uhr.

MARIAS TAGEBUCH,
12. OKTOBER 1803

Seit vielen Tagen beobachten wir regelmäßig einige große Vögel mit spitzen Flügeln und langen, gespaltenen Schwänzen hoch über der Hoffnung am Himmel. Sie ähneln keinem anderen Vogel, den ich je gesehen habe; sie sehen nicht aus wie Möwen, überhaupt nicht, und sie sind offenbar ganz schwarz, obwohl das schwer zu erkennen ist, weil man immer nur ihre Silhouette sieht. Sicher ist, dass sie so gut wie nie ihre Flügel bewegen, sondern wie Drachen hoch über dem Meer schweben – sie beherrschen den Himmel.

Mein Vater sagt, sie heißen Fregattvögel und kommen in Westindien häufig vor. Trotz ihres Namens landen sie aber nie im Wasser oder auf Schiffen. Sie leben von fliegenden Fischen, die sie im Flug fangen, und vom Fang anderer Vögel. Es kommt vor, dass sie einen kleineren Vogel fangen und ihn schütteln, bis er sein Futter herauswürgt!

Fregattvögel können sehr weit vom Land entfernt auftauchen, sie wurden schon mehr als fünfhundert Seemeilen von der nächsten Küste auf dem Ozean gesichtet. Obwohl wir sie also jetzt schon sehen, kann es noch immer mehrere Tage dauern, bis wir die Inseln erreichen. Aber wir nähern uns dem Ende der Reise.

Vater und ich standen auf dem Vordeck der Hoffnung und sahen uns die Silhouetten der Fregattvögel vor dem hellgrauen Himmel an. Er erzählte mir, dass sie auch Orkanvögel genannt werden.

AUS JOHAN FREDERIK BARDENFLETHS »ÜBER ORKANE«

Anzeichen, die das Aufziehen eines Orkans ankündigen:

Das Fallen des Barometers ist wahrscheinlich das sicherste Zeichen, wenn zugleich Rücksicht auf das Aussehen der Luft genommen wird.

Regen.
Meeresstille und abwechselnde Windstöße.
Dünung, Brecher und der Geruch des Meeres.
Das Fallen und Steigen des Meeres.
Die Unruhe der Tiere und Vögel.
Geräusche in Höhlen und Brunnen.

MARIAS TAGEBUCH,
15. OKTOBER 1803

Endlich ist Land in Sicht, aber nicht auf die Art und Weise, wie ich es erhofft und erwartet hatte. Wir segeln zwischen kleinen grünen Inseln, die so dicht beieinander liegen, dass man das Gefühl hat, die Hoffnung könnte jederzeit mit einer von ihr zusammenkrachen. Über uns ist der Himmel grauschwarz und schwer, nach dem Rasen des Sturms ist es jetzt sonderbar still. Die Fregatte ist flügellahm; der oberste Teil des Besanmasts, die hohe Bramstange, ist gebrochen. Lange hing sie mit Stag und Wanten über der Reling, dann hat die Mannschaft sie abgesägt und über Bord geworfen. Schlimmer ist, dass das Ruder beschädigt ist, die Hoffnung lässt sich nur wenige Grade drehen, sodass die Männer sie zum Teil mit Hilfe der Segel manövrieren müssen. Glücklicherweise hat der Wind sich ein wenig gelegt, er weht noch stark, auf den dunklen Wellen bilden sich Schaumkronen, aber das ist nichts gegen vorher.

Ich weiß nicht, wohin wir segeln, jetzt, da wir endlich Land gesichtet haben. Matthias weiß es nicht, Vater weiß es nicht. Oder vielleicht will er es nicht sagen.

Aber der Sturm … Es war ein Orkan, der südlich von uns vorbeigezogen ist. Es ist jetzt die Jahreszeit für Orkane, und es gab viele Anzeichen, sagt Vater, was immer das auch bedeuten mag. Der Wind kam erst mit heftigen Stößen, die die Hoffnung ganz plötzlich krängen ließen. Die Männer kletterten hastig in die Wanten, um die Toppsegel zu reffen oder zu bergen. Dann frischte der Wind auf und rüttelte am

Rigg und den Männern; wäre in dem Moment jemand hinuntergefallen, wäre er unweigerlich auf der Steuerbordseite ins Wasser gestürzt.

Ein paar Stunden waren vergangen, seit wir die Fregattvögel gesehen hatten. Schon bald verdunkelte sich der Himmel an der Backbordseite, gegen Süden – als würde mitten auf dem Ozean eine Mauer aus dunkelviolettem Zement errichtet, ein Koloss, der in den Himmel ragte, wo er sich bis zu den mahlenden Wolken ausweitete. Es ließ sich unmöglich sagen, wie weit entfernt dieses schwere Unwetter tobte; meine Kenntnisse über die Entfernung bis zum Horizont und das menschliche Sehvermögen waren hier nutzlos.

»Maria! Unter Deck. Sofort!«

Mein Vater rief nach mir. Er führte das Ruder. Ich stand vor dem leicht erhöhten Achterdeck und hielt mich am Tau entlang der Brüstung fest. Jetzt drehte ich mich um und sah ihn an, den alten Mann an dem doppelten Kranz, der das Ruder der Hoffnung bändigte. Er drehte das Rad mit schnellen, routinierten Bewegungen nach rechts und stand mit gespreizten Beinen vor dem Großmast. Die Fregatte drehte sich langsam aus dem Wind und richtete sich ein wenig auf. Ich hob den Kopf, die Männer arbeiteten schnell, zwei auf jeder Seite der Masten, mit den Armen über den Rahen. Andere bargen das Besansegel, das Besantoppsegel, den Klüver und das Stagsegel. Überall fiel weiße Baumwolle, wurde zusammengerollt und unter Deck verstaut. Die Rahsegel wurden gerefft oder ebenfalls geborgen, das lose Gut festgezurrt, die Luken geschlossen und verschalt. Ich verfolgte die Aktivitäten fasziniert und ein wenig ängstlich.

»Maria!«, rief mein Vater da erneut. »Unter Deck!«

Ich ging auf ihn zu, es war der Weg zur Luke im Achterdeck. Aber ich blieb neben ihm stehen und zeigte achteraus. Die Hoffnung hatte ihr Heck von der violetten Mauer weggedreht.

»Was ist das?«, rief ich.

Mein Vater schaute auf mich herab. Sein Gesicht war streng, ich konnte mich nicht erinnern, ihn jemals so gesehen zu haben. Er wirkte auf mich wie ein Fremder.

»Ein Orkan«, gab er zur Antwort. »Aber er ist weit weg.«

Ich schaute nach hinten. Es sah aus wie ein Weltuntergang.

»Segeln wir ihm davon?«, erkundigte ich mich ängstlich.

Er schüttelte den Kopf, warf einen Blick nach oben und zog das Ruder nach links. Dann sah er wieder auf mich herab, und in seinem zerfurchten Gesicht zeigte sich der Anflug eines dämonischen Lächelns.

»Wir segeln mit ihm«, erklärte er.

Später begann es zu regnen. Ich war in Wilfred Bernts Kajüte gegangen, von der aus ich genau beobachten konnte, was Himmel und Meer zu bieten hatten. Unser Kurs änderte sich, wir segelten jetzt in westnordwestlicher Richtung, und aus den Backbord-Fenstern konnte ich noch immer diese violette Mauer über dem Meer sehen. Nur war sie jetzt eher schwarz, und die Wolken darüber breiteten sich wie ein Trichter aus. Er stürmte noch immer, aber nicht in diesen unangenehmen Böen, mit denen alles begonnen hatte. Ein gleichmäßiger Wind, beinahe direkt von achtern, führte die Hoffnung mit mindestens zehn Knoten nach Westen, wahrscheinlich waren wir sogar schneller.

Es wurde acht Glasen geschlagen, und Vater kam zu mir hinunter. Er setzte sich auf einen der vier grünen Sessel – ich saß mit meinem Buch in einem der anderen – und legte die Beine auf einen niedrigen Fußschemel, der aussah, als stamme er aus den warmen Ländern: dunkelbraunes Leder mit stilisierten Bildern von schwarzen Gestalten, vermutlich Frauen.

Der Wind peitschte gegen die Fenster des Achterspiegels.

»Die Hoffnung segelt«, bemerkte ich. »Aber wohin?«

Vater zuckte die Achseln. Er sah mich eine Weile an. Dann schüttelte er den Kopf und lächelte. »Wohin der Wind sie führt.«

»Das ist doch nicht wahr. Nicht die Hoffnung.«

»Heute schon«, erwiderte er. Er blickte aus dem Fenster in Richtung Süden. »Abgesehen davon haben wir nur eine einzige Möglichkeit. Wir könnten nach Norden segeln.«

»Weg von dem Orkan. Aber was ist im Norden?«

»Offene See. Grönland.« Wieder lächelte er.

Einen kurzen Moment sah ich Grönland vor mir. Eisberge und Eskimos. Und ein paar hundert Schwarze aus Afrika. Obwohl sie direkt unter unseren Füßen waren, vergesse ich sie manchmal. Man hört erstaunlich wenig von ihnen. Sie lagen dort unten in ihren Ketten, und wir saßen hier in weichen Sesseln, in sicherem Abstand zu einem Orkan.

»Aber wir werden schon bald Land sehen«, fuhr Vater fort. »Und das wird nicht Grönland sein. Sondern eine französische Insel, die Guadeloupe heißt. Oder Antigua, wenn wir etwas weiter nördlich landen.«

Hier irrte er. Die erste Landkennung, die wir hatten, waren die Britischen Jungferninseln. Aber erst, nachdem wir zu dicht an den Orkan herangekommen waren und die Besanbramstange und die Hälfte unseres Ruders verloren hatten.

Die Hoffnung, oder vielmehr die Männer, die ihren Kurs bestimmten, hatten eindeutig mit dem Feuer gespielt. Während wir uns in der Achterkajüte unterhielten, war es zu einer Art Luftveränderung gekommen. Als würde man sich in einem kleinen Raum aufhalten, einem Schrank, und plötzlich wird die Tür zugeworfen. Ein dumpfes Dröhnen in den Ohren, ein bestimmter Geschmack im Mund als Vorwarnung des Schmerzes.

Vater war im Sessel eingenickt, jetzt sprang er erstaunlich flink auf. Er warf einen raschen Blick aus dem Fenster auf die Schwärze über dem Horizont. Dann schnüffelte er in die Luft, witterte wie ein Hund und stieß einen Fluch aus. In drei raschen, hastigen Schritten war er an der Tür, riss sie auf und lief zu der dunklen Passage unter der Leiter. Dann war er verschwunden. Ich hatte ebenfalls halb geschlafen und war noch ein wenig benommen, doch ich spürte, dass irgendetwas passieren würde. Ich stand aus dem Sessel auf und wurde umgehend wieder zurückgeworfen, als irgendetwas – der Schlag eines Riesenhammers? – von schräg achtern gegen die Hoffnung schlug und das Schiff beinahe kentern ließ. Ein gewaltiger berstender Krach ertönte irgendwo auf Deck über mir (es war die Bramstange), weitere ungewohnte Laute hallten in dem Raum unter Deck wider. Aus dem Sklavendeck kam ein tiefes, rumpelndes Geräusch, halberstickte Schreie und Jammern, Rasseln von Ketten und Eisen, ein lauter Ruf, ein Wort, das ich nicht verstand.

Dann hob sich das Heck der Fregatte in einer Dünung, die so hoch wie unser Haus auf Thurø sein musste; der bescheidene Inhalt meines Magens wurde in die Speiseröhre gepresst, mir wurde schwindlig, als der enorme Rumpf des Schiffs wieder hinabsank, dem hinteren Teil der Woge folgte und immer weiter hinunter gierte, bis der Kiel auf das zementharte Wasser schlug und ein Geräusch ausstieß, als würde der Boden eingeschlagen. Und ich, die gerade wieder auf die Beine gekommen war, fiel zu Boden und wunderte mich einen Augenblick darüber, dass es vor den Fenstern der Backbordseite vollkommen dunkel war. Der Koloss war über uns, wie war das passiert?

Nie hatte ich die Hoffnung so gehört. Stellt euch eine Tonne vor, die in einem Fluss voller großer Steine treibt. Stellt euch das Geräusch in der Tonne vor, wenn sie gegen die Steine stößt. Wenn sie einen Wasserfall hinunterstürzt und auf einen Felsen trifft. Während es Steine regnet, während Männer am Ufer des Flusses mit Musketen auf die Tonne schießen. Dieses Gefühl hatte man an diesem Tag auf der Hoffnung. Ich klammerte mich an die festgebolzten Möbel und das Handlaufseil in der Kajüte des Kapitäns. Unter Deck, im stinkenden Bug wurden die Schwarzen durcheinander geworfen, soweit ihre Fußeisen es zuließen, jammernd und brüllend und schließlich verstummt. Allerdings musste man in der Nähe einer Luke sein, um sie hören zu können, der Orkan übertönte sämtliche anderen Geräusche. Und der Regen, der nun in Tropfen kam, die so groß und so schwer wie Hühnereier waren. Sie wurden gegen die Planken und das Rigg geschleudert, wo die letzten Segel in Fetzen hingen und zerborstene Rundhölzer lebensgefährlich an den Resten von Stagen, Wanten und zerrissenen Rahsegeln baumelten. Das Deck war eine Todesfalle.

Jetzt, viele Stunden danach, hält man es kaum für möglich, aber die Hoffnung segelt noch, mit Inseln an allen Seiten. Was habe ich vor vielen Monaten geschrieben? Die Hoffnung wird immer segeln. Der Himmel im Südwesten ist noch immer dunkel, der Koloss rast dort unten weiter nach Süden, während wir mit gebrochenem Ruder und Schlagseite westlich humpeln. Wohin, weiß ich nicht.

WILFRED BERNTS PRIVATES LOGBUCH, FREGATTE HOFFNUNG

15. Oktober 1803
18° 42'N
64° 7'W

Von Orkan getroffen, der nun nach Süden zieht. Das Ruder ist schwer beschädigt, Verlust der Manövrierfähigkeit. Die Hoffnung muss so bald wie möglich einen Hafen anlaufen. Wir können Haiti nicht wie geplant erreichen, und mit Schwarzen als Ladung auf den Jungferninseln anzulegen, wäre ein Verstoß gegen dänische Gesetze.

Ich habe beschlossen, auf der Reede vor Charlotte Amalie zu ankern und zu versuchen, das Ruder auszubessern. Wenn nötig, können wir von der Werft Hilfe holen. Das ist im Augenblick unsere beste Chance.

Gott bewahre die Hoffnung!

MARIA FREDERIKSEN: »DER DRAMATISCHE UND WAHRHAFTIGE BERICHT ÜBER MEINE ZEIT ZU WASSER UND ZU LANDE«, SANKT CROIX, CIRCA 1810

Ich weiß, dass Vater und Bernt mehrere Gespräche über unsere Situation geführt haben. Bernt beabsichtigte, weiter nach Osten zu segeln, bis Haiti oder Kuba oder bis zu einer anderen Insel, wo der Handel mit Schwarzen noch an der Tagesordnung ist, um dort die Ladung der Hoffnung mit knapp zweihundert Negern bei einem sogenannten *scramble* zu verkaufen. Aber nach der Begegnung mit dem Orkan war die Fregatte schwer beschädigt und musste den nächsten Hafen anlaufen.

Wir lagen südlich des 19. Breitengrades vor einer unbewohnten Insel, die Anegada heißt. Nun legten wir den Kurs südwestlich an und hatten den Wind von schräg achtern, und schon bald mussten die Männer mit den Segeln und den Resten des Ruders kämpfen, um einen sicheren Abstand zu den Riffs der Britischen Jungferninseln zu halten. Gleichzeitig brachte der Kurs uns in ein Fahrwasser, wo es stürmischer war; der Orkan raste weiter nach Süden, und wir segelten jetzt schneller, als es uns lieb war, in westsüdwestlicher Richtung und hofften, Sankt Thomas zu erreichen, bevor das Ruder ganz brach.

Gegen acht Glasen, während der Morgenwache, hatte der Wind etwas abgeflaut. Wir lagen südlich von Sankt Jan, der kleinsten der dänischen Inseln. Vater übernahm das Ruder und legte den Kurs genau westlich an. Ich stand neben ihm, als er etwas sagte, was ich überhaupt nicht verstand. Oder besser, ich verstand es, aber ich verstand nicht, warum.

»Hol deine Sachen«, forderte er mich auf. Ich blickte ihn an.

»Meine Sachen? Welche Sachen?«

Er wandte den Blick nicht vom Kurs ab.

»Die Sachen, die du mit an Land nehmen willst. Die Dinge, die dir wichtig sind und die du bei dir haben willst.«

Vater sah auf mich herab. Wieder zeigte er ein Gesicht, das ich kaum kannte. »Tu, was ich dir sage. Hol, was du nicht verlieren willst.«

Ich gehorchte, ging unter Deck, stand in meiner kleinen Kajüte und sah mich um. Ich hatte eine Tasche mit Kleidern und persönlichen Dingen. Mein Tagebuch und meine Briefe, die ich nicht abgeschickt hatte. Ich nahm sie und steckte sie in die Tasche. Sah mich noch einmal um. Dann ging ich zurück. Vater stand am Platz des Rudergängers vor dem Besanmast. Er sah meine Tasche, nickte und lächelte. Dann zeigte er nach vorn, auf eine Insel einige Grad an Steuerbord.

»Sankt Thomas«, sagte er.

Ich lief an die Reling und blickte auf die ferne, dunkelgrüne Küste. Sankt Thomas! Ich hatte mir so oft vorzustellen versucht, wie die Insel aussah, auf der ich zur Welt gekommen war. Es war schwer zu begreifen, dass ich sie nicht zum ersten Mal sah, dass diese Insel das Erste war, was meine neugeborenen Augen erblickt hatten. Als wir alle drei noch zusammen waren, meine Mutter, mein Vater und ich. Jetzt stand ich am Schanzkleid und starrte wie verzaubert hinüber. Und die Insel kam näher. Vater legte den Kurs jetzt etwas nördlicher an, und schon bald sah ich die Brandung gegen die graubraunen Felsen der Insel schlagen. Heute weiß ich, dass ich die Landspitze der Little Cocolus Bay gesehen habe, und eine halbe Seemeile voraus lag die Frenchman's Bay, wo unser Abenteuer ein so jähes Ende nehmen sollte.

Ich kann mir nicht vorstellen, dass Vater, der hier schon früher gefahren war und stundenlang die Seekarten studiert hatte, das Riff der Frenchman's Bay nicht kannte, wo ein kleines Felswerder ein paar Kabellängen vom Land aus dem Wasser ragt. Vielleicht war die Hoffnung auch nur etwas zu weit nördlich gekommen; möglicherweise hatte der Wind auch gerade im denkbar schlechtesten Augenblick aufgefrischt –

ausgeschlossen ist das nicht. Doch egal was der Grund dafür war, jedenfalls kam die Hoffnung dem Werder so nahe, dass sie nicht mehr genug Wasser unter dem Kiel hatte. Ich hörte ein dumpfes Dröhnen des Rumpfes, aber nur ganz kurz, als hätte die Fregatte irgendetwas gerammt oder umgestoßen, als würde sie nun irritiert brummen. Ich blickte zu meinem Vater auf. Er zog das Rad nach links, vielleicht, um die Reste des Ruders arbeiten zu lassen und die Fregatte von der Küste und dem Riff fortzuzwingen, doch natürlich war es viel zu spät. Sekunden nach dem ersten Schlag unter uns folgte eine Reihe scharrender Geräusche, die selbst eine Person, die niemals einen Fuß auf ein Schiffsdeck gesetzt hat, nicht hätte missverstehen können: Die Hoffnung war auf Grund gelaufen, und es war harter Grund. Es waren Felsen und Korallen, und sie rissen den Rumpf auf, spalteten die dünne Schicht aus hartem Holz, Kupferplatten, Teer und Kalfaterung, die uns vom Meer trennte, als wäre sie aus Papier.

Dann folgte ein noch lauterer Schlag, und ich wurde nach vorn geworfen und stieß mit der Hüfte gegen das Geländer vor dem Platz des Rudergängers. Vater fiel auf die Decksplanken, überall ertönten Schreie, Bernt rannte übers Deck, kreideweiß im Gesicht, und warf sich auf das Ruder, doch das war lediglich ein Reflex, eine verzweifelte Handlung. Um noch irgendetwas zu retten, war es längst zu spät.

Dann krängte das Schiff, als die See es anhob und länger auf das Riff trug, der Kiel schlug erneut hart auf Grund, die Fregatte legte sich einige Grade nach Steuerbord. Ich kam auf die Beine, drückte meine Tasche an die Brust und suchte Vater. Er humpelte auf die vier Beiboote zu, die vor der Barrikade der Sklaven gestapelt und verzurrt lagen. Männer der Besatzung waren dabei, die Boote aus den Halterungen zu lösen, sie mussten zu Wasser gelassen werden, das wusste in diesem Augenblick jeder; es ging um Leben oder Tod für uns alle. Vater überwand die Sklavenbarrikade und half den Männern, bald hoben sie eines der Boote an seinen Leinen über die Reling und ließen es zu Wasser.

»Maria!«, rief er. »Komm her!«

Eine schwere Dünung, geboren in dem Unwetter tief im Süden,

presste sich unter den Rumpf der Fregatte, hob sie an und ließ sie auf den felsigen Untergrund fallen. Ich hörte ein Splittern, das mich zusammenzucken ließ; das Schiff krängte plötzlich weit stärker als zuvor. Dann kam eine weitere Woge – immer kommen sie in Serien hintereinander und verlieren erst nach und nach an Kraft –, und ich klammerte mich ans Geländer, als das Deck unter mir abschüssig wurde. Ich glaube, ich schrie, vielleicht rief ich Matthias, jedenfalls dachte ich an ihn. Wo war er? Ich konnte ihn nirgendwo entdecken. Bernt stand am Ruderkranz, bleich und versteinert, Dr. Reimann kam aus der Achterluke und lief zur Reling, um in Richtung Land zu sehen. Ich folgte seinem Blick. Es war weit bis zur Küste mit der rasenden Brandung, zu weit, aber der kleine Werder, der aus dem Wasser ragte, war ganz nah. Er sah kaum länger aus, als der Rumpf der Fregatte, doch er könnte unsere Rettung werden.

Vater packte mich und zog mich übers Deck; es war schwierig, das Gleichgewicht zu behalten, wir rutschten auf den salzig glatten Decksplanken zur Seite, dann kam eine weitere schwere Dünung, die das Schiff hob und auf den Felsen fallen ließ. Das Geräusch war fürchterlich, das Schiff wurde unter uns zerschmettert. Ein Matrose hatte begonnen, die Sklavenbarrikade mit einem Rundholz zu zerschlagen, das er wie einen Rammbock einsetzte. Wir drückten uns an ihm vorbei zur Reling, wo das Boot wartete. Ein paar Männer mit wilden Blicken und Bärenkräften hielten es mit Bootshaken am Rumpf.

»Runter mit dir!«, rief Vater. Ich kletterte auf die Brüstung, einer der Männer streckte die Hände aus, um mich zu greifen. Ich wandte den Kopf von der schäumenden See und schaute nach hinten.

»Spring jetzt, Maria!«

Ich sprang.

Dann war ich im Boot, das durch die Brandung tanzte, hinter mir sah ich die Hoffnung in der Gewalt der See; sie krängte jetzt mehr, sehr viel mehr; die Reling, von der ich vor einem Moment gesprungen war, war jetzt ganz im Wasser, das Meer drang darüber ein und zog das Schiff hinunter in die Tiefe hinter dem Riff. Ich blickte auf das abschüssige Deck. Ich sah, wie mein Vater sich zur Luke mittschiffs vorkämpfte; er setzte sich auf den Rand und ließ sich ins Innere des Schiffs fallen. Dann hob eine neue Welle die Hoffnung in die Höhe, und als sie fiel, drückte das Wasser erneut über die Reling und zwang den Rumpf noch tiefer auf die Seite. Die Luke, durch die Vater verschwunden war, war nur ein schwarzes quadratisches Loch im Deck.

Einen Augenblick schien das Schiff still zu liegen, die Dünung hatte an Stärke abgenommen, aber ich wusste, die Wellen würden zurückkehren. Und nun sah ich die Schwarzen, die ersten quollen aus dem Zwischendeck und krochen nackt und benommen übereinander; einige liefen direkt auf die zum Land gewandte Seite und warfen sich ins Meer. Ich hielt Ausschau nach meinen Vater, aber er war nicht unter ihnen. Nur Neger kamen heraus, immer mehr Neger, geschwächt nach den Monaten in Eisen rutschten und fielen sie über die schrägen Decksplanken und die Reling. Dann erreichte uns die Dünung, ich wurde gegen die Steuerbordreling des Beiboots geworfen, und alles um mich herum verschwand.

Als ich die Augen wieder aufschlug, lag ich auf dem Rücken, der Boden unter mir war hart. Ich blickte in einen blauen Himmel. Ich hörte das Meer. Ich lag auf den Felsen, hatte zum ersten Mal seit Calais vor bald einem halben Jahr wieder festen Boden unter mir. Mit Mühe drehte ich mich um, weiße prickelnde Punkte entzündeten sich wie Funken in meinen Augen, aber ich tat es, ich drehte mich um und schaute hinaus aufs Meer. Dort sah ich die Hoffnung zum letzten Mal. In der klaren Sonne lag das Schiff unter dem Blau des Himmels, bei nahezu windstillem Wetter, obwohl die Wellen noch immer mit einer zerstörerischen Kraft gegen die Küste rollten. Sie lag nun ganz auf der Seite, Wasser drang durch die Luken und zog das Schiff langsam in die Tiefe. Zwei weitere Boote waren im Wasser, aber ich konnte die Gesichter nicht unterscheiden. Ich setzte mich auf und starrte auf die Hoffnung, das schöne, verfluchte Schiff meines Vaters, als die letzte schwere Woge ihr Leichentuch darüber zog, es mit Wasser füllte und in die Knie zwang.

Dann beugte ich mich vornüber wie ein krankes Tier und presste meine Stirn gegen den Felsen, und ich weinte und weinte, bis die Funken hinter meinen Augenlidern zu einem weißen Feuer verschmolzen, und die Welt wieder um mich herum verschwand. Ich hatte das Gefühl, als würde ich sterben.

MIKKEL EIDES TAGEBUCH, JULI 1824

Als die Pflanzer und ihre Männer auf Hans Lollik Eiland an Land gingen, widersprach das jeglicher Vereinbarung, die wir zu Hause getroffen hatten. Wir waren zu wenige, ich selbst zählte kaum, ich war, trotz der Büchse in meiner Hand, nur ein kritischer Beobachter.

Und doch hätte ich es wissen müssen; Marcussen ist kein Mann, der zögert oder geduldig wartet, bis die notwendigen Truppen zusammengetrommelt sind. Ich hätte es wissen müssen.

Wir hatten die Insel einmal umsegelt, an der Ostküste mit halbem Wind, ohne etwas zu sehen. Nun segelten wir durch die Passage zwischen Hans Lollik und einer kleineren Insel nördlich von ihr. Willumsen vollführte eine Halse, danach ging es im Windschatten der Insel die Westküste entlang.

»Sind Sie sicher?«, erkundigte sich Marcussen.

»Ja«, erwiderte Willumsen. Er hatte eine Gestalt zwischen den Palmen am Südstrand der Insel gesehen, dem einzigen Teil der Küste, an dem es einen Sandstrand gab. Der Rest bestand aus Felsen, die eine Landung weitgehend unmöglich machten. Aber am westlichen Ende des breiten, halbmondförmigen Strandes ragte eine Art Kap ins Meer, und an dessen Rückseite gab es eine kleine sandige Bucht, in der man an Land gehen konnte. Diese Bucht steuerte Willumsen an.

Die Mannschaft strich die Segel und ließ den Anker fallen, alles so leise wie möglich.

»Hier ist niemand mehr«, erklärte Marcussen. »Wenn Willumsen am Strand einen Neger gesehen hat, dann hat der Neger auch uns gesehen. Wenn es also ein Maroon-Lager gibt, dann ist es jetzt leer, dann haben sie sich am Berg versteckt.«

Konnte man es Berg nennen? Ich schaute den grünen Hang hinauf, der sich auf dieser Seite der Insel dem Meer zuneigte. Hans Lollik war kein Berg, höchstens ein runder Hügel, der mit Gebüsch und einigen wenigen verkümmerten Bäumen bewachsen war. Aus der Vegetation ragten am höchsten die schlanken, ewig im Wind flüsternden Kokospalmen heraus, die überall in Westindien nur an den Küsten wachsen.

Die erste Gruppe Männer stieg ins Beiboot: Jensen, noch immer blass und verschwitzt von seiner Seekrankheit, Willumsen mit einer enormen Muskete über der Schulter, Mandahl, die drei Aufseher und zwei Besatzungsmitglieder, um die Schaluppe zu rudern. Der Rest der Besatzung, Marcussen, Just und ich warteten, bis sie uns abholten. Just fragte: »Erschießen wir sie auf der Stelle oder nehmen wir sie mit?«

»Ich weiß es nicht«, gab Marcussen zur Antwort. »Erst will ich sehen, wie viele es sind. Und wem sie gehören.«

»Sie haben eine Lehre verdient.« Just hielt zwei Flinten in der einen und einen Säbel in der anderen Hand.

Marcussen erwiderte nichts.

Ich blickte dem Boot hinterher. Es krängte ein wenig zu der Seite, auf der Willumsen saß. Der Mann wog vermutlich dreihundert Pfund. Einen Moment später erreichten sie den Strand, die Männer sprangen ins flache Wasser und wateten mit ihrer Ausrüstung im Arm an Land. Dann kam das Boot zu uns zurück.

Marcussen wandte sich an mich. Sein breites Gesicht war ernst. »Sind Sie bereit, Mikkel?«

Ich zögerte. Ich sah es vor mir: Die Männer, die landeinwärts gehen, Marcussen zuerst, ich als Letzter, alle bewaffnet. Die Schwarzen, die entwichenen Sklaven, die sich möglicherweise verteidigen und wahrscheinlich einfach niedergemäht, auf der Stelle bestraft werden, nur weil sie ihre Freiheit gesucht haben. Ich wollte nicht sterben und ich würde es mir nie vergeben, einen anderen Menschen zu töten. Ich sah Marcussen an und schüttelte den Kopf, und sobald ich es getan hatte, empfand ich eine große Erleichterung.

Marcussen nickte, nicht eine Spur überrascht. »Dann ist das halt so«, entgegnete er. Er verzog sein Gesicht zu einem Lächeln und fügte hinzu: »Professor.« Wieder hatte ich das Gefühl, ein Soldat unter Befehl zu sein, ein Gemeiner, der seinen Offizier enttäuscht hat.

Ich stellte die Flinte an die Reling. Marcussen legte eine Hand auf meine Schulter, doch nur einen Augenblick. Dann kletterte er über die Reling ins Boot. Ivar Just folgte ihm. Ich blickte dem Boot nach, als es in Richtung Strand gerudert wurde. Diesmal glitt es auf den weichen Sand, auf die pulverisierten Korallen, die Muschelschalen und Schneckenhäuser, die sich in Jahrtausenden zu Puderzucker verwandelt hatten. Der gleiche Sand wie daheim vor der Hütte. Ich sah meinen Freund Marcussen ins lauwarme Wasser springen und den Strand hinaufgehen. Die stummen Ruderer zogen das Boot auf den Strand, um sicherzugehen, dass es nicht abtrieb. Ich sah, wie die Männer das flache, mit Gebüsch überzogene Kap überwanden, das die beiden Sandstrände voneinander trennte. Dann war ich allein.

Eine Weile hielt ich Ausschau und erwartete jeden Moment, vom Land her einen Schuss oder einen Ruf zu hören, doch alles blieb still. Ich ging vom Achterdeck zum Vordersteven, wo das Ankertau vom Gewicht der Galeasse gespannt war. Im Süden sah ich Sankt Thomas' grüne Hänge unter der Sonne. Ich schlenderte ein wenig an Deck auf und ab und setzte mich auf eine Bank am Achtersteven. Ich schloss die Augen vor dem Sonnenlicht und hielt ein Nickerchen.

Ich wachte auf, als jemand meinen Namen rief. »Eide! Eide! Mikkel!« Marcussen. Ich erhob mich von der Bank und schaute hinüber. Das Boot war auf dem Weg zu mir, aber irgendetwas war nicht in Ordnung, es saß nur ein einziger Mann darin. Er streckte die Arme aus, um beide Ruder gleichzeitig zu bedienen: Eine breitschultrige dunkle Gestalt saß mit dem Rücken zu mir im Beiboot und hielt Kurs auf die Galeasse.

»Eide!«, hörte ich es wieder rufen. Ich blickte zur Böschung, konnte aber nichts erkennen. Aber ich hob beide Arme über den Kopf und winkte, und dann ertönte ein neuer Ruf.

»Maroon!«

Wieder sah ich zu dem Mann im Boot, der sich in diesem Moment umdrehte und über die Schulter blickte, ich duckte mich hinter das Schanzkleid und spähte durch eine Klüse. Ein Schwarzer auf dem Weg zur Galeasse, auf dem Weg zu mir, im Beiboot der Mary. Was konnte ich tun?

»Erschießen Sie ihn!«, brüllte Marcussen, als hätte er meine Gedanken gelesen. Ich hätte ihn gerne zum Schweigen gebracht. Der Mann im Boot konnte ihn doch auch hören. Und vermutlich verstand er Dänisch.

»Erschießen Sie ihn!«, tönte es erneut.

Ich spähte über die Reling. Der Mann ruderte, hin und wieder warf er einen Blick über die Schulter. Er war jetzt so weit herangekommen, dass ich die Muskeln zwischen seinen Schulterblättern arbeiten sah. Plötzlich erhob sich eine weiße Säule aus Wasser auf der linken Seite des Boots, eine Sekunde später kam der Knall. Sie schossen vom Hang auf ihn. Der Mann reagierte nicht, er ruderte unangefochten weiter. Noch eine Kugel schlug im Meer hinter ihm ein, weit vom Boot entfernt. Jetzt war er so nah, dass ich hören konnte, wie er vor Anstrengung keuchte.

Der Neger wollte an Bord der Galeasse! Er wollte … ja, was?

Sie stehlen? Sie in Brand stecken? Aber er musste doch verstanden haben, was gebrüllt wurde. Er musste wissen, dass das Schiff nicht verlassen war, zumindest nicht ganz.

Ich sah mich um, noch immer hinter der Brüstung verborgen. Es gab kein richtiges Versteck an Deck. Sollte ich über Bord springen … konnte ich an Land schwimmen? Ja. Aber das wäre das falsche Vorgehen, ich hörte bereits Marcussens Wut und, was vielleicht noch schlimmer war, seinen Hohn. Er würde mir nie vergeben. Und der große, bedrohliche Willumsen genauso wenig.

Ich höre den Neger die Ruder einziehen, sie fallen auf den Boden des Beiboots. In wenigen Sekunden ist er hier. Ich greife nach meinem Gewehr und laufe so leise wie möglich zum Deckshaus und zur Treppe, die unter Deck führt. Als ich ganz hinten die Kajüte des Kapitäns erreiche, höre ich seine Schritte über mir. Stiefellose Schritte, die am Deckshaus anhalten. Aber nur einen Moment, dann höre ich ihn auf der Treppe, er ist auf dem Weg ins Innere des Schiffs! Ich ziehe mich ganz hinten in die Kajüte zurück, ein wenig Licht fällt durch die salzwasserverschmierten Bullaugen an beiden Seiten des Rumpfes, ich sehe die nicht ganz verschlossene Tür, sie steht einen Spaltbreit offen. Außerdem dringt vor der Kajüte schwaches Licht durch die übrigen Bullaugen ein. Ich höre die Schritte des Negers, vorsichtig, tastend, als würde er erwarten, dass ihn jemand überrascht. Ich umklammere die Büchse in meinen Händen und senke langsam den Lauf, sodass er auf die Tür zeigt.

Der Spalt verdunkelt sich, er ist direkt vor der Tür stehengeblieben. Meine Atmung setzt aus, mein Herz hämmert. Ich weiß, dass nur ich es hören kann. Das Dröhnen im Mittelohr, das Blut, das durch die Pulsadern und Venen des Kopfes saust.

Dann wird die Tür aufgestoßen, und er steht vor mir, ungefähr fünf Schritte entfernt; ein großer Schwarzer, so groß, dass sein krauses Haar, mit dem sein Schädel wie ein Helm bedeckt ist, die Unterseite des Decks berührt, mit nacktem Oberkörper und breiter Brust. Einen Augenblick sehen wir uns an, beide erstarrt, ich mit der Büchse, er mit einer Pistole in der Hand. Er hebt sie und zielt auf mich, direkt auf meine Brust, nicht auf den Kopf; er will sicher sein, dass er trifft. Doch dann hebt er die Pistole höher, sodass wir uns entlang des kurzen Pistolenlaufs ansehen. Unzählige Gedanken schwirren mir wie kleine schwarze Vögel durch den Kopf. Warum sagt er nichts? Warum schießt er nicht? Meine Büchse zielt auf ihn, ungefähr auf seinen Bauch, aber mein Finger ist nicht einmal in der Nähe des Abzugs.

Eine Explosion erfüllt den Raum, eine Flammenzunge schießt mir entgegen, etwas trifft meine Wange, streift mein Ohr, und der Gestank von verbranntem Fleisch kriecht mir in die Nase. Hinter mir ertönt ein Geräusch, wie von einer Peitsche, nur lauter. Mein Herzschlag setzt aus, das Geräusch wird abgelöst von einem verrückten Klingeln in meinen Ohren; ich bewege meinen Finger und spüre die scharfe Metallkante des Abzugsbügels, ich bewege den Finger weiter, lege ihn auf den Abzug, der eher rund ist, wie das Ende eines Bleistifts oder das dickere Ende meines Federkiels, wenn ich schreibe. Und ich denke nicht nach, ich drücke ihn durch und schließe die Augen.

Als ich sie wieder öffnete, hingen dichter Rauch und der Gestank des Pulvers in der kleinen Kajüte. Ich hatte das Gefühl, taub zu sein. An der Tür lag der Mann, der auf mich geschossen hatte, auf der Schwelle. Ich ließ die Büchse auf die Bodenplanken fallen und führte eine Hand an meine Wange. Erst dachte ich, ich würde heftig schwitzen, doch dann sah ich, dass meine Hand rot vor Blut war, klebriges rotes Blut lief mir vom Ohr über die Wange. Vorsichtig führte ich die Hand ans Ohr, das Ohrläppchen war noch da, aber es war verletzt.

Dann ging ich zu dem Mann. Er lag auf dem Rücken und starrte an die Decke, aber er war nicht tot; seine Augenlider flackerten, er atmete in hastigen Stößen. Ein Loch in der Größe einer Gewehrkugel zeigte sich mitten auf seinem breiten Brustkasten, das Blut sprudelte im Takt seiner Atmung heraus, lange würde er nicht mehr am Leben bleiben. Ich kniete neben ihm und sah ihm ins Gesicht, die Augenlider hörten auf zu flackern, er drehte mir sein Gesicht zu. Einige Sekunden sahen wir uns in die Augen, während seine gurgelnde Atmung anhielt. Dann keuchte er und atmete mühsam aus, zögerte einen Moment und atmete noch einmal halb ein und aus, dann war es vorbei. Ich blieb einen Augenblick still sitzen und sah, wie sein Blick sich leerte. Meine wenigen Gedanken waren sehr präzise und hart wie Gewehrkugeln. Er war ein ganz junger Mann. Und ich hatte ihn getötet.

Als ich aufstand, sah ich ein Bild auf dem Schott vor mir, eine merkwürdig leuchtend blaue und lebhafte Widergabe der Welt außerhalb der dunklen Achterkajüte, die wie in einem Hohlspiegel auf dem Kopf stand. Ich trat vorsichtig näher, und sofort verschwand das Bild, mein Körper verdeckte seinen Ursprung. Ich drehte mich um, und ein gleißendes Licht traf mein Gesicht, es strömte durch ein rundes Loch von der Größe einer kleinen Münze. Die Kugel, die mich am Ohrläppchen verletzt hatte, war durch das Holz des Achterspiegels geschlagen, und das kleine Loch, das sie hinterlassen hatte, ließ die Kajüte zu einer großen Camera obscura werden, die mir nun eine paradiesische Welt zeigte, eine in der Dunkelheit flimmernde Fata Morgana …

Ich ging an Deck, stand in der vom Wasser reflektierten Sonne und schaute an Land. Es war still. Ich ging zur Reling und sah ins Beiboot hinab. Ich musste die anderen holen, nur hatte ich noch nie ein Boot gerudert. Ich ging noch einmal zur Kajüte des Kapitäns, schritt über den toten Neger hinweg, nahm mir eine neue Flintschlossbüchse aus der Kiste mit den geladenen Waffen und kehrte zurück an Deck. Dann löste ich die Vertäuung von der Klampe, kletterte über die hohe Brüstung und sprang ins Beiboot. Es kam mir sehr viel größer vor, als ich darin saß, aber ich erinnerte mich daran, wie der Schwarze es mit seinen muskulösen Armen mit beiden Rudern gerudert hatte. Ich hob ein Ruder vom Boden und versuchte unter großen Schwierigkeiten, es ins Wasser zu bringen, ich hatte keine Vorstellung gehabt, wie schwer solch ein Ruder war. Als wollte man einen von Kopenhagens gusseisernen Laternenpfählen auf der Hand balancieren. Dieses Boot war nicht dazu gedacht, von einem einzigen Mann bedient zu werden, ich konnte die Schulterschmerzen bereits spüren, die ich mir allein bei dem Versuch zuziehen würde.

Wieder sah ich zum Ufer. Noch immer nichts, kein Mensch, weder Weiße noch Maroons. Dann hörte ich es in der Ferne einige Male knallen, beinahe so, als würden kleine Steine fest gegen eine Mauer geworfen. Schüsse? Ich zählte, es knallte mehrfach, dann eine Pause, dann weitere drei Mal. Noch einmal drei. Stille. Eine Schar großer Vögel, vermutlich Pelikane, stieg von dem Höhenzug auf Hans Lollik auf und flog übers Meer nach Osten. Ich saß in dem schaukelnden Boot, hier am blanken Freibord der Galeasse war es seltsam friedlich. Ich wartete und horchte. Das Wasser in der Lagune leuchtete türkisblau. Alles blieb ruhig. Dann sah ich etwas am Ende des Strands hinter dem Kap – ein Boot oder eine Jolle legte mit vier Männern an Bord ab, alle bekleidet und weiß. Einer von ihnen schwang seinen Hut, ich war fast sicher, dass es sich um Marcussen handelte.

Einige Minuten später drehten sie an der Mary bei. Ich war zurück an Deck geklettert. Marcussen rief mir zu:

»Eide! Was ist passiert? Wo ist der Neger? Ich habe gesehen, wie er an Bord ging …«

Ich wartete, bis er zu mir gekommen war. Er sah mich an, das Blut, das mir über die Wange und den Hals gelaufen war, hatte mein Hemd rot gefärbt. »Er ist tot«, sagte ich.

Marcussen untersuchte mein Ohr. Ich zuckte zusammen, als er es berührte. »Ihnen fehlt ein Ohrläppchen«, stellte er fest.

»Nicht ganz, glaube ich.«

»Was ist passiert?«

»Er hat auf mich geschossen«, berichtete ich. »Aber er hat nicht getroffen. Oder … fast nicht.«

Marcussen sah sich mein Ohr an. »Das muss genäht werden.« Ich schüttelte erschrocken den Kopf. Er griff nach seiner schwarzen Tasche, die ich bereits damals im Dorf der Schwarzen gesehen hatte. »Setzen Sie sich«, forderte er mich auf, drückte ein zusammengefaltetes Stück Stoff auf mein verletztes Ohr und forderte mich auf, es festzuhalten. Ich tat, was er sagte.

Willumsen, Ivar Just und der alte Pflanzer Mandahl waren ebenfalls aus dem Ruderboot geklettert.

»Wo sind die anderen?«, wollte ich wissen.

»Die sind noch auf der Insel. Wir schicken ihnen das Beiboot. Kommen Sie mit, Eide.«

Marcussen und ich gingen unter Deck. Er ging neben dem toten Schwarzen in die Hocke.

»Kennen Sie ihn?«, fragte ich.

Marcussen nickte. »Er war bis zum letzten Herbst bei mir. Ein kratzbürstiger Bursche, hat nie verstanden, wo sein Platz ist. Er hat mehr Schläge bekommen als die meisten anderen.« Er stand auf und rief so laut, dass ich zusammenzuckte: »Just?«

Der Aufseher kam halb die Treppe hinunter.

»Wir müssen den hier nach oben schleppen«, erklärte Marcussen. Just nickte und stieg zurück nach oben. Einen Augenblick später fiel eine Taurolle ins Halbdunkel. Marcussen band das Seil um die Waden des Negers. Dann rief er: »Hau ruck!« Und die Männer auf Deck zogen am Seil, vielleicht mit Hilfe eines Spills. Der Schwarze glitt wie ein großer harpunierter Fisch über den Boden, die muskulösen Arme schleiften hinterher. Etwas schrammte unter ihm. Ich sah nach. Die Pistole. Marcussen hatte sie auch gesehen und hob sie auf.

»Ah ja«, sagte er nur und sah mich an. Er hielt mir die Pistole auf der flachen Hand hin. Schwarzes Eisen, dunkles Holz. In meinen Augen sahen sich alle Pistolen mehr oder weniger ähnlich, trotzdem erkannte ich sie sofort wieder. Und ich wusste auch, was das bedeutete. Ich blickte auf den toten Körper, der ruckweise über die Bodenplanken rutschte und eine Schneckenspur aus rotem, dickflüssigem Blut hinter sich herzog. Es war der Schwarze vom Strand in jener Nacht.

Einen Moment sahen wir uns an. Marcussen machte eine ungeduldige Bewegung mit der ausgestreckten Hand. »Nehmen Sie schon«, forderte er mich auf. »Sie gehört jetzt Ihnen.«

Just brachte das Boot an den Strand und ruderte die restlichen Expeditionsmitglieder zurück zur Mary. Sie wirkten aufgekratzt, als wären sie betrunken. Sogar der seekranke Jensen hatte rötliche Wangen. Und eine Wunde am Unterarm, die so tief war, dass sie verbunden werden musste. Sie erzählten, sie hätten keine Maroons im Inneren der Insel gefunden. Vielleicht war der Tote der einzige. Und die Schüsse, die ich gehört hatte?

»Es gab so eine Art Hütte hinter den Palmen am Strand«, berichtete Marcussen und klang enttäuscht. Doch das war Heuchelei. Ich sollte glauben, dass seine Hoffnung auf die große Maroon-Jagd ein Reinfall war und ich, der Beobachter, als Einziger einen entlaufenen Neger erschossen hatte. Ich bin nicht naiv, aber ich sagte nichts.

»Und die Jolle«, sagte Marcussen. »Sie gehört auch mir. Bis zum letzten Herbst lag sie in der Bucht.«

Es musste sich um das Boot handeln, das ich in jener Nacht gesehen hatte … Afi und der Mann am Strand. Marcussens Jolle, Marcussens Sklavin, Marcussens Strand. Die Teile fielen wie in einem schlichten Puzzlespiel für Kinder an ihren Platz. Ich spürte einen Stich in der Brust. Was jetzt? Was sollte jetzt passieren?

Der Tote lag auf dem Rücken an Deck, noch immer mit dem dicken Seil um die Waden; die Arme waren über dem Kopf ausgestreckt, die hellen Handflächen leuchteten in der Sonne. Seine toten Augen starrten zum Himmel, vielleicht sahen sie direkt in die Sonne, die ein Loch in seine Netzhaut brannte. Es lief noch immer Blut aufs Deck, aber nicht mehr sehr viel. Willumsen und sein Aufseher schleppten den Toten zur Reling und legten ihn mit dem Oberkörper darüber. Dann löste Willumsen das Tau von den Füßen, hob die Beine des Mannes und warf ihn über Bord. Er zeigte auf das Blut an Deck, ohne ein Wort zu sagen. Der Aufseher warf einen Eimer an einem Seil über die Brüstung und begann, das Blut des Schwarzen von den Planken zu spülen. Bald war jede Spur des Toten verschwunden.

»Wie hieß er?«, fragte ich Marcussen.

»Wer?«

»Der Neger. Sie sagten, er sei auf Ihrer Plantage gewesen.«

Marcussen kicherte. »Daran kann ich mich nicht mehr erinnern.«

Die Männer lichteten den Anker und setzten die Segel. Schon bald glitt die Galeasse Mary aus der Lagune von Hans Lollik Eiland und segelte nach Osten. So waren wir nicht gekommen.

»Wir nehmen den anderen Weg nach Hause«, erklärte Marcussen.

Wir fuhren zwischen zwei kleinen Inseln nach Süden durch die Passage zwischen Sankt Thomas und Sankt Jan. Dort gab es weitere kleine Inseln und Werder, einen ganzen Schwarm davon, sie sahen aus wie Grasbüschel auf einer sturmumtosten blauen Wiese. Wir hatten

Westwind, daher umfuhr Willumsen die kleinen Inseln westlich und folgte die Küste entlang dem Wind, die beiden großen Gaffelsegel zeigten nach Steuerbord. Mit guter Fahrt erreichten wir eine Insel vor einer zerklüfteten Landspitze.

»Frenchman's Bay«, sagte Marcussen. »Ein guter Ort, um Schiffbruch zu erleiden.«

Wir erlitten keinen Schiffbruch. Eine halbe Stunde später legten wir am Kai in Charlotte Amalie an. Die von der Maroon-Jagd auf Hans Lollik zurückgekehrte Mary wurde in dem geschäftigen Hafen an zwei Pollern festgemacht, zwischen modernen Dampfschiffen, großen, ozeangängigen Schonern und vollgetakelten Barken. Charlotte Amalies Hafen ist einer der betriebsamsten Häfen der Karibik. Wenn Sankt Croix die Insel der Zuckerrohrmühlen ist, dann ist Sankt Thomas die Insel der Kaufleute.

Einer von Marcussens Sklaven erwartete uns mit dem Einspänner, wir verabschiedeten uns von den anderen Pflanzern. Marcussen und sein Aufseher Ivar Just gingen zum Achtersteven des Schiffs. Marcussen bückte sich und überprüfte das Seil, mit dem es vertäut war. Dann richtete er sich auf und erklärte seinem Aufseher irgendetwas. Just nickte. Die beiden Männer kamen zurück zur Kutsche. Just und der Neger gingen den Kai entlang, Marcussen und ich kletterten auf den kleinen Wagen und setzten uns einander gegenüber auf die Bänke. Er beugte sich vor und schaute sich mein Ohr an. »Lassen Sie mal sehen«, sagte er, und ich nahm die Hand mit dem zusammengefalteten Tuch herunter. Marcussen begutachtete die Wunde.

»Es blutet noch. Aber nicht viel. Drücken Sie die Kompresse noch eine Weile drauf.«

Er griff nach den Zügeln, wir fuhren den Kai entlang und bogen in eine Straße. *Gasværksgade* war ihr Name, wie mir ein Schild sagte. Kurz darauf sah ich einen Friedhof auf der linken Seite. Wir waren am Rande des Hafenviertels, eine finstere Gegend mit vereinzelten Häusern und einem lärmenden Wirtshaus, das noch nah genug an den Kais lag, damit Seeleute sich mit Rum betrinken konnten.

»Wo fahren wir hin?«, erkundigte ich mich. Ich war sicher, dass wir auf der Hinfahrt auf einem anderen Weg gekommen waren, durch wohlhabendere Viertel.

»Ich habe noch etwas zu erledigen«, antwortete Marcussen.

Am Ende des Friedhofs erreichten wir eine Querstraße.

Marcussen bog links ab, und einen Moment fuhren wir im Dunklen. Die Kronen der hohen Bäume schlossen sich über der Straße. Jetzt erkannte ich die Gegend wieder. Kurz darauf gelangten wir zu dem Haus, das als erstes von vier Häusern dem Friedhof direkt gegenüber lag. Dort war es passiert, wir hatten in diesem Haus Dinge erlebt, die sich in einem Nebel aus Opium und Rum verflüchtigten. Jetzt sah ich das Haus deutlicher. Die Fassade zur Straße war einst weiß gestrichen, der größte Teil der Farbe hatte sich jedoch von den Brettern verabschiedet. Auf einer Veranda standen ein paar Stühle unter dem Vordach. Auf einem der Stühle saß ein Mann. Er beobachtete uns, als Marcussen den Einspänner anhielt und die Bremse anzog. Ich blickte auf das Haus, das auf einem ungepflegten Grundstück mit kleinen Palmen und mannshohem Unkraut stand. Das gelbliche Licht aus der Türöffnung wurde durch einen Perlenvorhang gebrochen. Der Mann im Stuhl sah uns ruhig an, ohne zu reagieren.

Marcussen steckte die Hand unter den Sitz und zog seine schwarze Tasche heraus. Er sprang auf den Boden.

Ich verspürte einen Anflug von Furcht, in dieses Haus zurückzukehren, aber mein gesunder Menschenverstand sagte mir, dass nichts geschehen würde; Marcussen trieb nur wieder einmal seine Scherze mit mir. Ich stieg von dem Wagen, wir gingen auf das Haus und den Mann auf der Veranda zu.

Als wir die abgenutzten Bretter betraten, grüßte der magere und unrasierte Mann Marcussen mit einem Kopfnicken. Er hatte blaue Augen und war weiß, aber braungebrannt. Ich wusste, dass ich ihn beim letzten Mal gesehen hatte, allerdings konnte ich mich nicht mehr an seinen Namen erinnern. Vielleicht hatte ich ihn auch nie gehört.

»Hello, Doc«, grüßte er. *»You got my message?«*

»Guten Abend«, antwortete Marcussen. »Ja. Wo ist sie?«

Der Mann stand aus seinem Stuhl auf. Er warf mir einen Blick zu und starrte auf mein blutiges Hemd. Noch immer presste ich die Kompresse auf mein Ohr.

»Mein Gast«, stellte Marcussen mich vor. »Professor Eide.« Er sah den Mann an. »Allan Matcher.«

Dann ging er auf den Perlenvorhang zu, schob ihn zur Seite und trat in das schwache gelbliche Licht. Ich folgte ihm in einen nahezu leeren Vorraum. Drei geflochtene Stühle standen um einen runden Tisch mit einer angezündeten Petroleumlampe, die aussah, als hätte sie irgendwann einmal auf einem Schiff gehangen. Matcher beugte sich vor und drehte das Licht hoch, nun erkannte ich rechts eine Tür und einen Flur, der zur Rückseite des Hauses führte. Er ging an einer weiteren Schiffslaterne vorbei, die im Flur in einem Beschlag an der Wand hing, und betrat einen größeren Raum. Ich hörte gedämpfte, aber auch laute Stimmen, eine Frau stieß ein Geräusch aus, das ein Lachen, aber auch ein Wimmern hätte sein können. Dann sagte ein Mann zwei, drei Worte, die ich nicht verstand.

In dem Raum saßen vier Frauen auf einer niedrigen Pritsche, die an einer der Wände stand. In dem schwachen Licht erschien das Weiß ihrer Augen wie Löcher, durch die Sonnenlicht fällt – wie durch das Schussloch im Achterspiegel der Galeasse vor weniger als sechs Stunden. Eine der Frauen hatte den Mund halb geöffnet, ihre Zähne leuchteten ebenso unnatürlich weiß in dem Halbdunkel. Alle Frauen waren dunkel, aber nicht schwarz; es waren Mulattinnen, Töchter weißer Männer.

Ich erinnere mich an keines der Frauengesichter, obwohl ich sie schon einmal gesehen habe. Mein Blick gleitet wachsam und ängstlich über ihre Gesichter und ihre dunkle Haut: Sie sind nur mit Stofffetzen bekleidet, Lumpen, wie ein ordinäres Zerrbild ihrer Armut. Wir gehen an ihnen vorbei, und Matcher öffnet eine Tür zu einem dunklen Zimmer. Sie schwingt auf, und er lässt Marcussen und mir den Vortritt.

Marcussen dreht das Licht hoch. Die Lampe steht auf einem Tisch an der rohen Bretterwand, er stellt seine Tasche daneben. Seine schwarze Arzttasche. Diese Tasche … Marcussen, der Pflanzer, mein Freund und mein Gegner in der Sklavenfrage, ist Arzt, möglicherweise habe ich es bereits geahnt, aber warum? Die Gedanken schwirren in meinem müden Hirn hin und her – an diesem Tag, an dem ich einen Mann ermordet und gesehen habe, wie man ihn wie einen Sack Abfall über Bord geschmissen hat, an diesem Tag, an dem Marcussen nicht länger nur Pflanzer und Sklavenbesitzer ist, sondern auch noch etwas ganz anderes –, und nun tritt Marcussen an die Pritsche, auf der eine Gestalt liegt, deren dunkle Haut vor Schweiß glänzt. Als Erstes legt er seine Hand auf ihre Stirn, um das Fieber zu messen, so wie es ein Arzt macht, fürsorglich, tröstend, professionell.

Auch ich trete ein wenig näher, sehe ihr Gesicht und erkenne es wieder: der Silberring in der Nase, die großen geschminkten Augen, die nun erschöpft und ohne Schminke glänzen, die fülligen Lippen ihres Mundes, den ich geküsst habe, wie ich mich erinnere. Diese Nacht nach Emilys Hotel, diese nach Kokos duftende Hure … Ich blicke nach oben, und da sind sie, die Schäfchenwolken, an die Decke des Zimmers gemalt.

Ich blieb stehen und hatte das Gefühl, vollkommen verwirrt und hilflos zu sein. Matcher, dieser magere Mann, der kein Dänisch sprach, hatte das Zimmer verlassen und die Tür geschlossen. Ich hörte einen Mann mit lauter, berauschter Stimme reden, ein anderer rief ihm etwas zu, dann stieß eine Frau einen halberstickten Schrei aus. Eine Tür wurde zugeworfen, wieder brüllte ein Mann, eine Frau schluchzte direkt vor der Tür zu unserem Zimmer. Währenddessen untersuchte Marcussen das Mädchen auf der Pritsche. Zunächst schien sie leblos und ohne Bewusstsein, doch nun sprach sie mit leiser, flüsternder Stimme, und Marcussen hörte geduldig zu, während er ihr Handgelenk hielt, wahrscheinlich um ihren Puls zu prüfen. Er untersuchte sie, schaute ihr in den Mund, drückte auf ihr Zwerchfell und ihre Glieder, beugte vorsichtig ihr Knie, tastete mit beiden Händen den Hals ab, untersuchte ihre Haut an den Brüsten und Armen, horchte sie ab mit einem langen Rohr mit einem kleinen Trichter an beiden Enden, das er ihr auf Brust und Rücken drückte; in diesem Moment war er, und das würde ich beschwören, nichts anderes als ein gewissenhafter, gründlicher Arzt.

Ich rührte mich nicht, stand lediglich an der Tür und sah dem Arzt und seiner Patientin zu – zwei Menschen, die beide etwas anderes geworden waren, als das Schicksal ihnen ursprünglich zugedacht hatte. Sie war schmächtiger, als ich es in Erinnerung hatte, beinahe mager, ihr Alter war schwer zu beurteilen. Ihre Wangenknochen waren breit, die Züge fein, obwohl ihr Gesicht vor Schweiß glänzte und von der Erschöpfung durch die Krankheit verzerrt war. Als Marcussen seine Untersuchung beendet hatte, stand er von der Pritsche auf und trat zu mir. »Kommen Sie«, sagte er.

In der Zwischenzeit hatten der Lärm und die Stimmen vor der Tür zugenommen. Marcussen öffnete die Tür in dem Moment, als ein kräftiger, aber nicht sehr großer und splitternackter Weißer aus dem gegenüberliegenden Zimmer taumelte und einer weiteren Mulattin hinterherlief. Er packte sie so bei den Haaren, dass sie mit einem Schrei hintenüberfiel und mit dem Hinterteil auf dem Fußboden landete. Der Mann schleppte sie über die groben Fußbodendielen zu der Tür, die gerade aufgeflogen war. Das Mädchen schrie immer lauter. Blut lief ihr aus dem Mundwinkel.

Marcussen stellte ruhig seine Tasche auf den Boden und ging auf den Mann zu, der vor der Tür stehengeblieben war, das Haar der am Boden liegenden Mulattin immer noch festhaltend. Marcussen legte dem Mann seine Hand auf den Unterarm, einen Moment sahen sie sich an. Dann ließ der Fremde die Haare los, und das Mädchen stand auf und lief auf die gegenüberliegende Seite des Raums, wo zwei andere Frauen sie auf einer Pritsche an der Wand erwarteten. Marcussen schloss die Tür hinter dem nackten Mann, dann ging er den Flur entlang und sagte im Vorzimmer zu Allan Matcher: »Im rechten Zimmer ist ein Bursche, der raus muss.« Matcher nickte und setzte sich in Bewegung. Bevor er die Tür zu dem Zimmer mit dem nackten Mann öffnete, drehte er sich um und rief uns zu: »Was hat Sabine?«

»Ich glaube, es ist *dandy fever*. Sie hat alle Symptome. Gib ihr reichlich zu trinken. Und Obst zu essen. Pass auf, ob sie anfängt zu bluten, und ruf mich, wenn es passiert.«

»Ist es ansteckend?«, erkundigte sich Matcher.

»Ja«, antwortete Marcussen. »Wenn sie von einer Mücke gestochen wird, und diese Mücke sticht dich.« Er grinste den mageren Engländer ironisch an, und plötzlich sah ich wieder den richtigen Marcussen, den Pflanzer und Maroonjäger, nicht den fürsorglichen Arzt.

Als wir wieder im Einspänner saßen und Marcussen seine Tasche unter den Sitz gestellt hatte, blickte ich zu dem Haus zurück. Es sah aus wie vorher, gelbliches Licht hinter einem Perlenvorhang, dunkle Fenster im ersten Stock. Doch jetzt bemerkte ich die vier Buchstaben an der Fassade, direkt über dem schmalen Verandadach. Das Haus hatte einen Namen.

ROSA

»Warum wollten Sie mir das zeigen?«, fragte ich ruhig. »Damit ich weiß, dass Sie nicht immer Pflanzer waren?«

Marcussen zuckte die Achseln.

»Wollte ich Ihnen etwas zeigen? Hm. Das Mädchen, vielleicht. Sie erinnern sich an sie, oder? Ich habe dieses Haus hier vor fünfunddreißig Jahren gekauft und eine Zeitlang darin gewohnt. Jetzt vermiete ich es.«

Ich wusste nicht, was ich sagen sollte. Ich verstand, dass sich hinter diesen Worten eine Tragödie verbarg, aber nicht, worin sie bestand.

»Und ab morgen«, erklärte er, »arbeitet unsere Afi dort.«

BRIEF: GOUVERNEUR CASIMIR WILHELM VON SCHOLTEN, SANKT THOMAS, AN BALTHAZAR FREDERIK VON MÜHLENFELS, SANKT CROIX, OKTOBER 1803

Charlotte Amalie, 17. Oktober 1803

Herr Generalgouverneur,

ich habe Ihnen mitzuteilen, dass sich nach einem Schiffbruch in der Frenchman's Bay vor zwei Tagen zweiundsiebzig Bussal-Neger in einstweiliger Internierung auf Fort Christian befinden. Eine größere Anzahl Schwarzer und ein Teil der europäischen Seeleute kamen bei dem Schiffbruch ums Leben. Bei dem Schiff handelt es sich um die Fregatte Hoffnung aus Kopenhagen.

Die Einfuhr von Negern in die dänischen westindischen Besitztümer ist seit dem 1. Januar 1803 bekanntlich verboten. Ich vermute, dass die Ladung zu den spanischen Inseln gebracht werden sollte, um dort veräußert zu werden. Solange sie sich in Dänisch-Westindien aufhalten, müssen sie rechtlich betrachtet als freie Neger angesehen werden, ähnlich wie die zahlreichen freigekauften Sklaven, die es auf den Inseln gibt. Ich vermute, dass die meisten wieder nach Hause wollen, nach Guinea, woher sie stammen, und ich erlaube mir, weiterhin anzunehmen, dass dies eine Option wäre, wenngleich die Frage natürlich ungeklärt ist, wer eine derartige Reise gegebenenfalls bezahlen soll.

Die Fregatte Hoffnung ging in Verbindung mit dem Schiffbruch verloren und wird nicht zu bergen sein. Laut meinen Informationen war der Kapitän ein gewisser Wilfred Bernt aus Kopenhagen. Anton Frederiksen, der Reeder der Fregatte, kam ums Leben, als er darum kämpfte, die mehr als einhundertfünfzig angeketteten Sklaven zu befreien, die diese Reise bis zur Grundberührung in der Frenchman's Bay überlebt hatten.

Acht überlebende Seeleute – alles Dänen, mit Ausnahme des Kochs, einem Spanier – wurden im Fort in Arrest genommen und werden, sobald es uns möglich ist, zu einem juristischen Nachspiel nach Dänemark geschickt.

Ich möchte höflichst um die Haltung des Generalgouverneurs in der Frage bitten, was weiterhin mit den Negern geschehen soll. Ein Teil von ihnen ist nach der Überfahrt und dem Schiffbruch in erbärmlicher Verfassung, einige mussten im Lazarett behandelt werden. Ich erwarte, dass eine gewisse Anzahl von ihnen kaum die nächsten Tage überleben wird.

Hochachtungsvoll
C. W. von Scholten
Gouverneur, Sankt Thomas

BRIEF: GENERALGOUVERNEUR BALTHAZAR FREDERIK VON MÜHLENFELS, SANKT CROIX, AN GOUVERNEUR CASIMIR WILHELM VON SCHOLTEN, SANKT THOMAS, OKTOBER 1803

Christianssted, 19. Oktober 1803

Lieber von Scholten,

gerade in diesem Monat habe ich die Kommission für den Negerhandel angeschrieben, um im Namen der westindischen Pflanzer dringlich zu ersuchen, das Verbot des Negerhandels und -transports bis zu einem späteren Zeitpunkt auszusetzen. Ich habe – vor dem Hintergrund der Zahlen der vergangenen beiden Jahre 1801 und 1802 – dokumentiert, dass der Wunsch der dänischen Regierung, die Inseln könnten sich durch tüchtige Zuchtarbeit selbst mit Negern versorgen, noch nicht erfüllt werden konnte: Die Sterblichkeit unter den Nachkommen der Neger ist ganz einfach zu hoch, die Population von Negern ist sinkend und wird ohne Zufuhr von neuen Bussal bei einer Größenordnung von zehntausend Köpfen stagnieren. Dies ist eine außerordentlich ernste Situation. Die Zuckerproduktion ist von unschätzbarer Bedeutung für die Wirtschaft des Reiches, hier in Westindien tragen wir mehr zu den dänischen Handelseinnahmen bei als irgendeine andere Gruppe von Bürgern. So sieht die Realität aus, vor der ich als oberster Verantwortlicher der Inseln nicht die Augen verschließen kann. Ich erwarte, dass die Kommission meinem und dem Ersuchen der Pflanzer entgegenkommt, doch bis dies geschieht, herrscht noch immer ein Mangel an Feldnegern. Daher muss ich Ihnen mitteilen, dass ich Ihren Vorschlag in keiner Weise unterstützen kann, die gestrandeten Bussal-Neger mit freien westindischen Negern gleichzustellen. Weitaus der größte Teil der Letztgenannten sind Männer, die durch eigenen Einsatz im Dienst des weißen Mannes das Glück hatten, ausreichende Mittel anzusparen, um sich aus der Sklaverei freizukaufen. Die Bussal hingegen kommen direkt aus einem äußerst primitiven Dasein im afrikanischen Urwald. Meiner Ansicht nach kommt ihnen bestimmt keine Sonderstellung zu im Hinblick auf die mehr als dreißigtausend Neger, die im Augenblick zu den dänischen Haushalten und Plantagen auf den Inseln gehören und fleißig und loyal arbeiten.

Ich habe daher beschlossen, dass die zweiundsiebzig Neger – oder so viele, wie von ihnen überleben werden – sämtlich nach Sankt Croix verschafft werden, wo der Mangel an Schwarzen am gravierendsten ist. Ich zähle einige Pflanzer zu meinen persönlichen Freunden, die große Schwierigkeiten haben, genügend Arbeitskräfte zu beschaffen.

Ich fordere Sie daher auf, so bald wie möglich diese Neger, die unseren Inseln so unerwartet zuteilgeworden sind, von Charlotte Amalie nach Christianssted transportieren zu lassen.

Mit Achtung und meinen freundlichsten Grüßen

B. F. von Mühlenfels
Generalgouverneur

DR. MARCUSSENS TAGEBUCH, WEIHNACHTEN 1787

Vielleicht wäre mir der Gedanke ohnehin gekommen – ein Arzt kann schließlich überall arbeiten –, doch nach dem Verlust von Rosa war mir sofort klar, als ich die Insel Sankt Thomas sah: Ich wollte nicht länger zur See fahren, ich wollte hier leben. Ich konnte mir nicht vorstellen, noch einmal mehrere Monate hintereinander auf einem Segelschiff zu verbringen; dort würde ich immer an die Schrecken an Bord von Frederiksens Fregatte erinnert werden, an die Verbrechen, die meine Zukunft zerstört haben.

Der Kapitän, seine Ehefrau und nahezu alle Offiziere der Hoffnung sowie ein Teil der Besatzung blieben gleichfalls in Charlotte Amalie, wo die Mannschaftsmitglieder Logis in der Baracke der Handelskompagnie bekamen. Frederiksen und seine Ehefrau zogen zu einem Kaufmann, den sie aus Kopenhagen kannten, und ich mietete mich bei einer Witwe in der Nørregade ein, bei der ich noch immer wohne. Gestern jedoch unterschrieb ich die Kaufpapiere und bekam die Auflassungsurkunde eines Hauses in der Kronprinsensgade. Ich hatte von einem lokalen Baumeister gehört, der vor einigen Jahren einige Grundstücke westlich von Charlotte Amalie erworben hatte und dort vier Holzhäuser zum Verkauf bauen ließ. Allerdings wurde er krank und starb, bevor er die Häuser verkaufen konnte. Seine Erben – die Geschwister und seine noch lebende Mutter in Aalborg – hatten kein Interesse an den vier neugebauten Häusern in Westindien und schrieben sie daher über einen örtlichen Rechtsanwalt zum Verkauf aus. Diesen Anwalt lernte ich vor drei Wochen in einer Kneipe im Dronningens Kvarter kennen – recht kurz nach unserer Ankunft. Wir unterhielten uns, und er erzählte von den vier Häusern, die zu veräußern sich als ausgesprochen schwierig erwies. Alle wollen entweder im Stadtzentrum oder weit davon entfernt wohnen; niemand will in einem Viertel hinter dem Hafen wohnen, mit einem Friedhof als nächstem Nachbarn.

Ich äußerte mein Interesse, vielleicht eines der Häuser zu übernehmen, und der Advokat fuhr mit mir dorthin, damit ich sie besichtigen konnte.

»Sie können wählen«, erklärte er. Wir standen an der Ecke der Kronprinsensgade, von der eine andere Straße am Friedhof entlang zum westlichsten Teil des Hafens führt. Einige große Bäume wachsen auf der anderen Seite über die Straße, und auch zwischen den Neubauten stehen ein paar Bäume ähnlicher Größe. Die vier Häuser sahen alle gleich aus, sie waren aus Holz gebaut und weiß gestrichen. Alle hatten eine Veranda und im ersten Stock französische Balkone mit schwarzlackiertem schmiedeeisernem Geländer. Sie sahen ansprechend aus, obwohl es nur Holzhäuser waren. Ich warf einen Blick über die Kronprinsensgade in Richtung Stadt. Die Straße beschrieb nicht weit entfernt von unserem Standort einen Bogen nach Süden, dort war sie bereits dicht bebaut. Es braucht nicht viel Phantasie, um sich vorzustellen, dass Charlotte Amalie bald über die derzeitigen Stadtgrenzen hinaus wachsen wird. Und dann würden die vier Häuser gegenüber dem Friedhof weitaus leichter abzusetzen sein. Ich war versucht, alle vier zu kaufen, doch ich wollte schließlich kein Wohnungsmakler werden. Ich habe andere Pläne, da ich weiß, wie man am einfachsten Geld auf Sankt Thomas verdient. Mit Zucker. Und der Arbeitskraft der Schwarzen. Nicht ist einleuchtender.

Als ich die vier weißgetünchten Häuser in der Kronprinsensgade betrachtete, hatte ich zum ersten Mal seit der Tragödie auf See das Gefühl, dass ich trotz allem zurechtkommen könnte. Dass ich lernen würde, mit meinem Verlust zu leben – der doch noch in dieser Stunde, in der ich diese Worte schreibe, meine Augen mit Tränen füllt, während mir Kummer und Wut auf die Brust drücken –, wenngleich es auch ein ganz anderes Leben sein wird, als ich mir vorgestellt hatte.

Ich habe es immer als wichtig erachtet, für Menschen zu arbeiten, sogar auf dem Sklavenschiff tat ich mein Bestes, um die Leiden der Schwarzen zu lindern, und gab nur dort auf, wo es absolut unumgänglich war. Ich bin ausgebildet, um Menschen zu helfen. Nun, glaube ich, wird eine Zeit kommen, wo ich in erster Linie mir selbst helfen muss.

16. Januar 1788

Als ich neulich mit Kapitän Frederiksen sprach, erzählte er mir, dass seine Frau Ane ein Kind erwartet. Eigentlich sollte es eine freudige Nachricht sein, aber laut Frederiksen ist seine Frau sehr niedergeschlagen und spricht nur das Allernotwendigste, selbst mit ihrem Mann. Ich glaube, Frederiksen hat entschieden, sich mir anzuvertrauen, weil ich Arzt bin und er hofft, dass ich ihm helfen kann. Laien haben oft ganz unrealistische Vorstellungen darüber, was Ärzte ausrichten können.

Kann ich ihm überhaupt helfen? Will ich? Ich erklärte ihm, viele Frauen seien in Verbindung mit Schwangerschaften deprimiert, und in Ane Frederiksens Fall sei es vorstellbar, dass die Unsicherheit, sich an einem fremden Ort zu befinden, eine eventuelle Depression noch verschlimmert.

Ich habe mich entschlossen, ihnen zu helfen, so gut ich kann. Vielleicht auch um meiner selbst willen: Ich habe kaum Kontakte hier, und nach dem Kauf des Hauses in der Kronprinsensgade ist mein Vermögen doch sehr geschrumpft. Ich denke darüber nach, Frederiksen um ein Darlehen zu bitten, um meine Pläne zu realisieren. Ich bin sicher, dass er über ansehnliche Mittel verfügt, und es kann mir unter allen Umständen nicht schaden, wenn er das Gefühl hätte, in meiner Schuld zu stehen. Daher bot ich ihm an, ins Parterre meines neuen Hauses zu ziehen, während ich mich mit den drei Zimmern im ersten Stock begnüge. Küche und Badezimmer liegen im Parterre, aber diese Einrichtungen können wir teilen, und wenn Frau Frederiksen eine Mahlzeit für sich und ihren Mann zubereitet, dürfte es ihnen schwerfallen, mich nicht dazu einzuladen.

Frederiksen hat das Angebot erfreut angenommen, und wir haben vereinbart, dass sie, sobald es ihnen passt, einziehen können. Als wir daraufhin unser Gespräch über Anes Schwangerschaft fortsetzten, erzählte er mir nach einigem Zögern, sie habe Angst, dass das Kind nicht von ihm sein könnte, sondern eine Folge der Vergewaltigung während des Negeraufstandes auf der Hoffnung. Es fiel mir sehr schwer darüber zu sprechen, denn während es zweifellos ein scheußliches Erlebnis gewesen ist, so viele Stunden in der Gewalt der Neger zu sein, so ist Ane Frederiksen doch mit dem Leben davongekommen, während meine Rosa brutal ermordet wurde. Ich glaube, Frederiksen war sich sehr schnell darüber im Klaren, denn er entschuldigte sich, dass er den Negeraufstand erwähnt hatte; wir sprachen dann eher über die praktischen Fragen im Zusammenhang mit dem Haus. So gingen wir auseinander, er mit einer guten Neuigkeit, die er seiner wortkargen Ehefrau zu Hause überbringen konnte, und ich in der Sicherheit, eine Situation geschaffen zu haben, die dem Kapitän das Gefühl geben muss, in meiner Schuld zu stehen. Ich stelle mir vor, dass dieser Aspekt unseres Verhältnisses im Laufe der Schwangerschaft nach und nach noch erweitert werden kann – bis zu dem Tag, wenn dem Kind in diese Welt geholfen werden muss.

Ein Wort zu Sankt Thomas: Ich weiß, dass der dänische König und andere hochgestellte Dänen in den Handel mit Negern investiert haben. Ich kann nicht behaupten, dass ich die Sklaverei für gerechtfertigt oder moralisch vertretbar halte. Nur interessiere ich mich nicht länger für diese Fragen.

Noch lange nach den Ereignissen an Bord der Hoffnung nährte ich einen brennenden Hass auf alle Neger. Ja, eigentlich auf alle Menschen. Und auf Gott. Doch dann hörte ich auf, an diesen Gott zu glauben und fing an die Menschen – und die Neger – etwas weniger zu hassen.

Ich bin ein gebildeter Mensch, ich halte mich für intelligenter als den Durchschnitt. Und meine Vernunft sagte mir, dass es keinen Sinn hat, eine ganze Art wegen etwas zu hassen, was einige Exemplare dieser Art angerichtet haben. Wenn man von einer Wespe gestochen wird, hasst man deshalb alle Wespen? Nein. Man hasst das Böse, das einem widerfahren ist, den Schmerz, den man gefühlt hat. Ich hasse den Gedanken an Rosas Schicksal, ich hasse die Neger, die sie getötet haben, aber ich hasse nicht alle Neger. Mich interessieren sie nicht, nur, wie sie mir in der Zukunft nützlich sein können.

DR. MARCUSSENS TAGEBUCH, FRÜHJAHR 1788

Dreiviertel Meilen westlich von Charlotte Amalie liegt ein Höhenzug, von dem das Gelände zu hübschen Meeresbuchten an der Nordküste der Insel abfällt. Eine dieser Buchten heißt Santa Maria. Die Hänge zwischen den Buchten und die Gipfel des Höhenzugs sind dicht bewachsen mit Bäumen und Büschen, abgesehen vom obersten Teil, wo der Wald gerodet ist und eine kleinere Kaffeeplantage liegt. Grund und Boden sind billig, es gibt ein schönes altes Hauptgebäude mit Stallungen und Nebengebäuden, alles sehr gut erhalten.

Der ehemalige Besitzer ist ein älterer Mann aus Jütland, der beschlossen hat, zu verkaufen und nach Ribe zurückzukehren, um seine letzten Jahre in einem kalten, stürmischen und ungastlichen Klima zu verbringen, statt hierzubleiben und sich ein kleines Haus am Strand oder in den Bergen zu bauen. Ich konnte nicht anders und musste ihn fragen, ob er Familie in der jütländischen Heide habe, und darauf antwortete er nein, seine Ehefrau sei wenige Jahre zuvor in Sankt Thomas gestorben und sie hätten keine Kinder gehabt. Ich war kurz davor, ihn zu warnen oder ihn nachgerade zu bitten, hierzubleiben, und hier seine letzten Jahre zu verbringen, wo das Klima der Gicht eines alten Mannes gegenüber milder gestimmt ist. Und doch tat ich es nicht; jeder Mann muss seine Entscheidungen selbst treffen, wie töricht sie anderen auch erscheinen mögen.

Wir einigten uns auf einen Preis für das Haus und das Grundstück.

Ich zahlte eigentlich nur das Haus, denn während die Preise für Grund und Boden auf der Zuckerinsel Sankt Croix gestiegen sind, sind sie hier auf der Insel der Kaufleute für einen Spottpreis zu haben. Vor nicht einmal hundert Jahren bekamen Auswanderer auf Sankt Thomas von der Westindien-Guinea-Kompanie Land noch gratis zugeteilt, um Plantagen anzulegen und Zucker anzubauen, den die Kompanie nach Kopenhagen verschiffen und mit Gewinn verkaufen konnte.

Das Haus ist schön und könnte durch ein paar Umbauten schnell sogar recht stattlich werden. Die kleine Kaffeeplantage war nicht länger rentabel, aber die verhältnismäßig große Fläche Land zwischen dem Höhenzug und dem Meer könnte meines Erachtens eine Goldgrube werden, wenn der Wald gerodet und eine Zuckerrohrplantage angelegt würde.

Einen Berghang von dichtem Bewuchs mit Wald, Büschen und undurchdringlichem Unterholz zu roden, um danach die Erde zu bearbeiten, damit sie planiert und anschließend mit Zuckerrohr bepflanzt werden kann, ist keine Arbeit für weiße Menschen. Ich glaube, Weiße *könnten* es nicht einmal. Dänische Landarbeiter sind es nicht gewohnt, sich mit dem Fällen von Bäumen, dem Abbrennen der Stümpfe und dem Pflügen von braunschwarzer Erde bei Temperaturen abzumühen, die es Europäern in der Mittagszeit häufig unmöglich machen, sich in der Sonne aufzuhalten.

Man hat es versucht und aufgegeben. Die Pioniere in Westindien haben Indianer als Arbeiter eingesetzt (genau wie die Neger also als Sklaven), allerdings sind Indianer vermutlich das arbeitsunwilligste Volk auf Erden. Sie legen sich lieber aus Trotz zum Sterben auf den Boden, als Befehle des weißen Mannes auszuführen.

Aber Neger sind teuer. Erstklassige starke Männer ohne Makel kosten an die dreihundert Reichstaler. Doch man kann Möglichkeiten finden, an billigere Neger zu kommen. Bei jeder Auktion im Hof der Handelskompanie werden zunächst die stärksten und gesündesten Männer verkauft, die auf den Feldern ordentlich arbeiten können. Dann werden die gesunden Frauen verkauft, die oft für andere Zwecke genutzt werden, meist als Haussklavinnen, die stärksten und jüngsten allerdings auch für die Feldarbeit.

Wenn diese Neger der ersten Klasse verkauft sind, bleiben noch die älteren und weniger gesunden. Sie werden als Ausschuss bezeichnet. Abfallsklaven. Man muss sich klarmachen, dass häufig fast die Hälfte der Neger und manchmal sogar noch mehr während des Transports aus Afrika umkommen. In den letzten Tagen vor dem Landgang in Westindien werden die Überlebenden auf den Schiffen mit gutem Essen und Branntwein in einem Maße verwöhnt und gepflegt, dass sie vollkommen verwirrt sind: Es gehört zum allgemein verbreiteten Aberglauben unter den Schwarzen, dass sie gefüttert werden, um bald von den Weißen geschlachtet und gefressen zu werden. Sie bekommen ja unterwegs auf der Reise keinerlei Information, was mit ihnen geschehen wird, und stellen sich daher die verrücktesten Schicksale vor. Ich habe von Negern gehört, die glaubten, dass sie in eine Art Paradiesgarten kämen, als sie die Schönheit der Inseln und das blaue Meer erblickten. Fast muss man bei solchen Wahnvorstellungen lachen.

Der Ausschuss wird zu niedrigen Preisen verkauft. Häufig ist es so, dass ein Pflanzer oder ein anderer Interessent, möglicherweise ein Sklavenhändler, der An- und Verkauf betreibt, einen ganzen Haufen elender Neger zu einem sehr bescheidenen Preis übernehmen kann. Die Rede ist von Schwarzen, die von allen möglichen Seuchen und Krankheiten befallen sind, kräftige Männer vielleicht, die an der Ruhr oder an Entzündungen leiden oder die nach den Monaten auf See, in denen sie auf einer Unterlage aus ungehobelten Brettern gelegen haben, einfach unnatürlich geschwächt sind. Einige von ihnen haben Amöben, Skorbut oder bloß einen Hitzschlag. Es kann aber auch sein, dass sie sich mit der Cholera angesteckt haben und die Scheiße nur so aus ihnen herausläuft. Ich habe Neger mit Ruhr oder Cholera erlebt, deren Enddarm mit Kalfatergarn und Pech verstopft war, um den Strom der flüssigen Ausscheidungen während der Auktion aufzuhalten, wo man sie als Gesunde verkaufen würde.

Die wenigsten Laien würden sich in diese Grauzone von so gut wie wertlosen Negern wagen. Das Risiko, alles zu verlieren, ist einfach zu groß. Aber ein Mann wie ich, der weiß, dass Cholera keine todbringende Seuche ist, wie die Leute meinen, sondern sich tatsächlich häufig schon durch die gründliche Einnahme von leicht gesalzenem Wasser kurieren lässt, kann mit dem Ausschuss Geschäfte machen. Ich habe mir sagen lassen, dass man eine kranke Negerin für fünfundzwanzig Reichstaler kaufen, sie heilen, mästen und einen Monat später für hundertachtzig Reichstaler wieder verkaufen kann. Ich muss sagen, ein netter Verdienst.

In den knapp vier Monaten, in denen Anton Frederiksen nun in meinem Haus in der Kronprinsensgade wohnt – das ich nach meiner seligen Ehefrau »Rosa« genannt habe –, sind wir recht vertraut geworden. Ich weiß nicht, ob man sagen kann, dass wir Freunde sind, doch er genießt ganz offensichtlich meine Gesellschaft, und dies beruht durchaus auf Gegenseitigkeit. Bisweilen will er geradezu verzweifelt fort aus seiner Wohnung, da seine Frau noch immer sehr niedergeschlagen und ihre Stimmung schwankend ist. Und ich genieße seine Gesellschaft, da sie so ziemlich der einzige Umgang ist, den ich habe. Wir gehen am Hafen spazieren, trinken ein, zwei Gläser Rum in einem Wirtshaus und sprechen über dieses und jenes.

Ich habe Frederiksen von der Plantage und meinen Ideen, was die Sklaven und den Zuckerrohr betrifft, erzählt. Er ist fasziniert von dem Gedanken, dass man die billigsten Sklaven kaufen und großen Profit erwirtschaften kann, indem man sie kuriert und zu tüchtigen Arbeitskräften aufpäppelt. Er weiß, dass ich auf der Suche nach Startkapital bin und die Arbeiten auf der Plantage noch nicht begonnen haben. Und kürzlich schlug er mir etwas ausgesprochen Überraschendes vor.

»Was würden Sie dazu sagen, Marcussen, wenn wir Partner werden? Ich habe einige Mittel, die ich in die Plantage einbringen kann, und Ihre Ideen haben mein Interesse geweckt.«

Ich will mir Geld von ihm leihen, habe jedoch kein Interesse an einer Partnerschaft. Ich entschied mich indes, dies vorläufig für mich zu behalten.

»Haben Sie jemals an einer Sklavenauktion teilgenommen?«, erkundigte ich mich.

»Einmal«, erwiderte Frederiksen. »Nach meiner ersten Reise.«

»Wann war das?«

»1784.«

»Hier?«

»In Christianssted auf Sankt Croix. Hier gibt es nur noch selten Auktionen. Die weitaus meisten Schiffe fahren direkt nach Christianssted.«

Zwei Tage später segelten wir mit dem staatlichen Schoner Vigilant nach Sankt Croix, fünfunddreißig Seemeilen südlich von Sankt Thomas. Frederiksen verbrachte einen großen Teil der sechs Stunden langen Überfahrt in Gesellschaft der Besatzung und diskutierte mit ihnen über den Wind, die Segel und andere maritime Dinge, während ich mich in eine Kabine unter dem Achterdeck setzte und ein Buch las. Ich fühlte mich unwohl auf See, resigniert und niedergeschlagen.

In Christianssted fuhren wir an dem gelben Fort Christiansværn vorbei in einen Hafen, der lediglich ein Schatten des geschäftigen Handelshafens von Charlotte Amalie war. Einige wenige Schiffe lagen an den Kais und waren beinahe schutzlos dem Meer ausgesetzt, da Christianssted nicht über die Inseln verfügt, die wie ein schützendes Band um Charlotte Amalies tiefen Hafen liegen, es gibt lediglich ein Korallenriff und einige flache Holme. Ich konnte mir gut vorstellen, dass es Zeiten geben musste, wo dieser Hafen unzureichend ist und vielleicht überhaupt nicht genutzt werden kann.

Die Auktion sollte auf dem offenen Platz hinter dem gelben Fort stattfinden, und die ersten Neger waren bereits aufgestellt, als wir eintrafen. Eine lange Reihe schwarzer, glänzender Körper, die Männer mit frisch geschnittenen Haaren und glattrasierten Wangen. Alle hatte man mit Öl eingerieben, sie glänzten in der Sonne und waren nackt bis auf einen einheitlich weißen Lendenschurz. Zu meiner Verwunderung sah ich, wie einige von ihnen sich gegenseitig anstießen und einen beinahe übermütigen Eindruck machten. Einer stieß ein nasales Lachen aus, das an diesem Ort merkwürdig klang.

Wir traten näher, um die Ware zu begutachten. Es waren Neger von einer Qualität, die zu erwerben ich mir nicht leisten konnte. Aber ansehen wollte ich sie mir trotzdem.

»Dreihundert Reichstaler für einen dieser Stiere da«, sagte Frederiksen. »Das ist feinste Qualität. Wenn es Handwerksneger sind, können sie bis zu fünfhundert kosten. Obwohl Sie ja planen, den Ausschuss zu kaufen, um gute Neger aus ihnen zu machen, sollten Sie vielleicht dennoch überlegen, tausend Reichstaler für ein paar gute Handwerker auszugeben.«

Ich nickte langsam.

»Haben Sie tausend Reichstaler?«, wollte Frederiksen wissen.

Ich zögerte. Die Wahrheit war, dass ich weniger als hundert hatte. Ich hatte zwei Häuser und anderthalb mit Gebüsch bewachsene Berghänge gekauft, wusste aber kaum, wie ich die nächste Mahlzeit bezahlen sollte.

»Ah ja«, erklärte Frederiksen. »Ich kann viertausend Reichstaler zu Ihren ersten Sklaven zuschießen, hier und jetzt. Wir können das später näher besprechen.«

Ich sah ihn mit leichtem Erstaunen an. »Danke. Aber wir sollten das erst einmal schriftlich festhalten.«

»Ja, das sollten wir. Doch jetzt handeln wir, und ein Schriftstück setzen wir dann ein andermal auf.«

»Danke«, sagte ich noch einmal. Ich meinte es ernst.

»Und ich würde mir Ihre Plantage gern einmal ansehen.«

Zum Verkauf standen mehrere Dutzend männlicher Sklaven, sie trugen keine Ketten, und die meisten standen mit unerschütterlichen Gesichtern da, als hätte man sie instruiert, so aufzutreten. Einige wenige grinsten albern. Wir gingen die Reihe entlang und betrachteten sie, und da bemerkte ich den Schnapsgeruch. Sie waren betrunken! Ich erinnerte mich an Frederiksens Worte, dass den Negern in den letzten Tagen vor dem Landgang Rum und Tabak gegeben wurde, vermutlich reichlich Rum.

Mehrere Auktionsbesucher sahen sich die Schwarzen näher an. Ein großer, dünner Mann befahl einem Neger, den Mund weit aufzusperren. Er hielt seine Nase an dessen Lippen und schnüffelte an ihm. Dann nickte er, und der Schwarze schloss seinen großen Mund. Der Mann gab mit der Hand ein Zeichen, er führte sie auf und nieder, und der Neger fing an, auf der Stelle zu hüpfen. Der dünne Käufer ließ ihn lange hüpfen. Dann rief er »Halt!«, und der Neger stand still. Er schien außer Atem zu sein. Der Mann ging weiter zu dem nächsten, und das Schauspiel wiederholte sich.

Etwas weiter entfernt untersuchte eine Käuferin die Reihe der männlichen Sklaven. Ich riss die Augen auf, als ich sah, wie sie eine Hand unter den sauberen, neuen Lendenschurz des Mannes steckte und mit ihrer behandschuhten Hand seine Männlichkeit umfasste. Sie zog das Glied ans Licht, bückte sich ein wenig und studierte sein Geschlechtsorgan genau. Dann ließ sie es wieder an seinen Platz hinter den Schurz fallen.

Die Frau ging nah an den schwarzen Mann heran und schnupperte an ihm. Sie legte ihm eine Hand auf die Schulter und ließ sie über seinen eingeölten Brustmuskel fahren, den *pectoralis major*. Die Szene öffnete mir die Augen. Natürlich hatte mich der Gedanke gestreift, dass ein weißer Mann ein Verhältnis mit einer schwarzen Frau haben könnte – nicht zuletzt mit einer der vielen Mulattinnen, die ich in Charlotte Amalie gesehen hatte –, aber die umgekehrte Variante, schwarzer Mann und weiße Frau, war mir bisher nicht in den Sinn gekommen.

Der Auktionator war ein kleiner Mann mit einem breitkrempigen Strohhut und einem feuerroten Gesicht. Die Röte konnte viele Ursachen haben, Sonnenbrand vielleicht oder übertriebener Genuss von Alkohol. Die Gesamterscheinung des Mannes ließ mich Letzteres vermuten.

Er war in jeder Hinsicht routiniert. Trat auf ein Podest und zeigte mit seinem kleinen Hammer auf die Reihe schwarzer Männer. Dann rief er mit überraschend lauter und klangvoller Stimme:

»Meine Damen und Herren, *ladies and gentlemen*, hier haben wir achtzehn, *eighteen*, pechschwarze Pfundskerle aus Akwapim oder den angrenzenden Provinzen, alle stark und gesund, *strong, healthy*, und gut ausgestattet, sie werden von den Agenten Jessen & Co. *together or bundled or singly* verkauft, zusammen, gebündelt oder einzeln, wir haben einen Anfangspreis von zweihundertzwanzig, *two hundred and twenty* Reichstalern, unverschämt billig für diese prächtigen Hottentotten, *cheap, cheap*. Höre ich jemanden zweihundertundfünfzig sagen, *do I hear two fifty?*«

Nun folgte ein rasches Aufrufen von Beträgen, und im Handumdrehen waren die achtzehn Neger verkauft; eine Handvoll Käufer und deren Helfer traten mit Seilen, Ketten und Peitschen vor, um die frisch erworbenen Neger vom Platz zu führen. Eine neue Gruppe männlicher Neger wurde hereingebracht, und der Auktionator begann erneut, sie anzupreisen.

»Achtzehn gingen und zwanzig sind gekommen, *twenty, ladies and gentlemen*, ebenso gute Ware, ja, man könnte meinen, es handele sich um dieselben, *looks exactly like the last batch*, wir beginnen ein wenig höher, die Damen und Herren sind jetzt ja in Übung, also, was sagen Sie zu zweihundertsechzig für den Anfang, *two hundred and sixty*, einzeln oder als Bündel, lassen Sie mich ein paar Gebote hören, höre ich da zweihundertachtzig, *do I hear three hundred …*«

Eine Gruppe von gut einem Dutzend männlicher Neger wurde hereingeführt. Sie standen nicht so gerade und waren nicht mehr so jung wie die Männer in den ersten beiden Gruppen. Diese waren eher knorrige, muskulöse Männer, einige von ihnen hatten bereits graugesprenkeltes Haar, einer sogar einen Bart, obwohl alle anderen Schwarzen glattrasiert waren. Sie sahen die weißen Käufer mit so ausdruckslosen Gesichtern an, dass es an Arroganz grenzte.

Der Auktionator begann von vorn. Als er sie präsentierte, horchte ich auf.

»Und hier haben wir, *ladies and gentlemen*, eine Gruppe guter Handwerker, *craftsmen*, die einzeln verkauft werden, *sold separately*. Von links …« Er zeigte auf einen großen, kräftig gebauten Mann mit dichtgekräuselten, eisengrauen Haaren. »Papa, ist der Name des Burschen in *the local tongue*, so heißt man an der Goldküste, wenn man das Glück hatte, an einem Donnerstag zur Welt gekommen zu sein. Papa ist dreißig Jahre alt, *thirty years*. Zimmermann, *carpenter*, und er weiß die Hände an seinen starken Armen zu gebrauchen. Wir haben einen Anfangspreis, *starting bid*, von Jessen & Co. von vierhundert, *four hundred* Reichstaler, wie bitte, das ist doch der reinste Diebstahl, der Mann kann ein Haus allein bauen und dabei isst er so wenig wie ein kleines Mädchen.«

Der letzte Neger der Gruppe erregte ebenfalls unser Interesse. Kwaku hieß er, ein junger Mann mit einem eigentümlich länglichen Gesicht und intelligenten Augen. Er stand reglos da und ließ die Hände an den Seiten hängen.

Wir boten auf ihn, den *handyman*, und auf Papa, der an einem Donnerstag geboren worden war. Wir bekamen sie zusammen für neunhundert Reichstaler und ließen sie in einen Käfig sperren, bis wir sie mitnehmen konnten.

Weitere Sklaven wurden angeboten. Frauen in allen Altersgruppen, reife Frauen, magere, ältere, Mädchen und junge Mütter mit kleinen Kindern, die zusammen verkauft wurden.

Eine Frau wurde als eine Art Kuriosität separat verkauft, sie erzielte einen unerhört hohen Preis.

»Ja, nun, oh, là, là, was haben wir denn hier ...« Der Auktionator sah sie mit zusammengekniffenen Augen an, als würde ihre schwarze Haut ihn blenden. »Baaba vom edlen Stamm der Dagbani, eine waschechte Prinzessin, die Tochter des Häuptlings, was sagen Sie dazu, meine Herrschaften, siebzehn Jahre alt und mit Haut und Haaren Jungfrau, und sehen Sie dieses Haar, meine Damen, aber vor allem meine Herren, *gentlemen*. Baaba kann, so heißt es, einen Knopf an ein Hemd nähen und ein bisschen kochen, *faire la cuisine*, wie man in Paris sagt, aber ... Sie haben ja recht dort drüben, weg mit der Tischwäsche, *strip her nicely*, damit wir sie richtig sehen können ...«

Ein Helfer oder vielleicht auch nur ein besonders neugieriger Besucher der Auktion hatte dem Negermädchen den weißen Schurz heruntergerissen, sodass sie nun nackt in der brennenden Sonne stand, den brennenden Blicken ausgesetzt, hilflos gegenüber allem, was in diesem Augenblick um sie herum passierte. Mit Tränen auf den Wangen stand sie wie versteinert da, und einen kurzen Moment verspürte ich sowohl Mitleid als auch eine gewaltige Lust, sie zu kaufen und freizulassen. In der Zwischenzeit redete der Auktionator weiter.

»*Thats more like it*, meine Herren, ja, sie soll sich einmal im Kreis drehen, jawohl, meine Damen, und wenn Ihnen eine Amme für Ihr Jüngstes fehlt, gibt es hier möglicherweise noch eine Verwendungsmöglichkeit, höre ich jemanden fünfhundert Reichstaler bieten, *five hundred, starting bid*, ich glaube, Baaba wird die teuerste kleine schwarze Hündin an diesem Tag, *little black bitch*.«

Ganz am Ende wurde der Ausschuss versteigert. Während der Auktion waren sie an Bord des Schiffs geblieben – oder der Schiffe –, vermutlich, um die gute Stimmung nicht zu stören. Ich vermute, dass die Repräsentanten der hippokratischen Wissenschaft, meine ehemaligen Kollegen, all ihr Können angewandt hatten, um die armen Kerle auf die Beine zu bringen, damit sie wenigstens eine bescheidene Summe einbrachten. Wurde für gesunde Sklaven ein Preis erzielt, der ungefähr ein paar guten Rindern entsprach, verhielt es sich bei den Abfallsklaven anders. Soweit ich es mit meiner geringen Erfahrung beurteilen konnte, schien die Kunst zu sein, die am wenigsten Versehrten zu finden. Ich war unerfahren im Ankauf von Negern, aber doch ziemlich erfahren in der Beurteilung ihrer Gesundheit – oder ihrer mangelnden Gesundheit.

Die erste Gruppe Elender wurde von kräftigen Bombas und einigen wenigen weißen Handlangern auf den Platz geführt, groben Burschen, die der Agent vermutlich für die Auktion angeheuert hatte. Mein Optimismus schwand beim Anblick der Schwarzen, es waren die erbärmlichsten Menschen, die man sich vorstellen konnte. Ihre Haut glänzte von dem Palmöl, mit dem man sie eingeschmiert hatte, ein kläglicher Versuch, ihr Erscheinungsbild zu verbessern. Aber hatte dieser Kniff einen günstigen Effekt bei den jüngeren, starken Negern und nicht zuletzt bei den üppigsten Frauen gehabt, deren runde, dunkelbraune Brüste in der Sonne glänzten, hatte er bei den Abfallnegern die gegenteilige Wirkung. Ihre braune und schwarze Haut sah aus, als hätte man sie wie Trommelfelle über die Knochen gespannt, das Palmöl gab der Haut einen kranken, fettigen Schimmer, als würden sie alle vor Fieber schwitzen. Selbst aus der Entfernung sah ich, dass viele von ihnen zitterten, weil sie tatsächlich Fieber hatten, und noch mehr humpelten und schleppten sich mit gesenkten Köpfen dahin, kaum in der Lage, sich auf den Beinen zu halten. Im Gegensatz zu den ersten Schwarzen, die man zum Verkauf angeboten hatte, waren diese Neger ganz nackt, bei ihnen wurde nicht einmal ein Stück weißer Stoff für ihr Äußeres geopfert, und ihr Inneres wurde gequält von ansteckenden Krankheiten, mangelhafter Ernährung und widerwärtigen Parasiten.

Die erste Gruppe bestand aus knapp einem Dutzend solcher Exemplare. Ich trat näher, um sie mir genauer anzusehen, und bemerkte drei andere Interessenten, die die armen Kerle inspizierten. Einer der Männer drehte einen Neger um und trommelte ihm auf den Rücken, während er ein rohrförmiges Stethoskop auf Höhe der Lungenspitzen an den Brustkasten hielt. Das Instrument und die genau ausgeführte, sehr routinierte Untersuchung sagten mir, dass der Mann Arzt war. Natürlich! Ich war nicht der einzige Medicus, der auf den Gedanken gekommen war, den Ausschuss aufzukaufen, um die Elenden wieder aufzupäppeln.

Der Arzt untersuchte die gesamte Rückseite des Mannes und konzentrierte sich vor allem auf seine Beine. Dann drehte er ihn wieder um und griff ihm mit der rechten Hand an den Unterkiefer. Er öffnete den Mund des Negers und beugte den Kopf vor, um sich die Zähne näher anzusehen. Er schnüffelte an der Mundhöhle des Burschen, wobei sein Gesichtsausdruck verriet, wie ihm der Gestank bekam. Dann drehte er den Mann noch einmal um, ging in die Hocke vor seinem *derrière* und zog die Backen auseinander. Nach einem gründlichen Studium des Anus erhob er sich mit nachdenklicher Miene. Er legte eine Hand auf die Schulter des Mannes und befühlte den Trapezius-Muskel. Noch einmal drehte er den Mann und schlug ihm hart mit der flachen Hand seitlich ins Gesicht. Der Neger krümmte sich unter der Ohrfeige, richtete sich aber sofort wieder auf, ohne die Hände zu erheben. Der weiße Mann nickte zufrieden. Er steckte die Hand in die Tasche und zog eine gelbe Baumwollschnur heraus, band sie dem Neger ums Handgelenk und ging die Reihe der abgemagerten Vogelscheuchen weiter entlang.

Er hatte festgestellt, dass dem Mann nicht das Hinterteil verstopft worden war und er die Chance hatte, die nächste Woche zu überleben, die kritische Periode nach dem Ausschiffen. Pflanzer und Sklavenhändler benutzten einen englischen Begriff dafür: *seasoning*, Abhärtung. Sehr viele Sklaven, auch einige, die beim Einlaufen gesund zu sein schienen, starben aus mehr oder weniger unerklärlichen Gründen, kurz nachdem sie an Land gebracht wurden.

Ich verfolgte die Untersuchungen des Käufers, bis der Auktionator rief, dass es jetzt zum Verkauf käme. Nach einem kurzen Aufrufen der Gebote, wobei der Mann mit dem Strohhut voll und ganz auf seine munteren Sprüche verzichtete, wurde der Ausschuss in Bündeln an drei Männer verkauft. Ich rechnete nach: Der Preis lag pro Kopf durchschnittlich bei unter vierzig Reichstalern, vermutlich hatte man dabei berücksichtigt, dass nicht alle die Nacht überleben würden.

Dieser Eindruck bestätigte sich, als die nächste Gruppe Abfallneger hereingeführt wurde. Bereits bevor der Verkauf begann, sank einer der Schwarzen zusammen, und als ein Mann des Agenten sich neben ihn hockte und ihm einen Finger an den Hals legte, konnte er nur noch konstatieren, dass der Neger tot war. Sein Herz hatte in dem Moment aufgegeben, als er an die Mauer gestellt wurde, um verkauft zu werden.

Während ein paar Bombas den Toten vom Platz schleppten, sah ich mir die Männer an, die mir noch am akzeptabelsten erschienen. Ich fand drei, bei denen ich beschloss zu bieten. Da ich keine Baumwollschnur hatte, stellte ich sie ganz links außen in die Reihe, um sie im Auge zu behalten. Ich bekam den Zuschlag für alle drei bei einhundertfünfunddreißig Reichstalern.

Frederiksen sah mich an und nickte. »Nun gut«, sagte er. »Jetzt sind Sie der glückliche Besitzer von fünf schwarzen Seelen!«

Wir erledigten das Finanzielle mit dem Auktionator. Eintausendfünfunddreißig Reichstaler zuzüglich seiner Provision von fünf Prozent, gut fünfzig Reichtaler. Frederiksen zog seine dicke lederne Brieftasche heraus. Weiße Scheine mit dem Dreieck und der Angabe »Einhundert Reichstaler Courant«, darunter die lange Tirade mit den Verpflichtungen der Bank, die Datierung »Kiöbenhavn 1780« und die unleserliche Unterschrift des Bankdirektors.

Während Frederiksen den Auktionator bezahlte und Silbermünzen zurückbekam, die »mexikanische Dollars« genannt wurden, wandte ich mich dem gelben Fort zu und blickte nach Norden, weg vom Licht, übers Meer in Richtung Sankt Thomas. Ich konnte die Insel von hier aus nicht sehen, aber dort lag meine Plantage, und dorthin würde ich mit meinen Sklaven segeln.

DR. MARCUSSENS TAGEBUCH, SEPTEMBER 1788

Eine arbeitsreiche Zeit liegt hinter mir. Auf der Plantage, die jetzt Solitude heißt, obwohl das eigentlich falsch ist, weil ich dort nie allein bin, arbeitet jetzt außer den Negern aus Christianssted ein Mann namens Omar K. Er ist vermutlich arabischer Herkunft, und ich dachte zunächst, sein Nachname sei Kay oder Quay, aber als ich ihn fragte, wie er es buchstabiere, grinste er und schrieb mit dem Finger ein »K« in die Luft. Spiegelverkehrt. Als sei dies eine Frage, die er auf diese Weise schon häufiger hatte beantworten müssen.

Omar führt die Schwarzen. Die beiden Handwerksneger haben sich als außerordentlich tüchtig und effektiv erwiesen, und Omar sagt selbst, dass er bei ihnen kaum die Peitsche anwenden müsse. Sie könnten leicht ein solides Auskommen haben und sicher wohlhabend werden, wenn sie freie Männer wären. Die drei Ausschussneger, die ich für den Preis eines Paar Stiefels und eines Huts gekauft habe, haben sich als unsichereres Geschäft erwiesen: Der Erste überlebte lediglich drei Tage, dann saß er tot in der alten Sklavenhütte hinter dem Hauptgebäude. Die beiden anderen lagen auf ihren Pritschen, während er in einer Ecke der Hütte hockte, die Arme um die Knie geschlungen, den Rücken an die Wand gelehnt. Seine Augen standen offen und starrten mit dem merkwürdigsten Ausdruck in den Raum, den ich je im Gesicht eines toten Mannes gesehen habe: eine Mischung aus Erleichterung und sanfter Erwartung. Die beiden anderen Schwächlinge, die mich nun also knapp siebzig Reichstaler jeder kosteten, haben ihren halbtoten Zustand überraschend gut überwunden. Ich ließ ihnen eine Woche Zeit, in der sie im Großen und Ganzen nur gesundes, nahrhaftes Essen bekamen, sie durften sich in ihrer Hütte ausruhen und zwischendurch unter Aufsicht von Omar in der Umgebung des Hauptgebäudes umhergehen. Diese Kur wirkte Wunder. Obwohl ich sie genau untersucht habe, zeigte es sich, dass einer von ihnen eine ganz üble Entzündung mit beginnender Nekrose am kleinen Zeh des einen Fußes hatte. Nachdem ich feststellte, dass es um seinen Zeh oder sein Leben ging, erhitzte Omar ein Kappmesser, bis es rot glühte, und schlug dem Neger den kranken Zeh ab. Damit er nicht alle anderen Zehen traf oder unverhältnismäßig viel vom Fuß abhackte, legte er erst einige Augenblicke die heiße Klinge auf die entzündete Stelle, bevor er mit einem Holzhammer zuschlug und den glühenden Stahl durch das Gewebe, die Knochen und die Knorpel trieb. Der Neger schrie, als hätten wir ihm einen Nagel in den Schädel geschlagen, aber sein Leben war gerettet. Jetzt humpelt er ein wenig, aber er ist beinahe vollkommen arbeitstauglich.

Die Handwerksneger haben begonnen, das Hauptgebäude instand zu setzen. Ich habe mit Frederiksens finanzieller Hilfe einige Werkzeuge gekauft, außerdem benutzen sie das Holz von den vielen Bäumen auf dem Gelände der Plantage, die ohnehin gefällt werden. Allerdings kostet es einige Mühe, das harte, zimtbraune Kernholz zu Brettern zu verarbeiten, daher habe ich beschlossen, einige Stämme zum Sägen in eine Sägemühle am nördlichen Stadtrand von Charlotte Amalie bringen zu lassen. Ich muss darauf achten, dass meine Neger nicht verschlissen sind, bevor die Arbeit beendet ist.

Mein Plan ist es, noch im Herbst in das Hauptgebäude einzuziehen. Danach kann ich das Haus am Friedhof entweder verkaufen oder vermieten und mir auf diese Weise Kapital verschaffen. Ich sehe recht zuversichtlich in die Zukunft, denn sobald wir mit der Zuckerproduktion beginnen, wird es mir nie wieder an Geld mangeln. Vorläufig lebe ich davon, Patienten in meinem Haus in Charlotte Amalie zu behandeln;

zu gewissen Zeiten ist sehr viel zu tun, da auf jeden neuen Patienten schon bald weitere folgen, denen ich empfohlen wurde.

Eine ganz besondere Aufgabe fiel vor einigen Wochen in den Bereich meiner Obliegenheiten: die Geburt von Kapitän Frederiksens Tochter. Sie kam an einem Sonntag zur Welt, am 20. Juli, ein Ereignis, das mich sehr ergriffen hat. An diesem Tag verstand ich, dass dieses Kind durchaus die Tochter des Kapitäns, er aber nicht der Vater des Kindes war. Das neugeborene Mädchen war an einem bestimmten Tag empfangen worden, zu einer ganz bestimmten Stunde: Am 1. November des Vorjahres, als meine Rosa bei dem Negeraufstand im Laderaum der Fregatte ermordet wurde. Rosa starb, und dieses Kind erhielt in der gleichen Stunde sein Leben.

Frederiksen rief mich am frühen Vormittag. Ich saß an den weit geöffneten französischen Türen meines Wohnzimmers und blickte über den Friedhof, wo eine Schar schwarzer Vögel mit hellen, satanisch aussehenden Augen auf einem neuen Grab herumhüpfte. Konnten sie etwa die Leiche riechen, die dort in der tropenheißen Erde vermoderte? Tiere haben Sinne und Eigenschaften, von denen Menschen nur träumen können.

»Marcussen! Marcussen!«, rief er. Mir war sofort klar, dass etwas im Schwange war, seine Stimme klang angespannt und beinahe schrill, wie ich sie noch nie gehört hatte – der Kapitän der Hoffnung ist eigentlich ein Brummbär. Ich erhob mich. Die Vögel flogen von der weißen Steinplatte des Grabes auf. Auf der Treppe waren Frederiksens Schritte zu hören.

»Ich komme!«, rief ich. Wir trafen uns auf der Treppe. Frederiksen war puterrot, in seinen Augen stand ein wilder Ausdruck. Wenn ich ihm im Abenddunkel am Hafen begegnet wäre, hätte er mich erschreckt.

»Was ist denn los?«, erkundigte ich mich, obwohl ich es mir denken konnte. Es sah so aus, als sei seine Ehefrau lange genug schwanger gewesen. Er nahm mich mit in den hinteren Teil des Hauses, wo ich ein großes Zimmer hatte anbauen lassen. In allen drei Wänden gab es

Fenster, die hellblaue Decke war mit weißen, naiv gemalten Wolken verziert. Frau Frederiksen lag mit ihrem großen Bauch im Bett unter dem Wolkengemälde, der blanke Schweiß stand ihr im Gesicht. Ich nickte ihr zu.

»Haben Sie versucht, eine Hebamme zu finden?«, wollte ich wissen. Der Kapitän schüttelte den Kopf. Dann zeigte sich ein boshaftes kleines Lächeln. »Mein Hauswirt ist Arzt«, sagte er.

Kein Geburtsarzt, dachte ich und nickte. Dann wandte ich mich von ihm ab und trat an Frau Frederiksens Bett. Das Wasser war abgegangen, das Laken unter ihr und zwischen ihren Beinen war durchgeweicht vom hellroten Fruchtwasser. Ich legte eine Hand auf ihren Bauch, er war straff gespannt.

»Ich muss Sie abtasten«, erklärte ich und lächelte sie an. Sie sah mich mit einem erschrockenen Blick an, doch dann nickte sie. Manchmal denke ich, wenn ein Arzt auf die richtige Weise lächelt und vorschlägt, dem Patienten ein Ohr mit der Schafsschere abzuschneiden, würde der Patient auf die gleiche Weise nicken: in blindem Vertrauen zu dem Mann mit der kleinen schwarzen Tasche.

Ich ließ die Hände über ihren straffen Bauch und unter den dünnen Stoff des Nachthemds gleiten. Ich presste die Hände gegen die Seiten der weichen Kugel und fand die Konturen des Kindes im Körper der Mutter. Ein Wesen von der Größe einer Katze, reglos im Fruchtwasser. Was ist man, bevor man lebt? Tot?

Der Kopf schien ordnungsgemäß im Becken zu sitzen, der Steiß zeigte nach hinten. Frau Frederiksen jammerte, ihr Bauch spannte sich.

»Haben Sie eine Uhr?«

Frederiksen zog eine goldene Taschenuhr aus der Westentasche und reichte sie mir. Es war vier Minuten vor halb zehn. Ich lächelte der Frau im Bett beruhigend zu. Ihre Augen glänzten vor Anspannung. Ich nickte ihr zu, drehte mich um und ging mit dem Kapitän auf die Veranda.

»Alles sieht gut aus«, beruhigte ich ihn. »Nehmen Sie die Zeit, wie oft die Wehen kommen. Sie ist erst bereit zu gebären, wenn fünf bis zehn Minuten zwischen den einzelnen Wehen liegen. Es ist ihre erste Geburt, oder?«

Frederiksen antwortete nicht, es war auch nicht nötig. Ich blickte über die Straße auf die schwarzen Vögel am Grab. Kling-kling wurden sie von den Einheimischen genannt. Eine Art Star mit Augen so hell wie Perlmuttknöpfe. Schnelle, intelligente, zänkische Geschöpfe.

Den Rest des Vormittags saß ich an meinem französischen Balkon und ging in Gedanken alles durch, was schiefgehen konnte: Beckenverengung, Erdrosselung, Vergiftung des Fruchtwassers, Infektionen, Blutungen, Geburtskrämpfe. Ich spürte die Nervosität des Laien bei diesem Vorhaben, von mir wurde Professionalität erwartet, der ewige Druck, der auf einem Arzt lastet – dass er beinahe Gott sein soll. Pflanzer und Sklavenhalter zu sein, ist weitaus einfacher!

Ich hörte sie durch den Fußboden während der Wehen schreien, in immer kürzeren Intervallen, immer intensiver; es klang, als würde sie einen Dämon gebären. Gegen ein Uhr mittags ging ich hinunter zu Frederiksen. War dies derselbe Anton Frederiksen, der an Deck der Hoffnung gestanden und befohlen hatte, den kranken Neger über Bord zu werfen? Menschen haben so viele Gesichter, der herzlose Sklavenkapitän war tief erschüttert und aufgewühlt. Aufgrund eines Kindes!

»Haben Sie ein wenig Rum?«, fragte ich ihn.

»Rum?«

Ich nickte. »Den stärksten, den Sie haben.«

»Zur Behandlung?«

Wieder nickte ich. Als er mit der Flasche kam, zerrte ich den Korken heraus und nahm einen großen Schluck, ich füllte mir geradezu den Mund mit der brennenden Flüssigkeit, die sich wie erhitzt anfühlte, als sie in Gaumen und Schleimhäute biss. Dann reichte ich Frederiksen die Flasche. »Hier«, forderte ich ihn auf. »Zur Behandlung.«

Als wir jeder ein paar solide Schlucke getrunken hatten, gingen wir zu seiner Ehefrau. Sie hatte sich im Bett nach hinten geschoben und presste ihren Nacken und Hinterkopf gegen die Matratze, als wollte sie den gespannten Bauch in eine Höhe heben, in der die Wehen verschwanden. Sie schrie. Mir schauderte. Aber es war so weit, lange konnte es nicht mehr dauern.

Wieder schrie sie. Ich drehte mich zum Bett um. Frederiksen überraschte mich, indem er ans Bett trat und die Hand seiner Frau ergriff. Sie blickte mit einem verzweifelten Blick zu ihm auf. Sie drückten sich die Hände. Plötzlich sah ich meine Frau vor mir, meine arme Rosa, und ich spürte etwas vollkommen Unerwartetes: Tränen pressten sich unter meinen Augenlider hervor und legten einen Schleier über meine unmittelbare Umgebung. Ich riss mich zusammen und legte die Hände auf Frau Frederiksens Bauch, drückte ein bisschen.

Warum muss es so schwer sein, auf die Welt zu kommen? Sie wieder zu verlassen, ist weitaus einfacher.

Sie presste den Nacken auf die Matratze und stieß ein neues Geräusch aus, ich hörte etwas, eine Art Knacken, gab ihr Becken nach? Dann schaute ich hinunter und sah den Kopf des Kindes. Ich tat, was getan werden musste, griff zu und zog sanft mit einer wringenden Bewegung, als müsste das nasse Wesen, das aussah wie tot, aus dem malträtierten Schoß der Frau herausgeschraubt werden. Dann war es passiert, das Kind schrie, Frau Frederiksen sank hintenüber, entspannte sich und schluchzte, und ich hob die Kleine, ein Mädchen, hoch und legte sie der Mutter auf den Bauch. Ich schaute auf den bläulichen, schleimigen Körper, der durch die knotige, violette Nabelschnur noch an sein amphibisches Leben gebunden war. Ein Windstoß schlug im Vorzimmer einen Fensterladen auf, die dunklen Wolken eines Unwetters zogen von den Bergen heran, bald würde es anfangen zu regnen.

Es gab keinen Zweifel: Das Mädchen war nicht weiß. Sie war auch kein Neger, nicht schwarz, sie hatte die Farbe von dünnem Tee und feines, dunkles Haar auf dem Kopf. Sie war die Frucht der grauenhaftesten Stunden ihrer Mutter, die Erfüllung der schlimmsten Ängste ihrer Eltern, aber niemand sah aus, als würde er es bemerken. Nur ich tat es und dachte an Rosa in der Nacht in der Waffenkammer.

Dinge, die Menschen tun, selbst die geringsten, hinterlassen einen Abdruck in der Zeit. Es sind kleine Kerben auf unserer Bahn durchs

Leben: Dort starb Dr. Marcussens geliebte Ehefrau, hier kaufte Kapitän Frederiksen eine Fregatte und gab ihr einen blasphemischen Namen, dort ersteigerte der junge Arzt seinen ersten Negersklaven, hier kam ein Kind zur Welt; empfangen in brutaler Dunkelheit, aber doch ein Kind, eine echte Hoffnung.

Das Kind schrie, der Arzt kappte das Band zwischen dessen Vergangenheit mit einer Schere aus seiner Tasche, die Mutter nahm das schreiende kleine Mädchen, legte sie an ihre pralle Brust und lächelte müde und glücklich.

Nachdem die Nachgeburt gekommen war und ich mich überzeugt hatte, dass Mutter und Kind wohlauf waren, ging ich nach oben und setzte mich auf meinen Stuhl an den offenen Türen. Ich schaute hinaus in den herabstürzenden Regen. Es regnet selten lange auf den Inseln, aber dies war der reinste Wolkenbruch. Der Himmel war aschgrau, und in meinem Wohnzimmer wurde es beinahe dunkel. Mir war seltsam zumute. Ich hörte sie unter mir, die zwei waren nun zu dritt, sie waren zu einer Familie geworden, und wieder dachte ich an Rosa. An all das, was aus uns hätte werden können, aus ihr und mir. Die Trauer, die ich ihretwegen verspürte, war nicht so, wie sie sein sollte. Sie war nicht voller hübscher Erinnerungen an unsere gemeinsame Zeit, denn viel Zeit hatten wir nicht miteinander gehabt. Der Schmerz war wie ein Knoten in meinem Inneren, und ich wusste nun mit absoluter Sicherheit, dass ich den Verlust nie verwinden würde. An diesem Nachmittag beschloss ich, dass die kommende Nacht die letzte sein würde, die ich in dem Haus verbrachte, welches ihren Namen trug.

Ich war nicht der Einzige, der das Haus in der Kronprinsensgade verließ. Die Hoffnung war bereits seit langem nicht mehr in der Werft und lag seeklar am Kai von Charlotte Amalie. Ich ritt von Solitude in die Stadt, um sie ein letztes Mal zu sehen, und ich hatte gemischte Gefühle, als ich wieder an Deck der Fregatte stand und mich einen Augenblick an den Tag erinnerte, an dem ich mit Rosa an Bord gegangen war. Alles war in bester Ordnung, so wie es damals auch gewesen war: Neue, helle Hanfseile hingen locker, aber ordentlich aufgerollt von den Kavielnägeln der Reling, die Brüstung selbst war in einer gelbbraunen Farbe mit glänzenden schwarzen Kanten frisch gestrichen, die Decksplanken waren gescheuert, dass sie beinahe weiß in der Sonne leuchteten. Das Schiff lag reglos im ruhigen Wasser des Hafenbeckens, das einzige Geräusch war das Flüstern der Brise in der Takelage. Ich legte den Kopf in den Nacken und folgte dem himmelstrebenden Tannenstamm des Großmastes bis zu den drei Rahen und der Mars unter der zweigeteilten Bramstange. Ganz oben wehte die rote Flagge mit Frederiksens Reedereisymbol, ein Anker, ein Kreuz und ein Herz, eine Reihenfolge, die mich immer verwirrt hat. Vielleicht hatte er von drei vollgetakelten Fregatten geträumt, und die erste musste einfach Hoffnung heißen. Ich hatte vergessen, ihn danach zu fragen, und wusste, dass ich es wieder vergessen würde.

Ich stieg die drei Schritte vom erhöht liegenden Achterdeck hinunter und hockte mich an eine der Decksluken. Sie führte zum Zwischendeck, nur stieg von dort jetzt kein Gestank auf, bloß ein schwacher Geruch nach Feuerrauch und Schwefel. Man hatte das Deck gespült und gescheuert, und die Werftarbeiter hatten dort Pulver und Holzlatten verbrannt, um den Gestank der Negerladung zu vertreiben. Während der Reise gewöhnte man sich allmählich daran, allerdings war es normal, dass andere Schiffe sich entschieden, an einem Sklavenschiff in Luv vorbei zu segeln, auf der Seite, aus der der Wind kommt, um den erstickenden Gestank nach Tod zu meiden.

Zwei Wochen später, am Mittwoch, dem 3. September, stachen sie in See. Ich traf mich mit Frederiksen im Haus an der Kronprinsensgade, um ihm zu helfen, seine Kiste und das übrige Gepäck des Ehepaars zum Kai zu bringen, aber der Kapitän hatte bereits zwei Matrosen mit einem großen Handkarren damit beauftragt. Wir setzten uns auf die beiden Stühle auf der Veranda und sahen zu, wie die Männer das Gepäck auf die Ladefläche hievten.

»Und Sie sind ganz sicher, dass Sie bleiben wollen?«, fragte Frederiksen rhetorisch. Ich nickte. »Ich fühle mich hier heimisch«, erwiderte ich. »Was ist mit Ihnen? Zurück nach Dänemark und dann wieder auf See?«

Er legte beide Hände auf die Knie und blies die Wangen auf. »Nach Hause, ja. Danach … ich weiß es nicht.«

»Jetzt sind Sie ja eine Familie.«

Er nickte beinahe unmerklich. Es war deutlich, dass ihn etwas beschäftigte.

»Geht's der Kleinen gut?«, erkundigte ich mich.

»Maria. Ja, sie gedeiht.« Ein rasches Lächeln glitt über sein Gesicht, verschwand aber sofort wieder. »Ich mache mir eher um die Mutter Sorgen«, fügte er hinzu. »Leider mag sie das Kind nicht besonders.«

»Das ist nicht so ungewöhnlich, wie Sie möglicherweise meinen, Frederiksen. Vielen Frauen erleben nach einer Geburt eine schwierige Zeit. Sie sind schnell deprimiert, vermutlich, weil sie die Verantwortung spüren und Zweifel haben, ob sie den Anforderungen gerecht werden können. Ein Kind unterliegt doch in erster Linie der mütterlichen Verantwortung. Und das kann sehr schwer sein. Aber die meisten, ja, eigentlich alle, kommen darüber hinweg, wenn sie sehen, dass alles in Ordnung ist und das Kind gedeiht. Und das ist ja bei der kleinen Maria der Fall, wie Sie sagen.«

Wir sahen uns an. Ich streckte die Hand aus und legte sie auf seinen Arm.

»Machen Sie sich keine Sorgen, Kapitän«, beruhigte ich ihn. »Alles wird gut, spätestens, wenn Sie wieder zu Hause in Dänemark sind. Thurø, nicht wahr?«

Er schaute hinüber zum Friedhof und nickte vor sich hin. Ich hatte Mitleid mit ihm, ich hatte ihn nie so ratlos erlebt.

Kurz darauf nahmen wir Abschied. Frederiksen, seine Ehefrau und ihre kleine Tochter, die in einem geflochtenen Korb schlief, wurden von einem Kremser abgeholt, der sie zum Kai fahren sollte. Frau Frederiksen saß steif neben ihrem Kind und blickte geradeaus, während der Kapitän sich auf dem Sitz umdrehte und eine Hand zum Abschied hob.

MARIAS TAGEBUCH,
10. DEZEMBER 1803

Am Tag nach dem Schiffbruch kam ich in den Kasematten unter dem Fort von Charlotte Amalie wieder zu mir. Ich kann nur schwer beschreiben, was für ein Schock es war und welches Entsetzen mich ergriff, als mir klar wurde, dass ich in der Dunkelheit zusammen mit Fremden eingesperrt war, die ich nicht sehen konnte.

Jetzt bin ich an einem anderen Ort und schreibe in ein neues Tagebuch; in der Hektik habe ich meine Tasche in den Kasematten gelassen. Ich muss so bald wie möglich die ganze Geschichte noch einmal erzählen, bevor ich etwas vergesse. Ich denke an eine dramatisierte Fassung, eine Art abenteuerlichen, wahren Bericht meiner Erlebnisse.

Ich erwachte in der Dunkelheit, und bemerkte als Erstes den durchdringenden, strengen Geruch menschlicher Körper. Das war an und für sich nichts Ungewöhnliches, denn dieser Geruch war der Hoffnung auf ihrer ganzen Reise über den Atlantik gefolgt, oder besser: die Hoffnung war der Gestank, er steckte in ihr.

Doch hier stank es anders. Ich stand nicht an Deck in der frischen Seeluft und roch den Gestank, wenn die Brise ihn durch die Luken und Luftschlitze der Fregatte trug, sondern ich war mittendrin, und es gab nicht nur diesen einen Gestank. Der Raum an sich stank, nach Zement und Erde, nach Kalk und Fäulnis, eine Symphonie von Gerüchen, die einen Keller unter einem alten Haus erfüllen können, dessen Mauern zu einem Kanal oder einem Wallgraben führen.

Zu dem Geruch kamen die Geräusche: Dutzende von Atemzügen in der Dunkelheit, Husten wie Papier, das zusammengeknüllt oder über eine raue Steinfläche gezogen wird, flüsternde Stimmen, die Worte sagten, die ich nicht verstand, weiche Konsonanten, als würden Gewürze in einer Schüssel vermischt, bisweilen klang es fast wie Gesang. Vielleicht war es das ja auch.

Ich lag in der Dunkelheit und lauschte, erfüllt von einer seltsamen Ruhe. Der kühle Steinboden unter mir war fest und rollte nicht wie das Deck und die Bodenplanken der Hoffnung. Meine Vernunft sagte mir, dass ich mich irgendwo auf der Insel Sankt Thomas befand, und in gewisser Weise war es, als wäre ich heimgekehrt. Einst hatte ich diese Insel zusammen mit meinen Eltern verlassen, aber ich war so klein gewesen, dass ich mich an nichts erinnern konnte. Hier war ich zur Welt gekommen, und nun war ich wieder hier.

Bei dem Gedanken an meine Eltern spürte ich einen Stich in der Brust, als hätte mir jemand mit einem Stock gegen das Brustbein gestoßen. Mein Vater! Wo war er? War er noch rechtzeitig von Bord gekommen, bevor die schwere Dünung die Fregatte auf die tiefe Seite des Riffs gezogen hatte? Und Matthias, wo war er? Mir war, als gäbe es keine weißen Menschen um mich herum.

Ich setzte mich auf, und ein scharfer Schmerz zerriss die Dunkelheit. Mein Kopf dröhnte, ich musste mich gestoßen haben, vielleicht hatte ich mich aber auch irgendwo sonst verletzt. Mit einem Mal spürte ich einen heftigen Durst. Gab es hier Wasser? Ich streckte eine Hand aus und stieß auf etwas Weiches, die Haut eines Menschen auf meiner rechten Seite. Ich wandte den Kopf und konnte ein dunkles Gesicht mit großen weißen Augen ausmachen. Ich zuckte zusammen. Dann flüsterte ich in den Raum »Wasser … *water?*« und hoffte, dass mich irgendjemand verstand. Meine Worte brachten andere Stimmen zum Sprechen, aber noch immer in dieser unverständlichen Sprache mit einer Vielzahl von K's und A's, W's und U's, *kwauwauwkwau*. Dann hörte ich ein metallisches Scharren und spürte etwas Hartes an meinem Oberschenkel. Ich ließ meine Hand dorthin gleiten und berührte dabei meinen Bauch, die Haut meines Bauchs! Ich war nackt! Wo waren meine Kleider, wer hatte mich ausgezogen? Obwohl es dunkel war, drückte ich mich an den Boden und bedeckte meine Brüste mit den Armen. Der kalte harte Gegenstand berührte erneut meinen Oberschenkel. Ich griff danach und bekam einen Becher oder eine Schale mit einer lauwarmen Flüssigkeit zu fassen. Die Gestalt an meiner Seite sprach. »Wasser«, sagte sie. Die Stimme einer Frau. »Wasser. Trink.«

Ich hob den Becher und hielt ihn an meine Lippen. Das Wasser schmeckt leicht salzig und faulig, trotzdem leerte ich den Becher in einem Zug, doch mein Durst schien nur noch schlimmer zu werden. Ich reichte ihn der Frau neben mir und bat »noch einmal?«, und sie nahm den Becher, kroch fort und kehrte kurz darauf mit mehr Wasser zurück. Diesmal war es frischer, der erste Schluck hatte wahrscheinlich schon lange in dem Becher gestanden. Hatte sie in der Dunkelheit darauf gewartet, dass ich aufwache? Ich kniff die Augen zusammen und versuchte, ihr Gesicht zu erkennen. Sie legte eine Hand auf meinen Arm und sagte etwas Unverständliches.

Wir krochen über den steinigen Boden auf einen senkrechten Spalt zu, durch den ein bisschen Licht fiel. Auf dem Weg stieß ich gegen viele andere Körper, die mir murmelnd und in der heißen Luft stinkend Platz machten. Endlich erreichten wir den Lichtstreifen, ich setzte mich auf und streckte eine Hand danach aus, das Licht legte sich, scharf wie eine Klinge, auf meinen Arm. Ich drehte mich um. Die Frau war hinter mir, der Lichtstreifen teilte ihr Gesicht, aber ich konnte ihre Züge erkennen, die breite Nase, die weiche schwarze Haut, das krause Haar über Augen wie Kohlestücke. Ihr Gesichtsausdruck war erstaunt, sie streckte eine Hand aus und berührte meine Wange. Ich verstand. Meine Hautfarbe überraschte sie.

Sie lächelte nicht, aber irgendetwas geschah in ihrem Gesicht. Ein Schatten glitt darüber. Sie war nicht sehr alt, aber erwachsen und ebenso nackt wie ich. Doch im Gegensatz zu mir bedeckte sie ihren Körper, die flachen Brüste, den glatten schwarzen Bauch und den gekräuselten Schoß nicht.

Einige Stunden später, als es draußen bereits dunkel war, wurde die Tür geöffnet, und viele Fackeln warfen einen goldenen Schein in den Raum. Auf dem vom Mondlicht erhellten Hof standen vier Soldaten mit harten Gesichtern und Gewehren, deren Kolben sie auf den Boden abstützten. Einer von ihnen trat einen Schritt vor. Er hob eine Hand und gab uns ein Zeichen, dass wir aus dem dunklen Raum kommen sollten, zögernd gehorchten wir. Als alle vor der Mauer in der lauen Nachtluft standen, hob der Soldat erneut die Hand und fragte so schnell, dass es schwierig war, ihn zu verstehen: »Gibt es jemanden unter euch, der Dänisch spricht, *speak english, parlez français?*«

Ich schaute an mir herunter, vor Scham überwältigt. Der Augenblick war indes zu wichtig, um ihn vorübergehen zu lassen, daher atmete ich tief durch und sagte so laut, dass meine Worte von der Mauer hinter ihm zurückgeworfen wurden: »Ich spreche Dänisch.«

Die Worte blieben in der stillstehenden Abendluft hängen. Ich konnte den monotonen Gesang der Insekten in der Luft hören. Der Soldat wandte sich mir zu und sah mich von oben bis unten an. »Aha«, sagte er langsam. »Und wie kommt das?« Sein Tonfall war höhnisch.

Ich bedeckte meinen Körper so gut wie möglich, es war hoffnungslos. Aber wir waren alle nackt. Alle Neger.

»Ich bin Dänin«, erwiderte ich und versuchte, mit ruhiger Stimme zu sprechen.

Der Mann starrte mich an. Es verging viel Zeit, bis er antwortete. Dann erklärte er: »Ich höre, dass du ein wenig Dänisch spricht. Du bist nicht der erste Neger, der das tut. Aber nun gut, dann kannst du für mich übersetzen, was ich den anderen zu erzählen habe.«

Mir gelang es nicht zu antworten, bevor er weiterredete. »Neger!«, brüllte er so laut und so unvermittelt, dass ich zusammenzuckte. »Ihr befindet euch in Christiansfort, der dänischen Garnison von Charlotte Amalie.«

Er schwieg und sah mich abwartend an. Ich spürte seinen Blick auf mir wie kleine eklige Tiere.

»Übersetz!«, befahl er.

Ich schüttelte den Kopf. »Ich spreche ihre Sprache nicht«, sagte ich. »Ich bin nicht aus Afrika.«

Der Soldat runzelte die Stirn und sah mich mit zusammengekniffenen Augen an. Dann fragte er: »Wenn du nicht aus Afrika bist, was hattest du dann auf einer Sklavenfregatte zu suchen?«

»Ich bin die Tochter des Kapitäns. Oder des Reeders. Von der Fregatte Hoffnung …«

Pause. Dann nickte er langsam.

»Sag mir deinen Namen.«

»Maria Frederiksen. Mein Vater heißt Anton Frederiksen.«

Der Soldat sah mich lange an.

»Ich bin Hauptmann. Hauptmann Lemmertz«, stellte er sich dann vor. »Der Gouverneur hat mich geschickt, um mir die Schwarzen anzusehen, die an Bord der schiffbrüchigen Fregatte gewesen sind. Ich …« Er warf mir noch einen Blick zu, bevor er sich abrupt an einen der gewöhnlichen Soldaten wandte. »Holen Sie sofort einen Mantel für das Fräulein! Ja, nun los, ein bisschen plötzlich!«, zischte er, als sei es die Schuld des Soldaten, dass er mir erst jetzt glaubte.

Der Soldat drehte sich um und lief auf ein Tor in der roten Mauer zu. Die anderen scheuchten die Schwarzen zurück in die Kasematten. Ich wollte den stummen Gestalten unwillkürlich folgen, die einer nach dem anderen den Kopf senkten, um durch die niedrige Türöffnung zu gehen, doch Hauptmann Lemmertz hob erneut die Stimme.

»Stehenbleiben!«, kommandierte er.

Ich blieb nackt und verwirrt im Schein der Fackeln und des Monds auf dem Hofplatz zurück, während man die anderen wieder in den dunklen Raum sperrte. Die Tür wurde geschlossen und verriegelt.

Der Soldat, der losgeschickt worden war, kehrte zurück. Mit langen Schritten kam er auf uns zu, blieb stehen und reichte mir ein Stück weißen Stoff. Es sah aus wie ein Männernachthemd. Ich sah ihn an, sein Gesicht war ernst und von der Sonne gebräunt, seine Augen nicht unfreundlich. Ich nahm das Nachthemd entgegen und hielt es mir vor. Es war viel zu groß und reichte beinahe bis zum Boden.

»Ziehen Sie es an«, befahl Lemmertz.

Ich zog es über den Kopf, das Nachthemd war viel zu breit an den Schultern, und der Stoff war seltsam steif. Doch ich war wieder bekleidet, wieder ein Mensch. Der Soldat griff nach meinem Arm und nickte. »Kommen Sie«, forderte er mich auf.

Ein Mann in einer weißen Uniform saß hinter einem glänzenden, polierten Schreibtisch in einem großen Raum, der mir geradezu kühl vorkam; eine Reihe hoher Fenster in der dicken Mauer ließ eine frische Brise hinein. Es musste Meeresluft sein, aber ich konnte das Meer nicht riechen. Nach so vielen Monaten verliert man die Fähigkeit, das Wohlbekannte wiederzuerkennen, vielleicht kommt es niemals wieder.

Er wies auf einen Stuhl auf der anderen Seite des Schreibtischs mit einer gepolsterten Sitzfläche aus glänzendem, rotem Stoff. Der Mann legte vor seinem schmalen Gesicht die Fingerspitzen zusammen und berührte sein Kinn. Die Fingernägel waren kurzgeschnitten und gepflegt, die Hände vollkommen sauber.

»Wissen Sie, wer ich bin?«, erkundigte er sich.

Ich schüttelte den Kopf.

»Casimir von Scholten«, erklärte er. »Ich bin der Kommandant des Forts und der Gouverneur von Sankt Thomas. Und das Fräulein ist Dänin, sagen Sie?«

Ich nickte. Er sah mich einen Augenblick an, prüfte mein Gesicht.

»Wie heißt der der dänische König?«, fragte er plötzlich.

Ich zögerte keinen Augenblick. »Christian VII.« Meine Antwort kam automatisch, als hätte Lehrer Martens mich in der Schule von Thurø gefragt.

Von Scholten nickte. »Maria«, murmelte er vor sich hin. »Frederiksen.«

Er lehnte sich über den Schreibtisch und sah mir weiterhin prüfend ins Gesicht. »Sie sind Mulattin«, sagte er dann. Er zuckte die Achseln wie ein Mann, der mehr als die meisten anderen gesehen und aufgehört hat, sich zu wundern. Dann trommelte er mit drei Fingern auf ein Buch in einem dunkelroten Ledereinband.

»Ihr Vater hat recht viele Neger nach Westindien gebracht«, sagte er. »Über so etwas wird Buch geführt. Hier …« Er tippte auf das Buch. »Hier sind sämtliche Fahrten der Fregatte Hoffnung aufgezeichnet. Sieben Reisen seit 1784. Sieben!« Der Gouverneur tippte erneut auf das rote Buch. »Ich kenne kein anderes Schiff, das so viele Reisen unternommen hat.«

Ich sah ihn an. Es war schwer zu beurteilen, ob seine Erregung Bewunderung oder Wut entsprang.

»Das wusste ich nicht«, erwiderte ich wahrheitsgemäß. »Und mein Vater hat nicht so viele Reisen unternommen. Er wusste nicht einmal davon. Er ging an Land, als ich geboren wurde. Und an dieser Reise hat er nicht freiwillig teilgenommen. Ebenso wenig wie ich.«

Casimir von Scholten beugte sich ein wenig vor und legte die Hände neben die grüne Schreibunterlage. Ein paar senkrechte Falten zeigten sich auf der Wurzel seiner langen, schmalen Nase.

»Das müssen Sie mir erklären«, verlangte er. »Nicht freiwillig?«

Ich erzählte ihm die Geschichte über den geplanten Ausflug nach Jütland und Wilfred Bernt, der sich geweigert hatte, uns in Frederikshavn abzusetzen.

Der Gouverneur lauschte meinem Bericht aufmerksam und mit gerunzelter Stirn. Als ich schließlich verstummte, sah er mich einen Moment an, als wären seine Gedanken noch immer an Bord der Hoffnung vor der Goldküste. Er hob die Augenbrauen und blätterte ein wenig in den Dokumenten auf seinem Schreibtisch.

»Der größte Teil der Besatzung hat den Schiffbruch überlebt«, sagte er. »Ihr Vater jedoch nicht. Das tut mir leid. Er war noch immer an Bord, als die Fregatte unterging.«

Ich hörte ihn, und doch wieder nicht. Es war, als würde er mir etwas erzählen, was ich bereits wusste, dennoch traf es mich wie ein Schock. Diese Worte: »Ihr Vater jedoch nicht«. Ich schloss die Augen und sah das Licht, das an einem Sommertag vor langer, langer Zeit flimmernd durch die Baumkronen fiel. Das tiefe Lachen meines Vaters unter den Eichenbäumen. Meine Mischung aus Angst vor dem Troll im Baum und meiner Freude darüber, dort mit Vater zusammen zu sein. Und den seltsam erwachsenen Gedanken: Dass dies ein Moment war, an den ich mich erinnern würde, vielleicht immer.

Und nun gab es noch ein anderes Bild, das ich nie vergessen wollte, ein Bild, das mich noch immer mit Trauer erfüllt: Mein Vater in der Dunkelheit auf dem Zwischendeck der sterbenden Fregatte, das Holz, das um ihn herum schreit, aber übertönt wird von den Angstschreien der Schwarzen, der Panik, während das Wasser steigt und sie angekettet auf den Planken liegen; mein Vater, der darum kämpft, so viele wie möglich zu befreien, und das Wasser dringt ein, schließlich in so großen Mengen, dass alle ertrinken …

»Die Überlebenden werden bestraft«, erklärte der Gouverneur. »Kapitän Bernt und sämtliche Offiziere, die bei der Grundberührung an Bord waren. Acht Matrosen, zwei Zimmerleute, sechs Jungmänner, ein Koch, ein Schiffsjunge …«

»Matthias?«, entfuhr es mir.

Von Scholten sah mich mit zusammengezogenen Augenbrauen an. »Hier steht kein Name.«

Ich blickte ihm in die Augen. »Matthias ist eigentlich kein Schiffsjunge. Ich meine, er hat nicht auf der Hoffnung angeheuert. Er sollte auch in Frederikshavn von Bord gehen.« Von Scholten legte den Kopf schief. Plötzlich sah ich, dass sein Gesicht eine gewisse Ähnlichkeit mit einem alten Fuchs hatte. »Was meinen Sie?«, fragte er nach. »Ist er kein Mitglied der Besatzung?«

»Natürlich nicht«, erwiderte ich. »Würde die Tochter des Kapitäns den Namen eines dahergelaufenen Schiffsjungen kennen? Nein, er studiert in Kopenhagen und wohnt zur Miete im Haus meiner Tante Inge in Christianshavn. Mein Vater gab ihm die Erlaubnis, nach Frederikshavn mitzusegeln. Er wollte seinen Onkel in Ålborg besuchen.«

»Aha. Also wurde auch er gegen seinen Willen auf die Reise mitgenommen?«

Ich nickte eifrig. »Unbedingt. Er war so unglücklich, dass ich zeitweilig Angst hatte, er würde über Bord springen.«

Casimir von Scholten sah mich lange an, die schlanken Finger vor dem Kinn zusammengelegt. Dann nickte er ein einziges Mal. »Sehr schön«, erklärte er. »Ich werde es mir merken. Matthias, sagen Sie?« Er beugte sich vor und notierte es sich auf einem Blatt Papier. Dann seufzte er und sah mich wieder an.

»Ich kenne die genaue Zahl der ums Leben Gekommenen nicht. Ich vertraue dem Kapitän nicht, es könnten noch zehn weitere Männer sein oder niemand mehr. Aber wir wissen, dass zweiundsiebzig Neger sich an der Frenchman's Bay an Land retten konnten. Wie viele wurden in Accra an Bord genommen, wissen Sie es?«

»Einhundertzweiundvierzig«, antwortete ich.

Von Scholten hob die Brauen und nickte langsam. »Das sind nicht viele«, sagte er. »Sind Sie sicher?«

»Ja. Ich war dabei, als sie an Bord kamen.«

Wieder nickte er. »Es sind jetzt vermutlich schwere Zeiten. Ich gehe davon aus, dass Christiansborg keine Schwarzen mehr liefert, nachdem die Verordnung in Kraft getreten ist.«

Der vornehme Mann in seiner schmucken Uniform sah mich erneut schweigend an. »Haben Sie weitere Familienangehörige, Fräulein Frederiksen?«, erkundigte er sich dann.

Ich schüttelte den Kopf. »Nein.«

»Wie alt sind Sie eigentlich?«

»Fünfzehn. Bald fünfzehneinhalb.«

Er zog die Brauen zusammen. »Tatsächlich?« Ein kleines Lächeln kräuselte seinen Mund, der ansonsten sehr respekteinflößend aussah – beinahe nur ein Strich in seinem mageren Gesicht. »Ich hätte Sie ein wenig älter geschätzt. Sie sind ja noch ein Kind«, fügte er ein wenig verdrossen hinzu. »Aber Sie machen auf mich einen reifen und verständigen Eindruck, das muss ich sagen. Haben Sie in Dänemark die Schule besucht?«

»Ja. Sieben Jahre. Eine sehr gute Schule auf Thurø.«

»Dann verfügen Sie über Kenntnisse der üblichen Fächer? Rechnen und Dänisch? Christentum? Geschichte und Geographie?«

»Das will ich meinen.«

Der Gouverneur lächelte. »Ich glaube Ihnen, mein Fräulein.«

Erneut legte von Scholten die Finger vor seinem Gesicht zusammen. Er sah mich mit seinen dunklen Augen an, freundlich und ein wenig neugierig. Dann erklärte er:

»Die Seeleute, die bei der Grundberührung an Bord der Fregatte Hoffnung waren, werden wie gesagt alle vor Gericht gestellt. Ich habe noch nicht beschlossen, ob wir das Gericht hier zusammentreten lassen oder ob sie in Kopenhagen verurteilt werden sollen. Aber verurteilt werden sie. Möglicherweise betrachten nicht alle Beamten des Königs eine Verletzung seiner Verordnung so streng, aber ich bin nun seit vielen Jahren der Ansicht, dass der Handel mit Menschen im Grunde ein Skandal ist. Daher werde ich eine ungesetzliche Seereise wie die letzte der Fregatte Ihres Vaters nicht einfach so hinnehmen.«

»Mit Ausnahme von Matthias …«, erinnerte ich ihn.

»Ja«, sagte er nach einer kleinen Pause. »Er dürfte straffrei davonkommen, so wie Sie es darstellen. Und Sie, Fräulein, werden natürlich ebenfalls nicht bestraft. Ich habe nicht die notwendige Phantasie mir vorzustellen, dass Sie hier sitzen und mich belügen, während Sie übrigens eines meiner besten Nachthemden tragen …« Er verzog sein Gesicht zu einem Lächeln und nickte in Richtung des schneeweißen Kleidungsstücks, das meine verdreckten Glieder bedeckte. Dann wurde er wieder ernst und fuhr fort:

»Aber wenn Sie sich vorstellen könnten, hier auf der Insel zu bleiben, Fräulein … Wenn Sie ohnehin, wie Sie sagen, niemanden haben, zu dem Sie heimkehren können, dann hätte ich möglicherweise eine Anstellung für Sie, die Ihnen wie auch anderen zum Vorteil gereichen könnte.«

BRIEF: MARIA AN IHRE MUTTER ANE FREDERIKSEN, DEZEMBER 1803

Canaan Plantation, Sankt Croix, 12. Dezember 1803

Liebe Mutter,

zum ersten Mal seit Monaten schreibe ich Dir in der Gewissheit, dass Dich dieser Brief erreichen wird. Beinahe täglich geht von Westindien Post ab, es ist kaum zu glauben, wie gut die Dinge hier funktionieren, fast besser als daheim, scheint mir.

Ich muss Dir eine traurige Nachricht mitteilen, über die Du möglicherweise bereits unterrichtet bist: Mein Vater ist tot.

Es fällt mir schwer, es zu begreifen. Und ich muss immer wieder daran denken, wie Du diese Nachricht aufnehmen wirst: Wirst Du Trauer empfinden, trotz allem, oder seid ihr so lange getrennt gewesen, dass sein Tod Dir nichts bedeutet? Ich hoffe doch, dass Du Dich an ihn mit Wärme erinnerst; mein Vater war ein rechtschaffener Mann. Und ich glaube, die Geschichte seines Todes – und ich bitte Dich, jedes Wort davon zu glauben – wird Dir den Grund liefern, ihm etwas von dem zu vergeben, was Dir so viele Jahre schwer fiel zu vergessen.

Am 15. Oktober erlitt Vaters Fregatte vor der Frenchman's Bay auf Sankt Thomas Schiffbruch. Wir hatten mehr als hundert Neger im Laderaum – Sklaven, die Wilfred Bernt und seine Verschworenen gesetzeswidrig an Bord genommen hatten. Und während die Hoffnung hilflos auf die Felsen schlug und alle damit beschäftigt waren, sich selbst zu retten, ging Vater unter Deck und befreite so viele Schwarze wie möglich. Am Ende drang das Wasser ein, die Letzten ertranken und Vater starb mit ihnen an Bord seines Schiffs. Ich wurde jedoch gerettet.

Auf dieser merkwürdigen Reise, die mich aus dem sicheren, zivilisierten Dänemark zu den wildesten afrikanischen Küsten, Orkanen, unerhörter Bösartigkeit bis zu diesen schönen Inseln geführt hat, habe ich unzählige Briefe an Dich geschrieben – ebenso wie ich beinahe jeden Tag meine Erlebnisse in meinem Tagebuch festgehalten habe.

Doch die Briefe wie das Tagebuch sind verlorengegangen! Nach der Grundberührung gelang es mir, meine Tasche mit den Papieren und einigen wenigen anderen Habseligkeiten zu bergen, während der anschließenden Internierung habe ich die Tasche jedoch verloren.

Ich werde jetzt keinen Versuch unternehmen, alles noch einmal zu erzählen, sondern mich bloß hiermit begnügen:

Du hattest recht mit Deiner Sorge, ob sie nun mütterlich war oder etwas anderem entsprang. Und man kann sagen, dass meine Prophezeiung ebenso in Erfüllung gegangen ist: Es ging nicht gut, und meine kurze Reise nach Nordjütland war der Anfang einer langen Reise. Und doch wurde alles so ganz anders, als ich es geglaubt und gehofft hatte.

Ich weiß nicht, ob ich je wieder nach Hause zurückkehren werde. In dem vorläufig letzten Kapitel dieses eigentümlichen Abenteuers bin ich von Gouverneur Casimir von Scholten auf eine andere Insel hier in Westindien geschickt worden – Sankt Croix –, um trotz meines jungen Alters eine Stellung als Gouvernante und Lehrerin auf der Plantage Canaan außerhalb von Christianssted anzunehmen. Die Plantage gehört einem Engländer namens John Ellis, der offenbar zu von Scholtens guten Freunden gehört, ich werde seine Kinder in Dänisch und verschiedenen anderen Fächern unterrichten. Überdies wird erwartet, dass ich einmal wöchentlich die Schwarzen und die Kinder der Schwarzen in Dänisch und Fächern wie Geographie und Geschichte unterrichte. Ich habe noch nicht mit der Arbeit begonnen, aber in ein paar Tagen ist es so weit, und ich fange an, mich wirklich darauf zu freuen. Mir scheint diese Anstellung beinahe wie eine Belohnung nach dieser langen Reise, die mich zweifeln ließ, ob ich jemals wieder ein normales Leben führen werde.

Ich denke oft an Dich, Mutter. An unsere kurze gemeinsame Zeit, an die ich mich kaum erinnern kann, und an den grauenvollen Tag, an dem ich als kleines Mädchen erkannte, dass Du uns verlassen hattest und niemals nach Hause zurückkehren würdest. Viele Jahre habe ich versucht, Dein Handeln zu entschuldigen und Dir zu vergeben, dass Du mich im Stich gelassen hast, und häufig gelang es mir, mir einzureden, dass ich selbst für meine Einsamkeit verantwortlich sei. Als ob ein Kind die Verantwortung für seine Herkunft oder Hautfarbe trägt! Das ist ebenso verrückt wie zu glauben, dass ein Mensch aus diesem Grund weniger wert ist als ein anderer! Oder weniger der Liebe einer Mutter bedarf.

Daher kann ich Dir nicht vergeben, was Du getan hast, Mutter. Das sage ich nicht, um Dich zu betrüben, oder damit Du nicht versuchen solltest, Dir selbst zu vergeben, ich sage es meinetwegen. Letztendlich sage ich es meinetwegen! Niemand von uns hat das Schicksal verdient, das wir erlitten haben, aber ich war ein Kind, Mutter, und ein Kind darf man nicht im Stich lassen.

Meine besten Wünsche für die Zukunft
Maria
Kapitän Anton Frederiksens Tochter

BRIEF: GENERALGOUVERNEUR CASIMIR WILHELM VON SCHOLTEN AN SEINEN SOHN PETER CARL FREDERIK VON SCHOLTEN, NOVEMBER 1803

Charlotte Amalie, 2. November 1803

Mein lieber Peter,

nun nähert sich die Zeit, in der Deine Ausbildung an der Kadettenakademie zu Ende geht und Du Dich endlich Fähnrich nennen kannst. Es hat Dich längere Zeit gekostet als die meisten, doch ich vertraue darauf, dass Dein fachlicher Ballast aus diesem Grund umso gewichtiger ist!

Ich kann Dir mitteilen, dass es so aussieht, als gäbe es gute Chancen, dass Du innerhalb des nächsten Jahres einen Posten hier auf Sankt Thomas antreten kannst. Die westindischen Heereseinheiten sind ein guter Ort, um seinen Dienst zu leisten, und ich glaube, Du wirst das Klima angenehm finden, wie auch die Möglichkeiten der Ablenkung besser sind, als die meisten denken. Daheim hält man die westindischen Eilande gewiss für ebenso roh und unzivilisiert wie die dänischen Besitztümer in Afrika und Ostindien, aber das liegt an der Unwissenheit, denn Sankt Thomas und in einem gewissen Maße auch Sankt Croix sind ziemlich hochentwickelte Orte.

Die Gesellschaft hier ruht auf drei Grundpfeilern, von denen keiner militärisch ist! Es sind der Zucker, die Sklaverei und der Schiffsverkehr. Und während der größte Teil des Zuckers inzwischen auf Sankt Croix produziert wird, ist Charlotte Amalie zu einer der geschäftigsten Handelsstädte im Karibischen Meer erblüht, ja, oder vielmehr in der ganzen Neuen Welt. Dutzende von Schiffen laufen den Hafen an und löschen und laden hier ihre Waren, die Kaufmänner und Makler erleben goldene Zeiten. Die Gunst dieser Zeit liegt natürlich vor allem an Dänemarks Neutralität in den Kriegen und Konflikten, die derzeit in Europa und Amerika wüten. Der neutrale Hafen in Charlotte Amalie ist offen für alle, die Waren verschiffen wollen, und die großen kriegsführenden Nationen haben genug damit zu tun, ihre Schlachten zu schlagen. Es erinnert an das Schauspiel, das man hier häufig am Hafen beobachten kann, wenn flinke Seeschwalben sich die Fische schnappen, welche die Fregattvögel im Streit ums Futter fallenlassen!

Vor einigen Wochen mussten die Männer des Stadtvogts die gesamte Besatzung einer dänischen Fregatte in Arrest nehmen, die bei Frenchman's Bay nach einem Orkan Schiffbruch erlitt. Im Laderaum befanden sich etwas weniger als hundert Neger, von denen ungefähr ein Drittel bei dem Schiffbruch umkam, während die Seeleute, diese Halunken, sich selbst an Land retteten.

Ich hätte die überlebenden zweiundsiebzig Neger gern zurück nach Afrika geschickt, wo sie geboren wurden, Generalgouverneur Mühlenfels verlangte indes, dass alle – obwohl sie entgegen der Verordnung von 1792 importiert worden sind – nach Sankt Croix geschickt wurden, um dort unter den Pflanzern verteilt zu werden. Ich habe mich gebeugt, aber ich werde Mühlenfels' gesetzeswidrigen Befehl nicht vergessen.

Ein langes und angenehmes Gespräch habe ich mit dem wohl ungewöhnlichsten Passagier dieser Fregatte geführt, einem sehr jungen und, wie ich hinzufügen darf, ausgesprochen hübschen Mädchen, bei dem es sich im Übrigen um die Tochter des Reeders handelt. Sie, eine Mulattin, erzählte eine seltsame Geschichte, die wiederzugeben ich hier nicht versuchen will, aber ich nahm ihre Ankunft hier zum Anlass, meinem Freund John Ellis, einem der führenden Pflanzer auf Sankt Croix, vorzuschlagen, sie als Gouvernante für seine Kinder und als Lehrerin für die Schwarzen in Johns kleiner Negerschule anzustellen. Das Mädchen stimmte zu, was mir außerordentlich beherzt vorkam, nun befindet sie sich in Christianssted.

Ich komme bald nach Kopenhagen, um verschiedene Geschäfte zu tätigen, und erwarte, dass Du mir nach Beendigung Deiner Ausbildung hierher folgen wirst. Das könnte im kommenden Frühjahr oder Sommer geschehen, und ich hoffe sehr, dass Du auf der Insel Karriere machen wirst. Es gibt hier enorm viele Möglichkeiten, und es ist ein solch angenehmer Ort zum Leben – ich denke, Du wirst es wertschätzen. Mein größter Wunsch ist, dass Du eines Tages auf meinem Stuhl (oder dem des guten Mühlenfels') sitzt und endlich die Sklaven frei lassen kannst.

Ich sende Dir meine besten Grüße in der Hoffnung, dass Du gesund und glücklich bist.

Dein Vater
Casimir von Scholten

BRIEF: MIKKEL EIDE AN DE SOUZA, JULI 1824

20. Juli 1824

Lieber de Souza,

ich bin aus meiner Hütte am Strand ausgezogen und wohne nun in einer Wohnung im ersten Stock in der Strandgade, direkt hinter dem Casimir Torv. Es ist eine äußerst deprimierende Wohnung mit Aussicht auf eine hässliche Hausfassade auf der anderen Seite der schmalen Gasse, aber das spielt keine Rolle, denn der Spaziergang von der Strandgade zum östlichsten Teil der Kronprinsensgade, wo Marcussens Hurenhaus liegt, dauert nur fünf Minuten.

Ich habe ihn seit jenem Abend nicht mehr gesehen.

Als er mir von seinem Plan für Afi erzählte, glaubte ich ihm zunächst nicht. Aber bald wurde mir klar, dass er es ernst meinte. Es war seine Strafe für die gestohlene Pistole. Und plötzlich fühlte ich mich erschöpft, müde von Westindien, von Negern und Grausamkeiten, müde von der Sonne und dem ewigen Lärm der Froschkehlen, die wie schleimige Dämonen die Nacht über singen.

»Was hatten Sie erwartet?«, fragte ich ihn. »Dass die Neger die zynische Ausnutzung durch die Weißen Jahr für Jahr einfach passiv hinnehmen? Dass sie nie auf die Idee kämen, eine Waffe zu stehlen, um die Freiheit zu erlangen?«

Wir setzten uns einander gegenüber, es schien, als sei die Wahrheit, mein eigentliches Anliegen, aus einer Tüte gesprungen und hinge nun zwischen uns in der Luft. Ich sah in seine Augen. Irgendwo dort drinnen war noch etwas anderes als diese scheinbar heitere Ironie, die er mir gegenüber immer an den Tag legte: Ein Arzt, ein Mensch, der es verstehen müsste und es sicher auch tat, aber der es nicht erkennen wollte.

Als er nicht antwortete, ergriff ich wieder das Wort, in einem verzweifelten Versuch, einen Ausweg aus der hässlichen Wirklichkeit zu finden.

»Lassen Sie mich Afi kaufen, Marcussen. Verkaufen Sie sie an mich. Sagen Sie einfach Ihren Preis, dann nehme ich sie Ihnen ab!«

Einen Moment sah ich es vor mir: der Professor und seine Negerin. War es denkbar? Könnte ich Afi mit nach Dänemark nehmen? Was würde passieren, wer wäre sie im königlichen Kopenhagen? Wer wären wir, sie und ich? Aber Marcussen zerpflückte meine Phantasie vor meinen Augen.

»Mein guter Eide«, erwiderte er spöttisch. »Bereit zu zahlen, um einen einzigen Neger zu retten. So ist das also, Herr Professor? Die Sache der Neger ist nicht mehr so wichtig, Hauptsache, ich verkaufe Ihnen ein einziges schwarzes Flittchen? Um Himmels willen, Sie sind tatsächlich noch heuchlerischer, als ich dachte. Sie glauben, es sei Ihr gutes Recht, einmal um den halben Erdball zu segeln, um den Menschen, die dort leben, zu erzählen, wie sie sich zu benehmen haben! Was richtig und was falsch ist auf dieser Welt! Soll ich Ihnen sagen, woran mich das erinnert? Das erinnert mich an die Missionare der Brüdergemeinde, diese falschen, selbstzufriedenen Herrnhuter, die hierherkommen, um die Nächstenliebe zu predigen. Während sie mit der anderen Hand Plantagen erwerben und ihre frommen Vorarbeiter die Peitsche über die schwarzen Rücken schwingen lassen! Sie sind doch auch nur ein Missionar, Eide! Ein geiler Missionar!«

Ich sah ihn einen Moment an, vollkommen schockiert. Die Maske war gefallen, und ich sah ihn, wie er war – und er dachte, er sähe mich in dem gleichen klaren Licht. Das war jedoch eine Lüge, alles, was er sagte, war gelogen! Ich wusste nur nicht, was ich noch erwidern sollte, also erhob ich mich von der harten Bank des Einspänners und sprang auf die Erde. Und ich drehte mich nicht um, als ich ihn verließ und ins Stadtzentrum ging.

Ich mietete einen Kremser, um mich nach Santa Maria fahren zu lassen, und bat den Kutscher zu warten, während ich meine wenigen Dinge packte.

Die Hütte sah aus wie immer. Das Bett war ordentlich gemacht, alles stand an seinem Platz. Afi hatte die Unterkunft in bester Ordnung hinterlassen. Von ihr keine Spur. Ich erinnerte mich, wie Ivar Just den Kai zusammen mit Marcussens Stallneger verlassen hatte, und musste meine Phantasie nicht sonderlich anstrengen, um mir vorzustellen, dass die beiden Männer direkt hierher gefahren waren und Afi mitgenommen hatten. Der Gedanke löste eine rasende Wut in mir aus; die Machtlosigkeit brannte in meinem Körper, als hätte ich zehn Spanische Pfefferschoten gegessen.

Ich zündete eine Lampe an und packte meine Sachen, meine Kleider und meine Papiere, meine Schreibutensilien, meine Bücher und Notizblöcke. Dann trug ich die kleine Kiste, die mich seit Kopenhagen begleitet hat, zu der Kutsche. Der Neger sprang vom Bock und hievte sie auf den Wagen. Ich bat ihn, noch einmal zu warten, und ging zurück in die Hütte. In einer Ecke der Veranda, neben Afis Pritsche, stand ein kleiner Schemel mit Dingen, die sie am Strand gefunden hatte, Schneckenhäuser, glatte, runde Steine, ein großer Seestern mit rauer Oberfläche und einem strengen, aber nicht unangenehmen Geruch nach Fäulnis und Meer, eine Halskette aus Perlen in verschiedenen Farben, alle möglichen getrockneten Samen von Pflanzen und ein einfaches hellrotes Schneckenhaus mit einem Loch in dem feinen Perlmuttrand. Ich nahm es und steckte es in die Tasche. Nur dieses eine Ding. Einen Augenblick betrachtete ich ihre bescheidenen Habseligkeiten. Ich schloss die Augen, sah sie vor mir und meinte, ihren Duft wie einen Spuk in der Luft zu spüren – so schwach wie den Schatten eines lebendigen Menschen auf dem Sand unter dem Sternenhimmel.

Bevor ich zum Wagen zurückging, blies ich die Lampe aus und blieb einen Moment vor der Hütte stehen. Das Meer war still wie selten, die Brandung war lediglich ein rhythmisches Rauschen. Das Mondlicht fiel auf den weißen Sand und die gewaltige Fläche des Meeres, und alles war vollkommen farblos, schwarz und weiß wie eine Bleistiftzeichnung. Wie immer, wenn ich einen Ort verließ, verspürte ich ein Gefühl der Unwiderruflichkeit, vielleicht würde ich ihn nie wiedersehen.

Hier in meiner kleinen Wohnung liegen meine Papiere und Notizen auf dem Schreibtisch vor der Tür zum Balkon, und doch bin ich nicht in der Lage, an meinem Manuskript weiter zu arbeiten, ich bringe lediglich diesen Brief zustande und führe mein Tagebuch. Ich versuche, mich zusammenzunehmen und die Gasse bis zur Kronprinsensgade hinunterzugehen, um dann zum Vestre Kirkegård, dem Friedhof, rechts abzubiegen. Ich weiß nicht, was passieren wird, wenn ich es tue, aber ich weiß, dass etwas passieren wird. Ich gehe davon aus, dass mein Verstand und mein Gerechtigkeitsempfinden mich leiten werden. Obwohl der Verstand zeitweise abwesend war, hat die zweite Option mich doch niemals im Stich gelassen und wird es auch jetzt nicht tun. Ich bin hungrig, habe aber nichts zu essen. Vielleicht bilde ich es mir aber auch nur ein, weil ich so lange nichts gegessen habe. Ich sollte hungrig sein, ist vermutlich richtiger. Ich sollte essen.

Ich stehe auf und gehe zum Casimir Torv. Auf dem Marktplatz stehen stämmige schwarze Frauen an kleinen Tischen, auf denen sie Gewürze, Obst, Gemüse und Krüge mit eingemachten Schweinsfüßen, gesalzenem und getrocknetem Fisch und verschiedene Gerätschaften aus Holz feilbieten. Ich kaufe ein flaches, rundes Brot und einige Früchte, die mir die Negerin schält und in Wachspapier einwickelt, sodass ich sie sofort essen kann. Also sitze ich auf einer Bank im Schatten und esse mit kleinen Bissen. Mangos haben einen süßen und scharf harzigen Geschmack und sättigen recht gut. Ich breche kleine Stücke vom Brot ab und kaue es. Dann trinke ich an einem Brunnen, aus dem

Quellwasser in einem dünnen, silberhellen Strahl in einen Steintrog fließt. Ich bin ratlos. Ich schaue zur Kronprinsensgade und kann mich nicht entschließen.

Ein schwarzlackierter Wagen mit glänzender Karosse und einem ebenso schwarzen und glänzenden Pferd kommt das Pflaster der Kronprinsensgade hinauf und hält vor dem Markt. Ich bin neugierig, es muss eine Person von Stand sein, die vermutlich einkaufen will. Aus dem Wagen steigt ein Mann in Uniform, die krapprote Jacke ist am Hals aufgeknöpft, die Silberknöpfe leuchten in der Sonne, er hält einen schwarzen Hut unter dem Arm. Der Mann ist ein wenig älter als ich und hat eine hohe Stirn und rotbraune Koteletten. Sein gleichmäßig geschnittenes Gesicht ist sonnengebräunt, er sieht sich mit einem freundlichen Lächeln um. Dann geht er um den glänzenden Wagen herum und öffnet die Tür auf der anderen Seite. Eine große schwarze Frau in einem langen goldbraunen Kleid mit kurzen Ärmeln steigt aus, er bietet ihr seinen Arm. Gemeinsam gehen sie über die Straße auf mich und den Markt zu.

Als der Mann sich meiner Bank nähert, auf der ich mit meinem klebrigen Wachspapier, dem Obst und dem halb aufgegessenen Brot sitze, weiß ich plötzlich, wer er ist: von Scholten! Peter von Scholten, der Gouverneur von Sankt Thomas. Und gleichzeitig der Stadthauptmann, der Waagemeister, der Zollintendant, und die Götter mögen wissen, was noch alles. Scholtens zahlreiche Aufgaben sind in Pflanzerkreisen Gegenstand von Gerede. Es wird von seinem unerträglich engen Verhältnis zu dem mächtigen königlichen Generaladjutant Frantz Bülow geredet, und ja, von seinen Beziehungen zum König selbst, dessen Leben er und eine Handvoll Adjutanten einmal gerettet haben soll. Ich habe Scholten nie zuvor gesehen, sondern nur Beschreibungen gehört. Ohne nachzudenken, stehe ich auf. Scholten ist die Antwort auf meine Ratlosigkeit, er ist der Mann, der die Bedingungen der Sklaven verbessern und sie möglicherweise befreien wird, wenn er eines Tages die Macht dazu hat. Ein Mann, von dem es heißt, dass er, obwohl er über Sankt Thomas herrscht, meine Gedanken zur Sklaverei teilt.

»Herr Gouverneur! Eure Exzellenz …« Ich stehe auf dem Trottoir vor der Bank mit dem Brot in der einen und dem klebrigen Obst in der anderen Hand. Scholten sieht mich mit hochgezogenen Augenbrauen an. Erst überrascht, dann lächelt er und nickt.

»Eide?«, fragt er. »Professor Eide?«

(wird fortgesetzt)

BRIEF: PETER VON SCHOLTEN AN SEINE EHEFRAU ANNA ELIZABETH, JULI 1824

26. Juli 1824

Geliebte Lise,

vor einer Woche lief ein merkwürdiges Schiff Charlotte Amalies Hafen an: ein kleineres Boot, einer Galeasse nicht unähnlich, aber mit Masten in halber Höhe und einem dicken Schornstein vor dem hinteren Mast. Aus dem Schornstein quoll eine gewaltige Fahne aus schwarzem Rauch, als sei unter Deck ein Feuer ausgebrochen! Und in gewisser Weise ist es auch so: Eine Dampfmaschine hämmert dort unten wie ein großer stinkender Eisendämon; sie wird von brennender Kohle angetrieben, die Heizer unablässig in den Ofen unter dem Kessel der Maschine schaufeln.

Ich wurde natürlich an Bord geladen, um mir das Schiff näher anzusehen, und obwohl viele Inselbewohner über diesen modernen Einfall den Kopf schütteln und jeder Form von maschinenbetriebenen Schiffen ein kurzes Leben prophezeien, muss ich sagen, dass ich Potenzial in dieser Form des Transports sehe.

Die Maschine lärmt und qualmt ganz grässlich, wenn sie mit Hilfe von erwärmtem Dampf einen Druck erzeugt, der auf zwei Antriebsräder überführt wird – eines an jeder Seite des Rumpfes. Aber alles Neue muss ja optimiert und verbessert werden, bevor es optimal funktioniert, das wissen wir hier auf der Insel doch von den vielen komplizierten Prozessen in der Zuckerproduktion, daher glaube ich, dass das Dampfschiff die Zukunft ist. Es kann ganz ohne Wind fahren, aber auch den Wind nutzen, wenn er vorhanden ist. Und das Wichtigste überhaupt: Der Kurs lässt sich ganz unabhängig von der Windrichtung steuern, ja, man kann, wenn nötig, sogar direkt gegen den Wind fahren!

Die Stimmung im Hafen war dennoch skeptisch, um nicht noch stärkere Worte dafür zu verwenden. Feindlich, vielleicht gar. Du weißt, wie die Menschen neuen Gedanken gegenüberstehen, und dies gilt in besonderem Maße für Seeleute, die häufig geradezu hingebungsvolle Gefühle für ihre alten Schiffe mit der ächzenden Takelage und den halbverfaulten Schanzkleidern hegen.

Dies habe ich erlebt und noch viel mehr. Die Stellung als Gouverneur ist etwas anders als meine bisherigen Posten im Zollwesen, dem Militär oder als Ordnungshüter. Ich habe ja, wie Du weißt, durch das gnädige Wohlwollen unseres Königs die meisten meiner bisherigen Aufgaben behalten und bekleide außerdem den Posten als Gouverneur von Sankt Thomas. Bisweilen ärgere ich mich ein wenig über Deinen Beschluss, das Leben in Westindien aufzugeben. Ich respektiere ihn, wie ich Deine Haltung insgesamt respektiere, doch obwohl ich versprochen habe, Dich nicht mehr damit zu quälen, muss ich doch sagen: Sollte Dein Entschluss wanken, sollst Du wissen, dass ich Dich, liebe Lise, mit offenen Armen empfangen werde! Hier ist es einfach sehr schön, nicht zuletzt jetzt, wo ich auf dieser Insel nicht noch weiter aufsteigen kann. (Ja, ich weiß genau, dass es noch einen höheren Posten gibt, dessen Hauptsitz auf Sankt Croix liegt, aber vorläufig bin ich recht glücklich hier!)

Ich hatte kürzlich ein ziemlich eigentümliches Erlebnis, von dem ich Dir einen kurzen Bericht zu geben versuche.

Vor einer knappen Woche fuhr ich in meiner Kutsche zum Markt auf dem Casimir Torv. Ich hielt, um bei den Frauen auf dem Markt einzukaufen, der nach meinem seligen Vater benannt ist. Als ich den Wagen verließ und die Straße überquerte, um etwas Obst und ein paar Flaschen von dem guten Guaven-Rum zu kaufen, den man hier bekommen kann, wurde ich von einem nervös wirkenden jungen Mann angesprochen. Ja, er erhob sich von einer Bank, auf der er saß und eine Mangofrucht aß, und rief mich mit einem verwirrten »Eure Exzellenz« an.

Ich lege großen Wert darauf, darüber informiert zu sein, wer in Charlotte Amalie und der ganzen Insel ankommt beziehungsweise abreist, und ich wusste fast sofort, wer er war. Professor Eide, Mikkel Eide, den der alte Freund meines Vaters – und mein Feind – Jan Marcussen auf seiner Plantage Solitude einquartiert hat. Oder richtiger gesagt, in einer Hütte am Strand, wie ich gehört habe. Die sonderbarste Beziehung, die man sich vorstellen kann! Ich bin sicher, Dir von Marcussen schon einmal erzählt zu haben, der im vorigen Jahrhundert als junger Schiffsarzt auf die Insel kam, aber sein Metier und die Linderung menschlicher Leiden aufgab, um sich stattdessen als gieriger Pflanzer und vornehmster Quälgeist der Schwarzen hier niederzulassen. Marcussen ist ein Mann, den man auf Anhieb sympathisch findet. Er ist charmant, wenn auch ein wenig aufschneiderisch, ein intelligenter und gewandter Gesprächspartner. Aber irgendetwas in ihm ist zerbrochen, und ich würde ihm nicht einmal meinen Hund zum Aufpassen überlassen, wenn ich einen Tag fort wäre.

Und dieser Mikkel Eide ist sein vollkommenes Gegenteil. Ein urbaner, kultivierter Humanist aus Kopenhagen, ein Mann, der noch nie einen Neger zu Gesicht bekommen hatte, bevor er das Leben hinter den Wällen verließ, der sich jetzt aber nichtsdestoweniger mutig – und wie ich vermute, ein wenig naiv – vorgenommen hat, ein Buch über die Negersklaverei in Dänisch-Westindien zu schreiben. Offiziell nur ein aufklärerisches Werk, aber es gibt keinen Zweifel, dass die Rede von einer humanistischen Schmähschrift ist, deren eigentliches Anliegen es ist, jeglichen Einsatz von Sklaven auf den Inseln zu unterbinden.

Dort stand Eide also und sah mich respektvoll an, aber auch so eindringlich, dass ich auf der Stelle wusste, wie sehr ihm sein Anliegen auf der Seele lag: Ein recht attraktiver, schlanker Mann mit dunklen, kurzgeschnittenen Haaren und einer Habichtsnase. Etwas Entschlossenes, Beharrliches sprach aus seinem Blick.

Nachdem er mich angerufen hatte, begrüßte ich ihn mit Namen, was ihn, wie es aussah, noch mehr verwirrte.

»Sie kennen mich?«, fragte er.

Ihm fiel der Unterkiefer hinunter, und ich lächelte ihn beruhigend an. »Sankt Thomas ist eine kleine Gemeinschaft, Herr Eide«, erwiderte ich. »Wenn Sie sich bei einem der bekanntesten Pflanzer der Insel niederlassen könnten, ohne dass ich es bemerkte, wäre ich meines Postens nicht würdig.«

»Sie müssen entschuldigen«, sagte er. »Ich wollte mich nicht aufdrängen, Sie sind natürlich ein viel beschäftigter Mann.«

Ich nickte, obwohl ich in der Regel weniger zu tun habe, als die meisten glauben. Aus diesem Grund hatte ich mir auch die Zeit genommen, allein zum Markt zu fahren, ein seltener Luxus auf meinem Posten.

»Die Sache ist die, dass ich ein Problem habe, für dessen Lösung der Gouverneur mir möglicherweise einen Rat geben könnte …«, begann er. Er machte eine kleine Pause, um dann hastig fortzufahren: »Ich weiß ja, dass die Umstände der Neger Ihnen am Herzen liegen. Genau wie auch mir. Und es wurde ein garstiges Unrecht, ja, eine Unmenschlichkeit an einer jungen Negerin begangen.«

Er schien ausgesprochen verletzt zu sein, und es freute mich, dass es offenbar nicht um ihn selbst ging. Seine Worte weckten meine Neugierde. Ich nahm meine Taschenuhr heraus und schaute darauf.

»Ja, nun, lassen Sie hören, mein guter Professor«, sagte ich.

Und dann lieferte er mir eine Geschichte über eine junge schwarze Frau, die in den letzten vier Jahren in Marcussens Haus gearbeitet hat und dem Pflanzer offenbar als privates Spielzeug diente. Laut Eide war das Mädchen – das, um Himmels willen, Freitag hieß, Afi auf Guineisch – erst dreizehn oder vierzehn Jahre alt, als Marcussen es kaufte.

Marcussen hat dieses Negermädchen dem Professor bereits kurz nach dessen Ankunft auf Solitude verehrt, damit sie ihm in jeder Weise in der Hütte der Santa-Maria-Bucht zu Diensten war. Obwohl Eide ein intelligenter Bursche ist, strahlt er doch auch eine gewisse jugendliche Naivität aus, dennoch hat er Marcussens Geste sofort durchschaut und eher als eine kameradschaftliche Neckerei angesehen. Der ausgesprochen männliche und unverhohlen skrupellose Pflanzer wollte den Humanisten herausfordern, er sollte seinen Trieben freien Lauf lassen und das Mädchen missbrauchen. Marcussen hat freilich Eides hohe Moral unterschätzt. Dieser Crusoe würde niemals auch nur davon träumen, etwas gegen den Willen seiner Freitag zu tun. Allerdings hat er etwas anderes getan, und das war aus jedem seiner Worte herauszuhören: Er hat sich Hals über Kopf in das Mädchen verliebt!

Tja, es ist ein Drama, worüber jemand, der den Federhalter besser schwingen kann als ich, bestimmt einen Roman verfassen könnte! Ich will mich auf die Feststellung beschränken, dass das Leben des guten Professors in dem Moment von Katastrophen geschwängert war, als das Mädchen auf den Plan trat.

Als Marcussen der Tatsache in die Augen sehen musste, dass er den gradlinigen Professor nicht verderben konnte, nahm er ihm das Mädchen wieder ab, aber er tat es auf die niederträchtigste Art und Weise. Er beschuldigte sie, eine Pistole, die er Eide aufgedrängt hatte, gestohlen und an ein paar entlaufene Neger weitergegeben zu haben. Ich könnte mir vorstellen, dass die ganze Geschichte erfunden ist, um das Mädchen Afi anzuschwärzen!

Afi, laut Eides Aussage noch keine achtzehn Jahre alt, ist seit dem 12. Juli in Marcussens berüchtigtem Haus untergebracht, also seit gut einer Woche. Mit »Marcussens berüchtigtem Haus« meine ich eine zweistöckige Bruchbude gegenüber dem Vestre Kirkegård, ganz am Ende der Kronprinsensgade, wo kaum jemand lebt außer den Ratten, die von den Schonern der westlichen Hafenkais davonlaufen: Ein berüchtigtes Etablissement, das von Charlotte Amalies Seeleuten frequentiert wird, wenn Du verstehst, was ich meine!

Von all diesen Dingen berichtete der junge Professor mir auf dem Casimir Torv. Nachdem er einige Zeit erzählt hatte, ohne dass ich das Interesse verlor, gingen wir in ein Wirtshaus in der Sneglegade unweit des Platzes. Ich bat meinen Kutscher, mein Pferd zu tränken und in den Schatten zu führen, worauf Professor Eide und ich die Straße hinaufgingen und in The Buccaneer's Inn zwei Rumpunsch bestellten.

Die Geschichte entwickelte sich im Übrigen anders als man aufgrund meines jetzigen Berichts hätte erwarten können, allerdings sie ist auch noch nicht vollends aufgeklärt. Sollte ich es vergessen, musst Du mich daran erinnern, dass ich Dir erzähle, wie alles endete.

Hoffentlich geht es Euch allen gut, und Ihr seid glücklich im kalten Kopenhagen. Ich gedenke der Hauptstadt im kommenden Frühjahr einen Besuch abzustatten und freue mich unsäglich, Dich und die Mädchen wiederzusehen.

Meine ergebensten Grüße
Dein Peter

BRIEF: MIKKEL EIDE AN DE SOUZA, JULI 1824

20. Juli 1824
(Fortsetzung)

Ich muss sagen, dieser Scholten ist ein ganz ungewöhnlicher Mann. Nachdem wir uns eine Weile unterhalten hatten und ich ihm von dem begangenen Unrecht berichtete, unterbrach er mich mit erhobener Hand. Er sprach mit seiner Begleiterin in einer Sprache, die wie fließendes Kreolisch klang – ich verstand kein Wort –, und küsste ihre Hand, worauf sie lächelnd nickte und zu dem Kutscher ging, einem Schwarzen in Livree, der auf dem Bock saß und seine lange Peitsche schräg nach vorn hielt, als würde er angeln. Nachdem sie sich in den Wagen gesetzt hatte, der langsam die Dronningsgade hinunterfuhr, sah Scholten mich an und sagte mit einem zuvorkommenden Lächeln:

»Kommen Sie, ich kenne einen Ort, wo wir uns besser unterhalten können.«

Wir gingen ebenfalls ein Stück die Dronningsgade entlang, dann führte Scholten mich links in die erste Gasse. Einen Augenblick später gelangten wir in eine schmale Straße mit den seltsamen Namen Sneglegade, Schneckengasse, und nach einigen Schritten öffnete er die Tür eines finster aussehenden Wirtshauses namens Buccaneer's Inn. Genau wie Marcussen bestellte er zwei große Gläser Rumpunch mit Zucker und grüner Zitrone, und wir setzten uns an einen Tisch ganz hinten in dem schummerigen Lokal.

Hier erzählte ich ihm den Rest der Geschichte, während ich mich zwischendrin beinahe in den Arm kneifen musste, um zu glauben, dass ich in einer Kneipe saß und mit dem bekannten Gouverneur von Sankt Thomas Rumpunsch trank.

Ich sollte jetzt eigentlich innehalten. Aber ich muss Ihnen erzählen, was an diesem Tag, dem 18. Juli 1824, noch geschah.

Bereits nach kurzer Zeit war mir klar, dass der Gouverneur Afis Schicksal genauso ernst nahm wie ich. Als ich ihm von meiner letzten Begegnung mit Marcussen und unserem Wortwechsel vor dem Haus Rosa erzählt hatte, legte er mir mit einer beruhigenden Geste die Hand auf den Arm.

»Es ist bereits eine Weile her, dass ein ›Massa‹ mit seinen Sklaven tun konnte, was er will. Sie sind sein Eigentum, ja, aber die Neger haben einen Anspruch auf das, was man gewöhnliches Recht und Angemessenheit nennt.«

Er lehnte sich zurück.

»Heutzutage wird ein Pflanzer, der seine Neger grausam behandelt, zur Verantwortung gezogen. Ich werde das nicht tolerieren.«

Seine Worte gaben mir ein wenig Hoffnung.

»Sie meinen also, Marcussen hat sich schuldig gemacht, er hat gegen das Gesetz verstoßen?«

Der Gouverneur lächelte. »Das habe ich nicht gesagt. Das hängt von der Bereitschaft des Mädchens ab, selbst wenn das in Ihren Ohren sonderbar klingen mag. Aber denken Sie daran, dass viele Negersklaven nie etwas anderes kennengelernt haben als Erniedrigung und daher nicht sonderlich bereitwillig sind, Anklage gegen ihre Herren zu erheben.«

»So ist Afi nicht. Sie ist sehr stolz«, protestierte ich.

»Vielleicht. Auf der anderen Seite hat sie aber in Marcussens Haus gedient, seit sie dreizehn war. Sie kann besser abgerichtet worden sein, als Sie es sich vorstellen können.«

Seine Worte schmerzten mich. Und sie lösten noch etwas anderes aus: Sie erinnerten mich daran, wie jung Afi war. Sie war ein Kind, ich hingegen war ein Mann von sechsunddreißig Jahren. Es fällt mir schwer, es Ihnen gegenüber zuzugeben, de Souza, aber ich hatte an dem Mädchen derart einen Narren gefressen, wie ich es mir nicht erklären kann.

Wir verließen das Gasthaus und gingen zurück zum Casimir Torv. Wir überquerten den Markt und gingen an dem vornehmen Holzgebäude vorbei zur Kronprinsensgade. Ich sah auf die Uhr. Es war fast zwei Uhr nachmittags. Scholten schlenderte in seiner roten Uniformjacke mit den goldenen Epauletten entspannt dahin, seine vornehme militärische Erscheinung wirkte in dieser Ecke der Stadt fehl am Platz – wie ein König, der ohne Eskorte an der Peripherie seines Reiches patrouillierte.

»Sollten wir nicht ein paar Leute mitnehmen?«, erkundigte ich mich. »Soldaten?«

Der Gouverneur lachte leise vor sich hin. »Das ist noch nie nötig gewesen«, erwiderte er. »Ich war hier, als 1807 die Engländer kamen, es fiel nicht ein Schuss und es wurde auch kein Säbel erhoben. Sie kamen mit gut zwanzig Schiffen und siebentausend Mann in den Hafen. Wer das überlebt hat, der kann durchaus auch einem englischen Zuhälter ohne Eskorte gegenübertreten!«

Er sprach, als hätte ihn der Rum ermuntert, und wenn mich die Situation nicht so bedrückt hätte, wäre es mir möglicherweise ebenso ergangen; es scheint, als würde Rum in weitaus höherem Maße auf die Stimmung einwirken als andere Spirituosen.

In den hohen Bäumen flackerte das Sonnenlicht durch die Zweige der dichten Kronen und warf Muster auf die Straße, die an Reflexe im Wasser erinnerten. Eine leichte Brise kam auf, geschwängert vom Geruch nach Meer. Der Tag war einfach schön, wie es in Westindien meist der Fall ist. Dann beschrieb die Straße eine leichte Rechtskurve, und ich konnte das verfluchte Haus vor uns liegen sehen.

»Das ist es, nicht wahr?«, fragte Scholten nonchalant und zeigte auf das vernachlässigte Gebäude mit der Veranda.

»Ja.«

Der Engländer saß nicht auf der Veranda, doch die Tür zwischen den mit Fensterläden verschlossenen Fenstern im Erdgeschoss stand offen, der Perlenvorhang klirrte leise im Windhauch. Ich ließ den Blick in den ersten Stock wandern, wo die Läden vor zwei weiteren Fenstern geschlossen waren. Jetzt bemerkte ich die mit geschwungenen schwarzen Zahlen gemalte Hausnummer an der Fassade: $3\,^1/_2$. Merkwürdig. Scholten betrat die Veranda mit festen Schritten, seine Stiefel dröhnten auf den trockenen Brettern, ich hatte das Gefühl, als würde das ganze alte Haus in seinen Verbindungen ächzen.

»Hallo!«, rief der Gouverneur. Keine Antwort.

Ich trat neben ihn. Wir sahen uns an.

»Kommen Sie«, sagte er und fegte den Perlenvorhang zur Seite.

Mein lieber de Souza, ich muss einschieben, dass ich Ihnen wirklich sehr dankbar bin, dass Sie sich vor zwei Jahren an mich wandten. Als ich damals der Aufgabe zustimmte, die Sie mir anboten – nach Westindien zu reisen, um mir die Verhältnisse mit eigenen Augen anzusehen –, hatte ich keine Ahnung, wie die Wirklichkeit hier aussieht. Dieser unbegreifliche Kontrast zwischen der Schönheit der Inseln, dem Wohlstand der Weißen und der erschreckenden Armut der Schwarzen. Sie gaben mir die Möglichkeit, dies selbst zu erleben, und ich beginne zu verstehen, dass das Buch, das ich eigentlich zu schreiben gewillt war, kaum je das Tageslicht erblicken wird. Dazu bin ich inzwischen zu sehr persönlich involviert.

Vermutlich bin ich beinahe eine Art Westinder geworden, ein Kreole, wie sie sich nennen. Lange Zeit war mein Freund ein Pflanzer, ein Mann, der Sklaven besitzt, und ich selbst habe Negerblut vergossen, ja, um mich selbst zu retten, ich weiß, aber ist das wirklich eine valide Erklärung?

Bisweilen habe ich das Gefühl, vielleicht nie wieder von hier fortzukommen – als könne man sich durchaus entscheiden, hierher zu reisen, aber als könne man die Inseln niemals aus eigenem Willen wieder verlassen. Oder anders gesagt: Sie lassen sich nicht abschütteln. Westindien ist nicht bloß ein ferner Ort auf einer Landkarte – Westindien wird zu einem Ort in einem selbst. Im Guten wie im Schlechten.

Vor allem Letzteres erwartete ich anzutreffen, als ich dem Gouverneur in das Haus in der Kronprinsensgade folgte. Bosheit und Grausamkeit, und diesmal mehr, als ich zu ertragen glaubte. Wozu würde ich werden? Zu einem Mann, der nur noch Hass und nichts anderes mehr empfindet? Wo bliebe da der gute Professor Eide – würde er aufgefressen von diesem Hass? Ja, ich hatte wahrlich Angst.

Wie Dante, der seinen ersten Schritt in den Wald setzt, geht von Scholten in den ersten Raum. Er bleibt stehen und horcht einen kurzen Moment, dann ruft er mit dröhnender Stimme: »Matcher!«

Mir geht durch den Kopf, wie eigenartig es ist, dass er den Namen des Engländers kennt – hatte ich den Namen erwähnt? Nein, aber mir bleibt keine Zeit, ihn zu fragen, denn eine Stimme ertönt vom entferntesten Ende des Hauses, dort, wo ich vor einer Woche mit Marcussen gewesen bin.

Wir gehen durch den halbdunklen Flur. Die Lampen sind nicht angezündet. Am Ende fällt grünliches Licht ein, und kurz darauf stehen wir in dem größeren Raum, in dem ich vor einigen Tagen die Negerinnen auf der Pritsche sitzen sah. Jetzt sind keine Frauen hier, sondern nur ein Mann: Matcher steht an der Tür des Zimmers mit den Schäfchenwolken an der Decke. Er zieht seine Hose hoch und schnallt den Gürtel zu.

»*Governor*«, grüßt er. »Welche Ehre. Was führt Sie hierher?« Der Tonfall ist sarkastisch. Der Blick des Mannes gleitet an von Scholten vorbei zu mir. Es lässt sich unmöglich sagen, ob er mich wiedererkennt.

»Ich suche eine junge Negerin, die erst kürzlich hier untergebracht wurde, um hier im Haus Dienste zu verrichten«, antwortet der Gouverneur auf Englisch. »Sie heißt Afi. Eine von Jan Marcussens Haussklavinnen.«

Matcher dreht den Kopf und wirft einen Blick in das Zimmer hinter sich. Dann wendet er sich wieder uns zu und setzt ein schiefes Lächeln auf. »Da haben Sie aber Glück«, erklärt er. »Sie empfängt heute. Wie Sie sehen.« Er schaut an sich herunter und ruckt an seinem Gürtel. Ich spüre einen Stich in meinem Herzen, eine Mischung aus Erleichterung und Wut. Sie ist hier! Von Scholten kann sie herausbringen, denke ich. Egal, was Matcher glaubt und was er mit ihr getan hat, der Gouverneur kann sie hier rausbringen.

Der Engländer tritt zur Seite, wir betreten das Zimmer. Mein Blick sucht die Decke mit den feinen Wölkchen. Zum ersten Mal sehe ich sie bei Tageslicht. Es ist ein großer Raum an der Rückseite des Hauses mit Fenstern an allen drei Seiten, das grüne Licht des Gartens fällt herein. Zwei Personen befinden sich im Zimmer. Ich sehe jedoch nur Afi. Sie sitzt auf einem Holzstuhl mit dem Rücken zu uns und blickt aus einem der Fenster. Im Bett liegt das Mädchen vom letzten Mal, die kranke Schwarze mit dem Nasenring. Sie liegt auf dem Rücken und starrt mit leerem Blick an die Decke. Das Mädchen ist nackt, ihre braune Haut wirkt matt auf dem weißen Bettbezug. Sie liegt vollkommen regungslos da.

Der Gouverneur tritt ans Bett und betrachtet das Mädchen. Er wendet sich an Matcher.

»Was ist mit ihr?«

»Sie war krank«, antwortet Matcher. »Marcussen meint, es sei das Dandy-Fieber gewesen.«

»Sie ist nicht mehr krank«, stellt von Scholten fest. »Sie ist tot.«

Matcher nickt. »Ganz genau. Wie ein Hering.«

Von Scholten runzelt die Stirn. »Was hat das zu bedeuten«, will er wissen. »Wieso liegt hier eine tote Frau?«

Matcher zuckt die Achseln. »Aufgebahrt?«, erwidert er spöttisch.

Von Scholten sieht ihn an. Der Engländer brummt und hebt noch einmal die Schultern. »Die Leute haben so viele Angewohnheiten. Ist doch nicht verboten, oder?«

Der Gouverneur schüttelt langsam den Kopf und seufzt. Er schaut auf Afi. Sie hat sich nicht gerührt.

»Afi?«, spricht er sie an.

Langsam dreht sie sich um. Ich erkenne sie kaum wieder, so verändert ist sie. Sie sieht zu von Scholten auf. Ihre Augen schauen ganz kurz an ihm vorbei, einen Moment begegnen sich unsere Blicke. Sie sieht mich an, als würde sie mich nicht wiedererkennen, als sei ich ein Fremder. Ihr Gesicht ist vollkommen leer.

»Erzähl mir, was du hier machst«, fordert von Scholten sie auf.

Sie antwortet mit einem kurzen Zucken des Kopfes. »Ich arbeite hier«, sagt sie. Sie sieht dabei Matcher an, der an der Tür steht. Von Scholten folgt ihrem Blick. Ohne ein Wort zu sagen, geht er zu der offenen Tür, legt eine Hand auf die Brust des Engländers und schiebt ihn sanft durch den Türrahmen. Von Scholten schließt die Tür und kommt zurück.

»Du arbeitest«, sagt er und schaut auf Afi herab. »Womit?«

»Wie Sie sehen«, erwidert sie und schaut an sich hinunter. Eine zu kurze, ärmellose Bluse, ein kurzer Rock.

Von Scholten seufzt. »Aber du weißt, dass es verboten ist, jemanden zur Prostitution zu zwingen. Auch die Unfreien.«

Wieder dieses Kopfzucken, dann dreht sie sich um und noch einmal begegnen sich unsere Blicke; ganz kurz sehe ich sie, wie sie war.

»Niemand hat mich gezwungen«, erklärt sie.

Als wir aus dem dunklen Haus gingen, saß Matcher in seinem Stuhl auf der Veranda, den Kopf an die morschen Brettern der Hauswand gelehnt. Von Scholten redete, ohne ihn anzusehen. Er bürstete einen Fussel vom Ärmel seiner Uniform und sagte: »Schaffen Sie die Leiche hinaus, Matcher. Sonst schicke ich ein paar Männer vorbei, um hier aufzuräumen.«

Ich kann die Enttäuschung, die ich empfand, nicht beschreiben. Und den Zorn. Er gärt noch immer in mir, während ich diese Zeilen schreibe. Von Scholten hat mir nicht helfen können. Er kann mir nicht helfen, weil dort nichts Ungesetzliches vor sich geht, erklärte er.

Als wir zurück zum Casimir Torv gingen, bat ich ihn, seine Drohung umzusetzen und Soldaten in das Haus in der Kronprinsensgade zu schicken. Aber er schien mir gar nicht mehr richtig zuzuhören. Als ich ihn lange genug angefleht hatte, blieb er stehen und sah mich mit einem harten Blick an.

»Offenbar verstehen Sie etwas nicht richtig, Professor. Diese Negerin, dieses Negermädchen, gehört Marcussen. Innerhalb des gesetzlichen Rahmens kann er mit ihr machen, was er will. Und da sie sich offensichtlich nicht selbst helfen will, kann ich nichts unternehmen. Und auch Sie können überhaupt nichts tun.«

Dann drehte er sich um und ging die Dronningensgade entlang in Richtung Fort und Gouverneurssitz.

Ich muss diesen Brief jetzt abschicken, vermutlich kann ich gerade noch das Postschiff erreichen. Ich weiß, dass Sie einen Schluss dieser Geschichte erwarten. Die Wahrheit ist, dass es ihn noch nicht gibt. Ich weiß nicht, ob ich je die Gelegenheit haben werde, diese Episode zu Ende zu bringen. Mein Gemüt ist in Aufruhr, ich weiß nicht mehr ein noch aus.

Meine herzlichsten Grüße
Mikkel Eide

BRIEF: JAN MARCUSSEN AN RECHTSANWALT HJALMAR SCHUMACHER, JULI 1824

20. Juli 1824

Lieber Hjalmar, mein guter Freund!

Wir haben so vornehme Häuser hier auf Sankt Thomas – die Lebensweise sämtlicher Pflanzer, der Kaufleute und der reichen Ausländer kann mit den ersten europäischen Adelshäusern konkurrieren. Ich selbst habe ein vornehmes Haus. Und doch gab es Zeiten, in denen ich mich nach etwas anderem sehnte. Etwas Einfacherem.

Meine ersten Neger – die vier Überlebenden einer Auktion in Christianssted im Frühjahr 1788 und eine weitere Handvoll, die ich nach der ersten kleinen Zuckerernte anschaffte – bauten mir eine Hütte an der Santa-Maria-Bucht. Auf Solitude war für die Handwerksneger wenig zu tun, nachdem das Hauptgebäude fertig war, und ich wusste aus Erfahrung, dass Müßiggang den Schwarzen nicht guttut, er ist, wie es heißt, aller Laster Anfang.

Ich verspürte das dringende Bedürfnis nach einem Ort, an den ich mich zurückziehen konnte. Seit meiner Ankunft auf der Insel – ja, sogar noch früher, schon auf dem Meer während der Überfahrt mit der Fregatte Hoffnung – hatte ich nur selten das Vergnügen gehabt, allein zu sein. Hier auf der Plantage war ich ständig umgeben von Schwarzen mit ihrer kriecherischen Gefallsucht, ihrem schlecht verhohlenen Hass und ihrer Verachtung – oder mein Aufseher Omar kam mit der einen oder anderen Frage. Ich sehnte mich danach, mich zurückzuziehen und ein einfaches Leben zu führen. Daher befahl ich ihnen, die Hütte zu bauen.

Es ist so schön bei Santa Maria. Die Vormittage, wenn die Brise vom Meer – der Wind des Doktors, ein passender Name, finde ich – auf den Strand trifft und alles abkühlt. Die Abende, wenn der Gesang der Frösche ferner ist als oben, an dem von Bäumen und Vegetation umgebenen Hauptgebäude, und die Wellen rhythmisch auf den Sand schlagen, mal hart und zudringlich, dann wieder weich und flüsternd.

Ich mag diesen Ort unglaublich gern. Obwohl der junge Herr Professor Eide, von dem Sie sicherlich gehört haben, vermutlich nichts davon ahnte, war es ein Gunstbeweis, dass ich ihn dort wohnen ließ. Der Bursche erinnerte mich ein wenig an mich selbst als jungen Medizinstudenten. Auch ich hatte naive Gedanken, die Verhältnisse für die Schwächsten zu verbessern – die Kranken, die sich einen Arztbesuch, Medikamente oder einen Aufenthalt im Sanatorium nicht leisten konnten. Aber sind wir nicht alle in der Macht des Schicksals, das mit uns spielt. Gott? Ich weiß es wirklich nicht. Nur sagen Sie nicht, es gäbe nicht irgendeine Form der Steuerung in unserem Leben.

Ich, der junge Arzt, der seine erste richtige Anstellung als Sklavenarzt bekam. Damals glaubte ich noch immer, dass ich etwas Gutes ausrichten könnte, statt mich abzuwenden von den Leiden der Schwarzen, ging ich an Bord einer Sklavenfregatte und tat mein Bestes für die Elenden. Und sie lohnten es mir, indem sie meine Ehefrau ermordeten. Meine Rosa, die der einzige Mensch auf der Welt war, den ich wirklich geliebt habe.

Und Eide, dieser belesene Idealist, der nach Sankt Thomas kam, um für die Sache der Neger zu kämpfen, tötete stattdessen einen schwarzen Mann. Rauchte sich mit Opium geil und ging mit einem alten Libertin wie mir ins Negerbordell. Woraufhin ihn die Liebe zu einem Negermädchen und die Begeisterung für die Natur der Insel so verstörte, dass er schließlich weder aus noch ein wusste. Eine durch und durch komische und einigermaßen tragische Figur!

Doch ich will nun allmählich zur Sache kommen, lieber Hjalmar.

Dieser Brief ist mein Testament. Es löst das bisherige ab. Wenn Sie es für notwendig halten, werde ich gern bei Ihnen erscheinen, um es in Ihrem Beisein zu unterzeichnen. Aber das müsste in diesem Fall bald geschehen, denn ich bin ganz sicher, dass mir nicht allzu viel Zeit bleibt. Die Diagnose, die ich mir kürzlich selbst stellen musste, lässt keine Hoffnung auf einen langen Ruhestand zu.

Die Plantage Solitude mit allem Grund und Boden, allen Gebäuden, allem beweglichen Mobiliar, sämtlichen Gerätschaften und allen Tieren vererbe ich der Frau, der ich im Juli 1788 im Haus Rosa in der Kronprinsensgade von Charlotte Amalie auf die Welt half. Sie reiste vor ein paar Jahren zurück nach Dänemark, wohnte aber bis dahin auf Sankt Croix, auf John Ellis' Plantage Canaan, wo sie die Kinder der Schwarzen unterrichtete. Ich bin ihr nicht begegnet, seit ich sie aus ihrer Mutter Schoß befreite, aber ihr weiteres Lebensschicksal hat oft meine Gedanken gestreift, vermutlich unter anderem, weil sie in derselben Stunde gezeugt wurde, in der meine Rosa diese Welt verließ.

Der damalige Gouverneur Casimir von Scholten, der mein Freund und Vertrauter während des größten Teils seiner Dienstzeit gewesen ist, gab mir nach dem Schiffbruch an der Frenchman's Bay eine Ledertasche, die seine Männer in den Sklavenkellern des Forts gefunden hatten. Er bat mich, sie bei Gelegenheit nach Sankt Croix zu bringen. Damals, als die Plantage noch jung war und ich sie beharrlich erweiterte und Neger zukaufte, reiste ich häufig nach Christianssted, um an den Auktionen teilzunehmen.

Ich habe die Tasche geöffnet und die Papiere gelesen, die darin lagen: Nicht abgesandte Briefe und ein Tagebuch, das eine spannende Geschichte erzählt. Ich konnte es nicht aus der Hand legen, und eines Abends, als ich in der Hütte bei Santa Maria saß und im Schein der Öllampe las, kam ich an folgenden Abschnitt:

Der 20. Juli, ein Tag, an dem es so sehr regnete, dass sich die Flüsse und die sonst so blaue Bucht vor Charlotte Amalie braun färbten, kam ich in der Kronprinsensgade zur Welt. Niemand musste weiter hoffen oder Zweifel haben: Meine Haut war nicht schwarz oder dunkelbraun wie die eines Negers; sie hatte die Farbe von Kaffee mit Sahne, war also recht hell. Freilich nicht so hell wie die Haut eines neugeborenen dänischen Kindes. Es war eine leichte Geburt, die Wehen kamen nach dem Frühstück, und der Schiffsarzt, der Gastgeber und Nachbar meiner Eltern, blieb bei meiner Mutter, bis er am Nachmittag die Nabelschnur durchschneiden und mich an ihre Brust legen konnte.

Und ich begriff, dass der Arzt, von dem hier die Rede ist, ich gewesen bin.

Ich las das gesamte Tagebuch und sämtliche Briefe und legte alles zurück in die Tasche. Viele Jahre lag sie in einem Schrank in meinem Arbeitszimmer, kürzlich überließ ich sie aber Casimirs Sohn und bat ihn, das Notwendige zu veranlassen. Wie ich Sie nun bitte, Maria Frederiksen zu schreiben, wenn ich nicht mehr bin.

Das Haus in der Kronprinsensgade soll Ivar Just gehören, der mir zwölf Jahre treu gedient hat. Er kann es verkaufen oder damit machen, was er will.

Meine Sklaven bekommen sich selbst als Geschenk. Nach meinem Tod sollen sie als freie Männer und Frauen gelten. Ich vertraue darauf, dass Sie Sorge tragen werden, dass ihnen allen ein Freiheitsbrief ausgestellt wird.

Grüßen Sie Corinne und die Kinder.

In Dankbarkeit
Jan

BRIEF: RECHTSANWALT HUBERT W. NISSEN AN MARIA FREDERIKSEN, CHRISTIANSSTED, SEPTEMBER 1819

22. September 1819

Verehrtes Frl. Maria Frederiksen,

betrübt muss ich Ihnen mitteilen, dass Ihre Mutter, Frau Ane Frederiksen, Christianshavn, am 16. dieses Monats nach kurzer Krankheit verstorben ist.

Ich hatte einige Jahre das Vergnügen, Ihre Mutter in verschiedenen Angelegenheiten zu vertreten, die juristischen Beistand erforderten, unter anderem, als sie das Haus in der Straße Overgade Oven Vandet in Kopenhagen von ihrer Schwester übernahm, die 1814 verstarb und das Haus und ihr gesamtes Vermögen Ihrer Frau Mutter vererbt hatte.

Frau Ane Frederiksen hinterließ ein Testament. Es ist ganz einfach, da es im Grunde nur verfügt, dass ihr gesamtes Eigentum an Sie übergehen soll. Allerdings handelt es sich um ganz erhebliche Werte, es geht um das Gebäude in der Overgaden Oven Vandet mit allem Inventar und das Haus in Blåby auf Thurø, das sie nach dem Tod Ihres Vaters auf See 1803 erbte. Außerdem um ein Schiff, das letzte aktive Schiff der Reederei Ihres Vaters. Schließlich ist ein Barvermögen vorhanden, dessen genauer Umfang noch nicht vollständig ermittelt ist, doch ist die Rede von ganz ansehnlichen Mitteln.

Außer der Erwähnung von Ihnen als Universalerben gibt es in dem

Testament Ihrer Mutter lediglich eine einzige Verfügung: Ihre verstorbene Frau Mutter hat eine Summe von dreitausend Reichstalern für die Einrichtung eines bescheidenen Mausoleums auf dem Friedhof der Vor Frelsers Kirke ausgesetzt, wo ihrem Wunsch entsprechend eine Gedenktafel für den verstorbenen Kapitän Anton Frederiksen angebracht werden soll, damit sie in gewisser Weise neben ihrem Mann die letzte Ruhe findet.

Abschließend muss ich hinzufügen, dass meine Kenntnis über Ihren Wohnsitz in Westindien und das Schicksal Ihres Vaters und seiner Fregatte Hoffnung, von Ihrer Frau Mutter herrührt, die mir im Zusammenhang mit der Erbangelegenheit 1814 einen Teil ihrer persönlichen Geschichte anvertraute. In der Hoffnung, dass Sie es von mir annehmen mögen, verleihe ich hiermit meinem großen Mitgefühl mit dem Unglück Ausdruck, das Ihnen und Ihrer Familie zuteilwurde.

Darf ich mir erlauben, Sie zu fragen, ob es Ihrer Ansicht nach möglich ist, eventuell nach Dänemark zu kommen, um die Erbangelegenheit zu beenden und zu entscheiden, was mit den Immobilien geschehen soll? In diesem Fall wäre es mir eine Freude, mit Ihnen zusammenzutreffen.

Mit den ergebensten Grüßen

H. W. Nissen
Rechtsanwalt und Notar

MIKKEL EIDES TAGEBUCH, 4. AUGUST 1824

Wir segeln Richtung Norden, weg von der Sonne. Mir wurde eine Kajüte zur Verfügung gestellt, oder besser, eine halbe Kajüte, ich teile sie mit einem jungen Biologen namens Niels Vig. Er ist ein recht angenehmer Zeitgenosse, und wir führen viele interessante Gespräche. Vig ist beinahe zehn Jahre jünger als ich und hat die letzten Jahre damit verbracht, das Leben in den Meeren zu erforschen. Er sammelt Proben von toten sowie lebenden Tieren, von Meerespflanzen, Schneckenhäusern und Muschelschalen, ja, sogar von Vögeln. Im Augenblick ist er damit beschäftigt, mit großer Geschicklichkeit einige Kolibris auszustopfen, die er mit einer Leimrute auf Sankt Thomas gefangen hat.

Kolibris sind unfassbar kleine Vögel; als ich sie das erste Mal sah, hielt ich sie für buntstrahlende, schwirrende Insekten. Das westindische Tierleben ist so fremdartig, dass es einen dänischen Gast nicht einmal wundern würde, eine buntscheckige, metallisch schimmernde, schwirrende Fliege von der Größe eines Schmetterlings zu sehen. Schaut man aber genauer hin, entdeckt man, dass es sich tatsächlich um einen Vogel handelt, mit einem langen, dünnen, nach unten gebogenen Schnabel und winzigen Füßen. Vig zeigte mir eine Zunge, die er mit einer Pinzette aus dem kleinen Schnabel zog; sie war so dünn wie ein Nähfaden.

Er schneidet die kleinen Körper vorsichtig mit einem Skalpell auf und entfernt die Eingeweide. Dann füllt er den Körper mit Salz und

Alaun und lässt ihn einige Tage trocknen. Nach einer weiteren Behandlung ersetzt er die Salzmischung durch Holzwolle und näht die Bauchhöhle mit einem Seidenfaden zusammen. Auf diese Weise kann er den Kolibri nach Kopenhagen zu seinen Kollegen mitnehmen, wo er vermutlich und durchaus berechtigt Aufsehen erregen wird.

In einer Kiste unter dem Bett bewahrt Vig getrockneten Fisch auf, der ziemlich streng riecht. Er führt sorgfältiges Tagebuch über seine Funde und kann stundenlang an der Reling stehen, um nach Walen, Delphinen und Fliegenden Fischen Ausschau zu halten. Es scheint, als würde ihm sein Interesse für die Welt der Tiere viele der Gedanken und Dilemmata ersparen, die einen Mann wie mich heimsuchen; denn ansonsten nimmt er von seiner Umgebung so gut wie nichts wahr.

Trotzdem sind wir recht gute Freunde geworden, und ich muss gestehen, dass es mich schmerzen wird, wenn er auf Bermuda an Land geht, wie es mit dem Kapitän dieser Brigg, der Tempest of Bristol, vereinbart ist.

Da er das Schiff verlassen wird und wir uns höchst wahrscheinlich nicht wieder begegnen werden, bin ich ihm gegenüber ganz offen gewesen. Wir haben ja reichlich Zeit an Bord – auf dem Meer vergeht die Zeit immer viel langsamer, nicht zuletzt für die Passagiere, die ja anders als die Seeleute keinerlei Verpflichtungen haben, denen sie nachkommen müssen.

Ich habe ihm von den Ereignissen erzählt, die sich in der letzten Zeit auf Sankt Thomas zugetragen haben; ich hatte gehofft, mich etwas weniger ratlos zu fühlen, wenn ich darüber spreche. Denn ich hatte das Gefühl, gespalten zu sein und zwischen mehreren Wirklichkeiten wählen zu müssen. In meiner bescheidenen Wohnung hinter dem Marktplatz verbrachte ich die Tage damit zu schreiben, zu lesen und in der Stadt herumzuschlendern, die ich allmählich immer besser kannte. Am Hafen gibt es immer etwas zu sehen, Schiffe kommen und gehen, und man begegnet den exotischsten Menschen: Seeleuten mit zahmen Papageien und Affen, die wie die Piraten in einem Schundroman eine Klappe vor dem Auge tragen, Frauenzimmern jeder Couleur, sowohl vornehmen wie ordinären, freien Negern auf der Suche nach einer Beschäftigung an Bord eines Schiffes, mit dem sie die Insel verlassen können, Kapitänen und Schiffsoffizieren mit Geld in der Tasche.

Als ich eines Tages von einem Spaziergang nach Hause kam, fand ich eine Nachricht meiner Wirtin, dass ich mich an den Sitz des Gouverneurs begeben sollte, und als ich dorthin kam, wurde ich sofort zu Peter von Scholten vorgelassen, der mir einen Stuhl vor seinem Schreibtisch anbot. Er trug keine Uniformjacke, sondern lediglich ein Hemd, es war ein besonders heißer, windstiller Tag, wir schwitzten. Er lehnte sich auf seinem Stuhl zurück und sah mich an.

»Ich möchte Sie um einen Gefallen bitten«, begann von Scholten ohne Umschweife. Der Gouverneur ist ein Mann, der direkt zur Sache kommt. Er streckte die Hand aus, zog eine alte Ledertasche unter dem Schreibtisch hervor und stellte sie darauf.

»Unser gemeinsamer Bekannter, Dr. Marcussen, hat mir diese Tasche anvertraut«, erklärte er. »Mein Vater übergab sie ihm vor gut zwanzig Jahren. Damals segelte Marcussen häufig nach Sankt Croix, wo die Besitzerin der Tasche, eine dänische Frau, wohnte.«

Er sah mich an, als erwartete er, dass ich etwas sagte. Ich schwieg.

»Marcussen hat die Tasche nie abgeliefert«, fuhr von Scholten fort. »Und nun habe ich erfahren, dass die betreffende Dame inzwischen nach Dänemark zurückgereist ist. Nach Thurø, woher sie stammt.«

»Aha«, sagte ich.

»Und da die Tasche ziemlich persönliche Papiere enthält, sollte sie meines Erachtens ihrer rechtmäßigen Besitzerin zurückgegeben werden. Ich möchte Sie daher bitten, die Tasche mitzunehmen, wenn Sie heimreisen.«

Ich sah ihn einen Augenblick an. Sein Gesicht war offen und freundlich.

»Aber was bringt Sie zu der Annahme, dass ich heimreisen werde?«, fragte ich ihn schließlich.

Er lächelte und legte die Fingerspitzen vor der Brust zusammen.

»Werden Sie es denn nicht tun?«, fragte er zurück.

Würde ich? Hatte ich in Westindien noch etwas zu tun? Hatte ich in Dänemark etwas zu tun?

»Lassen Sie mich Ihnen etwas durchaus Wichtiges mitteilen«, fuhr von Scholten fort. »Überall in der Karibik, und nicht zuletzt in Dänemark und Frankreich, wird darüber gesprochen, dass die Sklaverei beendet werden muss. Natürlich kennen Sie die Geschichte: Unser König hat die Transporte von Negern bereits 1792 verboten, vor mehr als dreißig Jahren. In den zehn Jahren, die vergingen, bevor die Verordnung in Kraft trat, wurden jedoch mehr Schwarze auf die westindischen Inseln gebracht als je zuvor. Man kann also wahrlich sagen, dass die Auswirkungen des Verbots seiner Intention in jeder Hinsicht widersprochen haben: Immer mehr Schwarzen ging es noch schlechter. Und die Dänen halten nach wie vor Sklaven. Inzwischen gibt es einige Regeln, ihr Wohlbefinden betreffend, aber Sklaven sind sie immer noch.«

Der Gouverneur erhob sich und trat ans Fenster. Er blickte einen Moment in die Sonne, dann wandte er sich wieder mir zu.

»Ich weiß mit absoluter Sicherheit«, erklärte er, »dass die Sklaverei aufhören wird. In wenigen Jahren. Es *ist* unmenschlich, und es gibt keine akzeptable Entschuldigung dafür. Geld? Ja, das wird man als Argument benutzen. Doch die Zuckerproduktion ist bereits jetzt weitaus weniger rentabel als noch vor wenigen Jahren. Die Zuckerrübe ist in Europa auf dem Vormarsch. Die amerikanischen Südstaaten, Brasilien, Ostindien, alle bauen Zucker an und wetteifern um den süßen Zahn des Weltmarkts. Vielleicht ist das letzte Kapitel des ganzen westindischen Abenteuers bereits aufgeschlagen.«

Er ging zurück zu seinem Stuhl und setzte sich wieder. Einen Moment sah er mich an, die Finger vor dem Gesicht zusammengelegt.

»In diesem Prozess sind Leute wie Sie nötig, Eide. Männer, die es wagen, Rom zu widersprechen, und die die öffentliche Meinung daheim beeinflussen können. Die den Menschen begreiflich machen, wie es hier zugeht. War das nicht Ihre Absicht, als Sie hierherkamen?«

Etwas in seinem Blick gab mir das Gefühl, ein Schulbub zu sein, der mit einer bedeutenden Aufgabe betraut wird.

»Ja«, erwiderte ich. »Das war meine Absicht.«

»Und ist sie es immer noch?«

Ich dachte an Afi, an die Jagd auf die Maroons, an meine Abende mit dem Pflanzer Marcussen, und wusste, dass von Scholten recht hatte. Niemand braucht Leute, die an einem karibischen Strand in den Tag träumen, mit dem Massa der Sklaven essen, trinken oder an einer Jagd auf Menschen teilnehmen, die sich selbst eine kleine Weile von der Sklaverei befreit haben. Man braucht Männer, die wirklich für die Sache der Unterdrückten sprechen. Die für den schwarzen Mann kämpfen. Bisher hatte ich so gut wie nichts ausgerichtet. Mein persönlicher Einsatz bestand in einem missglückten Manuskript, einigen wenigen Seiten naiven Geredes über die Unmenschlichkeit der Sklaverei und den Tod eines Negersklaven, Unzucht und Vergewaltigungen. Ich hatte alle verraten, mich selbst eingeschlossen, ich war ein jämmerliches Fiasko!

Jetzt erkannte ich es klar und deutlich, und als ich dem Blick des Gouverneurs begegnete, nickte ich verlegen.

»Ich werde heimreisen«, sagte ich.

KAPITÄN LAURITZ JUNCKERS LOGBUCH, BRIGG TEMPEST, AUGUST 1824

11. August 1824, Bermuda

Niels Vig, der junge Naturforscher, der mit der Tempest von Kap Verde über Französisch- und Dänisch-Westindien reiste, ist hier auf Bermuda an Land gegangen und wird nicht weiter mit uns segeln. Er beabsichtigt, einen Monat auf der Insel zu arbeiten. Danach will er an Bord eines anderen Schiffs, das den Atlantik überquert, nach Hause reisen. Er war eine sympathische Bekanntschaft und eine angenehme Abwechslung bei den Mahlzeiten in meiner Kajüte. Männer wie Vig sehen alles aus anderen und häufig genug überraschenden Blickwinkeln.

Als Ersatz für seine Unterhaltung haben wir jedoch einen gewissen Trost in einem anderen jüngeren Mann, der Vig an Gelehrsamkeit kaum nachsteht. Der Professor, Historiker und Schriftsteller Mikkel Eide hat ein Jahr auf Sankt Thomas verbracht, um ein Buch zu verfassen. Er erzählt gern von seinen Erlebnissen auf der Insel, die ganz offensichtlich einen unauslöschlichen Eindruck bei ihm hinterlassen haben.

Nachdem Vig von Bord gegangen ist, schien Eide zunächst ein wenig unruhig, wie es bei Passagieren aufgrund des Müßiggangs häufig vorkommt. Nun hat er jedoch begonnen, entweder unter dem Sonnensegel vor dem Großmast zu sitzen oder unter Deck in Papieren zu lesen, die er in seinem Gepäck bei sich führte. Er scheint sehr beschäftigt zu sein, aber als ich ihn fragte, um was für Texte es sich handele, antwortete er ausweichend, es seien lediglich verschiedene Aufzeichnungen eines Inselbewohners.

Wie immer in diesen Breitengraden ist der Wind günstig für Schiffe, die in östlicher Richtung segeln. Ich erwarte, dass die Tempest in ungefähr drei Wochen den Englischen Kanal erreicht.

MIKKEL EIDES TAGEBUCH, 11. AUGUST 1824

Allein in der Backbordkajüte. Niels Vig ist auf Bermuda an Land gegangen. Die meisten seiner Dinge wurden in solide Kisten verpackt und im Laderaum der Brigg verstaut, nur der Geruch seines getrockneten Fischs hängt noch in der Luft und erinnert an ihn. Ich muss zugeben, dass ich ihn ein wenig vermissen werde, ich kann mich mit Kapitän Juncker oder den anderen Offizieren der Tempest nicht auf dieselbe Art und Weise unterhalten wie mit Vig, der wie ich ein Akademiker und Wissenschaftler ist.

Bermuda ist eine eigentümliche Insel, ein langgezogenes Riff mit Lagunen und Binnenseen, fern von jedem Festland und anderen Inselgruppen. Wir liefen die westlichste und größte Lagune an und warfen Anker vor Hamilton, der größten Stadt der Insel. Hier nahmen wir Abschied von Niels Vig. Er wurde mit einem einzigen Seesack, der seine Gerätschaften und ein wenig Kleidung enthielt, an Land gebracht. Ein braver Mann, ich hoffe, wir werden uns eines Tages wiedersehen.

Die Tempest nahm Frischwasser auf – woher sie es auf diesem ziemlich flachen Felsriff mitten im Ozean auch beschaffen mögen, vielleicht aus Regenwasserzisternen – und stachen wieder in See, diesmal für die nächsten Wochen mit dem offenen Ozean vor dem Bug. Wie schon Bermuda wird auch das nächste Land, das wir sichten werden, englisch sein: die englische Westküste. Wie eigenartig es ist, heimzukehren, mich erwartet der dänische Herbst.

13. August

Ich mache mir Notizen zu meinem Buch. Nach meinem Gespräch mit von Scholten bin ich wieder motiviert, es zu schreiben. Ich glaube, eine gewisse Distanz zu den Ereignissen zu haben, ist gut, ich merke, dass ich meine Gedanken wieder strukturieren kann. Ich werde meinen Lesern eine einfache Frage stellen: »Sind Neger Menschen?« Und dann werde ich von dieser Fragestellung aus argumentieren. Denn wer könnte etwas anderes sagen – wer wird zu behaupten wagen, ein schwarzer Mann sei kein Mensch?

16. August

Ich schreibe. Aber man hat viel Zeit auf einem Schiff. Diese große unruhige Fläche um uns herum – mehr als an jedem anderen Ort begreift man auf dem Meer die enorme Ausdehnung unseres Planeten.

Ich habe mir die Tasche mit den Papieren angesehen, die von Scholten mir gegeben hat, und angefangen zu lesen. Heute las ich einen langen Brief, den diese Maria im Mai vor mehr als zwanzig Jahren an ihre Mutter geschrieben hat. Eine durchaus interessante Lektüre, das Mädchen ist eine gute Erzählerin.

Ich habe ihr Tagebuch mit an Deck genommen. Es ist noch immer warm, der gleichmäßige Wind ist erträglich und kommt von hinten. Ich setzte mich unter das Sonnensegel, wo ich einen angenehmen Deckstuhl mit einem leinenbezogenen Kissen habe, öffnete das Buch und las ihre ersten Worte, geschrieben vor mehr als zwanzig Jahren: *Heute habe ich die Fregatte Hoffnung zum ersten Mal gesehen, seit ich ein kleines Mädchen war…*

MARIAS TAGEBUCH, THURØ, 24. FEBRUAR 1825

Es kommt vor, dass die Wirklichkeit alles übertrifft, was man sich hat vorstellen können. Kürzlich geschah etwas, was ich nie für möglich gehalten hätte! Vor einer Woche, der letzte Schnee war so weit geschmolzen, dass man sich auf unserer Insel wieder bewegen konnte, kam mein Hausmädchen ins Wohnzimmer und teilte mir mit, ein Herr hätte an die Küchentür geklopft. Wenn man sich dem Haus vom Inneren der Insel her nähert, sieht man nämlich zuerst die Küchentür, die zum Obstgarten hinausgeht.

Ellen, so heißt mein Hausmädchen, sagte, der Herr habe darum gebeten, mit Maria Frederiksen aus Sankt Croix zu sprechen, denn er habe etwas dabei, das sie möglicherweise interessieren würde. Aber Ellen hätte was auch immer sagen können, ich wäre in jedem Fall gekommen, um mir diesen Gast näher anzusehen. Allzu selten bekomme ich Besuch in dem alten Haus meines Vaters auf Mårodde.

Vor der Tür stand ein großer Mann im Schneematsch und dem unangenehmen Winterwind. Er trug einen dicken Wollmantel und hielt eine Pelzmütze in der Hand. Er hatte ein nettes Gesicht und neugierige Augen. Ich nickte ihm zu, und er stellte sich vor:

»Maria Frederiksen? Mein Name ist Eide. Mikkel Eide. Ich bin Professor an der Universität von Kopenhagen.«

Der Mann zögerte einen Augenblick, bevor er mir eine Tasche hinstreckte, die ich im ersten Moment nicht wiedererkannte – sein Name sagte mir nichts, und woher sollte ich einen Professor von der Universität von Kopenhagen kennen?

»Was ist das?«, fragte ich.

»Ihre Tasche«, antwortete er. »Die Sie, wie ich vermute, an einem Abend vor mehr als zwanzig Jahren auf Sankt Thomas verloren haben.«

Ich blickte auf die Tasche in seiner Hand. Und mit einem Mal erinnerte ich mich. Die Nacht in dem dunklen Raum, die freundliche Schwarze, die mir Wasser gebracht hatte. Der Gouverneur. Ich hatte meine Habseligkeiten aus den Kasematten nicht mitnehmen können. Nun nahm ich die Tasche entgegen, öffnete sie und sah all meine Briefe und Tagebücher, inzwischen vergilbt und verwittert.

Vermutlich schaute ich, als wäre eine sprechende Ziege vom Himmel gefallen. Doch dann besann ich mich und bat Herrn Eide herein. Als wir im Wohnzimmer saßen, von dem aus man hinüber nach Tåsinge sehen kann, erzählte er mir seine Geschichte.

»Ich war von Dezember 1823 bis August letzten Jahres auf Sankt Thomas«, sagte er. »Und ich wohnte bei einem Pflanzer namens Marcussen …«

»Dem Arzt?«, rief ich verblüfft.

Er nickte. »Das war er, ja. Ich weiß, er hat bei Ihrer Geburt geholfen.«

Eide hatte meine Tagebücher gelesen! Der Gedanke erzürnte mich, aber nur einen Moment. Denn im Grunde schreibt man doch, um gelesen zu werden.

»Haben Sie meine Briefe auch gelesen?«, erkundigte ich mich kühl.

»Nein«, versicherte er rasch. Ich glaubte ihm nicht, entschied mich aber, nicht weiter darauf einzugehen.

Meine Irritation verflog schon bald. Eide erwies sich als ein sehr angenehmer und durchaus charmanter Mann. Er ist intelligent und kultiviert und kann witzigerweise verlegen und gleichzeitig ein wenig selbstgefällig erscheinen. Aber mir gefällt er. Da er den weiten Weg aus Kopenhagen gekommen war, lud ich ihn ein, im Gästezimmer zu übernachten, und wir aßen zusammen zu Abend. Ellen ist zum Glück eine tüchtige Köchin, denn ich selbst kann aus dänischen Zutaten kaum etwas Essbares zubereiten. Und Maniok und Mangos sind eher selten auf Thurø!

Nachdem wir gegessen hatten, zündete Ellen in dem kleinen Zimmer den Kamin an, und wir unterhielten uns bis Mitternacht über die Menschen, die wir gekannt hatten, und über unsere Liebe zu den Inseln unter dem Wind.

Es ist bald fünf Jahre her, dass ich aus Sankt Croix heimgekehrt bin. Heim? Nicht einmal damals hatte ich das Gefühl, dass dies das richtige Wort war. Ich habe versucht, wieder eine Bewohnerin von Thurø zu werden, diese Insel war doch einmal mein Zuhause gewesen, hier hatte ich mich heimisch gefühlt. Die Jahre unter der Sonne lassen sich allerdings nicht so einfach ausradieren: Wie oft schlafe ich am Abend nicht mit Bildern von schwarzen Gesichtern hinter meinen Augenlidern und dem Geräusch der singenden Frösche im Ohr ein. Ich habe Angst, dass ich zu lange dort gewesen bin, dass es zu spät ist … um heimzukehren. Mein Heim ist nicht mehr hier. Ich kann mich auf dieser Insel nicht nützlich machen. Aber es gibt eine Insel, auf der ich es könnte, ich weiß, wer mich dort braucht.

Ich denke oft an den Tag vor mehr als zwanzig Jahren, als ich zusammen mit Vater den Kai am Asiatisk Plads entlangging und nach so vielen Jahren zum ersten Mal die Hoffnung wiedersah. Ich erinnere mich, dass mein Vater den Rücken durchdrückte, vielleicht aus Stolz, vielleicht auch nur, um in seine alte Rolle als Kapitän zu finden. Und unzählige Male habe ich mir die Frage gestellt: Wäre ich an Bord der Fregatte gegangen, wenn ich gewusst hätte, was alles passieren würde? Doch die Antwort ist nicht wirklich wichtig, denn letzten Endes wird ohnehin alles vom Zufall entschieden. In meinem Leben ganz bestimmt. Und in dem meines Vaters. Und in dem meiner Mutter, dieses jungen Kopenhagener Fräuleins, das sich in den attraktiven Kapitän verliebte und ihr Leben als Seemannswitwe am Christianshavn Kanal beendete. Zusammen mit ihrer Schwester, ebenfalls einer Seemannswitwe. Zwei versäumte Leben, könnte man sagen.

Und mein Leben? Es schwankte eine Weile, dafür gab es verschiedene Gründe. Doch auf Ellis' Plantage bekam ich festen Boden unter die Füße, dort tat ich mein Bestes, um den Negerkindern Hoffnung und eine Freistatt in ihrem ungerechtfertigt harten Alltag zu geben. Keine andere Beschäftigung hätte auf Sankt Croix oder irgendwo sonst sinnvoller sein können. Ich würde es gern wieder tun. Vielleicht ist die Antwort also ja. Ja, ich wäre an Bord der Hoffnung gegangen, ja, ich wäre gefahren, auch wenn ich gewusst hätte, dass sechzehn Jahre vergehen würden, bevor ich mein Vaterland wiedersehe. Ja.

MIKKEL EIDES TAGEBUCH, FRÜHSOMMER 1825

Ich bin auf Marias Einladung nach Thurø zurückgekehrt. Wie habe ich mich gefreut, von ihr zu hören! Sie schrieb, ein Rechtsanwalt auf Sankt Thomas hätte ihr einen Brief mit überraschenden Neuigkeiten von entscheidender Bedeutung geschrieben, die sie gern mit mir besprechen wolle. Bereits am nächsten Tag fand ich ein Schiff, das mich mitnahm. Wenn man die Weltmeere in Gesellschaft von Seeleuten gekreuzt und sich einige Zeit in Charlotte Amalie aufgehalten hat, bewegt man sich wahrhaftig mit größerer Sicherheit im maritimen Milieu!

Maria holte mich mit ihrem kleinen Einspänner in Svendborg ab. Wieder überraschte es mich, wie jung sie aussieht, sie ist in meinem Alter, das heißt siebenunddreißig, und doch gleicht sie bisweilen einem jungen Mädchen. Sie ist eine äußerst wohlhabende Frau, und mit der Mischfarbe ihrer Haut und ihrer hübschen Gestalt ist sie darüber hinaus eine seltene Schönheit, die bestimmt ausgesprochen umworben wäre, würde sie an einem Frühlingstag auf den Wällen Kopenhagens promenieren. Doch das tut sie nicht, sie hält nichts von dem Trubel und dem Gestank der Großstadt.

Gemeinsam gingen wir den Weg an Fliederbüschen entlang, die noch nicht aufgeblüht waren. In der schmalen Wasserstraße zwischen Thurø und Tåsinge herrschte eine starke Strömung, und das Wasser war dunkel, beinahe schwarz. Keineswegs so wie in Westindien, wo es nahezu immer wie ein leuchtender Spiegel des blauen Himmels daliegt. Es roch nach an Land getriebenen Tang, der in der Sonne trocknete. Thurø, ja, dieses ganze Archipel südlich von Fünen, ist so geprägt vom Meer und der Seefahrt. Es ist wie ein Tor zu einer größeren Welt, all die Skipper, Matrosen, Jungmänner und französischen Köche, die sich in ihren Heimatorten immer nur für kurze Zeit aufhalten. Diese Rastlosigkeit, die sie empfinden, und diese Sehnsucht, von der Mütter, Frauen und Geliebte geplagt werden – immer wird hier nach jemandem Ausschau gehalten, und sehr häufig nach jemandem, der nie wieder heimkehren wird.

Wir gehen den Weg am Wasser entlang in Richtung Werft. Auf der linken Seite steigt das Gelände an zu Obstgärten und vereinzelten Fischerhäusern, und an der eingeschlossenen Bucht zwischen den beiden Hälften der Insel wächst dichter Wald an der Böschung.

»Eichen«, erklärt Maria. »Die Werft und die Bootsbauer holen sehr viel Holz, das sie benötigen, von dort oben.« Sie bleibt stehen, und wir schauen einen schmalen Pfad hinauf, der steil nach oben führt, mehrere breite Stufen erleichtern den Zugang in den Wald. »Mein Vater und ich sind manchmal dort hochgegangen«, erzählt sie. »Ein paarmal, als ich klein war.« Sie bleibt einen Moment stehen, sagt aber nichts mehr, dann geht sie weiter.

Die Werft ist ein chaotischer Betrieb mit einer Reihe halbfertiger Schiffe und kleinerer Boote an einem langen Steg. Weiter draußen, wo es tiefer ist, liegen ein paar Schoner mit nackten Masten und schaukelnden Rahen. Maria zeigt übers Wasser auf das hinterste Schiff.

»Das da ist das letzte Schiff aus der Flotte meines Vaters. Eine Schonerbrigg.«

Ich folge ihrem Blick zu einem hübschen Zweimaster mit spitzem Steven und einem langen Rumpf, der flach im Wasser liegt. Die Masten und Rundhölzer, Stagen und Wanten zeichnen sich scharf gegen den hellen Himmel ab. Von der Spitze des Großmasts hängt bei diesem windstillen Wetter eine Flagge schlaff herunter. Ich erkenne einen Anker auf ziegelrotem Hintergrund. Während ich dorthin schaue, erscheint eine Gestalt an Deck. Maria hebt die Hand und winkt, der Mann winkt zurück.

»Das ist Halse«, sagt sie. »Gunnar Halse, der Skipper. Kommen Sie. Sie müssen sie sich ansehen. Sie kommt direkt von einer gründlichen Überholung aus der Werft.«

Ich folge Maria auf den Steg, und ganz am Ende sehen wir, wie der Mann in ein Beiboot klettert und mit langen, schweren Zügen auf uns zu rudert. Einen kurzen Moment sehe ich ein anderes Ruderboot vor mir, eines Tages in der Sonne, südlich von Hans Lollik Eiland.

»Der Skipper?«, frage ich nach.

Maria nickt. Selbst im Profil sehe ich ihr Lächeln.

»Er soll sie hinübersegeln.« Als sie sich umdreht und zu mir aufsieht, ist ihr Gesicht wieder ernst. »Wollen Sie mitkommen?«, fragt sie.

Ich spüre einen heftigen Sog in der Brust und einen unerklärlichen Drang, in Gelächter auszubrechen. Ich weiß nicht, was ich sagen soll.

Wir springen in das Beiboot, und ich grüße Halse, der uns zu der Schonerbrigg rudert, und als wir an der Bordwand beidrehen, sehe ich den Namen am Freibord in sorgfältigen, goldenen Buchstaben.

Sie heißt Hoffnung.

NACHWORT

Niemand weiß genau, wie viele Afrikaner die dänischen Sklavenschiffe in den knapp zweihundert Jahren, in denen wir in Westindien Sklaven hielten, über den Atlantik gebracht haben, aber man geht von ungefähr einhunderttausend Menschen aus. Da etwa zwei Afrikaner für jeden Sklaven starben, der das Einfangen, den Marsch durch den Dschungel zum Ort des Verschiffens und die Überfahrt über den Atlantik überlebte, ist die Annahme berechtigt, dass der dänische Sklavenhandel das Schicksal von rund dreihunderttausend Afrikanern besiegelte. Insgesamt wurden wahrscheinlich zehn, möglicherweise sogar fünfzehn Millionen Menschen versklavt und in die Neue Welt gebracht. Und noch einmal: Auf jeden Überlebenden kamen zwei Tote.

Nach der Eroberung von Amerika wurde die Sklaverei ein integraler Teil der Weltwirtschaft: Sklaven, Plantagenbetrieb, Handel. Drei Faktoren, die das kriegsneutrale Dänemark im späten 18. Jahrhundert zu einem außerordentlich reichen Staat werden ließen. Zugute kam den Dänen, dass die Sklaverei bereits seit langem ein fester Bestandteil des Stammeslebens in Afrika gewesen war. Dänische Sklavenhändler drangen nicht in Guineas Dschungel ein, um Menschen zu jagen, sie kauften sie von Sklavenhändlern und lokalen Häuptlingen. Der eine Stamm kidnappte die Mitglieder eines anderen Stamms und verkaufte sie den Europäern mit ihren großen Schiffen. Die Europäer sorgten mit Schusswaffen und Branntwein dafür, dass immer Krieg zwischen den Stämmen herrschte.

Die Transporte dieser Waren nach Afrika, die Sklaventransporte über den Atlantik und schließlich die Route von Westindien zurück nach Dänemark mit Zucker und anderen Waren im Laderaum wird als Dreiecksroute oder Dreieckshandel bezeichnet, da die Schiffe unterwegs drei Destinationen anliefen: Afrika, Westindien und Dänemark.

Heute fällt es schwer, sich den Zynismus vorzustellen, der notwendig ist, um Menschen zu fangen und sie zu zwingen, unter den fürchterlichsten Umständen zu arbeiten – ausschließlich, um sich selbst finanziell zu bereichern. Um Familien auseinanderzureißen und die Kinder, die zu klein und ohne Wert waren, dem Tod an der Küste Afrikas auszusetzen. Um selbst bei den einfachsten Vergehen wie Unhöflichkeit oder Freiheitsdrang drakonische mittelalterliche Strafen zu vollstrecken. Die Menschen, die so handelten – Sklavenhändler, Seeleute und Pflanzer – waren egoistisch, gierig, unmenschlich und häufig sadistisch. Es ist leicht, diese christlichen Pioniere zu verdammen. Aber viele von ihnen lebten nach damaligen Maßstäben ein ganz gewöhnliches Leben und wurden von ihren Zeitgenossen keineswegs verurteilt. Sowohl das dänische Königshaus als auch die Kopenhagener Bürgerschaft verdienten gutes Geld mit ihren Investitionen in den Sklavenhandel und mit den von Sklaven betriebenen Plantagen in Westindien.

Die Zeit war eine andere. Zu Beginn des 18. Jahrhunderts wurden mehr Europäer in Nordafrika in die Sklaverei entführt, als Sklaven von Afrika in die Neue Welt verschifft wurden. Für das Jahr 1780 vermutet man mehr als eine Million europäischer Sklaven in Nordafrika. Doch es gibt einen entscheidenden Unterschied: Die europäischen Großmächte, die den Sklavenhandel systematisch betrieben, hinterließen die Kolonien in Afrika und Westindien entwicklungsmäßig und kulturell in einem desolaten Zustand. Als es den Dänen endlich gelang, die drei westindischen Inseln loszuwerden – die nach dem Verbot der Sklaverei ein lästiges Zuschussgeschäft geworden waren –, geschah dies als ein Teil des großen politischen Machtspiels: Die USA wollten sichergehen, dass die Inseln im Ersten Weltkrieg nicht in die Hände der Deutschen fielen. Sie bekamen die Inseln, und Dänemark bekam fünfundzwanzig Millionen Dollar.

Die Amerikaner hatten im Grunde keine weitere Verwendung für die Jungferninseln. Viele Jahre interessierte sich niemand für sie. Die Plantagen der schönen Inseln und ihre vornehmen Gebäude verfielen, die ehemalige dänische Kolonie bekam den Beinamen »Armenhaus Amerikas«. Erst mit dem Einzug des Massentourismus änderte sich das Bild, zumindest wirtschaftlich. Charlotte Amalie wird heute von mehr großen Kreuzfahrtschiffen angelaufen, als jeder andere Hafen auf der Welt. Dies führte zu wirtschaftlichem Aufschwung, allerdings mit großen Unkosten. Sankt Thomas ist heute ein touristischer Albtraum. Die Nachkommen der Sklaven verkaufen dort Souvenirs an weiße Kreuzfahrttouristen.

Ich bin kein Historiker, und ich habe den Roman nicht geschrieben, um eine Debatte über die Sünden der Vergangenheit anzustoßen, darüber, wie wünschenswert es wäre, sich bei der Bevölkerung Westafrikas oder der Karibik zu entschuldigen oder auch nur die Verantwortung für Zehntausende von grauenvollen Schicksalen zu akzeptieren. Ich ziehe keine Parallelen zu heutigen Verhältnissen oder existierenden Personen, weder direkt noch indirekt zwischen den Zeilen. Mein Roman ist lediglich eine Erzählung über einige Menschen, die unter ganz anderen Bedingungen lebten, als wir sie kennen. Es ist ein Blick über den Kielwasserstreifen auf Orte, an denen auch wir hätten geboren werden können.

Der Roman ist Fiktion. Aber ich bin der Meinung, dass die Handlung sich so auch in der Realität in den Jahren um 1800 hätte abspielen können. Der historische Hintergrund ist so korrekt wie möglich geschildert. Im Text werden einige wenige historische Dokumente zitiert, darunter die »Königliche Verordnung zum Neger-Handel« von Christian VII. Die Hauptpersonen des Romans sind von mir erschaffen, allerdings treten auch Personen auf, die es tatsächlich gegeben hat: Peter von Scholten, der als Generalgouverneur schließlich die Sklaven befreite, ohne den König um Erlaubnis zu fragen, sein Vater Casimir von Scholten, der Kommandant von Sankt Thomas, die Generalgouverneure J.F. Bardenfleth und B.F. von Mühlenfels, der Chirurg und Professor J.B. Herholdt, der uns das Ärztegelöbnis gebracht hat, der Minister, Graf und Sklavenhalter Ernst Schimmelmann, ein paar dänische Könige und ein Kronprinz.

Doch die eigentlichen Hauptpersonen sind natürlich die unzähligen Afrikaner, die von gewissenlosen Europäern aus ihrer Heimat entführt wurden, um in der Fremde Sklavenarbeit zu verrichten. Trotzdem finden sie im Buch nur in der jungen Afi eine Stimme; *Die Hoffnung* handelt vor allem davon, was der Zugang zu grenzenloser Macht mit ganz normalen Menschen macht: mit einem Arzt, einem Seemann, einem Idealisten, einem Pflanzer. Menschen, denen gemein ist, dass sie Briefe und Tagebücher hinterließen – was den Sklaven nicht möglich war. In meinem nächsten Roman werden sie jedoch zu Wort kommen, wenn Mikkel Eide endlich sein Buch mit dem Titel »Westindische Stimmen« schreiben und veröffentlichen wird. Darin erzählen die Schwarzen vom Schmerz und der Verzweiflung ihres ungerechten Schicksals.

Und der Ordnung halber: ja, Schwarze. Das ist eines der Wörter, mit denen man heutzutage in Europa Menschen afrikanischen Ursprungs bezeichnet. Doch zu der Zeit, in der *Die Hoffnung* spielt, sprach man von »Negern«. So sagten Sklavenhändler, aber auch Gegner der Sklaverei; das Wort selbst war damals anders als heute nicht abwertend oder rassistisch. Und da *Die Hoffnung* die damalige Wirklichkeit schildert, ist es das Wort, was die handelnden Personen benutzen. Ich benutze es also nur im historischen Zusammenhang.

Im Sommer 2015 verbrachte ich während meines Urlaubs in Südfrankreich einen Abend mit meiner Familie bei einigen Freunden aus der Umgebung von Narbonne. Wir standen in ihrer Küche, und mit einem Mal wurde mir klar, dass ein zentraler Teil der Geschichte, die ich gerade angefangen hatte zu schreiben, durch einen merkwürdigen Zufall in dem hübschen alten Steinhaus in Armissan versammelt war: Joel, ein Kreole aus Martinique in der französischen Karibik, sein Vetter aus Benin, Afrikas altem Sklavenland. Joels Ehefrau Maria aus Argentinien und wir, die Europäer: Repräsentanten aus allen Ecken des Dreieckshandels freundschaftlich vereint in einem Haus, das ebenso alt war wie die Fregatte Hoffnung. Die Sklaven sind tot, ihre Massas sind tot. Wir haben verschiedene Hautfarben, aber wir sind bloß Menschen.

Mich Vraa, Mai 2016